LA CARRERA DE NIKODEM DYZMA

TADEUSZ DOLEGA-MOSTOWICZ

LA CARRERA DE NIKODEM DYZMA

Traducción de Higinio J. Paterna Sánchez

SEKOTIA

Título original: *Kariera Nikodema Dyzmy*
Tadeusz Dolega-Mostowicz
Varsovia, 1932

Primera edición: febrero de 2021

WWW.SEKOTIA.COM

Colección Narrativa con valores • Novela

Editor: Humberto Pérez-Tomé Román
Maquetación: R. Joaquín Jiménez R.

Imprime: Romanyà Valls
ISBN: 978-84-18414-32-9
Depósito legal: CO-1332-2020

Hecho e impreso en España-*Made and printed in Spain*

Nota del traductor

Final de los años 20 del siglo pasado. Nikodem Dyzma, un exfuncionario de correos de provincias en el paro y sin grandes aspiraciones busca mejor suerte en Varsovia. Allí se encuentra inesperadamente con la oportunidad de su vida...

Aunque, en realidad, ¿nos lleva solo hasta ese lugar y época esta novela? Progreso tecnológico aparte, esta mordaz sátira de Tadeusz Dolega-Mostowicz contra la alta sociedad polaca del periodo de entreguerras, que ha sido llevada en varias ocasiones al cine y a la televisión, parece ahora más actual que nunca.

Dyzma aún hoy día sigue siendo considerado en Polonia la viva imagen del oportunista carente tanto de talento y de cultura como de escrúpulos. En realidad, se trata de un personaje universal: es el símbolo de toda medianía que asciende hasta alturas insospechadas gracias a un cúmulo de casualidades, que sabe aprovechar, y a la ineptitud de las élites que lo encumbran.

Solo el desquiciado conde Ponimirski se atreve a gritar lo que todos los demás pueden, pero no quieren ver —que el rey está desnudo: «¡Sapristi! ¿Es que no lo veis? Perdón, ¡no os tiene embaucados! ¡Sois vosotros lo que habéis puesto a ese zopenco sobre el pedestal! ¡Vosotros! ¡Gente desprovista de todo criterio juicioso! ¡De vosotros me río, imbéciles! ¡De vosotros! ¡Chusma...!»

Cracovia, 8 de junio de 2020

CAPÍTULO 1

El dueño del restaurante hizo un gesto al pianista y el tango quedó en suspenso a medio compás. La pareja de bailarines se detuvo en el centro de la pista.

—¿Y qué, señor director? —preguntó la delgada rubia mientras se desprendía de los brazos de su compañero de baile y se acercaba a una mesilla tras la cual estaba medio sentado un hombre obeso de cara sudorosa.

El dueño se encogió de hombros.

—¿No vale? —dijo la rubia como a quien no le iba la cosa.

—Pues claro que no. No tiene soltura, elegancia. Si por lo menos fuera guapo…

Se acercó el bailarín.

La rubia se fijó atentamente en su traje raído, su cabello poco frondoso color castaño, algo rizado y con una raya a mitad de la cabeza, su boca estrecha y su fuertemente desarrollada mandíbula inferior.

—Y usted, ¿ha bailado antes en algún sitio?

—No. Bueno, sí, pero en privado. Incluso me decían que lo hacía bastante bien…

—Pero ¿dónde? —preguntó indiferente el dueño del restaurante.

El candidato echó una mirada triste a la sala vacía.

—En mi pueblo, en Lysków.

El gordo se echó a reír.

—Varsovia, estimado caballero, no es Lysków. Aquí hace falta distinción, gracia, garbo. Con franqueza se lo digo: no vale usted para esto. Búsquese mejor otro trabajo.

Dio media vuelta y se dirigió al mostrador. La rubia se fue corriendo al ropero. El pianista cerró su atril.

El aspirante a bailarín se echó perezosamente el abrigo sobre los hombros, se puso el sombrero y se encaminó a la puerta. Al cruzarse con un camarero que llevaba una bandeja de sándwiches, un fuerte y apetitoso olor atizó sus narices.

Un sol ardiente inundaba la calle. Se acercaba el mediodía. No había mucha gente. Se dirigió lentamente hacia el parque Lazienki. En la esquina de la calle Piekna se detuvo, metió la mano en el bolsillo de su chaleco y sacó una moneda de níquel.

«La última» —pensó.

Se acercó al quiosco.

—Dos paquetes de grandprix.

Contó el restó y se detuvo confuso en la parada del tranvía. Un viejecito apoyado en una vara lo miró con ojos nebulosos. Una elegante señora que llevaba una docena de paquetes trataba de divisar el tranvía a lo lejos una y otra vez.

A su lado, un chico con un libro bajo el brazo daba vueltas impaciente. En realidad no era un libro, sino una carpeta revestida con una tela gris; cuando el chico se puso de perfil, pudo ver un fajo de cartas y el margen de varias decenas de hojas en las que los destinatarios acusan el recibo de la correspondencia.

Se fijó en el muchacho y se acordó de que él mismo solía llevar una carpeta parecida cuando trabajaba de recadero del notario Winder antes de que empezara la guerra, antes de convertirse en funcionario en la oficina de correos de Lysków.

Solo que el notario siempre usaba sobres azules y estos eran blancos.

Llegó el número nueve y el chico se montó de un salto en la plataforma trasera antes de que el tranvía frenara, pero al hacerlo la carpeta dio con la barandilla y las cartas se esparcieron por el suelo.

«Tiene suerte el chaval de que no llueva» —pensó el malogrado bailarín mientras miraba cómo el chico recogía las cartas. El tranvía se puso en marcha y una de ellas se deslizó por el peldaño y cayó a la calzada. El aspirante a bailarín cogió el sobre y empezó a agitar los brazos tras el tranvía, pero el chico estaba tan ocupado recogiendo las demás cartas que no se dio cuenta.

Se trataba de un elegante sobre de papel manufacturado con la dirección escrita a mano:

S.E. Artur Rakowiecki —Presidente de la compañía— Varsovia. Av. Ujazdowskie 7.

Dentro (el sobre no estaba cerrado) había una tarjeta igualmente elegante, doblada por la mitad. De un lado había algo escrito en francés, del otro seguramente lo mismo en polaco:

Con motivo de la visita de S.E. el Canciller de la República de Austria, el Presidente del Consejo de Ministros tiene el honor de invitar a S.E. a tomar parte en la recepción que tendrá lugar el 15 de julio del año en curso a las 8 de la tarde en los salones de la planta baja del Hotel Europejski.

Más abajo, con letra pequeña, podía leerse:

Traje de gala — condecoraciones.

Releyó la dirección: *Av. Ujazdowskie 7.*

«¿Y si se la llevo? A lo mejor me dan un zloty o dos... Por probar no pasa nada. Además, el número 7 está a un tiro de piedra de aquí» —reflexionó.

En el listado de inquilinos, el apellido Rakowicki figuraba en la vivienda número 3, primer piso. Subió por las escaleras y llamó una vez, y luego otra más. Se acercó por fin el guarda y le informó de que el señor presidente estaba de viaje en el extranjero.

— Mala suerte.

Se encogió de hombros y, con la carta en la mano, se encaminó a casa. Tardó una media hora en llegar a la calle Lucka. Subió al cuarto piso por la chirriante escalera de madera y giró el picaporte.

Le estalló en la cara el aire sofocante de la estrecha vivienda, era un molesto aroma a cebolla chamuscada mezclado con el de grasa quemada y pañales tendidos. Desde una esquina resonó una voz de mujer:

—Pero ciérreme la puerta, que hay corriente y me va a resfriar al niño.

Gruñó por lo bajo, se quitó el sombrero, colgó el abrigo en un clavo y se sentó junto a la ventana.

—¿Y qué? —dijo la mujer—. ¿Tampoco encontró nada esta vez?

—Tampoco...

—Ay, señor Dyzma, ya le decía yo que aquí iba usted a dar vueltas en vano. En el campo, en las provincias, ahí es más fácil ganarse el pan. Ya se sabe: son campesinos.

No respondió nada. Llevaba ya tres meses sin trabajo desde que cerraron el bar «El elefante» de la calle Panska, donde se sacaba sus cinco zlotys al día más la cena tocando la mandolina. Cierto es que después el instituto de empleo le había dado un trabajo en la construcción de un nudo ferroviario, pero

Dyzma no se entendía ni con el ingeniero, ni con el capataz, ni con los obreros y a las dos semanas lo echaron. Y en Lysków...

Los pensamientos de la mujer debían de ir por el mismo camino, puesto que le preguntó:

—Señor Dyzma, ¿y no sería mejor para *usté* volver a su tierra, con la familia? Seguro que le encuentran algún trabajo.

—Ya le he dicho, señora Walentowa, que no tengo familia ninguna.

—¿Todos muertos?

—Todos.

Walentowa terminó de pelar las patatas y, poniendo el caldero en el fuego, empezó:

—Es que aquí, en Varsovia, *son otras gentes*, y además no hay empleo. Aquí el pariente sólo curra tres veces por semana, casi no nos da ni para el puchero, y su director, el Purmanter ese o como se llame, pues dice que a lo mejor cierran la fábrica del todo, porque no hay *espotaciones*. Y si no fuera por Marianka no habría con qué pagar el alquiler. Se mata a trabajar la niña, y nada. Como no agarre dos clientes por semana...

—Que tenga cuidado —le interrumpió Dyzma—, que como a ella la agarren sin libretilla de salud... ¡Bueno!

Walentowa le puso al niño un pañal limpio y tendió el húmedo sobre el suelo.

—¡No me sea pájaro de mal agüero! —le soltó con voz malhumorada—. Cuídese mejor *usté*. Que ya van tres semanas que no me paga y no hace más que ocupar sitio. Menudo *enquilino*.

—Le pagaré —masculló Dyzma.

—Me pagará, o a lo mejor no. Que quince zlotys es casi medio gratis, pero no llueven del cielo. Y a usted, cualquier curro que empieza lo echan en un santiamén...

—¿Quién le ha dicho a usted eso?

—Anda que también, menudo misterio. Si *usté* mismo se lo dijo a Marianka.

Se hizo un silencio.

Dyzma se dio la vuelta hacia la ventana y se quedó mirando las ruinosas paredes del patio. Efectivamente, la mala suerte le perseguía. No había lugar del que no saliera echando pestes nada más llegar. De la escuela lo echaron en cuarto por terco y poco aplicado. El notario Winder fue el que más tiempo lo aguantó. Quizá porque el pequeño Nikodem Dyzma sabía de alemán lo suficiente para entender a dónde lo mandaban. Luego la Oficina de Correos y Telégrafos, un sueldo mísero y un sinfín de reproches. La guerra, tres años de servicio de campaña en el batallón de telegrafistas y un solo ascenso a soldado de preferencia. De nuevo, correos en Lysków, hasta que vinieron los despidos. Gracias al párroco lo emplearon en la biblioteca, pero apenas pasó del invierno porque ya en abril resultó que no era capaz de mantener en el orden debido los libros en los estantes.

Eso era lo más interesante, por otro lado...

Las cavilaciones de Dyzma se vieron interrumpidas por el bramido de las sirenas de las fábricas cercanas. Walentowa se puso a trajinar alrededor de la mesa, a vista de lo cual Dyzma se levantó perezosamente y salió de la casa.

Deambulaba por las soleadas calles a pesar de que le dolían las piernas. Pero quedarse en el piso escuchando los comentarios sarcásticos del señor Walenty Barcik y las burlas de Marianka y, sobre todo, ver cómo comían, eso le superaba. Ya era el segundo día que no se llevaba nada a la boca, aparte de cigarrillos, para los que reservaba sus últimos céntimos.

Cuando pasaba al lado de alguna charcutería y le llegaba el seductor olor a salchichas, contenía la respiración. Trataba de volver la vista de las vidrieras de las tiendas de comestibles, pero el hambre no le daba tregua.

Nikodem Dyzma se daba cuenta perfectamente de que no había para él ningún panorama halagüeño.

¿Sentía algún tipo de pavor por ello? Para nada. La psique de Nikodem Dyzma, por suerte para él, estaba desprovista de toda imaginación. El alcance de sus previsiones y planes no traspasaba el límite de los próximos días y, así como la semana anterior había podido vegetar gracias a la venta de su reloj, podría sobrevivir la siguiente convirtiendo en efectivo el frac y los zapatos de charol.

A decir verdad, la adquisición del traje le había supuesto muchas privaciones y limitaciones y, también a decir verdad, había visto en ese traje la esperanza de conseguirse fácilmente el pan como bailarín y de mejorar radicalmente su lamentable situación. Pero ahora que se hallaba convencido, tras numerosos intentos, de que nadie lo iba a contratar en esa profesión, decidió sin mucho pesar desprenderse de su maravillosa indumentaria.

Se acercaban las seis cuando tomó la decisión definitiva y volvió a casa.

En el piso estaba solo Marianka, una frágil morena de movimientos inquietos. Parecía que tenía trabajo de noche, porque estaba pintándose junto a la ventana. Como justamente estaba sentada encima de su maleta, Dyzma decidió acomodarse en una esquina para no molestarla y esperar.

La chica fue la primera en decir algo:

—Dese la vuelta, que voy a cambiarme.

—No estoy mirando —respondió.

—Eso está bien, que del ansia se le pican a uno los dientes.

Dyzma soltó un taco. La chica soltó una risa y se quitó el vestido. Nikodem, efectivamente, no le prestaba atención, dejando aparte que la muchacha lo irritaba infinitamente. Con qué satisfacción le cerraría la boca con el puño y la echaría de la habitación. Se burlaba de él por sistema, con saña, con una pasión incomprensible para él. No le hería en su ambición masculina porque la vida no le había dado oportunidad de que esta se desarrollara. Ni siquiera afectaba a su dignidad humana porque nunca la había tenido en un grado especialmente elevado, no veía en este caso ninguna diferencia social entre él mismo, «trabajador de cuello blanco» en el paro, y esa chica. Sencillamente, estaba harto de ese continuo pitorreo.

Entre tanto, Marianka se vistió, se echó un mantón sobre los hombros y, poniéndose delante de Dyzma, sonrió mostrando sus grandes y blancos dientes.

—Está buena la moza, ¿no?

—Vete al infierno —le espetó con furia.

Ella lo tomó por la barbilla con dos dedos, pero se echó atrás rápidamente porque Dyzma, con un movimiento brusco, le dio un puñetazo en la mano.

—¡Oh, malaje! —susurró—. ¡Haragán, cochambroso! ¡¿Quieres pegarme?! Mirarlo, el *despravado* este...

Siguió así largo tiempo, pero Dyzma no la escuchaba. Empezó a abrir la maleta mientras calculaba mentalmente que por el frac podrían darle unos cincuenta zlotys. En el mercadillo de Kercelak había pagado setenta. Con los zapatos de charol también saldría perdiendo unos ocho zlotys, o a lo peor diez.

El niño se puso a dar berridos como un descosido: al momento Walentowa volvió corriendo de casa de la vecina. Solo entonces acabó Marianka su diatriba y salió dando un portazo.

Nikodem Dyzma abrió la maleta y sacó el frac.

—¡Ajá! —dijo Walentowa sonriendo—. Seguramente de que va *usté* a un baile o a una boda.

No respondió. Dobló con cuidado los pantalones, el chaleco y el frac, envolvió el paquete con un periódico y pidió una cuerda. Volvió Walenty, la mujer se puso a calentar las patatas para la cena y la estancia volvió a llenarse del olor a manteca ardiendo.

—Señor Dyzma —preguntó Walenty—, ¿va *usté* al Kercelak?

—Al Kercelak voy.

—Hoy es sábado, no hay judíos, y los nuestros no suelen comprar esas cosas. Y ya, si eso, por una miseria.

La manteca crepitaba en la sartén. Nikodem tragó saliva.

—Pues que sea por una miseria.

De repente se acordó de que no había comprobado los bolsillos del frac. Desenvolvió rápidamente el paquete. Efectivamente, en los pantalones había una cigarrera de vidrio y en el frac un pañuelo. Cogió ambos objetos y se los metió en el bolsillo de la chaqueta. Al mismo tiempo, notó ahí algo extraño. Como de cartón... Ajá, la carta que había encontrado. La invitación.

Volvió a sacarla del sobre y la leyó. De golpe, se percató de la letra pequeña de la parte de abajo *Traje de gala —condecoraciones.*

Echó una ojeada a su frac. Recepción... Comida, mucha comida, gratis...

«Estoy loco» —pensó, pero volvió a leer atentamente la invitación: *15 de julio del año en curso a las 8 de la tarde.*

No podía quitarse la idea de la cabeza.

—Señor Walenty, ¿hoy es quince? —preguntó.

—Pues quince es.

—¿Y qué hora tendremos?

—Pues tendremos las diez de aquí a un rato, pero las de ahora son las siete.

Dyzma se quedó inmóvil un momento.

«¿Qué me pueden hacer? —pensó—. Como mucho me echan fuera. Además, seguro que habrá tanta gente...»

Sacó los útiles de afeitar y comenzó a cambiarse de ropa.

Cuando trabajaba en la biblioteca municipal, durante las largas horas matutinas en las que apenas había trabajo solía leer por puro aburrimiento. Alguna que otra vez se había topado con descripciones de bailes y recepciones organizadas por condes y ministros. Sabía —si lo que decían los libros era cierto—

que en esas grandes fiestas normalmente hay mucha gente que no se conoce entre sí, por lo que su plan, que parecía arriesgado, podía salir bien. Sobre todo, si no se distinguía demasiado de los demás invitados.

Los Barcik estaban sentados a la mesa, comiendo patatas y bebiendo té.

«Comida, mucha comida —pensó Dyzma— carne, pan, pescado...»

Se lavó sobre el fregadero, repeinó su áspero cabello y estiró su camisa almidonada.

—¿No decía yo que se iba de boda? —dijo Walentowa.

Su marido echó una mirada al inquilino y murmuró:

—¿Y qué más nos da eso?

Dyzma abrochó el botón del cuello con dificultad, se anudó la corbata y se puso el frac.

—Comida, mucha comida —susurró.

—¿Qué dice usted?

—Nada, que ya me iba.

Bajó lentamente por las escaleras, abrochándose la gabardina.

Volvió a leer la invitación bajo la farola más cercana y comprobó que no tenía destinatario. Se la guardó en el bolsillo y tiró el sobre a la alcantarilla.

No dominaba aún la ciudad y dudó por un momento. Finalmente decidió ir por un camino que conocía. Dobló en la calle Zelazna y en la esquina de Chlodna giró en dirección a la iglesia, desde allí ya veía la calle Elektoralna y la plaza Bankowy.

Las calles rebosaban de vida nocturna en los barrios obreros. De las tascas salían roncos sonidos de acordeón, por las sucias aceras iban de aquí para allá grupos de adolescentes y jóvenes currantes con las chaquetas desabrochadas y sin cuellos. Las chicas, en grupos de tres o cuatro, de la mano, iban entre risas y cuchicheos. Bajo los portales, de pie o sentadas en taburetes sacados de las viviendas, había señoras mayores con niños en los brazos.

«Salimos del curro» —pensó Dyzma.

Elektoralna también estaba abarrotada: los judíos no solo iban por las aceras festejando, también ocupaban la calzada. Cuando llegó a la plaza del Teatro, el reloj de la torre del ayuntamiento marcaba ya las ocho y cinco. Aceleró el paso y en un momento ya estaba delante del hotel.

Veía cómo continuamente llegaban coches resplandecientes, cómo salían de ellos elegantes caballeros y señoras ataviadas con pieles a pesar del calor.

Se sintió amedrentado. ¿Será capaz de comportarse entre ellos...? Pero el hambre pudo más. Comer, ¡comer a toda costa! Luego ya que lo echen. No se le caerán los anillos. Apretó los dientes y entró.

Ni se había dado cuenta y los sirvientes ya habían tomado su abrigo y el sombrero, y un señor muy solícito lo acompañó hasta la puerta de la sala e incluso se la abrió con gesto servil.

Ante los ojos de Nikodem Dyzma todo comenzó a dar vueltas: el gran salón blanco, las manchas negras de los fracs y los coloridos vestidos de las damas. Se sintió casi mareado por la combinación de los perfumes con el bullicio de las voces.

Seguía en pie junto a la puerta cuando, de repente, vio ante sí a un caballero que se inclinaba amablemente y le tendía la mano. Le dio la suya automáticamente.

—Permítame —dijo aquel— que me presente. Antoniewski, secretario personal del primer ministro. Permita que le agradezca su presencia. Por favor, tenga el gusto, aquí tiene el aperitivo.

Dejó de hablar y se aproximó a dos delgados señores que acababan de entrar.

Nikodem Dyzma se quitó el sudor de la frente.

«¡Gracias a Dios! Ahora, valor...».

Se dominó rápidamente y empezó a ubicarse. Se dio cuenta de que alrededor de varias mesas había damas y caballeros comiendo, de pie con un plato en la mano o sentados junto a unas mesillas. Decidió controlar el hambre lo suficiente para observar cómo se comportaban los demás. Se fijó en una mesa llena de fuentes con alimentos que no había visto en la vida. Con qué gusto agarraría alguna de esas fuentes y se comería su contenido en una esquina. Pero se contuvo, siguió mirando.

Finalmente se decidió y comenzó a buscar un plato. Cuando encontró también un tenedor, se puso mucha ensalada y una porción de paté. Tenía la boca llena de saliva. No podía apartar los ojos del plato. De repente, cuando se estaba dando la vuelta para tratar de localizar un lugar más recogido, sintió un golpe bastante fuerte en el codo. El plato se le fue de la mano y dio al suelo.

La cólera se apoderó de Dyzma. Delante de sus narices un gordo se estaba abriendo paso a empujones y ni siquiera se había dado la vuelta para disculparse por su torpeza. Si Dyzma hubiera logrado contener su furia, seguramente su primer impulso habría sido más suave. Pero ahora solo sabía una cosa: el gordo le había privado de su comida.

En dos pasos alcanzó al culpable y lo agarró por el codo con todas sus fuerzas.

—¡Tenga cuidado, cojones, me ha tirado el plato! —le soltó en la cara

Los ojos del agredido expresaban un extremado asombro, casi horror. Miró al suelo y empezó a disculparse, notablemente consternado.

Alrededor se hizo el silencio. Se acercó un camarero a limpiar y otro le dio a Dyzma otro plato.

Cuando empezó a ponerse una porción de la misma ensalada, aún no era consciente de la locura que acababa de cometer. Se calmó cuando se halló en un lugar más apartado. Instantáneamente comprendió que podían echarlo a la calle de un momento a otro. Se puso a comer con ansia, para engullir lo más posible.

Mientras tanto, la sala seguía llenándose y Dyzma advirtió con alivio que nadie le prestaba atención. Eso le dio ánimos y volvió a llenar su plato. Mientras comía, vio a su lado una fuente con copas llenas. Se bebió dos, una detrás de otra. Se sintió más seguro de sí. Cuando cogió una tercera, advirtió que la copa de al lado, elevada por la mano de alguien, golpeaba levemente la suya. Al mismo tiempo, una voz llegó a sus oídos:

—Permítame beber con usted.

A su lado se encontraba un hombre moreno y alto vestido de coronel que le sonreía con una cierta ambigüedad.

Alzaron las copas y bebieron de ellas. El coronel le tendió la mano.

—Me llamo Waclaw Wareda.

—Me llamo Nikodem Dyzma —respondió como un eco mientras le apretaba la mano.

—Reciba mi enhorabuena —dijo el coronel inclinándose hacia Dyzma—. Pusiste a ese Terkowski en su sitio. Pude verlo.

Dyzma se sonrojó.

«Ajá —pensó—, este ahora viene a echarme. Pero vaya forma tan educada de empezar...».

—Ja, ja... —rio en voz baja el coronel Wareda— todavía se le sube la sangre a la cabeza al mencionarle a ese mentecato. Enhorabuena, señor... Dyzma. Hacía tiempo que Terkowski no recibía una lección así. ¡A su salud!

Bebieron y lo único que Dyzma alcanzó a entender era que aquel gordo Terkowski y el coronel debían de andar a la gresca.

—Una tontería —dijo—, una pena solo... por... la ensalada y el plato.

Wareda soltó una carcajada.

—¡Qué chiste tan delicioso! Qué mala sangre tiene usted, señor Dyzma, ¡a su salud!

—Sabe usted —añadió pasado un momento, dejando la copa— que es un chiste de primera: lo de Terkowski una tontería, ¡pero qué pena por la ensalada!

Se alegraba enormemente, y aunque Dyzma no acertaba a adivinar qué querría decir el coronel, se rio también, con la boca llena de canapés.

El coronel le ofreció un cigarrillo y se acercaron a la ventana. Apenas lo habían encendido cuando se les aproximó un tipo corpulento de pelo rubio canoso, vivaz y de ojos vidriosos.

—¡Wacek! —exclamó—. Dame un cigarrillo. Me he olvidado los míos.

El coronel volvió a sacar su pitillera de plata.

—Aquí tienes. Permíteme que te presente: el señor Dyzma, el señor ministro Jaszunski.

Dyzma empequeñeció. Nunca en la vida había visto a un ministro. Cuando en la oficina de correos en Lysków se hablaba de un ministro, había en esa palabra algo tan irreal, abstracto, algo tan infinitamente lejano e inalcanzable... Estrechó piadosamente la mano que se le tendía.

—Imagínate —empezó el coronel— que el señor Dyzma acaba de tener un incidente con ese patán de Terkowski.

—¡Ah! ¿Era usted? ¿Qué me cuentas? —el ministro parecía animarse—. Lo he oído, sí. ¡Vaya, vaya!

—Más aún, fíjate —continuó el coronel— que cuando le felicito, el señor Dyzma me responde: «lo de Terkowski, una tontería, ¡pero qué pena por la ensalada!».

Ambos se echaron a reír, y Dyzma les siguió sin mucha convicción. De repente, el ministro se calmó y dijo sugestivamente:

—El sino de los egos hinchados. Va el cafre abriéndose paso con los codos, con todo descaro, hasta que alguien le suelta un «cojones» en toda la cara, y resulta que vale menos...

—Que una ensalada —concluyó el coronel Wareda.

Se echaron a reír de nuevo y el ministro, tomando a Dyzma bajo el brazo, declaró alegremente:

—En cualquier caso, señor Dyzma, mis más sinceras felicitaciones. Sinceramente. Si hubiera nuestro país más gente como usted, estimado amigo, gente que no se deja intimidar, otro gallo cantaría. Hace falta gente fuerte.

Se acercaron unos cuantos hombres más. La conversación se tornó más genérica.

Nikodem Dyzma se sosegó. El estómago lleno y el coñac calmaron sus tensos nervios. Al principio pensó que lo tomaban por otra persona con el mismo apellido (¿podía ser que tuviera en Varsovia algún familiar?); pero luego captó que sencillamente lo tomaban por uno de los suyos, y eso era con certeza por haber abochornado a ese tal Terkowski. ¿Quién sería? Con certeza, se trataba también de un personaje importante.

Dándole vueltas a la situación, concluyó que lo más seguro era salir rápidamente. Empezó a inquietarse, sobre todo a causa de un señor mayor que se encontraba no muy lejos y que claramente lo estaba siguiendo con la mirada. Incluso estaba haciendo delicadamente maniobras para verle la cara a Dyzma.

«¿Qué diablos querrá de mí este viejo?»

La respuesta llegó al momento. El señor mayor detuvo a un camarero que pasaba y le dijo unas palabras, señalando a Dyzma con un movimiento de cabeza. El camarero hizo una reverencia, se acercó a Dyzma y le comunicó:

—Ese señor querría verse con usted un segundo.

No había solución. La huida era ya imposible. Nikodem dio tres pasos y echó una mirada triste al caballero de pelo grisáceo. Este, por su parte, le mandó una amplia sonrisa y balbuceó con tono complaciente:

—Mis más sinceras disculpas, distinguidísimo señor, pero, si no me equivoco, tuve el honor de conocerlo el año pasado en la asamblea anual de empresarios industriales en Cracovia. ¿No se acuerda? ¿En abril? ¿Leon Kunicki...?

Hablaba rápido y ceceaba un poco. Tendió insistentemente hacia Dyzma su pequeña y nerviosa mano.

—Leon Kunicki.

—Nikodem Dyzma. Pero se equivoca usted, nunca he estado en Cracovia. Debía ser alguien parecido a mí.

El anciano comenzó a dar excusas y justificaciones, pero las palabras salían tan rápidamente de sus labios que Dyzma apenas podía comprender su sentido.

—Sí, claro, por supuesto, estos viejos ojos ya no ven como antes, una distracción, no lo tenga en cuenta, pero aun así se alegra mucho, no conoce aquí a casi nadie, una pena, no hay con quién intercambiar unas frases, y resulta que tenía un negocio muy especial, por eso le había pedido a un amiguete que le consiguiera una invitación, pero qué difícil es moverse con tino cuando uno está viejo...

—Ya, incluso —continuó en ese tono— me estaba alegrando de haberle encontrado, y más viendo que está usted en tan buena comitiva con nuestro honorable ministro de agricultura. Y entonces pensé, bueno, un conocido, a lo mejor me hace el favor y me presenta con cierta benevolencia al señor ministro Jaszunski. Pero le ruego que me disculpe, mis excusas.

—No hay de qué.

—No, no, he interrumpido su agradable conversación con el mismísimo señor ministro, pero, ve usted, soy de provincias, en nuestras tierras todo es, respetabilísimo señor, muy cordial...más campechano...

«Vaya cotorra» —pensó Dyzma.

—Así que le pido mis disculpas —dijo el anciano ceceando— pero, por otro lado, quizá podría hacerle usted un favor a este viejo, ¡qué le cuesta a usted!

—¿Qué favor? —dijo Dyzma extrañado.

—¡Ah! No quiero importunarle, pero si el honorabilísimo señor quisiera, aunque fuera solo presentarme al señor ministro, inmediatamente me empezaría a tratar de otra manera, ve usted, como si fuera una recomendación amistosa.

—¿Una recomendación amistosa? —exclamó Dyzma, realmente extrañado.

—Jejeje, no lo niegue usted. Escuché su conversación. Estoy viejo y no veo bien, pero tengo buen oído. Ya le aseguro yo que, si me presenta usted, si, por ejemplo, le dice usted al señor ministro: «Estimado señor ministro, ¡permíteme que le presente a mi viejo y buen amigo, Leon Kunicki!» ¡Oh! Eso es ya otra cosa...

—¡Pero, caballero! —protestó Dyzma.

—No quiero importunarle, para nada, jejeje, pero le estaría mil veces, mil veces agradecido, ¿qué le cuesta a usted?

Entonces se abrieron las puertas de la sala contigua. Se hizo algo de desorden, un pequeño tropel se amontonó junto a la puerta. El ministro Jaszunski, pasando con otros dos señores junto a Dyzma y Kunicki, sonrió a aquel y dijo a sus acompañantes:

—He aquí el héroe de la noche.

Kunicki prácticamente le dio un empujón a Dyzma y este se inclinó ante el ministro. No viendo otra salida, Dyzma espetó:

—Permítame, señor ministro, presentarle al señor Kunicki. Un viejo conocido mío.

El rostro del ministro expresaba extrañeza. Sin embargo, no tuvo tiempo ni siquiera de responder porque Kunicki, sacudiendo su mano, comenzó su retahíla, diciéndole lo feliz que estaba de conocer a tan gran estadista al que la patria, y especialmente la agricultura, y más aún la silvicultura, tienen tanto que agradecer y que no olvidará este momento hasta la tumba porque él mismo, como agricultor e industrial de la madera, sabe valorar los grandes méritos en este campo, que no todos, por desgracia, los subalternos del señor ministro son capaces de comprender las grandes ideas de su jefe, pero que eso siempre tiene arreglo, que él, Kunicki, ha contraído una impagable deuda de gratitud para con el querido y bondadoso señor Dyzma que ha tenido a bien presentarle.

El ceceante torrente fluía tan raudo que el ministro, cada vez más asombrado, solo fue capaz de decir:

—Mucho gusto.

Pero cuando el porfiado anciano empezó a hablar de unos bosques estatales cerca de Grodno y de unos aserraderos que... —el ministro le interrumpió secamente:

—Permítame usted no ocuparme de estos asuntos durante la recepción. Si no, no tendría tarea que hacer durante mis horas de trabajo en el ministerio.

Dio la mano a Dyzma y a Kunicki, inclinó la cabeza y siguió adelante.

—Un hueso duro de roer este ministro suyo —dijo Kunicki—. Vaya, no lo sospechaba. ¿Siempre es así?

—Siempre —replicó por si acaso Dyzma.

La recepción había concluido. Sin embargo, muchos de los asistentes pasaron a cenar a la sala de al lado, donde se encontraba el restaurante.

El viejo se pegó a Dyzma como una lapa. Se sentó con él a la mesa y no paraba de hablar. A Dyzma la cabeza comenzó a darle vueltas.

A decir verdad, los principales culpables de esta situación eran el coñac y varias copas de vino, pero Dyzma empezaba a sentir cansancio y sueño. Cada dos por tres había que beber y comer, lo cual —teniendo en cuenta la impensable cantidad de comida ingerida —era incluso agotador. Dyzma se acordaba con ternura de su estrecha cama plegable que abriría junto a la ventana nada más regresar al piso de la calle Lucka. Mañana era domingo, a lo mejor le dejan dormir hasta las diez.

Entretanto, Kunicki lo agarró del brazo.

—Estimado señor, no se niegue, no son más que las once, ¡beba usted conmigo una copa de buen vino de Hungría! Me hospedo aquí, en el Europejski, justo en el primer piso. Tengo para usted un asunto muy importante. Venga, querido señor Dyzma, ¡no me lo rechace! Nos sentamos, hombre, con calma, tranquilos, cómodos, con un buen vinito... ¿Vale? Media horita, un cuartito de hora.

Al mismo tiempo casi iba tirando de Dyzma. Salieron al vestíbulo y un momento después se encontraban ya en una amplia habitación. Kunicki llamó por teléfono al servicio y ordenó que trajeran un vino húngaro.

En esos momentos, abajo, la puerta giratoria de cristal expulsaba del interior del edificio a un sinfín de señores con sombrero de copa y de damas engalanadas. El botones, al borde de la acera, no dejaba de anunciar los coches que se iban acercando.

—¡El auto del señor ministro Jaszunski!

Llegó una brillante limusina y el ministro, despidiéndose del coronel Wareda, le preguntó:

—Oye, Wacek, dime, ¿cómo se llama ese amigo tuyo que le ha dado el repaso a Terkowski?

—Un tío con agallas —declaró con tono firme el coronel, que tenía ligeros problemas para mantenerse en pie—. Se llama Dyzma, le ha dado un escarmiento espléndido...

—Debe ser un terrateniente o un empresario industrial, porque es amigo de ese famoso Kunicki, que tuvo un juicio por el suministro de traviesas ferroviarias.

—Lo que te digo, un tío con agallas. Así, sin rodeos ni leches.

—Sí, tiene que ser un carácter fuerte. Creo en la frenología. El cráneo hacia adelante y la mandíbula desarrollada. Creo en la frenología. Pues eso, ¡hasta luego!

El motor rugió, las puertas se cerraron de un golpe. El coronel seguía en la acera.

—¿Está mamado o qué diablos? —dijo para sí—. ¿Qué tiene que ver el carácter con la cronología...?

CAPÍTULO 2

Sobre la mesa había una lámpara con una pantalla verde y baja que iluminaba solo un pequeño círculo del mantel de felpa, una caja de puros, una botella enmohecida y dos copas de líquido de color ámbar. La habitación estaba a oscuras y las formas de los objetos se diluían.

Dyzma estaba hundido en un blando sillón con los ojos cerrados. Tenía una enorme sensación de pesadez y tanto sueño que seguramente se quedaría dormido escuchando esa voz monótona en la que, como las diminutas cuentas de un collar, se enhebraban rápidamente palabras insonoras y ceceantes, si no fuera porque de vez en cuando, del otro lado de la mesa, de la oscuridad, surgía la figura menuda de Kunicki y brillaban el blanco del pecho de su camisa y sus plateadas canas.

Sus pequeños, atentos e insistentes ojos parecían clavarse en las tinieblas, tratando de dar con la mirada de Dyzma.

—Así que ya ve usted lo difícil que es todo con esta burocracia de los menudos funcionarios de provincias. No ponen más que pegas y dificultades. Se escudan tras las leyes y los reglamentos solo para arruinarme, para quitarle el pan a los obreros que contrato. Señor Dyzma, vive Dios que deposito en usted mi última esperanza, mi única esperanza.

—¿En mí? —respondió Dyzma extrañado.

—En usted —repitió con convicción Kunicki—. Ya ve usted, es la cuarta vez que vengo por esta cuestión a Varsovia y me he dicho: si ahora no logro que echen a mi opresor, a ese zoquete de Olszewski, si ahora no consigo en el Ministerio de Agricultura unas condiciones humanas para la madera de los bosques estatales, ¡se acabó! ¡Lo liquido todo! Vendo a los judíos los aserraderos, la fábrica de muebles, la papelera, la fábrica de celulosa, lo vendo por dos duros y luego, yo qué sé, me pego un tiro en la sien o algo.

—A su salud, señor Dyzma —añadió tras una pausa y se bebió su copa de un trago.

—Pero ¿cómo puedo yo ayudarle?

—Jejeje —rio Kunicki—, debe estar usted bromeando. Solo una pizca de buena voluntad, solo una pizca... No, caballero, yo me doy cuenta perfectamente de que esto le roba su precioso tiempo y, esto..., y claro, también están los costes, pero con sus relaciones, ¡ju, ju, ju...!

Acercó su silla y cambió repentinamente el tono de su voz:

—Estimado señor. Se lo diré sin rodeos. Si me viniera un hechicero y me dijera: «¡Kunicki! Voy a tratar de arreglar las cosas para que despidan a ese golfo de Olszewski y poner en la Dirección de los Bosques del Estado a alguien con quien se pueda hablar, y voy a tratar de conseguirte un buen contingente de madera, ¿qué me das por eso?» Pues entonces yo le respondería sin vacilar: «Señor hechicero, ¡treinta, bueno, que sean treinta y cinco mil en metálico! ¡Por la gloria de mi madre! Diez mil en mano para gastos y el resto después de la gestión».

Kunicki dejó de hablar en espera de una respuesta. Pero Dyzma callaba. Comprendió inmediatamente que el viejecito le proponía un soborno por algo que, para él, Dyzma, aunque hiciera el pino con las orejas, era imposible conseguir. Era una suma descomunal, una suma tal que superaba cualquier cosa que él conociera en la realidad, e incluso en sus sueños, y que por eso mismo resaltaba la irrealidad de toda la operación. Si Kunicki le hubiera propuesto trescientos o quinientos zlotys, el negocio habría perdido su abstracta inaccesibilidad y aparecería como una buena oportunidad para sacarle los cuartos al viejo. A Dyzma se le pasó incluso por la cabeza la idea de asustar a Kunicki con la amenaza de denunciarlo a la policía. Hasta puede que para deshacerse de él le diera unos cincuenta zlotys. En cierta ocasión, el escribano del juzgado de paz de Lysków, Jurczak, se ganó de esa manera cien. Pero claro, él estaba en su oficina, y era funcionario público...

El silencio de Dyzma tenía a Kunicki desconcertado. No sabía qué pensar. ¿Había sido excesivamente rudo...? ¿No lo habría ofendido...? Eso sería una catástrofe. Había empleado ya todas sus relaciones e influencias, había puesto ahí un montón de dinero, había perdido una cantidad de tiempo inmensa, y si esta oportunidad se le fuera de las manos... Se propuso enmendar su error y suavizar la brusquedad de su propuesta.

—Por supuesto, honorable caballero, ya no hay hechiceros en este mundo. Je, je, je... Y no se puede exigir ni del más cordial y benévolo de los amigos que se ocupe de asuntos que conoce solo de oídas. ¿Verdad?

—Ciertamente.

—¿Sabe qué? ¡Tengo una idea! Señor Dyzma, estimado amigo, hágame usted la merced y véngase conmigo a Koborowo unas semanas. Allí podrá reposar, disfrutar del campo, un aire espléndido, podrá montar a caballo, tengo una lancha en el lago... Y le podrá echar usted un ojo a mi finca, a los aserraderos... ¿Y qué, estimadísimo? ¿Trato hecho?

Esta nueva propuesta sorprendió tanto a Dyzma que se quedó boquiabierto. Pero Kunicki no dejaba de insistir, alabando las virtudes del descanso, del campo, del pinar, y le aseguraba que las damas de su casa le agradecerán que les traiga a un invitado de Varsovia, no poca atracción por esos lares.

—Pero, señor mío —le interrumpió Dyzma—, lo último que puedo hacer ahora es pensar en descansar. Demasiado descanso ya, por desgracia.

—Nada, nada, todo descanso es poco.

—Estoy en el paro —dijo Dyzma con una pálida sonrisa en los labios.

Esperaba que el rostro del viejecito expresara decepción y sorpresa, pero, por contra, soltó una carcajada:

— Jejeje, menudo chistoso está hecho. ¡En el paro! Por supuesto, las cosas están crudas ahora en el comercio y en la industria. No es fácil hacerse con un puesto lucrativo, pero por otro lado el servicio público, señor mío, es mucho de honor y poco de remuneración. Los sueldos de los funcionarios, incluso los de los dignitarios, son poco envidiables.

—Sé algo de eso —asintió Dyzma—, yo mismo pasé tres años a sueldo del estado.

De repente se hizo la luz en la cabeza de Kunicki. «¡Qué astuto, hermano! —pensó—. Bueno, pues mejor todavía, ya que no quieres nada gratis».

—Honorabilísimo señor —empezó—, desde el mismísimo momento en que le conocí, algo me dice que Dios me lo envía a usted. Y que así sea. Señor, Dyzma, don Nikodem de mi alma, justamente las circunstancias de usted y mías no podrían cuadrar mejor. Usted busca un buen puesto y yo ya he llegado a una edad en la que a uno no le quedan tantas fuerzas. Amigo mío estimadísimo, no se enoje por mi audacia, pero ¿qué diría usted si le propusiera hacerse cargo de, digamos, la gerencia de mis propiedades y de mis plantas industriales? No vaya a pensar usted que es poca cosa. Tengo muchos bienes, un buen tinglado.

—No sé si sería capaz. No tengo ni idea de eso —dijo Dyzma con toda sinceridad.

—¡Ah, señor mío! —se opuso Kunicki—. Se pondrá usted al

día rápidamente. Además, en casa más o menos me las arreglo, pero sabe usted, esos viajes, las charlas con las oficinas estatales, eso de que tener que pedir que me atienda dadivosamente un Olszewski cualquiera, eso de despachar asuntos en los ministerios —para eso ya estoy viejo. Para eso hace falta alguien enérgico, con buenas conexiones, que sepa poner firme a gente como Olszewski y demás tropa; y joven, claro. Usted, estimado amigo, no llega a la cuarentena, ¿verdad?

—Tengo treinta y seis.

—¡Ah! ¡Eso sí que es buena edad! Venga, patrón, no se resista. Tendrá una vivienda confortable. Con nosotros en el palacete o en un pabellón aparte, como quiera. Caballos a disposición, coche a disposición. Buena cocina, la ciudad cerca, y si quiere usted visitar a sus amigos de Varsovia, por supuestísimo. En una palabra, ninguna restricción. Y sobre las condiciones: las que me diga usted amablemente.

—Hmm —masculló Dyzma—, la verdad es que no sé.

—Pues entonces digamos: unas regalías del treinta por ciento del aumento de las ganancias que consiga, ¿de acuerdo?

—De acuerdo —asintió Dyzma, sin saber muy bien en qué estaba de acuerdo.

—Y el sueldo, digamos... dos mil al mes.

—¿Cuánto? —dijo Dyzma extrañado.

—Vale, dos mil quinientos. Bueno, más los gastos de los viajes. ¿De acuerdo? Pues, ¡deme usted la mano!

Dyzma estrechó medio inconsciente la pequeña mano del viejecito. Este, sonrosado y sonriente, sin dejar de cecear por un segundo, sacó una pluma de enormes dimensiones, rellenó un folio con una docena de renglones de letras pequeñas y redondeadas y se lo pasó a Dyzma para que lo firmara. Mientras el «querido señor Nikodem» dibujaba junto a su apellido una compleja y precisa floritura, Kunicki extrajo de su regordeta billetera una buena cantidad de crepitantes billetes.

—Aquí tiene cinco mil como adelanto, servidor, y ahora...

Y comenzó a disertar sobre el traslado de Dyzma y otras cuestiones relacionadas.

«Bueno, viejo Kunicki, ¡que alguien te diga que no sabes cuidar de tus negocios!»

Ciertamente, Leon Kunicki era célebre por su incomparable astucia y rara vez salía perdiendo en alguna de sus transacciones —siempre cuidadosamente elegidas y vertiginosamente realizadas.

Unos minutos más tarde dejaron de oírse los pasos de Dyzma, mientras se alejaba por el pasillo, y el viejo permanecía en pie en medio de la habitación frotándose las manos.

Comenzaba a amanecer. En el firmamento aguamarina apenas se distinguían las cada vez más diminutas estrellas. Las farolas enfiladas brillaban con una luz blanca enfermiza.

Nikodem Dyzma deambulaba por las calles vacías y el eco de sus pasos resonaba con un chasquido penetrante.

Los acontecimientos de la noche se aglomeraban en su conciencia en un cúmulo de impresiones.... Sabía que estos hechos eran de enorme importancia, pero era incapaz de abarcar su sentido. Se percataba de que la fortuna había recaído inesperadamente sobre él, pero en qué consistía esa fortuna, qué significaba, de dónde había salido y por qué, no lo entendía.

Cuantas más vueltas le daba, todo le parecía menos real, más extraordinario y ridículo.

Entonces se detuvo espantado, metió cautelosamente la mano en el bolsillo y, cuando sus dedos toquetearon el grueso fajo de billetes, se sonrió. Se dio cuenta de repente de una cosa: era rico, muy rico. Se metió en un portal y se puso a contar. ¡Madre de Dios! ¡Cinco mil zlotys!

—¡Menuda pasta! —dijo en voz alta.

El instinto de tantos años de miseria se alzó en su interior con un reflejo absolutamente innato: esto hay que celebrarlo bebiendo. Y aunque no tenía ganas de comer ni de beber, dobló en la calle Grzybowska, sabedor de que la tasca de Isaac ya estaba abierta. Sacó prudentemente un billete de cien zlotys y lo metió en otro bolsillo. Llevar tanto dinero a la vista en ese local no era precisamente seguro.

A pesar lo temprano de la hora, el bar de Isaac estaba repleto. Carreteros, taxistas, camareros de otros restaurantes ya cerrados, proxenetas bebiéndose los ingresos nocturnos de sus «novias», escoria suburbana que volvía de su exitosa cacería nocturna —todo esto llenaba las dos pequeñas piezas con un murmullo de conversaciones a media voz y del sonido del vidrio.

Nikodem bebió dos vasitos de vodka, los acompañó con un frío filete de cerdo y con un pepinillo en vinagre. Le vino a la cabeza que era domingo y que Walenty no iría a trabajar.

«Que sepan los paletos quién es aquí de la clase ilustrada» —pensó.

Ordenó una botella de vodka y un kilo de salchichas, contó escrupulosamente el cambio y salió. Estaba ya cerca de la calle Lucka cuando vio de repente a Marianka. Estaba de pie apoyada en un muro, mirando al frente. No sabía por qué, pero se alegró del encuentro.

—¡Buenas noches, señorita Marianka! —dijo alegremente.

—Buenas noches —respondió, mirándolo con extrañeza—. ¿Qué hace usted vagando a estas horas?

—¿Y por qué no va usted ya a dormir, señorita?

—Creo que ya me voy —dijo con resignación.

Dyzma la miró atentamente. Le pareció más bonita que de costumbre. Era flaca, cierto, pero esbelta.

«¿Qué edad podrá tener? —pensó—. Como mucho diecisiete años».

—¿Por qué está la señorita tan triste? —preguntó.

Se encogió de hombros

—Si llevara tres noches seguidas parado en la calle, como un perro, y sin ver un céntimo, tampoco estaría usted dando saltos de alegría.

A Dyzma le dio pena. Metió la mano en el bolsillo y sacó un fajo de billetes de diez zlotys.

—Yo le presto. ¿Le vale con veinte?

La chica se fijó extrañada en el dinero. Sabía perfectamente que a mediodía el inquilino no tenía ni un duro encima. ¿De dónde habrá sacado ahora tantos billetes? A no ser que los haya robado. Quizá por eso se habría puesto el frac. «De todos modos —pensó—, ¿a mí qué me importa?»

Nikodem le extendió dos billetes.

—Aquí tiene.

Marianka los rechazó con la cabeza.

—No quiero. No lo tomo. No voy a tener con qué devolverlo.

—Pues no hace falta devolverlo.

—No quiero —frunció el ceño—. Anda que también, menudo banquero.

Volvió la cabeza y añadió en voz baja:

—A no ser que... Gratis no quiero. A no ser que se venga usted conmigo.

—Eeeh —murmulló Dyzma y se sonrojó.

Marianka le miró a los ojos

—¿No le gusto?

—No es eso, ¿por qué...?

—¡Vaya hombre está usted hecho! —estalló inesperadamente, llena de ira—. ¡Buuuu... cagueta!

Se dio la vuelta y se dirigió a casa.

—¡Señorita Marianka! —la llamó—. Espere, voy con usted.

Ella se detuvo y cuando Dyzma la alcanzó, le dijo:

—El hotel son cinco zlotys.

—Bien —respondió él.

Anduvieron en silencio por las estrechas calles.

Un golfo medio dormido con chaleco de felpa les abrió la puerta, los acompañó a una pequeña y sucia habitación y sacó la mano. Dyzma le pagó.

Un haz de sol brillante atravesaba las cortinas, grises y enmohecidas. En la habitación había un ambiente agobiante, hacía bochorno y olía a cerrado.

—¿Abro la ventana? —preguntó Marianka.

—Ya es tarde. Es hora de ir a casa. Deben ser como las diez —dijo Dyzma.

Delante del pequeño espejo, Marianka cepillaba su cabello espeso y moreno con un peine mellado.

—¿Ha encontrado un puesto? —soltó con indiferencia.

De repente le entraron a Dyzma unas ganas desenfrenadas de impresionarla. Sacó todo el dinero del bolsillo y lo extendió sobre la mesa.

—Mira —dijo sonriendo.

Marianka volvió la cabeza y los ojos se le ensancharon. Se quedó un largo rato mirando los billetes desperdigados.

—Cuánto dinero... Cuánto dinero... Y en billetes de quinientos. ¡Qué carajo!

A Nikodem el efecto le pareció delicioso.

La chica lo tomó de la mano.

—Oye, ¿ha sido un trabajo sangriento? —preguntó admirada.

Dyzma se rio y, en plan de chiste, respondió:

—¡Ajá!

Marianka tocó cautelosamente el dinero con la punta de los dedos.

—Dime... dime —susurró—, ¿has tenido que matar a alguien?

Asintió con la cabeza.

Permaneció callada y en sus ojos se veía una mezcla de miedo y admiración. Nunca habría sospechado que este silencioso inquilino, este zopenco...

—¿Con cuchillo? —preguntó.

—Con cuchillo.

—¿Fue difícil?

—Bah —contestó—, no le dio tiempo ni a pestañear.

Marianka meneó la cabeza

—Pero vaya si tenía dinero... ¿A lo mejor era judío?

—Sí.

—No lo sabía ...

—¿Qué es lo que no sabías? —preguntó Dyzma mientras guardaba el dinero.

—No sabía que eras tan...

—¿Tan qué?

—Pues, tan así...

De repente se abrazó a él.

—¿Y no te encontrarán?

—No te preocupes, me las apañaré.

—¿Nadie lo vio...? ¿Y si dejaste alguna huella? Hay que tener mucho cuidado. Los polis, ya sabes, te pueden encontrar hasta por las huellas de los dedos.

—Conmigo no darán.

—Y, dime, ¿tuviste miedo?

Se rio.

—No hay más de qué hablar. Venga, vamos a casa. Y esto para ti, para un vestido.

Puso delante de Marianka cien zlotys. La chica le echó los brazos al cuello y empezó a besarle los labios una y otra vez.

Fueron a casa sin hablar por el camino. Nikodem advirtió que la actitud de la pequeña hacia él había cambiado casi al momento. Se dio cuenta rápidamente de que el respeto, casi admiración, no provenía del dinero, sino de la historia que se había inventado. Y aunque el cambio le halagaba, se sentía avergonzado por no merecerlo en realidad. Por eso no podía confesarle ahora por nada del mundo que todo era un cuento chino.

—Mira, Marianka —dijo cuando estaban entrando en la escalera—, en casa no digas ni pío. ¿Entiendes?

—Sí, claro.

—Yo ahora voy a tener que estar fuera un tiempo para, ya sabes... Eso, es lo más seguro.

—Entiendo. ¿Pero volverás?

—Volveré.

La entrada del inquilino con Marianka no sorprendió a los Barcik. Pero el vodka y las salchichas recibieron una honrosa acogida. Walentowa cubrió la mesa con un mantel verde y se sentaron todos al desayuno. El vaso, antaño bote de mostaza, pasaba de mano en mano y, como su capacidad era bastante grande, Dyzma tardó poco en sacar otros cinco zlotys para que Marianka saliera a comprar otra botella.

Entre tanto, Nikodem arregló las cuentas del alquiler y cuando la chica volvió, dijo:

—Pueden darme la enhorabuena. He encontrado un buen trabajo.

—¿Dónde? —preguntó Walenty.

—Fuera de Varsovia. En provincias.

—Lo decía yo —asintió Walentowa—. En el campo siempre es más fácil ganarse el pan. Tienen de todo. Ya se sabe: son campesinos.

Bebieron a su salud y, cuando la botella se quedó ya vacía, Nikodem desplegó su catre, se desvistió, metió el chaleco con el dinero bajo la almohada y se quedó dormido casi de inmediato.

Walenty permaneció sentado un rato en silencio, y como había bebido un poco, en un momento dado le dio por ponerse a cantar, pero se encontró con la dura oposición de Marianka.

—Silencio, joder, no ves que el hombre está durmiendo. Ni descansar dejan.

Se hizo un silencio. Walenty se puso el gorro y salió. Su mujer se fue a casa de la vecina a jactarse de que el inquilino había convidado a vodka para celebrar su nuevo trabajo.

Marianka sacó del armario un paño de batista y cubrió con él la cabeza—había muchas moscas en la habitación.

CAPÍTULO 3

Los preparativos del viaje le llevaron toda la mañana. Dyzma hizo muchas compras, consciente de que debía tener un aspecto presentable. Por eso se procuró varias mudas de ropa interior, unas cuantas corbatas, un juego nuevo de utensilios de afeitar, unos zapatos muy amarillos y dos trajes nuevos que le estaban casi bien. Adquirió además un montón de menudencias y unas preciosas maletas de cuero.

El hijo del notario Winder, que estudió en Leópolis, tenía a todo Lysków maravillado con su estilo. Alguna que otra vez Dyzma había podido admirar la elegancia de sus útiles de aseo y ahora trató de imitar el gusto de aquel joven universitario.

Su capital se había visto considerablemente mermado, pero Dyzma estaba contento de sí mismo.

Antes de las seis ya estaba listo y el tren salía a las siete y media. Marianka, que al principio se había prometido a sí misma que acompañaría a Dyzma a la estación, estaba ahora tan achantada por su bagaje que ni se atrevió a proponerle su compañía, pero cuando Dyzma ya se estaba yendo, salió tras el por las escaleras y lo besó acaloradamente. Luego lo ayudó a bajar las maletas y, cuando el coche de caballos arrancó, gritó:

—¿Volverás?

—¡Volveré! —respondió Dyzma y agitó el sombrero.

En segunda se viaja mucho mejor que en tercera. En primer lugar, en vez de duros bancos hay sofás de muelles. En segundo lugar, los pasajeros son mucho más agradables y el personal de servicio atiende mucho más amablemente que en tercera.

Dyzma se deleitaba con su primer viaje en unas condiciones que le daban la sensación de ser un señor de los pies a la cabeza y de que no solo el jefe de la oficina de correos de Lysków, sino incluso los dos Winder, padre e hijo, no tendrían nada con lo que hacerle de menos ahora.

Los demás pasajeros del compartimento no tardaron en apearse del tren y Dyzma se quedó solo. No tenía sueño. Además, había que meditar bien todo el asunto.

Ya comprendía bien que la inesperada oferta de Kunicki se debía exclusivamente a que el viejo zorro lo había tomado por un personaje influyente, en estrechas relaciones con el ministro Jaszunski. Por supuesto, si el espejismo se desvaneciera, habría que renunciar a este sueldo tan increíblemente elevado. Por tanto, hay que emplear todo el ingenio en mantener a Kunicki en su errónea convicción para seguir cobrando mientras fuera posible. La manutención y la vivienda serán gratis. Los gastos se limitarán a unas decenas de zlotys al mes, cien como mucho. Así que, ¡dos mil cuatrocientos de ahorro!

«¡Bah! Con que durara tres meses... ¿Y si llegara a medio año...?»

Se sonrió. Luego podría incluso prestar con intereses y vivir como un señor, sin hacer nada. Solo hay que tener embaucado al viejo hasta que se pueda y cuidarse de no meter la pata. En general, hablar lo menos posible, sobre sí mismo ni una palabra. El viejo no es un pardillo y como empiece a sospechar un poco se acabó todo.

Comenzaba a amanecer cuando el revisor entró y avisó de que estaban llegando a la estación de Koborowo.

A Dyzma le entró la preocupación de si Kunicki se acordaría de que venía en este tren. Resultó que sí se acordaba. Un lacayo vestido con librea se acercó a Nikodem.

—¿El honorable señor se dirige a la residencia de los Kunicki?

—Sí.

—El automóvil espera frente a la estación, señor administrador —dijo el sirviente y cogió las maletas.

Una vez sentado en el lujoso coche, Nikodem pensó:

«Señor administrador general de los bienes de Koborowo. Habrá que hacerse tarjetas de visita».

El camino, liso como una tabla, seguía durante un tiempo a lo largo de las vías. Luego, junto a un pintoresco molino de agua semidestruido, se arqueaba sobre un puente de forma abombada y giraba a la derecha, dejando atrás numerosos edificios de fábricas a ambos lados de un apartadero.

A partir de ahí comenzaba una alameda de arces, al término de la cual se hallaba un espigado palacio, algo extravagante y pretencioso en su estilo, aunque armónico en su conjunto. El coche hizo un semicírculo junto al césped y se detuvo en el porche. Del otro lado del portón abierto apareció una doncella que se hizo cargo de las maletas con ayuda de un lacayo. Cuando Dyzma estaba quitándose el abrigo, Kunicki irrumpió en el vestíbulo, vestido con un largo albornoz escarlata tan chillón y florido que al principio Dyzma lo tomó por una mujer.

Kunicki, exultante e inquieto como el azogue, se lanzó con un abrazo sobre el recién llegado y abrió fuego con la ametralladora de su discurso, aún más rápido y ceceante que en Varsovia, pero igualmente monótono. La primera pregunta tras la cual hizo una pausa para la respuesta fue: «¿Prefiere el estimado señor vivir aquí, en el palacio, o en el pabellón del parque?»

El estimado huésped declaró que le daba igual, así que fue conducido a dos aposentos de la planta baja primorosamente decorados. Le aclararon que no se vería para nada incomodado, puesto que, si no deseaba acercarse al vestíbulo pasando por otras habitaciones, podía salir desde aquí directamente a la terraza, tiene una entrada al baño del pasillo justo al lado, puede bañarse tras el viaje ahora mismo si lo desea, el baño ha sido preparado, y luego, si no está cansado y quiere salir a desayunar al comedor, le dará mucho gusto a él, Kunicki, y a sus damas.

Cuando por fin Dyzma se quedó solo, deshizo rápidamente las maletas, guardó las cosas en el armario y pasó al baño. Nunca se había aseado en una bañera. Inmediatamente advirtió que es mucho más cómoda que los abarrotados baños públicos. Últimamente, por otro lado, no había podido permitirse ni siquiera ir a los baños. Testigo elocuente de ello era el agua de la bañera, que después de su paso adquirió un color bastante sugestivo. Dyzma tuvo que palpar bien el fondo de la bañera hasta dar con la cadena. Tiró de ella y el ignominioso líquido desapareció por el desagüe. Enjuagó la bañera, se peinó, se puso el pijama y, cuando volvió a su habitación, se dio cuenta asombrado de que el servicio había limpiado su ropa y sus zapatos durante su ausencia.

«¡Caray! ¡Aquí no te dejan ni mover un dedo por tu cuenta!» —pensó lleno de admiración.

Apenas se había anudado la corbata cuando llamaron a su puerta y apareció Kunicki, refrescado y desmesuradamente hablador.

La habitación a la que acompañó a Dyzma, más bien una sala, toda recubierta de madera de color oscuro, causaba una impresión abrumadora. A lo largo de las paredes había formidables aparadores y armarios con puertas de vidrio repletas de refulgentes vajillas de plata y cristalería, una mesa blanca no muy grande con cubiertos para cuatro personas que parecía una exposición de vajilla de lujo que bastaría para servir a todo el personal de la oficina de correos de Lysków.

—Mis señoras llegarán en un momento, justo están terminando de vestirse, quizá mientras querrá usted, estimado señor Dyzma, ver otras habitaciones en la planta baja porque el piso superior, jeje, todavía está invisible, comprende usted: así son las damas. ¿Qué le parece mi morada? Yo mismo la acondicioné e hice el diseño, comenzando por las indicaciones al arquitecto y terminando en el último mueblito...

Tomó a Dyzma del brazo y, trotando junto a él, iba mirándole a los ojos cada dos por tres.

El palacio, al igual que todo Koborowo, explicaba, era su orgullo y satisfacción, aún pocos años atrás no había aquí más que trochas, un palacete que no servía más que para echarlo abajo, edificaciones en ruinas y la mitad de la tierra en barbecho. Y hoy, una gallina de huevos de oro, una joya, mimada, con trabajo sistemático, con arduo esfuerzo puesto, señor mío, en pie.

Caminaban sobre blandas alfombras, atravesando aposentos decorados con una opulencia inimaginable para Dyzma.

Era como si los bronces dorados, los suntuosos marcos de los cuadros, los muebles relucientes, los enormes espejos, las chimeneas de mármol y malaquita, las telas exóticas y las pieles estampadas en oro gritaran: ¡dinero! A Dyzma se le ocurrió que, si hubiera un terremoto de repente, del palacio y todo su contenido quedarían retales de oro.

—¿Y qué tal? —preguntó Kunicki, ya de nuevo en el comedor, pero no obtuvo respuesta, ya que se abrió la puerta y las damas entraron.

—Permitidme, os presento: el señor Dyzma.

La mayor, de cabello rubio claro, le tendió la mano sonriendo:

—Mucho gusto. He oído mucho sobre usted.

La más joven, de pelo castaño, aspecto de muchacho y vivaces movimientos, le apretó la mano con fuerza, observándolo con tal falta de miramientos que Nikodem se ruborizó. Por suerte, no fue necesario que dijera nada, pues Kunicki no paraba de hablar. Así pues, tuvo tiempo para fijarse en las dos mujeres. La rubia no tendría más de veintiséis años, la castaña unos veinte o veintidós. Se extrañó, ya que recordaba que Kunicki le había dicho que tenía mujer e hija. Sin embargo, estas dos solo podían ser sus hijas, aunque no parecían hermanas. La rubia, aunque bien constituida y esbelta, no podía ser calificada de delgada. Sus labios pequeños pero prominentes y sensuales, su rostro ovalado y apacible y unos ojos casi desproporcionadamente grandes e intensamente azules revelaban una naturaleza soñadora. Un elegante vestido veraniego de seda cruda dejaba al descubierto su cuello y unos brazos de deslumbrante blancura.

Al lado de esta belleza pastel, constituían un llamativo contraste las cejas oblicuas y fundidas de su joven compañera, su corto pelo castaño, con peinado masculino y brillo de cobre, su blusa inglesa abrochada hasta el cuello, una corbata verde oscuro y su bronceada piel. Además, la mirada de sus ojos marrones tenía algo de impertinente. Otra cosa que impactó a Dyzma era la forma de sus orejas. La chica estaba sentada de perfil y Dyzma tenía que esforzarse para no fijarse una y otra vez en su oreja. Nunca hasta entonces había prestado atención a las orejas de la gente. Se dio cuenta por primera vez de que las orejas pueden tener una expresión individual, que pueden ser hermosas, pueden asemejarse a una flor exótica de consistencia robusta y jugosa, con formas llamativas. Kunicki tenía unas pequeñas orejitas rojas, afiladas en su parte superior, mientras que a la rubia se las tapaba su esponjado peinado.

Estas observaciones no impedían a Dyzma tratar de asemejarse lo más posible a sus acompañantes en sus movimientos y en el modo de usar los cubiertos, para evitar que un comportamiento inadecuado pudiera desenmascarar su carencia de lo que el notario Winder llamaba *kinderstube*, y que seguramente significaba modales de gran señor.

Kunicki no paraba de hablar, hacía un recuento pormenorizado de las virtudes y defectos de Koborowo, enumeraba el inventario, describía el temperamento de los caballos y trazaba un plan para enseñárselo todo al querido señor Nikodem.

—Hasta ahora solo he logrado mostrarle las habitaciones de la planta baja.

Tomó un sorbo de café, y a consecuencia de ello se hizo una pausa suficiente para que la rubia dijera algo:

—¿Y qué le ha parecido?

—Muy rico —respondió Dyzma con sencillez.

En la cara de la rubia se llenó de rubor. Sus ojos eran la expresión de una pena indecible.

—Eso, vea usted, es el gusto de mi marido.

—Je, je, je —rio Kunicki—, ya se lo dije al señor Dyzma. Figúrese usted que la primera bronca matrimonial que me echó Nina, je, je, je, fue precisamente por esto cuando llegamos a Koborowo después de la boda. He aquí la gratitud femenil. Yo hago el pino para preparar el nido para mi señora, y ella me monta un belén. Imagínese además que...

—Para, por favor —interrumpió Nina.

—No te entiendo, papá —añadió la de pelo castaño— ¿para qué aburres al señor Dyzma contándole cosas que, encima, le causan dolor a Nina?

— Si yo no digo nada, no digo nada, querida. Además, ahora mismo os libraremos de nuestra compañía; porque tengo que enseñarle Koborowo al señor Nikodem. Como le decía...

—A lo mejor el señor Dyzma está cansado —interfirió Nina.

—En absoluto —negó Nikodem.

—¡¿Ves, ves?! —exclamó contento Kunicki—. Nosotros, los

hombres de negocios, sentimos un impulso irresistible por conocer lo antes posible todo lo que pueda ser útil, todo lo esencial y solo aquello que es importante —siguió ceceante.

—Papá, no hables por el señor Dyzma —le interrumpió su hija—. Dudo que para todo el mundo las traviesas ferroviarias y los residuos de madera sean la cosa más esencial y lo único importante. ¿Verdad, caballero? —se dirigió a Dyzma.

—Bueno, naturalmente, tiene usted razón —respondió con cautela—, hay cosas mucho más importantes.

Kunicki se rio en voz baja y se frotó las manos.

—Sí, sí ¡hay temas más importantes que las traviesas! Por ejemplo, ¡el tema de conseguir un mayor contingente de madera y el tema de hacerse con los suministros!

Se rio contento de sí mismo.

La rubia se levantó e inclinó la cabeza.

—No les molestamos más —dijo fríamente.

La chica de pelo castaño también se levantó y, antes de que Nikodem pudiera hacerse idea de en qué consistía el conflicto familiar, ambas salieron del comedor. Dyzma no pensó que el desayuno fuera a terminar tan rápido. Comió poco para no quedar como un glotón, y se había quedado con hambre.

El lacayo anunció que habían traído los caballos.

—Bien —dijo Kunicki, poniéndose el gorro— ya ve, no se incomode, pero entre mi esposa y yo siempre estamos con grandes malentendidos. Ella, ve usted, idealista, romántica, con utopías en su cabecita, aún es joven. Ya se volverá juiciosa. ¿Mi hija...? Hm... Kasia se junta con ella porque todavía es también una mocosa. Además, las mozas siempre se ponen del mismo bando.

Delante de la entrada había un tiro muy original, una especie de elegante carro de dos ruedas con dos bayos dispuestos uno tras el otro. Se sentaron cómodamente sobre blandas almohadas y Kunicki soltó un latigazo. Los caballos arrancaron al trote fuerte.

—¿Qué? ¿Son majos mis rocines? —Kunicki guiñó un ojo—. Compré esta pareja en la feria de agricultura de Lublin. ¡Medalla de oro! ¿Eh?

Ciertamente, los bayos iban a un ritmo delicioso y Dyzma confesó que eran fantásticos.

—Primero le mostraré mi ministerio ferroviario —dijo Kunicki—. Veinte kilómetros de vías con dos ramales, iremos al primero, en mi bosque.

Giró y salieron de la alameda y continuaron durante una media hora por un blando camino de tierra entre espesos campos de centeno maduro. No corría aire, pero el calor no era molesto.

—Bonita cosecha —dijo Dyzma.

—Sí señor, sí —respondió Kunicki con tristeza—, demasiado buena, demasiado bonita, desgraciadamente.

Nikodem se rio.

—Lo dice como si le preocupara.

—¿Y no le parece a usted? —se extrañó Kunicki—. Si esto es un desastre para la agricultura.

Dyzma iba a decir que no entendía, pero se mordió la lengua. Mejor ser precavido.

—Un desastre —repitió Kunicki—. Los precios caen a un ritmo vertiginoso. En dos meses estaremos vendiendo por un calcetín. La maldición de la abundancia, señor mío.

«¡Ajá! —pensó Dyzma—. Vaya, ¿quién lo iba a sospechar? Pero se ve que el mejor método es hablar lo menos posible y ¡líbreme Dios de preguntar nada!»

—Bueno, es comprensible —dijo en voz alta—, pero no creo que vaya a ir tan mal como usted pronostica.

Calló; le vino a la cabeza que había que añadir algo para no parecer ingenuo. Así que añadió, por si acaso:

—El precio del grano aumentará.

—Bah, solo en el caso de que el gobierno comience a almacenar cereales.

—¡¿Y quién le ha dicho que no va a hacerlo?!

—¡¿Qué me dice?! —Kunicki dio un brinco.

Dyzma se asustó pensando que había dicho una tontería descomunal, pero se calmó de inmediato, pues vio que a su compañero se le iluminaban los ojos.

—¡Señor de mi vida! ¿Qué me dice? ¿Está ya decidido?

—De momento es sólo un proyecto...

—¡Mi querido señor Nikodem! ¡Qué idea tan genial! ¡Genial! Es obligación del gobierno salvar la agricultura. Si es que, por Dios bendito, todo el bienestar del país se basa en la agricultura. ¡Diablos! ¡Qué manía tenemos con recomponer la estructura económica del país! ¡Si Polonia tiene un setenta por ciento de agricultores! ¡Setenta por ciento! No la industria, no las minas, no el comercio, sino precisamente la agricultura, los productos agrícolas, animales, madera, esa es la base de todo. El bienestar del agricultor es el bienestar de todos: ¡del industrial, del comerciante y del obrero! Señor Dyzma, le digo a usted, ¡es su santa obligación para con la patria emplear todas sus influencias en el gobierno para que este genial proyecto sea aprobado! ¡Si el gobierno comprara todo el superávit...! ¡Dios mío! Ya solo Koborowo con sus granjas...

Comenzó en su mente a hacer un recuento de las potenciales ganancias, cuando Dyzma dijo:

—Es cuestión de dinero. No hay dinero.

—¿Dinero? ¿Dinero? —se irritó Kunicki—. Eso es una menudencia, un obstáculo ridículo. Si el estado puede emitir obligaciones... Obligaciones de cereales, por cien millones de zlotys, incluso. Se paga con obligaciones y punto. Por supuesto, con intereses, digamos, al cinco por cien, o incluso al cuatro por cien. ¿Le parece? Digamos, de seis años. Mil rayos, en el curso de seis años debe haber buena coyuntura al menos dos veces. Entonces se venden los acopios en el extranjero y el negocio es redondo. ¿Le parece? Y las ventajas, gigantes: primo, salvar los precios, secundo, impulsar la circulación monetaria, porque las obligaciones deben ser, evidentemente, anónimas. Y así el estado inyecta en el mercado interno cien millones nuevos, y eso es ya una cuota de influencias salvíficas para nuestra escasez de efectivo. ¡Señor de mi vida! Debe hablar de esto necesariamente con el ministro Jaszunski.

—Ya hemos hablado mucho sobre el tema y ¿quién sabe...?

Se interrumpió, al tiempo que pensaba:

«Tiene cabeza el viejo, así se lo lleve el diablo. ¡Un tipo así podría llegar a ministro!»

Kunicki no cesaba de meditar sobre la cuestión. Proponía argumentos, exponía reservas y dudas para inmediatamente después disolverlas con un razonamiento lógico, ceceaba cada vez más, hablaba cada vez más rápido y agitaba el látigo de la emoción.

Mientras tanto, el camino giraba hacia el bosque y discurría ahora entre altos pinos. En un amplio claro del bosque se amontonaban pilas de troncos a lo largo de las vías de un ferrocarril de vía estrecha. Justo entonces la minúscula locomotora comenzó a silbar y jadear, tratando de arrancar con una docena de vagonetas llenas de grandes bloques de madera. Servían de ayuda dos filas de obreros que empujaban desde ambos lados.

Los trabajadores se quitaron sus gorras, pero en sus inclinaciones de cabeza se notaba antipatía, e incluso inquina. Un tipo moreno con cazadora gris se acercó al carro y empezó a hablar, pero Kunicki le interrumpió:

—Señor Starkiewicz, agache usted la cabeza, este es precisamente el señor Dyzma, administrador general. El hombre se quitó la gorra y echó a Dyzma una atenta mirada. Este le hizo una ligera inclinación de cabeza.

Mientras Kunicki interrogaba a Starkiewicz sobre datos varios, Nikodem pasó unos minutos mirando con curiosidad las enormes masas de madera, las barracas hechas de tablas alrededor del prado lleno del silbido de las sierras y del sonido gimiente de las hachas. Cuando retomaron la marcha, Kunicki comenzó una clase magistral sobre los tipos de árboles, el estado de la explotación, las dificultades para obtener permisos de tala en su propio bosque y la población forestal en los alrededores. Citaba párrafos de leyes, precios y de cuando en cuando echaba una mirada a su compañero, cuyo rostro expresaba solícita atención.

En realidad, Dyzma estaba aterrado. Todo esto se echaba encima de su cerebro como un impetuoso alud de conceptos y cuestiones sobre las que no tenía la menor idea y que iba en aumento. Se sentía como si hubieran volcado sobre él un almiar de paja. Perdió toda orientación y comprendió que no lo lograría, que no podría de ninguna manera controlar la situación lo suficiente para no meter la pata y evitar quedar en ridículo, dicho de otro modo: para que no se descubriera el pastel.

Vistos el apeadero de carga de madera en el bosque estatal, los aserraderos junto a la estación de ferrocarril, la fábrica de muebles, la papelera recién terminada y la construcción de unos almacenes, el lío en la cabeza de Dyzma había crecido hasta tal punto que ardía en deseos de huir inmediatamente. Frente a él se encontraba una gigantesca montaña de negocios incomprensibles y de cuestiones misteriosamente entrelazadas, había conocido a las personas responsables de estos asuntos, que hablaban de estos temas con conocimiento de causa y empleando unas abreviaciones que le hacían imposible captar nada.

Únicamente se consolaba al ver que Kunicki no se daba cuenta de su abatimiento y suponía que Dyzma estaba sencillamente concentrado y tomando nota atentamente. Debía estar tan absorto en la tarea de informar a su nuevo administrador que no tenía tiempo de advertir su desánimo.

Iban a dar las tres cuando se detuvieron nuevamente frente al palacio.

—Ya ve usted —dijo Kunicki mientras daba las riendas al caballerizo— que mi Koborowo es una finca nada pequeña. Nada pequeña y sabe Dios que ha sido diseñada con mucha lógica y que está destinada a lograr unos ingresos buenos y estables. Si en la práctica esto no es así es mérito de nuestra burocracia y de la inestable política económica. Pero incluso en estas condiciones se puede hacer mucho, mucho, pero eso es ya cosa de usted y problema suyo, mi querido señor Nikodem.

Almorzaron solos, ya que las damas habían cogido el coche para ir de compras a Grodno. En Koborowo servían abundante y exquisita comida, así que Dyzma, mientras bebía el café solo que les habían servido en el despacho, se sintió extraordinariamente somnoliento.

Por contra, Kunicki, vivaz como una liebre, no cejaba de exponerle los negocios de Koborowo. Abría armarios, cajones, sacaba de ahí archivadores, cuentas, correspondencia y hablaba sin parar. Nikodem estaba al borde de la desesperación cuando el anciano, recogiendo con sus manitas una gruesa pila de papeles, dio por acabada la sesión:

—Veo que está usted algo cansado, se merece un descanso tras el viaje. Entonces, si me lo permite, le mandaré todos estos materiales a su habitación y a lo mejor podrá usted echarles un ojo esta noche. ¿Vale?

—Claro, con mucho gusto.

—¿Y no querría ahora echar una cabezada, querido señor Nikodem?

—Sabe usted que, efectivamente...

—Bueno, pues disfrute la siesta, disfrute, le acompaño. Ah,

preste atención a la fecha de la correspondencia con la Dirección de Bosques Estatales. Si es que es un escándalo que detengan la cuestión durante tres meses sin respuesta, porque... Bueno, pero esto después. Descanse usted. La cena la tenemos a las ocho.

Nikodem se quitó las botas y se estiró en el sofá, pero no pudo dormir. Los pensamientos se acumulaban bajo su cráneo fastidiosamente, casi causándole dolor. ¿Qué hacer? ¿Qué hacer...? ¿Renunciar a todo de inmediato y confesarlo todo al viejo o tratar de ubicarse con todo ese material tan horrorosamente difícil y complejo...? Si lo lograra, podría mantenerse en Koborowo unos dos o tres meses... Porque más es imposible que aguante. Si el viejo lo ha contratado para que logre del ministro todas esas concesiones...

«Tan espabilado el vejestorio y se ha timado a sí mismo... ¿Cómo apañárselas aquí ahora? Dita sea...»

Se cansó más durante las dos horas de reposo que durante toda la mañana y el mediodía, que habían discurrido tan laboriosamente. Se fumó más de una docena de cigarrillos y el humo que llenaba la habitación comenzó a molestarle. Se levantó y pasó al gabinete contiguo. En el escritorio estaba el fajo de libros y documentos con los que debía familiarizarse.

Soltó una maldición en su interior y dio media vuelta. Se acordó de que podía abrir la puerta de la terraza y salir al parque.

El parque, maravillosamente cuidado, debía ocupar un área muy extensa, puesto que Nikodem, que no dejaba de andar, no podía ver dónde terminaba. Entre viejos robles, castaños, tilos y arces, corrían en todas direcciones senderos y veredas, llanos y parecidos unos a otros como dos gotas de agua.

«Aquí es fácil perderse» —pensó Dyzma y miró a su alrededor. «En cualquier caso, el palacio está al norte».

Aquí y allá, bajo los grandes árboles, había bancos de piedra y de madera. Tras diez o veinte minutos de paseo, Nikodem eligió uno de ellos, a la espesa sombra, y se sentó. Volvieron los pensamientos que le atormentaban: ¿qué hacer? ¿cómo ingeniárselas para salir del paso?

Entonces escuchó un silbido y, al momento, unos pasos rápidos detrás de sí. Miró a su alrededor. Por una estrecha vereda venía caminando un hombre joven, extraordinariamente elegante, con un brillante monóculo en el ojo. Le seguía un minúsculo perro ratonero con cabeza de murciélago y patas encorvadas. El perro vio a Dyzma y comenzó a ladrar. El joven se detuvo entonces, miró a Dyzma de arriba abajo y se dirigió a él. Tendría unos treinta años, delgado, alto. Su altura se veía alargada por un cuello desproporcionadamente largo, terminado en una pálida, pequeña y redonda cabeza, similar a la de un niño enfermizo. La altanera y despectiva expresión de sus rasgos contrastaba tanto como sus enormes ojos azules con un contorno rojo, que miraban con venenosa ironía. Dyzma se sintió azarado bajo esta mirada, también porque el joven se puso delante de él y le observaba con impertinencia.

«¡Qué diablos!» —pensó Dyzma.

El joven apuntó con su índice en dirección a Nikodem y preguntó con voz estridente:

—¿Quién es usted?

Dyzma no sabía qué hacer y se puso en pie.

—Soy el administrador, el nuevo administrador...

—¿Nombre?

—Dyzma, Nikodem Dyzma.

El perro ladraba, saltando con torpeza alrededor de las piernas de su dueño.

—¿Sí? ¿Dyzma...? He oído hablar de usted, soy el conde Ponimirski. Siéntese. ¡Brutus, silencio! ¿Ve, señor Dyzma? Le puse ese nombre al perro porque no tiene ningún sentido y me gustaría saber ¿por qué el nombre de un perro debe tener sentido? ¡Siéntese usted!

Dyzma se sentó. El conde este le causaba una impresión tremenda en la que se mezclaban miedo, asco, curiosidad y compasión.

—He oído hablar de usted —continuó el conde, lamiéndose con la lengua sus vivaces y exangües labios—, he oído hablar. Al parecer, ese golfo le ha traído porque es usted una figura importante. Veo como mi obligación de caballero prevenirle contra la facinerosa persona de mi amado cuñado.

—Pero ¿de quién me habla? —dijo Dyzma extrañado.

—¿De quién? Por supuesto que de ese rufián, de Leon Kunik.

—¿Del señor Kunicki...?

—¡Mil rayos! —estalló el conde—. ¿Qué Kunicki ni qué demonios? ¿Qué Kunicki? ¿De dónde sale ese Kunicki? Kunicki es un buen apellido noble del que esa sanguijuela se ha apropiado! Lo ha robado, ¿entiendes? Robado. ¡Se llama simplemente Kunik! Lo descubrí yo solo. Hijo de la planchadora Genowefa Kunik y de padre desconocido. Sí, estimado, la condesa Ponimirska, nieta de la duquesa de Rehon es hoy señora de Kunik.

—No entiendo —comenzó Dyzma con cautela—. ¿Quiere decir, señor conde, que es usted cuñado del señor Kunicki?

Ponimirski se levantó de un brinco, como si le hubieran dado un flechazo. Su rostro blanquecino se volvió rojo de repente

—¡Calla! ¡Cállate...!

—Le pido disculpas —Dyzma se asustó.

—¡No te atrevas a llamar a ese canalla de otro modo que no sea Kunik, sinvergüenza Kunik, impostor Kunik! ¡Nada de Kunicki...! ¡Mi cuñado es el ruin usurero Kunik, el patán bastardo Kunik! ¡Kunik! ¡Ku-nik! ¡Ku-nik! Repita conmigo: ¡Ku-nik! ¡Venga...!

—Kunik —marmulló Dyzma.

Ponimirski se calmó y se sentó, incluso llegó a sonreír.

—¿No lo sabía? Mi Brutus tampoco lo sabía y hasta se acercaba amistosamente a mi cuñadito, hasta que este le pegó una patada. ¡Bestia!

Se quedó pensativo y añadió:

—Los dos: Kunik es una bestia, el perro es una bestia... Por lo demás, yo también soy una bestia...

Soltó una carcajada de improviso.

—Disculpe la molestia, pero usted también es una bestia.

Seguía riéndose y Dyzma se dijo a sí mismo:

«Está loco».

—¿Piensas que estoy loco? —Ponimirski lo tomó de repente del brazo y acerco su rostro al de Dyzma.

Dyzma se estremeció.

—No —respondió con voz dubitativa—, para nada, Dios me libre...

—¡No lo niegues! —gritó el conde—. ¡Lo sé! Por lo demás, seguro que Kunik le había avisado. ¿O a lo mejor mi hermana? Responde, al fin y al cabo, ella también acabará depravada al lado de ese puerco, de ese chacal. ¿Qué le ha dicho Nina?

—Pero si nadie me ha dicho nada en absoluto...

—¿Nadie?

—Le doy mi palabra —le aseguró Nikodem.

—Seguramente juzgaron que no tendría el honor de conocerme. ¿Sabe usted que me han prohibido la entrada en el palacio? ¿Qué me hacen comer solo? ¿Qué no me está permitido abandonar el parque porque Kunik ha ordenado al servicio apalearme con varas si salgo?

—Pero ¿por qué?

—¿Por qué? ¡Porque le incomodo, porque mis modales aristocráticos irritan a ese advenedizo, a ese bastardo hijo de planchadora, porque yo debería ser aquí el amo, y no ese vagabundo granuja, porque no puede soportar que yo, heredero legal de Koborowo, yo, descendiente legítimo, debo ser el señor en el nido de nuestro linaje!

—Entonces, el señor Kunic... el señor Kunik ¿se hizo con Koborowo como dote de su hermana?

Ponimirski cubrió su rostro y no dijo nada. Al cabo de un momento, Dyzma se dio cuenta de que por sus largos, increíblemente largos dedos, corrían las lágrimas.

«¡¿Qué narices?!» —pensó.

El perro empezó a gemir insistentemente y a rascar con sus patitas la pernera de su amo. Este sacó un pañuelo de seda fuertemente perfumado, se secó los ojos y dijo: —Disculpe. Tengo el sistema nervioso algo irritado.

—No hay de qué... —dijo Dyzma.

El conde torció el rostro en una pérfida sonrisa.

—¿Cómo que «no hay de qué»? Mire, señor como-se-llame, lloro porque me da la gana. Los ingleses dicen en estos casos... En fin, usted seguramente no habla inglés, ¿verdad?

—No lo hablo.

—Pues, fantástico —se alegró el conde—. No querría causarle malestar, ¡me ha caído usted bien! —le dio unas palmaditas en el hombro con la yema de los dedos—. Entonces, cuando tenga ganas de insultarle, lo haré en inglés. ¿Le parece...?

—Bien —respondió Nikodem resignado.

—Pero no se trataba de esto. Tengo que informarle de que, aunque Kunik es un estafador que le ha mangado Koborowo a mi familia, no debe usted robarle, puesto que yo mismo lo llevaré a los tribunales y le arrebataré el patrimonio, meteré a mi cuñadito en la cárcel y podré a Nina bajo mi custodia. ¿Qué hora es?

—Las siete y media.

—¿Qué? ¿Ya? Ah, debo ir al pabellón. Si no, luego no me pondrán la cena. Adiós. Una pena, quería contarle aún muchas cosas. Venga mañana a esta hora. ¿Vendrá usted?

—Bien, vendré.

—Y una cosa más. Ni se le ocurra confesarle a nadie que me ha visto y ha hablado conmigo. ¡Deme su palabra de honor!

—La tiene.

—Vale, le creo, aunque tanto su apellido como su apariencia son prueba de que proviene del vulgo y los villanos no tienen honor. Adiós.

Se dio media vuelta y se fue caminando con paso elástico a lo largo de la alameda de robles. Le seguía su perro ratonero dando torpes saltitos.

—Loco —dijo Dyzma en voz alta cuando desaparecieron tras la curva—. Seguro que está loco, pero la de cosas que me ha contado... En casa de estos grandes señores siempre pasan unas cerdadas... A lo mejor incluso decía la verdad... Joder... Kunik, y me cuenta que es un canalla... ¡¿Y a mí qué me importa...?!

Agitó la mano con gesto de desdén y encendió un cigarrillo. De lejos le llegó el sonido bajo y profundo de un gong. La cena.

Dyzma se levantó del banco y se encaminó al palacio.

CAPÍTULO 4

La cena constaba de varios platos que servía un lacayo rígido y silencioso. El ambiente era algo mejor que durante el desayuno. Kunicki estaba menos pendiente de sus negocios y Dyzma acribillaba a preguntas a la esposa e hija del anciano acerca de las compras que habían hecho.

La señora Nina respondía cortésmente, aunque con frialdad, mientras que Kasia solo de cuando en cuando se dignaba soltar un escueto «sí» o «no», dejando sin respuesta la mayor parte de las preguntas dirigidas a ella. Tras la extraña conversación con Ponimirski, Nikodem ya no entendía para nada el porqué de ese desprecio por parte de la hija, un desprecio que llegaba a ofensiva impertinencia. Quería aclarar de algún modo el embrollo y se devanaba los sesos sobre cómo hacerlo con elegancia, pero no se le ocurrió nada.

Después de la cena, Kunicki propuso un paseo y, aunque Kasia se encogió de hombros, Nina respondió:

—Por supuesto, con mucho gusto.

Iba delante con su marido, que golpeaba el suelo con su grueso bastón y dejaba tras de sí una estela de humo de puro. Se encaminaron al parque, pero no hacia la zona que Dyzma ya conocía. En esa abundaban los árboles viejos, mientras que aquí había sobre todo césped y parterres y solo en algún que otro lugar, sobre el fondo más oscuro del zafiro del firmamento, se esbozaban las pintorescas siluetas de grupitos de esbeltos árboles.

Nikodem tuvo por fuerza que quedar en compañía de Kasia. No hablaban y, como en el parque reinaba un silencio absoluto, les llegaba el murmullo de la conversación que mantenían los Kunicki. Qué aspecto tan cómico tenían los dos juntos: él, un viejo bajito, irritantemente vivaz y gesticulante, y al lado su esposa joven, garbosa, casi monumental y con unos movimientos uniformes, tranquilos y fluidos.

—¿Juega usted al tenis? —preguntó Kasia.

—¿Yo? No, señorita. No sé jugar.

—Qué raro.

—¿Por qué es raro?

—Bueno, porque hoy día todos los hombres juegan.

—Nunca tuve tiempo para aprender ese juego. Solo conozco el billar.

—¿Sí? Interesante, dígame... Disculpe —dijo de improviso y se acercó corriendo al parterre.

Dyzma se detuvo sin saber qué hacer, pero Kasia volvió con unos tallos de nicociana en la mano. Ya desde lejos las flores emitían un aroma embriagador. Las acercó al rostro de Nikodem. Este, pensando que se las estaba regalando, se ruborizó y extendió la mano.

—¡No! Si no son para usted. ¡Huélalas! Maravilloso, ¿verdad?

—Cierto, huelen bien —respondió confuso.

—Por otro lado, debe ser usted bastante presuntuoso.

—¿Yo? ¿Por qué? —Dyzma estaba realmente extrañado.

—Pues porque ya estaba convencido de que las flores eran para usted. Seguro que las mujeres le regalan flores con frecuencia, ¿verdad?

A decir verdad, Dyzma nunca había recibido flores de una mujer, pero, por si acaso, respondió:

—A veces

—Se dice que en el mundillo de Varsovia tiene usted fama de hombre fuerte.

—¿Yo?

—Me lo ha dicho mi padre. Al fin y al cabo, efectivamente, tiene usted pinta de... Ajá, ¿decía usted que juega al billar?

—Casi desde que era niño —respondió a la par que se acordaba de la salita de billar llena de humo de la pastelería de Aronson en Lysków.

—También tenemos un billar en casa, pero nadie sabe jugar. Aprendería con mucho gusto si me pudiera dedicar usted algo de tiempo...

—¿Usted? —dijo extrañado. Nunca se había imaginado que una mujer puede jugar al billar—. Si es un juego de hombres...

—Y a mí me gustan los juegos de hombres. ¿Me enseña?

—Será un placer.

—Podemos empezar incluso ahora mismo.

—No —respondió Dyzma —hoy tengo todavía mucho trabajo. Tengo que examinar libros, cuentas...

—Hm... No es usted excesivamente amable. Pero le pega a su estilo.

—¿Y eso está bien o mal? —arriesgó.

—¿El qué? —preguntó con frialdad.

—Pues, eso, que es mi estilo.

—Sabe usted... Le seré sincera. Me gusta tratar con gente que aporte algún valor positivo, mientras no se parezcan a mi papá. Pero le advierto de antemano y... aclararle que... ¿No se ofenderá por mi franqueza...?

—Dios me libre.

—Pues le informo de que eso no me interesa para nada.

—No entiendo.

—¿Le gustan los puntos sobre las íes?

—¿Qué?

—Veo también que le gustan las situaciones claras. Muy bien. Pues, incluso si le trato con amabilidad, querría que no sacara usted conclusiones demasiado aventuradas. Dicho de otro modo, de mí no le llegarán flores.

Por fin se dio cuenta de qué iba el asunto y se echó a reír.

—Pero yo no contaba con ellas en absoluto.

—Perfecto. Siempre es mejor cuando se plantean las cosas abiertamente.

No sabía por qué, pero se sintió tocado y dijo casi sin pensar:

—Tiene razón. Así que le pagaré con igual franqueza. Usted tampoco es mi tipo.

—¿No? Pues mejor —replicó algo sorprendida—. El entendimiento mutuo nos facilita las clases de billar.

Los Kunicki dieron la vuelta y se les unieron.

Kasia tomó a Nina de la mano y le dio las flores mientras le decía:

—Aquí tienes, Nina, te gustan las nicocianas...

Kunicki le echó una mirada en la que, a pesar de la oscuridad, Dyzma pudo advertir su ira.

—¿A cuento de qué estas manifestaciones? —gruñó, ceceando fuertemente.

Nina, cuya cara reflejaba confusión, dijo en voz baja:

—Qué pena que las arrancaras. La vida de las flores ya es tan corta de por sí...

Se separaron en el vestíbulo deseándose escuetamente las buenas noches. Pero Dyzma no pensaba en el sueño. Se había propuesto a toda costa leer los materiales relativos a las cuestiones patrimoniales de Kunicki. Eran cosas muy complejas, plagadas de cifras y llenas de expresiones hostiles e incomprensibles que, o desconocía por completo, o su misterioso significado quedaba fuera de su alcance. Remanente, conciliación bancaria, catenaria, producto semimanufacturado, aduanas protectoras, reaseguro, indemnización, deuda diferida, mercado alcista, conocimiento acreditativo —la frente de Dyzma se llenó de gotas de sudor.

Se puso a leer a media voz, pero tampoco servía de nada. Sencillamente, no comprendía el significado de las palabras que pronunciaba, cuyo sentido se esfumaba de su cabeza, se convertía en algo vacío e intangible.

Nikodem se levantó y se puso a correr por la habitación soltando tacos y dándose puñetazos en las sienes.

—Tengo que conseguirlo, tengo que conseguirlo —repetía obstinadamente—, tengo que descifrar esto o, si no, se acabó todo.

Volvió a las cuentas y, una vez más, volvió a levantarse.

—Nada de nada, me va a estallar la cabeza y no entiendo nada.

Se fue al baño, abrió el grifo de agua fría y metió la cabeza debajo del refrescante chorro. Pasó así, inclinado, unos minutos y pensó:

«¿Ayudará o no ayudará...?»

No ayudó. Pasó toda la noche trashojando los libros, pero el único resultado de esa tortura fue un fuerte dolor de cabeza. Una idea tan vaga y fragmentaria acerca de la compleja economía de Koborowo no solo no bastaría en absoluto para administrar la finca, sino ni siquiera para hablar de estos negocios con Kunicki.

«¿Qué hacer?»

Le dio muchas vueltas y decidió no rendirse sin lucha en ningún caso.

«Hay que dar largas mientras pueda, a lo mejor entre tanto aparece una solución».

Habían pasado las ocho cuando entró Kunicki. Encontró a Dyzma entre libros y papeles dispersos por el escritorio.

—Querido don Nikodem —exclamó con fingida indignación—, ¿qué es lo que hace? ¡Si usted no ha dormido nada! La laboriosidad es buena, pero la salud es la salud.

—Todo en orden —replicó Dyzma—. Cuando empiezo una cosa, no me gusta interrumpirla.

—Es usted un tipo empecinado. Y ¿qué tal?

—Pues, nada.

—Pero reconocerá, querido señor Nikodem, que el material tiene una elaboración de primera. Transparente, sistemático, preciso...

Dyzma estuvo a punto de soltar un improperio.

—Efectivamente —respondió—, muy bien elaborado.

—¿Verdad? Es trabajo mío. Y como conozco cada palito y cada engranaje de esta maquinaria como mi propio bolsillo, tengo la mayor garantía de que nadie de mi personal me va a engañar. Bueno, pero deje ya de una vez el trabajo. Van a poner el desayuno. Va a tener usted bastante tiempo porque hoy no voy a incomodarle. Tengo una comisión de construcción en la fábrica de papel y luego voy a revisar el bosque de Kocilówka.

Cuando entraron en el comedor, las damas ya estaban sentadas a la mesa.

—Está muy pálido —advirtió Nina.

—Me duele un poco la cabeza.

—Imaginaos, queridas —dijo Kunicki—, que el señor Nikodem no ha pegado ojo. Ha pasado toda la noche leyendo.

—¿Por qué no se toma una tableta para el dolor de cabeza? —preguntó la señora Nina.

—Creo que no vale la pena...

—Tómese una, le hará bien.

Mandó al sirviente traer una caja con pastillas y Dyzma tuvo que ingerir el medicamento.

—¿Sabes, Nina? —dijo Kasia— El señor Dyzma va a enseñarme a jugar al billar.

—¿Y juega usted bien?

—Más o menos —respondió Nikodem—, hace ya un tiempo no lo hacía nada mal.

—Podríamos empezar justo después del desayuno —propuso Kasia.

—Observaré la lección —añadió Nina.

—Jojo —rio Kunicki—. Me temo que queréis despojarme totalmente del señor Nikodem.

—Mi marido tiene celos de usted —sonrió la señora Nina y Dyzma se fijó en que le miraba amablemente.

«Tiene que ser muy bondadosa» —pensó.

Después de desayunar, Kunicki se despidió de ellos y se dirigió correteando al coche que le esperaba fuera.

Kasia dio orden de preparar la mesa de billar y los tres se encaminaron a la sala.

La clase comenzó con una demonstración de la posición de la mano y del modo de sostener el taco. Luego Dyzma explicó cómo golpear la bola.

Kasia aprendía rápido y, como tenía una mano firme y buen ojo, el veredicto de Dyzma fue:

—Jugará usted bien, solo necesita practicar mucho.

—Entonces, ¿es Kasia una buena alumna? —preguntó la señora Nina.

—Para ser la primera vez lo hace muy bien.

—¿Y qué es lo más difícil en el billar? —preguntó Kasia

—Lo más difícil es la carambola.

—Enséñenos cómo se hace.

Dyzma colocó las bolas y dijo:

—Fíjese, ahora voy a golpear mi bola de modo que choque con las otras dos.

—Pero eso es imposible, no están enfiladas.

—Exacto —sonrió, contento con el efecto—. El arte de la carambola consiste precisamente en que mi bola, según dónde golpee en la banda, tomará una u otra dirección. Esto es una carambola —golpeó suavemente su bola y le salió una carambola perfecta, para la admiración de las damas.

—Es pura geometría —dijo la señora Nina, extrañada.

—Caray —añadió Kasia—, nunca llegaré a ese nivel.

—¿Por qué no lo intenta usted? —se dirigió Dyzma a Nina.

—Oh, yo no tengo futuro para esto —dijo, pero tomó el taco.

No sabía cómo poner la mano izquierda para apoyarse y Dyzma le ayudó a colocar los dedos. Advirtió que la señora Nina tenía una piel muy suave. Le vino a la cabeza, que esas manos seguramente nunca habían hecho nada. «Qué suerte —pensó— ser tan rico. Uno no tiene que mover ni un dedo, todo lo hacen otros...»

—Oiga —habló Nina—, parece que no tiene usted ganas de enseñarme.

—Disculpe, me había quedado pensando.

—Curioso. ¿En qué?

—Eeeh, nada. Sencillamente al tocar su mano pensé que unas manos tan delicadas seguramente no saben lo que es trabajar.

La señora Nina se ruborizó

—Tiene usted razón. Hace tiempo que me avergüenzo de ello, pero me falta fuerza de voluntad para dedicarme a cualquier trabajo. Quizá también estoy ociosa por las circunstancias.

—Por supuesto, ¿por qué trabajar cuando se tiene tanto dinero? —dijo Dyzma con sencillez.

La señora Nina se mordió los labios y bajó la vista.

—Es usted un juez muy severo, pero reconozco que me merezco totalmente esta mordaz ironía.

Dyzma no entendió y empezó a preguntarse de qué estaba hablando.

—El señor Dyzma es un dictaminador inexorable, dice la verdad sin rodeos.

—Lo cual es una virtud en desuso —añadió Nina.

—Aunque no siempre sea agradable para el prójimo —dijo Kasia con reserva.

—Pero es útil. Prefiero una verdad amarga a un cumplido insincero.

—Oh, no me parece que estos sean del gusto del señor Dyzma. Cuéntenos ¿echa usted piropos a las mujeres? —preguntó Kasia para provocar al huésped.

—Por supuesto. Si una persona es bonita, puedo decírselo.

—¿Solo eso? Pues, por ejemplo, ¿qué diría usted de mí?

—¿De usted...? Ejem... —se acarició pensativo su prominente mandíbula.

Kasia se echó a reír.

—¡Ya ves, Nina, qué difícil le resulta! Venga, diga usted algo. Si no puede expresar un comentario halagador sobre el todo, quizá haya algún detalle en mi persona con el que pueda ser más benevolente.

Bajo el sedoso vello de su cutis de melocotón apareció un tenue rubor. Dyzma pensó que era preciosa, pero como bastante ajena, y que había algo extrañamente depredador en la intensa mirada de sus ojos castaños, que ahora miraban a Nina.

—Por supuesto —respondió—, tiene usted unos bonitos ojos.

—¡Oh...! —exclamó extrañada—. No esperaba escuchar esto de usted. ¿Sabe? El mismísimo maestro Bérgano me honró con ese mismo cumplido el pasado invierno en la Riviera.

«¿Y quién es Bérgano? Estoy perdido» —pensó Dyzma y añadió en voz alta:

—No sé de pintura. Nunca me ha interesado

—Lo cual no le impide —dijo Nina con tono amable— tener un gusto similar al de los grandes artistas.

Kasia dejó a un lado el taco y dijo que ya había tenido suficiente billar por hoy.

—Bien, voy a cambiarme. ¿No querría dar un paseo a caballo conmigo?

—Muchas gracias, pero tengo aún mucho trabajo —respondió Nikodem.

—Bueno, pues voy sola. Chao, Ninusia—. Le puso los brazos alrededor del cuello y la besó en la boca.

Cuando desapareció tras la puerta, Dyzma dijo:

—Su hijastra no la quiere a usted como a una madrastra…

La señora Nina se dio la vuelta de repente y se acercó a la ventana.

—Nos queremos como hermanas.

—También es verdad —advirtió Nikodem— que la diferencia de edad entre ustedes es muy pequeña. Yo mismo al principio las tomé por hermanas. Solo que son dos tipos totalmente distintos.

—Oh, sí —confirmó Nina—, nuestros temperamentos, nuestros caracteres y nuestros puntos de vista son diametralmente opuestos.

—Y, sin embargo, se quieren.

Nina ya no respondió nada y Dyzma, al que no se le ocurría nada más para mantener la conversación, decidió volver a su habitación.

—Debo irme ya. Mis respetos.

Ella asintió con la cabeza y preguntó:

—¿No necesita nada?

—No, muchas gracias.

—Siéntase libre de dar instrucciones al servicio…

—Gracias…

Hizo una inclinación de cabeza y salió. Nina pudo observar unos instantes su figura, de ásperos movimientos y aspecto cuadrado, y su ancha, rojiza y gruesa cerviz mientras iba con paso firme a lo largo del pasillo.

«Así que, ¿así es un hombre fuerte? —pensó. Qué extraño. Y sin embargo... Ay, ¡eterna soñadora...!» —Se puso a reír y, entrelazando las manos, se desperezó.

Dyzma se puso de nuevo a estudiar los materiales de Kunicki, pero le iba casi peor que por la noche. De ningún modo podía orientarse en ese bosque de cifras.

—¡Joder! —exclamó—. Por lo que se ve, soy tonto como un asno.

Se acordó de la escuela secundaria. Allí, al menos, cuando no entendía algo podía aprenderlo de memoria. Un calvario, pero era una solución. Y aunque no lograra aprendérselo siempre podía hacerse el enfermo y no ir a clases... Y aquí no hay solución, ninguna... Porque esto no se lo aprende nadie y enfermar...

Se puso a reflexionar de repente:

«¿Y si me pongo enfermo?»

Pero ¿qué daría eso?

«Al menos tardarán unos días más en echarme... o incluso varias semanas...»

¡Eso es una idea! ¡Una buena idea! A lo mejor entretanto pasa algo, algún cambio...

«Sí —decidió—, no hay más que hablar. Desde mañana estoy enfermo y punto».

Meditó largo rato para elegir una enfermedad adecuada. Ninguna contagiosa servía porque podrían mandarlo al hospital. El estómago debía estar sano porque, si no, no le darían de comer...

«¿Y qué tal el reuma...?»

Se alegró mucho.

«Será lo mejor porque, aunque llamen al médico, tampoco se dará cuenta».

Cuando el lacayo vino a llamarlo para el almuerzo, Dyzma ya tenía listo el plan de un fuerte ataque reumático en el brazo y pierna derechos. Hoy empezaría a quejarse del dolor durante la cena y mañana ya no se levantaría de la cama.

Estaba tan contento de su idea que se puso de un humor fabuloso.

En la mesa el ambiente era alegre. Parecía que la ausencia del señor de la casa tenía una influencia positiva en el talante de las señoras. Hablaron de los planes del viaje de Kasia a Suiza, donde iba a estudiar medicina.

—¿Y piensa practicar después de acabar sus estudios? —preguntó Dyzma.

—Por supuesto.

—Seremos tus pacientes —dijo risueña la señora Nina.

—Tú sí —replicó Kasia—, pero el señor Dyzma no.

— Es usted inmisericorde. ¿Y si me pusiera enfermo y no hubiera un médico cerca...?

—Ah, pero me ha entendido mal. Yo seré doctor de enfermedades femeninas.

—¡Ah! ¿Sí? Qué pena. Yo sufro reuma, que es más bien una enfermedad masculina.

—Depende —observó la señora Nina— de si ha sido adquirida de un modo masculino.

—En la guerra —respondió Nikodem.

—¿Era usted oficial?

—No, soldado raso.

—Qué hermoso —dijo Nina—. Muchos hombres célebres sirvieron por aquel entonces vestidos con uniforme gris.

—Nuestros uniformes eran verdes —corrigió Dyzma.

—Por supuesto, el color de la esperanza, lo ha señalado usted con mucha sutileza. ¿Fue usted herido alguna vez?

—No, el único recuerdo que me dejó la guerra fue el reumatismo.

—Bueno, y seguramente medallas, ¿no? —preguntó.

Nikodem no tenía ninguna condecoración, pero mintió:

—Virtuti Militari. Además de un ascenso, casi llego a general.

—¿Cómo es eso?

—Me hicieron soldado de primera, pero seguro que habría llegado a general si no fuera porque la guerra se acabó justo entonces.

—Veo que guarda buenas memorias de ella, a pesar de todo.

—Fue el periodo más hermoso de mi vida —dijo con total sinceridad.

—Lo entiendo. Aunque yo, como mujer, no sabría sentirme feliz entre moribundos y heridos, me hago cargo de que un verdadero hombre puede encontrar en la guerra un ambiente que sirve de estímulo para los instintos más masculinos. La fraternidad, la lucha...

Dyzma sonrió. Se acordó del viejo cuartel del batallón de telégrafos, las gallinas que criaba el sargento, el café caliente y los monótonos días de ocio...

—Como un animal salvaje —confirmó.

—Querida —dijo la señora Nina, como enlazando con la conversación interrumpida anteriormente—, debes confesar que eso tiene un cierto embrujo que atrae sobre todo a las mujeres.

Kasia se encogió de hombros.

—No a todas.

—Las mujeres —dijo Nikodem— suelen preferir la fuerza bruta a la parsimonia.

—No se haga usted publicidad —dijo Nina riéndose.

Conversaron un rato más y después Dyzma se fue a su habitación. Se acordaba de que había quedado en el parque con ese conde loco del cual podía oír muchas cosas interesantes acerca de los habitantes del palacio de Koborowo.

Tras asegurarse de que no había nadie alrededor, abrió la puerta de la terraza y escogió la vereda que le parecía que conducía más directamente a aquel banco de piedra bajo el viejo tilo.

No pudo dar con él, pero cuando ya empezaba a perder la esperanza de verse con el tal Ponimirski, oyó en la cercanía el ladrido del perrito ratonero.

«¡Ahí está!» —se alegró.

Efectivamente, no muy lejos podía ver cómo el torpe animal saltaba alrededor de un ramoso castaño y ladraba obcecadamente. Alzó la vista y, para su asombro, vio al joven conde arrellanado en la bifurcación de dos ramas.

—Ah, ha venido usted —exclamó desde lo alto—. Perfecto.

Se dejó caer con destreza y saludó a Dyzma con una inclinación de cabeza.

—¿No me habrá denunciado usted a Kunik? —preguntó con desconfianza.

—Dios me guarde. Además, no está en casa.

—Muy bien. ¿Le ha extrañado verme sentado en un árbol?

—No, qué va...

—Ve usted, es un atavismo. A veces los hombres tenemos un deseo incontrolable de volver a las formas primitivas de existencia. ¿No se ha dado cuenta de que, esto..., cuál era su apellido?

—Dyzma.

—Ajá, Dyzma. Qué apellido tan tonto, ¿y su nombre?

—Nikodem.

—Extraño. No tiene usted pinta de Nikodem. Pero no importa. Por otro lado, mi Brutus tampoco tiene pinta de Brutus, ni yo de George. ¿Dice usted que ese bribón se ha ido?

—Para un día.

—Seguro que está preparando algún chanchullo. ¿Sabe usted que nos arrebató Koborowo?

—No he oído nada de eso —respondió Dyzma.

—Pues fíjate, Kunik se dedicaba a la usura. Y como mi padre gastaba mucho dinero y la guerra había deteriorado mucho nuestras finanzas, a Kunik le fue fácil enredar en nuestros negocios y al final convenció a papá para que hiciera una especie de venta ficticia de Koborowo.

—¿Cómo que ficticia? ¿Una venta falsa?

—Lo ignoro, no sé de esas cosas. En cualquier caso, hizo una trapisonda y se apropió de nuestra fortuna. Pero no pasa nada. Ya lo meteré en la cárcel.

—Vale, bien —preguntó Dyzma con cautela—, pero ¿por qué entonces su hermana se casó con Kunicki... con Kunik?

—Por amor a nuestro padre. Papá no habría soportado dejar Koborowo y ese ladrón se dio cuenta y le propuso a mi padre un trato: si Nina se casaba con él, le traspasaría a ella el título de la propiedad de Koborowo y así nuestro nido familiar quedaría en manos de los Ponimirski. Así que mi hermana se sacrificó y lo sigue llorando amargamente, porque mi padre murió un año después de la boda y ese bandido le sonsacó a Nina unas letras de cambio por una suma gigantesca y una plenipotencia. Por eso mi hermana no puede mover ni un dedo en su propio patrimonio porque el granuja de Kunik tiene todo el poder.

—¿Y qué dice su hija?

—¿Kasia? Otra botarate, pero odia a Kunik porque, al parecer, había maltratado horriblemente a su madre.

—¿Murió?

—¿Quién?

—La primera mujer del señor Kunik.

—¿Qué señor? —Ponimirski se llenó de ira—. Granuja, patán, nada de señor. ¡Señor soy yo! ¿Lo ha entendido su persona?

—Lo he entendido —respondió Dyzma en tono conciliatorio—. Entonces, ¿se murió?

—En primer lugar, no me importa para nada, y en segundo, murió hace ya mucho tiempo. Deme un cigarrillo, por favor.

Lo encendió y, mientras hacía sutiles aros de humo, se quedó pensativo... Dyzma advirtió que Ponimirski estaba hoy bastante más tranquilo, por lo que se arriesgó a preguntar:

—¿Y por qué lo echaron a usted del palacio?

—¿Qué?

—Le preguntaba que por qué lo echaron a usted del palacio.

Ponimirski no respondió nada y permaneció un momento largo mirando a los ojos de Dyzma. Al fin, se inclinó hacia él y le susurró:

—Creo que voy a necesitarle...

—¿A mí? —dijo Nikodem extrañado.

—¡Siiiilencio! —Echó una mirada desconfiada alrededor—. Tengo la impresión de que alguien nos escucha.

—Se le ha figurado a usted. Aquí no hay nadie más.

—¡Pst! ¡Brutus! ¡Busca al espía, búscalo!

El ratonero se quedó mirando a su amo con cara abobada y no se movió un pulgar.

—¡Estúpida bestia! —dijo el conde irritado—. ¡Largo de aquí!

Se levantó y dio un rodeo a los arbustos con paso sigiloso. Cuando volvió a sentarse en el banco, dijo con tono pedagógico:

—Toda precaución es poca.

—Dijo usted, señor conde, que iba a necesitarme —comenzó Dyzma.

—Sí, voy a utilizarlo como instrumento, pero debe usted jurarme una obediencia total. Por supuesto, ni una palabra a nadie. Sobre todo, irá usted a Varsovia a visitar a mi tía, la señora Przeleska. Es una persona muy estúpida y respetable. Seguramente se haya dado cuenta de que las personas respetables suelen ser tontas...

—Ciertamente...

Ponimirski torció el rostro irónicamente y añadió:

—Usted, caballero, es una excepción a esta regla porque, aunque eres tonto, no infundes respeto. Pero esto es una nimiedad. Tenemos entre manos un tema más importante. He aquí que mi tía Przeleska tiene unas influencias descomunales y además odia a Kunik. Por eso justamente le ayudará a usted con mi asunto.

—¿Con qué asunto?

—Silencio, sapristi, cuando yo hablo. Kunik logró que me declararan loco. ¡A mí! Fíjate, y consiguió hacerse con mi custodia. Pues bien, se trata de que mi tía mueva ya no sé qué hilos para que se junte un consejo médico que proclame que soy totalmente normal. ¿Me entiendes?

—Entiendo.

—Voy a escribir una carta a mi tía en la que te presentaré como mi colega, aunque tienes más aspecto de zapatero, pero mi tía le tiene tantas ganas a Kunik que estará dispuesta a creérselo. Le expondrás todo, que aquí me maltratan, me tienen encerrado, que se quedan con mis cartas. Hay que presentarlo todo con los tintes más negros.

—Sí, bueno, pero...

—¡Silencio! ¿Quieres preguntar qué sacarás tú de esto? Pues sabe que te honraré con mi amistad y una renta vitalicia. ¿Basta con eso? Voy a escribir la carta, antes de partir para Varsovia venga a por ella y a por mis instrucciones detalladas. Pero si me denuncias, recuerda que te mataré como a un perro. Hasta la vista.

Silbó al perro y con un salto desapareció en los arbustos.

«Está loco, no cabe la menor duda» —pensó Dyzma.

Sin embargo, la información del conde debía contener una notable dosis de verdad. El mismo Kunicki dijo que había comprado Koborowo. Su relación con su esposa y su hija era ciertamente hostil. Evidentemente, no tiene sentido ocuparse de este demente y de sus proyectos, pero hay que pensar si de todo este galimatías no se podría sacar algún provecho...

Dyzma no veía de momento nuevas posibilidades, pero era consciente de que la posesión de secretos ajenos nunca estaba de más. Especialmente en una situación como la suya.

«En cualquier caso, tengo que asegurarme de que lo que me cuenta este alocado conde es verdad».

Le vino a la cabeza que, si se confirmaran las acusaciones de Ponimirski, podría amenazar a Kunicki con revelarlas. Justamente cuando estaba dándole vueltas a esta cuestión, se encontró delante del palacio con un lacayo del cual supo que el señor de la casa no había regresado y que había mandado el coche de vuelta porque unos negocios lo habían retenido por un día más.

La noticia alegró a Dyzma. ¡Un día más de santa paz! Pero de todas formas decidió no aplazar su enfermedad. Quedará mejor si el reuma le viene un día antes de la reunión con Kunicki.

Así pues, durante la cena comenzó a hacer muecas de extremo tormento y a agarrarse del brazo y la rodilla. Las dos damas, sobre todo Nina, le preguntaron compasivas por las causas del dolor y, cuando les dijo que era reumatismo, ambas confirmaron que el clima húmedo de Koborowo es propicio para los ataques reumáticos. La señora Nina llegó a disculparse por no haberle informado de antemano.

Dyzma estaba precisamente bebiéndose el último trago de zumo cuando el dolor se volvió insoportable. Se disculpó con las damas y se dispuso a volver a su habitación, pero la señora Nina ordenó al sirviente que le sirviera de apoyo, mientras que ella misma fue a por unos medicamentos del botiquín.

Un cuarto de hora después llamaron a la puerta y, cuando dijo «entre», escuchó la voz de la señora Nina.

—¿Cómo se siente?

—Mal, señora.

—¿No necesita nada?

—No, ¡gracias!

—En ese caso, buenas noches. Espero que mañana se esté mejor.

—Buenas noches, señora.

Se hizo el silencio, y como la cena había sido abundante, a Dyzma le entró sueño y, cuando se estaba quedando dormido, pensó:

«Esta señora Nina es una tía simpática... Bah, es una condesa...»

CAPÍTULO 5

El clima de Koborowo influía horriblemente en el reuma de Nikodem Dyzma. Por la mañana resultó que no había pegado ojo y que el dolor había aumentado. Ese fue el informe que la doncella llevó a la señora Nina. Después volvió con una nueva partida de medicamentos y preguntó de parte de la señora si el señor deseaba algún libro para leer.

Dyzma no tenía ninguna gana de leer, pero para que no quedara de manifiesto su falta de entusiasmo por la literatura, dijo a la sirvienta que le sería difícil sostener un libro en la mano.

El efecto fue para él inesperado. Y es que del otro lado de la puerta volvió a escuchar la voz de la señora Nina:

—Buenos días. Me preocupa que no se encuentre mejor. ¿Mando a por un médico?

—Oh, no, no hace falta —respondió Nikodem con firmeza.

—Seguro que está muy aburrido. ¿No quiere que alguien venga a leerle?

—Qué hacer, si nadie puede…

Se hizo el silencio y, tras una pausa la señora Nina volvió a hablar:

—¿Puedo pasar?

—Por supuesto.

Entró y le echó una mirada en la que había mezcla de curiosidad y compasión. Inesperadamente, Nina propuso que ella misma le leería. No había otra salida y Dyzma, agradeciendo el gesto y disculpándose por la molestia, tuvo que avenirse.

—Pero si es una minucia. Y de todas formas no estaba haciendo nada. Con mucho gusto le leeré cualquier cosa. Dígame sólo qué autor prefiere.

Nikodem se puso a pensar: había que elegir alguno bueno, de esos que elegía la gente inteligente en la biblioteca de Lysków. Ya se acordaba de cuál, era un inglés, se escribe de una manera y se pronuncia de otra: Llec London.

—¿Tiene algo de Jack London? —dijo.

Sonrío y asintió con la cabeza.

—Ahora le traigo varios de sus libros.

Volvió poco después con varios tomos hermosamente encuadernados y dijo:

—No me ha extrañado en absoluto que a usted le guste precisamente este autor.

Dyzma nunca había leído a Jack London, pero replicó:

—Ciertamente, me gusta mucho este autor, pero ¿cómo lo ha adivinado usted?

—Ah, bueno, quizá me halague a mí misma, pero me parece que soy buena observadora. Y usted no es difícil de escrutar, aun siendo usted una naturaleza cerrada que vive en su vida interior, como en una *splendid isolation*...

—¿Eso cree? —preguntó Nikodem.

—Sí. Nosotras, las mujeres, quizá no hacemos esto de un modo científico, incluso nada sistemático, pero somos especialistas en psicoanálisis, yo diría incluso que en psicología aplicada. Nuestra intuición suple el método investigativo y el instinto nos avisa de los errores.

Dyzma pensó: «¡Menudo rollo!»

—Y por eso —continuó Nina, pasando páginas del libro

como con descuido— por eso precisamente podemos adivinar más fácilmente el código para leer libros cerrados que abiertos.

—Hm —dijo Nikodem pensativo—, pero ¿para qué tanto esfuerzo en adivinar cuando es tan fácil abrir cualquier libro?

Pensaba que Nina, al hablar de libros cerrados, tenía intención de demostrarle cómo leer a London a través de la portada, y añadió:

—Nada más fácil que abrir un libro.

La señora Nina le miró a los ojos y replicó:

—Oh, no. Hay algunos que no lo soportan, y esos son precisamente los más interesantes. Solo pueden ser leídos con los ojos de la imaginación. ¿Está de acuerdo conmigo?

—No lo sé, señora —dijo sin reflexionar—, yo no me encontrado con libros de esos. He visto incluso ediciones muy valiosas, pero siempre he podido abrirlos y leerlos.

—Ah, es comprensible, usted seguramente no busca libros poco interesantes, y los que le interesan se abren solos, como por obra de una corriente magnética. La fuerza de la voluntad tiene estas características.

Dyzma se echó a reír —«¡vaya tonterías dice!»— y respondió:

—Pero si para abrir un libro basta la fuerza de un bebé.

—Vaya, tiene usted una increíble fuerza de carácter...

—¿Yo? —dijo Dyzma sorprendido.

—Oh, no trate de confundirme. He hecho un montón de observaciones que lo confirman —sonrió triunfante— ya el solo hecho de que prefiera usted a London... ¡Si eso es un testimonio evidente de sus gustos! ¿Por qué no Paul Geraldy? ¿Por qué no Maurois, ni Wilde, ni Sinclair Lewis, ni Zeromski, Mann o Shaw, sino precisamente London con su poesía del heroísmo creador, con su pagano poderío de la lucha, con su apoteosis del esfuerzo...

Dyzma permanecía callado.

—Ya ve usted. Le puedo decir de antemano que no le gusta

Chopin y le gusta Brahms, que le es más cercano Matejko que Malczewski, Lindbergh que Cyrano de Bergerac, el gótico y los rascacielos antes que el barroco o el rococó.

Lo miraba con sus enormes ojos azules de un niño que parecía decir: «¿ves, amigo? ¡sé lo que tienes en el bolsillo!»

Dyzma no sabía qué decir, así que torció el gesto y gimió de dolor. La señora Nina empezó a preguntarle solícita si no le aburría la conversación, porque si así era... o a lo mejor tendría ganas de echar una cabezada...

—Pero dígame sinceramente, ¿he acertado al definir sus gustos?

«¿Y quién diablos puede saberlo?» —pensó, pero en voz alta respondió astutamente:

—En parte sí, en parte no.

—Bueno, vale —rio, contenta de la respuesta—, ahora leamos. ¿Quiere *La llamada de lo salvaje*?

—Perfecto.

Comenzó a leer. Era la historia de un perro grande que había sido robado. Dyzma esperaba a cada página que por fin aparecería la policía, pero como la historia fue por otros derroteros, poco a poco fue dejando de escuchar hasta que perdió totalmente el hilo, oyendo únicamente la melódica, suave y cálida voz de la señora Nina.

Empezó a pensar en la conversación que acababa de mantener y concluyó en la sospecha de que había sido bastante rara. Parecía como si esta hermosa señora no estuviera hablando del libro... ¿Podría ser...?

Se acordó de repente del salón de la casa del señor Boczek, jefe de correos de Lysków, de sus dos hijas y de la señorita Walasek, maestra de la escuela elemental, del señor Jurczak del juzgado de paz y del resto de la juventud bien del pueblo. En ese saloncillo, tan mísero en comparación con este palacio, se jugaba al juego de la censura y la señorita Lodzia Boczek estaba sentada en el centro ¡y ella era el libro...! Sí, decían cosas sobre ella, que si todavía estaba envuelta, que si era un libro de cocina, o un tomo de poemas, o un libro que tiene una pinta interesante, pero que mejor no abrirlo... ¡Ajá!

Debe tratarse de algo por el estilo... seguro que es algo así. Pero ¿estaría diciéndole esta señora cosas agradables o molestas...? Más bien agradables, aunque con estos grandes señores la verdad es que uno nunca sabe...

«¿Y si ella va a por mí...? Eeh... imposible»

La voz de Nina tintineaba, ondulaba con un tono sutil, temblaba de vez en cuando conmovida. Sus pestañas caían con larga sombra sobre la blancura de sus mejillas, el sol centelleaba en los pliegues de su cabello, atravesando la espesura de las hojas y posándose en la alfombra como una mancha de color claro y vivificante. La habitación olía a lavanda y tilo, el bronce dorado de los utensilios y enseres señoriales relucía engreídamente, del techo recubierto con motivos árabes colgaba una pesada lámpara que brillaba con su cristal de rubí.

«Dios mío, ¡y quién habría pensado hace una semana que yo, Nikodem Dyzma, iba a estar aquí tumbado en esta maravillosa habitación, en esta opulenta cama, y que esta bella señora me iba a estar leyendo un libro!»

Entrecerró los ojos y, de repente, tembló.

«¿Y si esto es un sueño, si todo esto es una fantasía, y si abro ahora los ojos y veo las paredes llenas de hollín de mi habitación en la casa de los Barcik en la calle Lucka? ¿Y esta voz? ¿A lo mejor es Marianka que le está leyendo el Correo de Varsovia a la señora Walentowa?

De repente, se hizo el silencio y, tras una pausa, la voz preguntó sigilosa:

—¿Se ha dormido usted?

Dyzma abrió los ojos y sonrió.

—No, señorita.

—¿Se le ha pasado el dolor? ¿Se encuentra mejor?

Nikodem volvió a sonreír.

—El dolor no se me ha pasado, pero estoy mejor.

Ella callaba.

—Cuando usted está aquí, me siento mejor.

Le miró con tristeza y no respondió nada. Nikodem pensó que, efectivamente, su demente hermano debía estar en lo cierto y Nina era infeliz. Era la oportunidad de verificar esta información y otras, así que Dyzma dijo:

—¿No tendrá usted alguna preocupación?

—Es usted seguramente el único en esta casa que puede decir que está a gusto.

—¿Por qué el único?

—Nada lo tiene amarrado a esta casa... Dios mío, si es que cuando le plazca puede usted huir de aquí, huir para siempre...

Sus labios temblaron y en las comisuras de sus ojos aparecieron unas lágrimas cristalinas.

—Y huirá usted con certeza...

—No —negó rotundamente, pensando en su sueldo—, querría permanecer aquí mientras sea posible.

Nina se ruborizó.

—¿Lo dice de veras?

—¿Por qué habría de engañarla? Claro que de veras.

—¿Y no le arredra la compañía de seres infelices?

—No, para nada, pero, además, ¿por qué ha de ser usted infeliz? Una mujer joven, sana, rica, tiene una vida cómoda.

—Ay —le interrumpió —¿puede llamarse esto vida?

Dyzma la miró de reojo.

—¿Quizá es que su marido no la ama?

—¿Mi marido? —en su rostro se dibujó una expresión de desprecio y asco—. Mi marido... preferiría que me odiara. Por lo demás, ¿qué me une a él? Está ocupado haciendo dinero y el dinero es lo único en lo que piensa. ¡Sus aficiones me resultan tan lejanas y ajenas! Además, nunca ha tratado si quiera de saber lo que siento, de comprenderme...

Se mordió los labios.

—En fin, ¿por qué le cuento a usted todo esto...?

—Es bueno que usted hable.

—Si usted lo ve todo de todas formas. Señor Nikodem, dígame, ¿puede ser feliz una persona sola, una persona totalmente sola?

—Qué decir... Yo estoy solo en este mundo.

—¿Cómo es eso? ¿No tiene a nadie? ¿Familia...?

—Ya ve, nadie.

—¿Y no se siente abatido por esto?

—Pues la cosa es que no.

—Ah, porque usted es un hombre, fuerte, un carácter cohesivo. No conoce usted la soledad pues es usted un todo en sí mismo. No sé ni siquiera si es usted capaz de comprender el vacío del abandono de un ser débil como yo.

—Pero tiene usted a su hijastra.

—¡Ay! —soltó con desgana— Kasia... es mujer...

Se mordió los labios y, fijándose en el libro abierto sobre sus rodillas, siguió hablando:

—Sabe, desde hace muchos años es usted el primero con el que me siento tan cómoda y tan... Su compasión no tiene nada de piedad ofensiva ni de indiferencia exótica... Sabe usted, si es que yo no mantengo relaciones sociales con nadie... Es usted el primero con el que me puedo permitir un intercambio libre de pensamientos con la sensación de que no voy a ser malentendida.

Estaba sonrojada y hablaba con excitación. Dyzma ya no dudaba de que la señorita Nina «iba a por él».

—¿No le causa malestar que lo meta a usted en la órbita de mis penas?

—Dios me libre.

—Pero ¿pueden a usted importarle?

—Me importan mucho.

—Es usted muy bueno conmigo.

—Usted conmigo también. No se preocupe, todo lo malo acaba, lo importante es no darle importancia.

Nina sonrió.

—Me trata como si fuera un niño, calmándolo con socarronerías para que deje de llorar. Pero sabe usted que la aspereza muchas veces es buena medicina.

—No hay que dejarse abatir por las desgracias, sino pensar en cómo hacerles frente.

Nina se entristeció.

—Aquí no hay solución ninguna.

—Todo hombre es un herrero que se forja el destino —dijo con convicción.

—Para ser herrero hay que tener brazos fuertes, y ya ve usted qué débiles son los míos.

Le tendió la mano y Dyzma percibió un olor a perfume. Tomó la mano y la besó. Nina, en vez de soltarse, apretó aún más la mano de Dyzma.

—Hace falta una mano fuerte —dijo—, una mano como esta… Con una mano así uno puede más que forjar su propio destino… A veces pienso que para una voluntad poderosa no hay obstáculos, no existe nada imposible para ella… Es señora omnipotente, quiebra el acero, construye el mañana… Y si no es egoísta, tiende la mano y salva a esas pobres criaturas débiles… Cuanta poesía contiene la fuerza misteriosa de un hombre fuerte…

Retiró lentamente su mano y dijo:

—Seguramente piense usted que estoy enardecida.

No sabía qué responder, por lo que acudió de nuevo al medio infalible: gimió y se agarró del codo.

—¿Duele?

—Mucho.

—Pobre. ¿Y si le traigo al doctor?

—No, gracias.

—Tanto querría ayudarle.

—Tiene usted un buen corazón.

—¿Y qué consigo yo con eso? —dijo con tristeza.

Tomó mecánicamente el libro.

—¿Leemos?

—¿Y no le cansa a usted?

—Oh, no, me gusta leer en voz alta.

Llamaron a la puerta y se escuchó la voz de Kasia.

—Nina, ¿tienes un momento?

—Discúlpeme —dijo Nina poniéndose en pie—, ahora vuelvo.

A los oídos de Nikodem llegó el eco de las palabras de Kasia, llenas de irritación, y luego se hizo el silencio.

Dyzma comenzó a darle vueltas a la situación. El hecho de que le gustaba a Nina parecía indiscutible. ¿Qué ventajas podría sacar de ello? ¿Sería posible gracias a su protección mantenerse más tiempo en el puesto de administrador de Koborowo...?

«Lo dudo —pensó—, no tiene ninguna influencia sobre su marido. Y cuando el viejo se dé cuenta de que no sé nada, me echará sin pararse en contemplaciones, y no puedo estar toda la vida haciéndome el enfermo».

Le extrañaba algo su inesperado éxito con esta mujer tan refinada, pero no sentía por este motivo ni una especial alegría, ni orgullo. El cerebro de Nikodem se encontraba demasiado ocupado buscando el modo de mantenerse en Koborowo para que otros sentimientos más personales pudieran descentrarlo de esta absorbente reflexión. Nina lo consideraba digno de hacerle confesiones. Le gustaba, pero lo mismo que Kasia, Marianka o cualquier otra mujer joven.

El corazón de Nikodem Dyzma no había sido visitado por

el amor hasta la fecha. Las páginas románticas de su vida contenían recuerdos sin importancia de insignificantes sucesos pasajeros, escasos, por otra parte. Cuando ahora pensaba en Nina, no hacía previsiones ni proyectos de ningún tipo. Más aún, su innato sentido de la precaución lo disuadía de cualquier paso decidido que pudiera perjudicarle en el caso de que el marido se diera cuenta de la situación.

La señora Nina volvió algo alterada y Nikodem pensó que seguramente había tenido una conversación desagradable. Comenzó a leer de nuevo y no intercambiaron palabra hasta el almuerzo. Después de comer, Nikodem se quedó dormido hasta que lo despertó alguien que llamaba a la puerta. Era Kunicki.

Se intranquilizó mucho a causa de la enfermedad de Dyzma y quería ya mandar a por el médico. Dyzma logró disuadirle con dificultad, asegurándole que ya se sentía mejor y que mañana o pasado se levantaría.

—Muy bien, muy bien —se alegró Kunicki—, porque, querido señor mío, este Olszewski me va a mandar a la tumba, lo que está haciendo no cabe en la cabeza de un ser humano. Imagínese usted, que ha mandado detener el cargamento de pino porque supuestamente no he pagado la fianza al completo. La fianza era, fíjese usted, de cuarenta mil doscientos zlotys. Me olvidé de esos doscientos zlotys, por la gloria de mi madre, me olvidé y ese mentecato me ha frenado ahora toda la labor. ¿Por doscientos zlotys? ¡Si es que es para cortarse las venas!

La indignación hacía aún más veloz su habla. Durante más de una hora le estuvo contando sus lances con la Dirección de Bosques y acabó su diatriba expresando su esperanza de que gracias a Dyzma estas desdichas serán cosa del pasado. Era indispensable que el querido señor Nikodem se desplace cuanto antes a Varsovia y converse por fin con el ministro Jaszunski.

Dyzma le aseguró que en cuanto pudiera levantarse iría a Varsovia.

—Y ¿qué piensa usted, querido señor Nikodem? ¿será fácil? ¿podrá resolver rápido la cuestión?

—Lo arreglaré —respondió Dyzma—, quédese tranquilo. Quizá solo haya algunos pequeños costes.

—¿Costes? Menuda tontería. Tendrá usted efectivo siempre que haga falta. Bueno, y ¿qué tal se siente en mi casa? ¿No se aburre?

Dyzma lo negó. Para nada, podría incluso decir que está encantado.

—Solo una cosa, escúcheme usted, para su información, cuando esté arreglando nuestros asuntos en Varsovia, acuérdese de que Koborowo no está registrado a mi nombre, sino al de mi esposa. Tuve que hacerlo así debido a ciertos requisitos formales.

—Entonces —preguntó Dyzma, recordando su conversación con Ponimirski—, ¿es como si tuviera que actuar en nombre de su esposa?

—Sí, sí, aunque puede también actuar en el mío, pues que soy el dueño de hecho, y por lo demás tengo una plenipotencia de mi mujer.

Dyzma tuvo la tentación de preguntarle si su mujer le había firmado también letras de cambio, pero se contuvo. El viejo podría sospechar algo.

Kunicki empezó a interrogar a Nikodem sobre su visión del estado de la economía de Koborowo, pero tuvo que renunciar, pues el enfermo tuvo un rebrote de reuma, tan fuerte que el querido señor Nikodem siseó del dolor y su rostro se volvió irreconocible.

Después de la cena Kunicki se acercó de nuevo a ver a Dyzma, pero este simuló estar dormido y evitó así una nueva conversación. Se quedó pensando largo tiempo durante la noche acerca de su inevitable viaje a la capital, un viaje del que seguramente no tendría ya motivos para volver. Decidió de todas formas intentar dar largas mientras fuera posible. En cualquier caso, podría buscar al coronel Wareda y pedirle una conversación con el ministro.

Se acordó de Ponimirski. Quién sabe, quizá valiera la pena llevar su carta. Si la tía de Ponimirski tiene buenas relaciones, quizá por medio de ella podría lograr algo. Por supuesto, ni por un momento se hacía ilusiones de que solucionaría los asuntos de Kunicki. Eso era imposible. Pero quería crear apariencias y seguir teniendo a Kunicki convencido de que él, Dyzma, es efectivamente amigo del ministro y de que, si no era ahora, más adelante podría lograr la expulsión o el traslado de Olszewski y una asignación de madera de los Bosques Estatales que satisficiera la codicia de Kunicki.

Poco después de su salida, apareció la señorita Nina. Estaba más triste que de costumbre y más nerviosa, pero respondió con una sonrisa a la sonrisa de Dyzma. Le preguntó por su salud, se quejó de una migraña por la que había pasado la noche en vela y, finalmente, preguntó:

—Parece ser que viaja usted a Varsovia. ¿Pasará allí mucho tiempo?

—Voy, señora, por una semana, diez días como mucho.

—Varsovia —dijo pensativa.

—¿Le gusta a usted Varsovia?

—Oh, no, no... Quiero decir, en realidad me gustaba, hace tiempo... Incluso me sigue gustando, pero no me gustaría verme allí de nuevo.

—Ya... ¿Y tiene usted allí amigos, familiares?

—No sé... No —negó tras un momento de vacilación.

Nikodem decidió comprobar con habilidad la existencia de la tía Przeleska.

—Y la señora Przeleska, ¿no es prima suya?

En el rostro de Nina reflejaba pena.

—Ah, ¿conoce usted a la tía Przeleska...? Sí, claro, pero después de mi boda nuestras relaciones se han vuelto muy distantes. Ni siquiera carteamos.

—Ya —dijo Dyzma.

—¿Visita usted su casa?

—A veces —respondió Dyzma con una dilación estudiada—. La señora Przeleska, al parecer, detesta al señor Kunicki, pero a usted le tiene simpatía.

Se ruborizó y preguntó en voz baja:

—¿Ha hablado con ella de mí...? Ah, disculpe la indiscreción, pero ya ve cómo me ha alterado. No se extrañe. Si casi todos mis recuerdos están relacionados con la casa y el círculo de la tita Przeleska... Y usted la visita con frecuencia...

—¿Por qué no se pasa por allí?

—Ay... Si usted mismo lo sabe. La persona de mi marido... No me lo pueden perdonar...

Volvió la cabeza y añadió casi susurrando:

—Igual que yo tampoco me lo puedo perdonar.

Nikodem permaneció callado.

—Me avergüenzo ante usted de estas confesiones mías... Me veo tan impotente... tan débil... Tan infeliz...

—No se preocupe, todo puede salir bien...

—No, no me consuele usted. Yo sé, yo siento que he encontrado en su alma exuberante un eco profundo y sincero. Si nos conocemos desde hace tan poco tiempo y le tengo ya tanta confianza... No hace falta, no me consuele, mi tragedia no tiene arreglo. Me basta con que usted me entienda... Solo usted —añadió después de una pausa.

—Pero ¿por qué dice que no tiene arreglo? ¿No puede usted divorciarse de su marido?

—No soy capaz —respondió mirando al suelo.

—Mm, así que, a pesar de todo, se ha encariñado usted por su marido...

Una llama se encendió en los ojos de Nina.

—Oh, no, no —renegó fervorosamente—, ¿cómo puede usted sospechar eso de mí? Nada me une a ese hombre con alma de tendero, a ese... anciano...

Su voz vibró de odio y repugnancia.

—Entonces, ¿por qué me ha dicho que no es usted capaz de divorciarse de él? —dijo Dyzma con extrañeza.

—No soy capaz de vivir... en la miseria... Además, no pienso únicamente en mí.

—Bromea usted —comenzó Nikodem su astuto juego—. Si Koborowo son millones de los gordos, y esos millones le pertenecen a usted...

—Se equivoca usted. Koborowo es propiedad de mi marido.

—Si el mismo señor Kunicki me dijo...

—Sí. Está registrado a mi nombre, pero si me divorciara no sería más que una indigente.

—No lo entiendo.

—Ay, ¿por qué hablamos de estas cosas...? Ve usted, mi marido tiene unas obligaciones mías cuyo valor excede el de Koborowo.

—¿La engañó para hacerse con ellas?

—Oh, no, se las debía... por cubrir las deudas de mi familia.

—¡Ajá...!

—No hablemos más de esto, me causa mucho dolor —juntó las manos y le miró a los ojos suplicante— y, por favor, no hable de mí con mi tía, ¿puede ser?

—Como usted me mande. Aunque...

—¡Por favor! Ese mundo para mí ya no existe, ya no puedo volver... Leamos...

Tomó el libro y lo abrió por donde estaba el marcapáginas. Se puso a leer, pero apenas había dicho unas palabras su voz comenzó a estremecerse, sus pechos se alzaban y caían en sollozos.

—No llore usted, no hay que llorar —trataba Dyzma de calmarla sin éxito.

—Dios, Dios —gemía—, es usted tan bueno conmigo, tan... bueno... Perdóneme... son los nervios...

Se alzó de repente y salió corriendo de la habitación.

«No hay duda —pensó Dyzma—, esta mujer se ha enamorado de mí».

—Se ha enamorado —repitió en voz alta y sonrió contento.

En la mesita de noche había un pequeño espejo. Lo cogió y se quedó contemplando su rostro un largo rato, en parte extrañado, en parte curioso, en parte contento de sí mismo.

CAPÍTULO 6

El coche marchaba ligero por el asfalto, manejado con destreza por el chófer. Tras la lluvia de ayer quedaban aún pequeños charcos aquí y allá. El sol inundaba la fresca mañana.

Dyzma se dirigía a Varsovia.

Kunicki lo mandó a propósito en coche en vez de en tren, pues sostenía que así tendría un aspecto más representativo.

Ciertamente, el esbelto cohete parecía ser la personificación de la representatividad, deslumbraba por su lujo, brillaba por su elegancia, imponía respeto por el inusitado esplendor de su acabado. La librea blanca del chófer y la manta de piel de tigre con la que Dyzma tenía cubiertas las rodillas completaban la imagen. Así, cada vez que se detenían en un pueblecito del camino, y se detenían con poca frecuencia, alrededor del auto se reunía de inmediato un grupo de curiosos que no solo admiraban el automóvil, sino las maneras de gran señor del despatarrado pasajero que viajaba en su interior.

En una de esas paradas Dyzma sacó del maletín un sobre sin sellar. Era la carta del conde Ponimirski a la señora Przeleska. La llevaba consigo por si acaso y ahora se puso a leerla. Decía lo siguiente:

Querida tita:

Aprovechando la ocasión de que nuestro Koborowo, expoliado por el bandido Kunik, tiene ahora un nuevo administrador general, que es el Excmo. Sr. Nikodem Dyzma (nobleza de Curlandia), persona en la cual puedo confiar plenamente, aunque no lo parezca, por ser un caballero y compañero mío de Oxford, el cual me tiene afecto, cosa que cabría esperar por otra parte, y siente desafección hacia el bribón de Kunik, lo que es igualmente comprensible, escribo esta carta a mi queridísima tía para pedirle que tenga a bien consultar con quien precise y servirse de las influencias del Excmo. Sr. Dyzma para tratar de manumitirme por medio de un peritaje médico que dictamine que no soy un enfermo mental y puedo ser liberado por orden judicial y así pueda ponerle un pleito a Kunik por la sustracción de Koborowo, cosa que será más fácil si mi amada tía pudiera recabar los datos más exactos posibles acerca de las malversaciones de ese bastardo hijo de planchadora sobre las que me habló usted, relativas a traviesas ferroviarias, robos en suministros y usurpación del apellido noble «Kunicki» por medio de la falsificación de documentos, realizada gracias a un soborno, cosa que una repentina revisión podría confirmar, ya que Kunik guarda todos sus papeles en una caja fuerte oculta tras la cortina de su dormitorio, de lo que me enteré por medio del servicio, que parcialmente me guarda fidelidad, a consecuencia de lo cual, en último caso, me dispongo a llevar a cabo un coup d'etat, si no hay otra solución, y entonces le pegaré personalmente un tiro a ese bribón, lo que no me supondrá ningún placer pues, como usted sabe, solo cazo animales nobles y este cerdo de Kunik no lo es y, si no es en una pocilga, debería encontrarse en una cárcel, para lo que cuento con mi amada tía, pues una vez recuperado Koborowo le pagaría a usted toda mi deuda con los intereses, y también a Zyzio

Krzepicki, e incluso me casaría con la señorita Hulczynska, aunque ya no es joven y tiene demasiadas pecas, solo para darle gusto a usted, de lo cual el Excmo. Sr. Nikodem Dyzma está informado y en todo el asunto au courant, así que le pido consultarlo con él, puesto que también él dispone de magníficas conexiones en Varsovia, especialmente en los círculos gubernamentales, lo que puede ser de importancia en mi asunto, que es en cierto modo también asunto de usted, y cuento mucho con ello, para finalizar mi carta, por cuya extensión pido disculpas y añado un cordial beso en sus manos, de parte de su siempre afectuoso sobrino.

George Ponimirski.

La letra era poco legible y a Dyzma le llevó una media hora leer la carta. Se alegró de que Ponimirski lo incluyera entre la nobleza de Curlandia, pero le preocupaba el hecho de que le atribuyera estudios en Oxford. Si alguien, Dios no lo quiera, se dirige a él en inglés, lo pillan, fijo.

A decir verdad, no estaba aún decidido a visitar a esa señora Przeleska. Si algo lo apremiaba, no eran tanto las incitaciones de ese conde medio loco, manifestadas además en forma de órdenes, sino las últimas conversaciones con la señorita Nina. No le reveló los conciliábulos que tenía con su hermano, sino que, compilando noticias de ambas partes con algunas frases sueltas de Kunicki, llegó a la convicción de que las pretensiones de Ponimirski no eran tan ilusorias como pudiera parecer.

Por tanto, si se decidiera a visitar a la señora Przeleska, quizá la cuestión se aclarase un poco.

También había otros motivos para hacer la visita que le concernían más. En concreto, las influencias y relaciones sociales de esta señora, que se movía en las altas esferas. Estas influencias podrían ayudar mucho a Dyzma a solucionar los asuntos de Kunicki, de cuyo término dependía su cargo.

Mientras pensaba en esto y en el modo de encontrar al coronel Wareda, el auto dejaba atrás los primeros edificios de Praga, el barrio oriental de Varsovia. Había atardecido hacía un rato y, como para dar la bienvenida a Dyzma, se encendieron las farolas a ambos lados de la carretera.

—Buena señal —dijo a media voz.

—¿Al hotel Europejski? —preguntó el chófer.

—Al Europejski —confirmó Dyzma.

Tras una noche de buen sueño, se levantó fresco y lleno de buenos presentimientos. Se lanzó pronto a la calle.

Del Ministerio de Asuntos Militares mandaron a Dyzma a la oficina de información de la comandancia de la ciudad y allí se enteró de que el coronel Waclaw Wareda en verano siempre vive en Konstancin, en un chalé llamado «villa Haití», y que suele venir a la ciudad por la tarde.

De la extraordinaria cortesía con que lo informaron, Dyzma dedujo que el coronel Wareda debía ser un personaje eminente. Quería incluso preguntar qué cargo tenía, pero renunció a ello por temor a que alguien lo juzgara desconocedor de asuntos de estado.

Aún no habían dado las diez y a Dyzma se le ocurrió salir de inmediato hacia Konstancin. Y eso hizo. La carretera era horrible, cierto, pero gracias a la fuerza del motor y a la experiencia del chófer fueron bastante rápido y en media hora ya habían llegado. Encontraron fácilmente «villa Haití». Era un hermoso chalé de dos plantas con una amplia terraza que daba a un jardín y que podía verse desde detrás de los encajes de hierro de la valla. En la terraza estaba sentado un señor en pijama leyendo el periódico. Cuando el coche se detuvo delante del portón, se dio la vuelta y Nikodem reconoció inmediatamente al coronel.

Este, por su parte, aunque respondió a la inclinación que la hizo Dyzma, observaba al recién llegado entrecerrando sus párpados de miope, y solo cuando Nikodem abrió el portón se levantó y gritó:

—¡A su servicio! ¡Por la gloria de mi madre, si es el aniquilador de Terkowski! Bienvenido, señor Nikodem, ¿dónde se había escondido? —dijo mientras estrechaba la mano de Dyzma con las dos suyas.

—Mis respetos, señor coronel, he estado en el campo. Pero ayer volví a Varsovia, y cuando me enteré de que le encontraría aquí...

—¡Bravo! ¡Una idea genial! ¿Desayuna conmigo?

—Ya he desayunado.

—Cierto. Vosotros, los campesinos, os levantáis con las gallinas.

El coronel estaba realmente contento de la llegada de Dyzma. Este hombre le caía extraordinariamente bien, y además el lujoso auto de Dyzma le aseguraba que hoy podía mandar a hacer gárgaras al cochambroso cercanías de Wilanów.

—Le dimos bien ayer a la botella —dijo Wareda—. Pensaba que hoy estaría con resaca, pero por suerte me siento maravillosamente.

Ciertamente estaba alegre y vivaz, solo sus ensangrentadas escleróticas revelaban la juerga del día anterior.

—Digo que por suerte porque tendremos que beber para celebrar su venida. No sé si lo sabe, pero su historia con Terkowski se ha vuelto anecdótica. Bueno, y como podrá imaginarse, atemperó usted un poquito a ese patán.

—Estoo, ¿en serio?

—Por la gloria de mi madre. El cafre ese llegó al puesto de jefe de gabinete del primer ministro y se le subió a la cabeza. Imbécil, ¡se creyó que todos se iban a postrar ante él!

—¿Y qué se cuenta el ministro Jaszunski?

—¿Cómo que qué se cuenta? —se extrañó el coronel—. Si está en la conferencia de Budapest.

—Qué pena.

—¿Tenía usted algún asunto para él?

—Nada especial, pero sí.

—Pues se tendrá que quedar en Varsovia unos días. Al menos lo pasaremos bien. Jaszunski se acuerda de usted con frecuencia...

Dyzma miró al coronel con indisimulado asombro. Este añadió:

—Eso es así, por la gloria de mi madre. ¿Cómo decía? A ver, a ver... ¡ya! Este señor Dyzma afronta la vida con buen tino: ¡la agarra por la cabellera y le da en los morros! ¿Qué le parece? Jaszunski tiene sus dichos. Le aconsejé incluso que publicara un libro de aforismos.

Por lo que le iba contando el coronel, Nikodem supo que la posición de Jaszunski peligraba, pues luchaban con virulencia contra él tanto las organizaciones de terratenientes como las asociaciones de pequeños agricultores, y Terkowski con su panda le pone zancadillas cuando puede. Hay una fuerte crisis en la agricultura y eso no tiene remedio. Y sería una pena por Jaszunski, es una lumbrera y un buen compinche.

La conversación paso al tema de los negocios de Dyzma y el coronel le preguntó:

—Usted, señor Nikodem, es al parecer socio o vecino de ese Kunicki, ¿no?

—Ambas cosas —respondió Dyzma—. Soy además el plenipotenciario de su esposa.

—Ah, ¿sí? ¿Qué me dice? ¿De esa, esa condesa Ponimirska? Es una rubia bien guapa, ¿verdad?

—Sí.

—He oído algo de que ella como que no mucho con ese Kunicki.

—Muy como que no mucho —dijo Dyzma entre risas.

—Entre nosotros, no me extraña, si es un viejales y parece

ser que un personaje poco interesante. Lo sabrá usted mejor que yo.

—Bah, pero ¿qué hacer?

—Entiendo, entiendo —confirmó el coronel—, los negocios son los negocios. ¿No se enfadará, señor Nikodem, si me visto delante de usted?

—Para nada.

Entraron en la habitación y al coronel se le ocurrió agasajar a su invitado con un cóctel de su invención. Mientras, el ordenanza trajo el uniforme y media hora después Wareda estaba listo.

Se subieron al coche y el coronel observaba admirado cada detalle. Debía saber de motores, porque entabló una conversación con el chófer en la que a cada momento salían vocablos técnicos incomprensibles para Nikodem.

—Magnífico, magnífico —repetía Wareda impresionado, aposentándose al lado de Dyzma—. Habrá tenido usted que dejarse los cuartos por este carro. Unos ocho mil dólares, ¿no?

El automóvil se puso en marcha y Nikodem, aprovechando que el zumbido del motor amortiguaba sus palabras, respondió:

—Je, je, con un pico.

Por el camino quedaron para cenar en el «Oaza».

—Será lo mejor porque nos encontraremos con muchos conocidos. ¿Conoce usted a Ulanicki?

Dyzma no lo conocía, pero temiendo que podía tratarse de un personaje ilustre aseguró que lo conocía solo de oídas.

Después de llevar al coronel al cuartel, Nikodem volvió al hotel y mandó al chófer venir a las diez de la noche. Después se fue a una cafetería y, tras encontrar con dificultad una mesa libre y pedir un té y unas galletas, comenzó a pensar en qué hacer, pero no le venía nada a la cabeza. No conocía a nadie en Varsovia, al menos a nadie con quien ahora, ocupando el alto cargo de administrador, deseara encontrarse. El solo recuerdo de los Barcik le revolvió las entrañas. Su habitación llena de humo era para él un símbolo de la oscura realidad a la que habría de volver, igual que el de la sucia y entintada «salita» de la oficina de correos de Lysków. Sabía que dentro de poco se acabaría su hermosa aventura, pero prefería no pensar en ello.

Como la inacción le llevaba una y otra vez a pensar en esa triste realidad, Dyzma decidió subir a su habitación. Allí se acordó de la carta de Ponimirski. La sacó y volvió a leerla.

—¡Y qué más da! —dijo haciendo un gesto de desdén con la mano—. Voy allá. ¿Qué me pueden hacer?

La señora Józefina Przeleska se había levantado con el pie izquierdo. Este axioma fue declarado unánimemente en la cocina a las diez, y a las once en toda la casa imperaba un alboroto y un ruido tales que parecía que se había levantado no con uno, sino con al menos dos pies izquierdos.

A las doce, la respetable vivienda de la señora Przeleska presentaba ya un triste aspecto de caos y pánico en el que venerables antigüedades hacían verdaderas diabluras, moviéndose de un lugar a otro, hasta que tras una ininterrumpida trifulca acababan mordiendo el polvo y con sus estilizadas y raquíticas patas arriba. Mientras entre el personal seguía cundiendo el pánico, la señora de la casa cabalgaba por su vivienda como una valquiria por el campo de batalla. La precedía el retumbar de jugosos improperios, mientras que tras ella revoloteaban los faldones de su bata como si fueran las alas del albornoz de un bereber sobre los escombros.

En el salón rugía la aspiradora, en el patio resonaban las salvas de las alfombras sacudidas, las ventanas ora se abrían —porque la polvareda era inaguantable—, ora se volvían a cerrar con estrépito, pues las corrientes le podían arrancar a uno la cabeza.

Para más inri, el teléfono no dejaba de sonar y el auricular debía soportar una granizada de palabras cortantes como un látigo.

Justo en ese momento en el vestíbulo se oyó el sonido del timbre. Eso era ya demasiado y la señora Józefina en persona dirigió hacia allá su galope ante el pavor del personal, que en su alma encomendaba al auxilio divino la persona del inoportuno huésped.

La puerta se abrió de golpe y el intruso se vio sorprendido por un cañonazo:

—¡¿Qué cuernos quiere?!

Nikodem no se alteró por la grosera bienvenida. Al contrario, de repente se sintió más seguro de sí, puesto que el tono y la apariencia de la dama se asemejaba al de alguien de su propio ambiente.

—Vengo a ver a la señora Przeleska.

—¡¡Que qué quiere, le pregunto!!

—Un asunto. Dígale, por favor, a la señora, que ha venido un colega de su sobrino.

—¿De qué sobrino?

—Del conde Ponimirski —respondió Dyzma con aire engreído.

El efecto, sin embargo, fue inesperado. La desarreglada señora extendió sus brazos, como defendiéndose de un atacante, y exclamó con voz altanera:

—¡No pagaré! ¡No pagaré ni un centavo por mi sobrino! ¡No haberle prestado!

—¿Qué? —respondió Dyzma extrañado.

—¡Vaya usted a ver a su cuñadito! ¡Yo no doy ni un céntimo, ni un céntimo! Es indignante, todos vienen a mí, ¡esto es un atraco...!

Dyzma estaba harto. La sangre se le subió a la cabeza.

—¡Deje de chillar! ¡Qué diablos! —bramó con todas sus fuerzas.

La señora Przeleska se calló, como herida por un rayo, sus ojos se ensancharon y miró horrorizada al intruso.

—¡Nadie quiere dinero de usted y, si hay algo que quiero, es justamente devolverle!

—¿Qué?

—Lo que le digo: ¡devolverle!

—¿Quién? —preguntó cada vez más extrañada.

—¿Y usted quién cree? ¿El sah de Persia? ¿El sultán turco...? Su sobrino, mi amigo.

La señora Przeleska se llevó las manos a la cabeza.

—Ay, perdóneme usted, tengo hoy una migraña horrible y el servicio me está volviendo loca, ¡discúlpeme...! Lo siento mucho. Permítame.

Dyzma entró tras ella a una salita lateral en la que la mitad de los muebles yacían en el suelo y en medio había un cepillo para encerar el piso. La condesa le puso una silla junto a la ventana y ella, disculpándose de nuevo por su aspecto, salió para volver pasada ya una media hora.

«¡Qué cafre! —pensó Dyzma—. Se me ha echado encima como un perro de presa. Qué diablos me habrán traído aquí. Se ve que la tía no está menos majara que el sobrino. Vaya gran señora, si parece una maritornes...»

Tardó en calmarse, pero cuando lo logró empezó a arrepentirse de haberle comunicado a la tipa que Ponimirski tenía intención de devolver su deuda.

«Le tiene por loco, así que puede tomarme a mí también por otro».

Por fin, volvió. Ahora llevaba un hermoso albornoz púrpura, tenía el cabello peinado y emblanquecía su musculosa nariz y sus prominentes mejillas una gruesa capa de polvos, enfatizada aún más por el chillón carmín de los labios.

—Le pido mil perdones —comenzó—, estoy realmente destrozada de los nervios. Soy Przeleska...

Le extendió su larga y delgada mano, y Nikodem la besó al tiempo que se presentaba.

La condesa empezó a hacerle preguntas, pero estas se sucedían tan rápidamente que, a pesar de su buena voluntad, no era capaz de responder a ninguna. Así que sacó la carta de Ponimirski y se la dio en silencio.

Tomó la carta con los dedos y exclamó:

—¡Dios mío, me olvidé mis impertinentes! ¡Frania, Frania, Antoni! ¡Frania! —gritó con voz desgarradora.

Se oyó un correteo y al momento entró una criada que traía unas gafas con montura dorada. Conforme la señora Przeleska iba leyendo la carta, iba ruborizándose más y más. Interrumpiendo en varias ocasiones para pedir disculpas a Dyzma, cada vez más efusivamente.

La carta le causó una fuerte impresión. La releyó de nuevo y declaró que la cuestión era de enorme importancia, no porque Georgito quisiera devolver la deuda, sino ya de por sí.

Interrogó pródigamente a Nikodem por la situación de Koborowo, por los ánimos de «la desgraciada Ninette», por el estado financiero de «ese ladrón de Kunik» y terminó preguntando cuál era la opinión del honorable señor Dyzma.

El honorable señor no tenía opinión alguna y masculló:

—¿Qué se yo? Habría que hablar con un abogado.

—Muy sensato, muy sensato —tomó la palabra Przeleska con consideración—. Pero ¿sabe qué? Mejor sería antes consultarlo con el señor Krzepicki. ¿Conoce usted a Krzepicki?

—No, no lo conozco. ¿Quién es?

—Oh, es un hombre muy hábil, un viejo conocido, aunque aún es joven. Dígame, ¿se hospeda usted en un hotel?

—Sí.

—No se negará usted a venir si le invito a comer mañana, ¿verdad? Justamente vendrá también el señor Krzepicki y podemos estudiar todo este asunto. ¿Le parece?

—¿A qué hora?

—A las cinco, si es tan amable.

—Bien.

—Y perdóneme, por favor, el descortés recibimiento. ¿No me guarda rencor?

—¡Para nada! —respondió—. Le puede pasar a cualquiera.

Se fijó en ella y advirtió que incluso tenía un aspecto agradable. Podía tener unos cincuenta años, pero sus vivaces movimientos y la delgadez de su figura la rejuvenecían. Acompañó a Dyzma al recibidor y se despidió con una sonrisa agradecida.

«En casa de estos grandes señores —pensó Nikodem bajando las escaleras— nunca se sabe».

Entró en el bar más cercano y almorzó. Se encontraba a gusto, por fin comía solo y podía moverse con soltura, sin tener que asegurarse de si era decoroso comer esto con cuchara o aquello con tenedor.

De la visita a Przeleska le quedó la impresión de que todo acabaría en palabrería y las esperanzas del conde Ponimirski quedarían en agua de borrajas.

«No es tan tonto ese Kunicki para que le tomen el pelo. ¡Menudo sinvergüenza! ...».

Por un momento se preguntó si, así las cosas, no sería mejor contárselo todo a Kunicki, pero llegó a la conclusión de que lo más práctico sería mantener la boca cerrada. Además, no quería delatar a Ponimirski, puesto que no dudaba que eso dolería a la señora Nina, y es una moza tan simpática...

En las inmediaciones del bar, la mirada de Dyzma se vio atraída por un brillante rótulo. Un cine. ¡Cuánto hacía que no iba al cine! Miró el reloj, tenía aún cinco horas. No se lo pensó mucho, entró y compró un ticket.

La película era preciosa y emocionante. Un joven forajido se enamoró de una bella señorita que había raptado otra banda y, tras un montón de vertiginosas aventuras y luchas heroicas rescata a la chica y al final se casa con ella, y lo más interesante es que les da la bendición el padre de la novia, un cura de pelo blanco con sonrisa bondadosa y rostro arrugado.

Este detalle al principio le provocó algunas objeciones, que se diluyeron con el argumento de que la acción tenía lugar en América y que allí seguramente los curas pueden tener hijos.

La película era tan encantadora que Dyzma pasó en la sala dos sesiones enteras.

Cuando salió del cine, las calles ya alumbraban con miles de luces. Una multitud de paseantes llenaba las aceras. La tarde era calurosa y de bochorno. Fue andando al hotel, delante del cual divisó desde lejos el magnífico coche de Kunicki.

«¡Mi coche!» —pensó y se sonrió.

—¿Qué tal? —preguntó al chófer en respuesta a su inclinación de cabeza.

—Ah, pues nada, señor.

—¿Qué ha estado haciendo este tiempo?

El chófer le respondió que había visitado a sus parientes y que era de Varsovia. Charlaron un ratito y Dyzma fue a su habitación para cambiarse la ropa y el cuello.

—Hoy hay que ponerse elegante para ganarse al coronel. Lo invitaré a un champán.

Un cuarto de hora después llegaba al «Oaza». La sala estaba aún casi vacía, solo unas cuantas personas ocupaban varias mesas.

«He llegado demasiado pronto» —pensó Dyzma.

Pidió vodka y algo para picar. El camarero, que lo llamaba «excelencia», llenó rápidamente la mesa de aderezos, mientras otros dos venían una y otra vez con enormes bandejas llenas de todo tipo de pescados en frío, fiambre, patés, etc.

Nikodem comió muy lentamente, pues quería esperar al coronel. La orquesta tocaba algunas piezas sinfónicas. La sala se iba llenando poco a poco.

Por fin, el coronel Wareda llegó alrededor de las once. Con él venía un corpulento moreno vestido de civil.

—¡Oh, ya está usted aquí! —exclamó el coronel—. ¿Lleva mucho tiempo esperando?

—Eeeh, no, un cuartito de hora —respondió Dyzma.

—Señores, permítanme: el señor Dyzma, el director Szumski —los presentó el coronel—. Ahora vendrá nuestro querido Jan Ulanicki.

—Ah, ¿viene esa mina de chistes? —dijo Szumski alegremente—. ¡Maravilloso!

—No tenéis ni idea del numerito tan genial que le salió cuando estuvimos en mayo en Krynica.

—A ver.

—Pues imaginaos que en nuestro hostal también se alojaba un Kurowski o Karkowski, uno de esos, ya sabéis, un tío de diez, un caballero de diez, de esos que tenis, y Byron, y Baudelaire, y Wilde, y el Canale Grande, y el Casino de Paris, y Montecarlo, y lenguas extranjeras, y tipos de vino, y nombres de sedas, y relaciones con las altas esferas, vamos, espléndido. Las mujeres locas por él y en la mesa los temas de conversación cambiaban a diario como dos y dos son cuatro. Bromeaba, hacía juegos de palabras, soltaba aforismos en diez idiomas, en una palabra: los tenía a todos embrujados.

—Un prodigio —dijo Szumski —. ¡Si además llevaba paraguas y no pronunciaba la «r», me juego el pescuezo a que era del ministerio de exteriores!

El coronel se echó a reír.

—¡Como si lo hubieras visto! Por la gloria de mi madre, el menda no se separaba de su paraguas.

—¿Y qué más?

—Imaginaos que, al quinto o sexto día, cuando íbamos a comer, Janek me cuenta: «Por mis niños, ya no aguanto más». Pues mirad, estaba Jan sentado, y vis à vis el lechuguino ese.

Sigo esperando, y Jan, como si nada. Sentado, escuchando, y el tipo sonriente, refinado, sigue con su espectáculo. Ya me acuerdo, justo estaba empezando a hablar sobre los colores de moda esa temporada y, de repente, nuestro Jan deja a un lado el cuchillo y el tenedor, se levantó poco a poco sobre su silla, se inclinó a través de la mesa en dirección al brujo, y le soltó un berrido: «¡Ujuuuuuu...!»

Dyzma y Szumski no pudieron contener la risa.

—Pero ¿cómo? —preguntó Szumski—. ¿Solo «ujuuuu»?

—«Ujuuu» y ya está. Y ya sabes la voz grave que tiene Ulanicki. No os hacéis idea del bochorno. El pisaverde se puso rojo como un tomate y se quedó callado, como si lo hubiera partido un rayo. En el comedor, un silencio de cementerio, todos con la cabeza gacha. Hasta que hubo uno que no aguantó más y soltó una carcajada. ¡Era lo que faltaba! De repente, toda la mesa empezó a estremecerse. Por la gloria de mi madre, en mi vida he visto a la gente reírse así.

—¿Y qué hay de Janek?

—¿Janek? Como si nada, se puso a darle al asado

—¿Y el lechuguino?

—Pobre tipo. No sabía si irse o quedarse. Al final se levantó y salió. Ese mismo día se fue de Krynica.

—¿Y qué pasó después? —preguntó Nikodem, al que le había encantado la historia.

—Pues nada —respondió el coronel—, nada más que Ulanicki se convirtió en el personaje más popular de Krynica.

La sala estaba ya llena de clientes. Entre las mesas blancas circulaban rápidamente las levitas negras de los camareros y la orquesta tocaba un tango apasionado.

Estaban terminando de cenar cuando llegó Ulanicki. Era un hombre de enorme estatura, con un rostro semejante a un escudo al que habían pegado un pepino de grandes dimensiones y cuatro manojos de crines negras como el alquitrán. Su bigote y sus cejas, extraordinariamente abundantes, no paraban de moverse, al contrario que sus ojos, pequeños, hundidos y —esa era la impresión —fijos en un punto lejano en el horizonte.

Cuando se sentó, Nikodem, ya algo excitado por el alcohol, dijo:

—El coronel nos ha contado la escena que montó usted en Krynica. ¡De primera! Puso a ese tipo en su sitio.

Los manojos de la cara se movieron con vehemencia.

—¡Qué va! Su numerito fue mejor. ¿No fue usted el que le echó una bronca al patán de Terkowski?

—Él mismo, sí —confirmó Wareda—, un tío con agallas. Presiento que vais a haceros amigos. A vuestra salud.

Bebieron de lo lindo. Cuando, bien pasada la media noche, subieron a la primera planta a bailar y ordenaron champán iban ya bien achispados. A la mesa se encontraron con unas encantadoras señoritas. El jazz animaba a bailar y Dyzma invitó a una de las damas. El resto de la compañía lo observaba con consideración y, cuando se sentó, se declaró por unanimidad que era un camarada ideal y que por qué no beber a la fraternidad... Ante la falta de oposición de cualquiera de las partes, se celebró el acto al sonido del «feliz en tu día...» que la orquesta tuvo que tocar a petición del coronel Wareda.

Clareaba ya cuando los cuatro caballeros ocuparon los asientos en el auto de Kunicki. Decretaron llevar al coronel a Konstancin. Una vez allí, el chófer despertó a sus pasajeros. Szumski se despidió afectuosamente de Dyzma, puesto que no tenía ganas de volver a Varsovia.

—Duermo aquí en casa de Wacek, adiós, Niko, adiós...

Dyzma llevó a Ulanicki a la Colonia Staszic, y después regresó al hotel.

Al acostarse, trató de hacer una retrospección de los acontecimientos de la noche pasada, pero el zumbido en su cabeza y un irritante ataque de hipo lo cansaron tanto que se dio por vencido.

Se despertó con dolor de cabeza bien pasado el mediodía. Entonces se dio cuenta de que había dormido vestido, por lo que su traje parecía un trapo estrujado. Estaba enfadado consigo mismo, aunque era consciente de que gracias a la borrachera de ayer con el coronel y los dos dignatarios tendría más fácil acceso al ministro.

Se acordó de que tenía que ir a comer a casa de la señora Przeleska. Había que dar el traje a planchar.

Envió un telegrama a Kunicki informándole de que tendría que prolongar su estancia en Varsovia por culpa de la ausencia del ministro en la capital.

Fue en coche a casa de Przeleska. Las ventanas daban a la calle y quizá alguien vería su coche, lo que le daría más suntuosidad.

No sabía con certeza de qué podría hablar con la tía de Ponimirski y ese Krzepicki, y menos aún veía el objetivo de la conversación. Si aceptó venir, era únicamente por curiosidad y, en cierto modo, por el atractivo en sí de la visita a una casa señorial.

Ya desde la misma puerta advirtió que la primera vez que vio la casa las condiciones no eran las normales. Hoy se trataba de una vivienda seria, llena de silencio, decoro y orden. Ciertamente, no podía compararse con el palacio de Koborowo, pero había en ella algo indefinido que le imponía a Dyzma todavía más.

Un lacayo abrió la puerta del salón y pasado un momento largo entró la señora Przeleska, que hoy tenía todo el aspecto de una dama; tras ella pasó un hombre de unos treinta y cinco años.

—Señor Krzepicki, señor Dyzma —los presentó Przeleska.

Krzepicki le saludó galantemente. Sus movimientos exagerados, su chocante soltura y el tono nasal de su voz no le gustaron a Nikodem ya de entrada, aunque debió reconocer en su interior que era apuesto, quizá bastante más guapo que el secretario del juzgado de Lysków, Jurczak, que era en toda la comarca un reconocido conquistador de corazones femeninos.

—Me alegro enormemente de tener el honor de conocer al respetable caballero sobre quien he podido escuchar tantas cosas —dijo Krzepicki mientras se sentaba y estiraba la pernera.

Dyzma decidió permanecer en guardia frente a este hombre que le pareció desde el principio astuto e insincero. Así que respondió con una evasiva.

—La gente es así, siempre anda diciendo cosas.

—Discúlpeme —dijo la señora Przeleska—, pues solo gracias al señor Krzepicki he sabido que es usted un político tan relevante. Reconozco con vergüenza que nosotras, las mujeres, somos ignorantes en cuestiones políticas.

—Oh, no exageremos —negó Krzepicki y estiró la otra pernera.

Dyzma no sabía que decir y se limitó a carraspear.

Vino en su ayuda un criado que anunció que la mesa estaba servida. Durante el almuerzo, Przeleska y Zygmunt Krzepicki, a quien llamaba a veces por su apellido y otras más familiarmente, por su diminutivo, «señor Zyzio» comenzaron a preguntar a Dyzma por los asuntos de Koborowo. La señora Przeleska se interesó principalmente por la relación de «la desgraciada Nina» con su hermano y su marido, mientras que el señor Zyzio bombardeó a Nikodem con preguntas relativas a los ingresos de Kunicki y al valor de su patrimonio. Dyzma trató de responder lo más concisamente posible para no revelar por algún descuido que en realidad no tenía mucha idea acerca de esas cuestiones.

—Y tenga usted a bien decirme, ¿es tan obvia la enfermedad mental de George que es imposible pensar en su empoderamiento?

—Pues, a ver… Loco está, pero a lo mejor sería capaz de dominarse…

—Buena observación —confirmó la señora Przeleska—. Su enfermedad consiste justamente en la falta de control inhibitorio, pero pienso que cuando entienda que hay que morderse la lengua será capaz de aguantar, aunque sea por poco tiempo.

—Quizás —confirmó Dyzma.

—Solo temo —continuó Przeleska— que Nina no esté de acuerdo con nuestros planes.

—Pff —Krzepicki se encogió de hombros—. ¿Y por qué habría de conocerlos? Lo hacemos todo discretamente. Lo más importante es lograr influencias en el Ministerio de Justicia, pero no tenemos que preocuparnos, ya que la fortuna nos ha traído como aliado al honorable señor Dyzma. ¿Verdad...?

—¡Ay, qué suerte —exclamó la señora Przeleska— que justamente usted, colega de George y tan amigo suyo, haya dado con él ahora!

Pasaron a un pequeño salón para el café. Ahí Krzepicki sacó una agenda y un lápiz y comenzó a hablar:

—Me he permitido preparar una especia de pequeña ponencia. ¿Me permiten...? Pues bien, la cuestión se presenta así: sabemos que este embaucador llamado Leon Kunik, de sesenta años, hijo de la planchadora Genowefa Kunik, nacido en Cracovia, sospechoso de compraventa de objetos robados —cosa comprobable en el archivo policial de Leópolis -, luego se dedicó a la usura y, como usurero, entrampó a la familia Ponimirski y sirviéndose de enredos la desproveyó de su patrimonio…

—La señora Kunicka —interrumpió Nikodem— afirma que no fue para nada con trampas.

—Ya, naturalmente, pero todo se puede interpretar de diversas maneras. Je, je, je... Si el fiscal recibe las instrucciones adecuadas de arriba, no tendrá problema. Sabemos además que, hace nueve años, Kunik se hizo con un carné de identidad en el que le cambiaron el apellido por el de «Kunicki» y se añadió el nombre de su padre. Eso ya es de juzgado de guardia. Luego, todos sabemos de su juicio por los suministros de traviesas ferroviarias. Entonces, por desgracia, no salió a la luz, no se pudo comprobar que esas traviesas ni siquiera existían. Kunicki mostró documentos auténticos que demostraban que era inocente, pero no hay duda de que obtuvo esos documentos de un modo deshonesto. ¡Si el funcionario de ferrocarriles que los emitió se dio a la fuga y desapareció como el alcanfor! Todo esto podemos desenterrarlo y llevar al tipo a los tribunales. ¿Qué les parece?

—¡Por supuesto! —exclamó la señora Przeleska.

—Y yo también pienso lo mismo —dijo Dyzma, observando con desconfianza el rostro puntiagudo de Krzepicki. El continuo movimiento de sus músculos y el brillo de sus ojos daban la impresión de encontrarse en estado de máxima alerta. Ahora se lamió el labio superior con el extremo de la lengua y añadió:

—En cualquier caso, lo más importante es quitarle Koborowo. Y aquí empieza lo difícil. La dueña nominal es la señora Nina, y ella no va a estar de acuerdo.

—Es más que seguro —asintió Dyzma.

—Exacto —continuó Krzepicki—, así que nos queda una única salida. George debe acudir al fiscal para denunciar a Kunicki. La demanda debe incluir, entre otras cosas, la acusación de que Kunicki obliga a la hermana del demandante a hacer falsas declaraciones...

—Hm...

—Pues bien, George sólo podrá hacer esta denuncia cuando esté empoderado. Por eso hay que empezar por obtener de las autoridades judiciales una ordenanza para reexaminar el estado mental de George. He consultado a un abogado. Me dice que esa revisión es posible. Solo hace falta que la solicite uno de los parientes de George.

—¡Yo, ni por todo el oro del mundo! —protestó Przeleska—. Ni por todo el oro de mundo. Ya he tenido suficientes disgustos. Solo me faltaba que embadurnen mi apellido en la prensa…

—Bien, vale, señora Fina —respondió Krzepicki con voz algo irritada—, en ese caso es usted de la opinión de que lo hará Nina.

—No —negó Dyzma—, la señora Nina no moverá un dedo.

—Y George no tiene más parientes —señaló Krzepicki, exponiendo su dedo índice con una uña extraordinariamente larga y brillante.

—Me da igual, yo no me voy a inmiscuir en eso… Me da igual.

A Krzepicki se le puso mal semblante.

—Bien —dijo fríamente—, entonces no hay más de qué hablar. Da usted por perdidos los cuarenta mil que George le deba a usted y a mí, bueno, y también descarta el matrimonio de Bibianna Hulczynska.

Se hizo el silencio.

—Una pena —añadió— que hayamos hecho perder el tiempo al respetable señor Dyzma.

—¡Pero es que no puedo, de verdad que no puedo! —se defendía obstinadamente Przeleska.

—No nos está pillando el toro —dijo pasado un momento Nikodem—. Podemos dejarlo para más tarde.

—Quizá mientras tanto encontremos una solución —agregó con alivio Przeleska.

Krzepicki se levantó de un salto.

—¡Mientras tanto, mientras tanto…! ¡Y mientras tanto necesito el dinero como el aire...!

—Pues, bueno, trataré de buscarle algo —murmuró tímidamente la señora Przeleska.

—¡Ya! —Krzepicki agitó la mano despectivamente —¡otra vez quinientos o mil zlotys!

Przeleska se puso colorada.

—Quizá podría dejar esta cuestión para más tarde. No creo que le interese al señor Dyzma.

—Perdón —masculló con pocas ganas.

—¿No quieren un poco más de café...?

Llenó las tazas y añadió:

—¿Y si el señor Dyzma fuera capaz de influir en Nina? Si ella tampoco soporta a su marido... Parece usted un hombre capaz de superar cualquier obstáculo y doblegar los caracteres de los demás...

—Bueno, pero ¡¿qué interés tendría en ello...?! —soltó cínicamente Krzepicki.

—Pero, señor Zyzio —se opuso Przeleska—, el señor Dyzma es amigo de George, ¿verdad? Creo que es motivo suficiente.

Krzepicki hizo una mueca y traqueteó los dedos.

—Seamos sinceros... Yo no creo en las maquinaciones platónicas, discúlpeme, honorable señor Dyzma, pero no creo en ellas. Así que pienso que usted, como hombre, ejem..., cabal... Vamos al grano. ¿Le ha planteado George algo material en todo este asunto?

—¿Cómo? —preguntó Dyzma.

—Digo, si le ha planteado algo...

—Vamos, ¿que si ha prometido pagarme?

La señora Przeleska, creyendo que Dyzma se había ofendido, empezó a disculparse y a aclarar que el señor Krzepicki no tenía para nada eso en mente, que no se lo tomara a mal, etc. Por lo demás, el propio culpable reculó y aclaró que se refería al temor a los gastos que el honorabilísimo señor pudiera tener en relación con los asuntos de George.

Viendo que la cosa no avanzaba, la señora Przeleska propuso aplazar la conversación definitiva y, cuando supo que Dyzma podría permanecer en Varsovia dos semanas, lo invitó a jugar al bridge el martes siguiente. Dyzma declinó la invitación diciendo que no sabía jugar al bridge, pero se avino cuando le dijeron que no era obligado jugar.

—Vendrán varias docenas de invitados —dijo Przeleska— y encontrará entre ellos a muchos conocidos. Suelen estar el general Rózanowski, el ministro Jaszunski, el señor Grodzicki, el viceministro Ulanicki...

—¿Y el coronel Wareda? —preguntó Dyzma.

—También, antes solía venir. ¿Lo conoce?

—Sí, es amigo mío —respondió como quien no quiere la cosa.

—Bueno, en ese caso trataré de asegurarme de que venga. Es un hombre muy valiente. Y, si no me equivoco, está en perfectas relaciones con el fiscal Wazyk. Creo que incluso Wazyk está casado con la primera esposa de Wareda...

—Sí, sí —confirmó Krzepicki—, la que tenía Hamelbein de apellido de soltera, ¡y Wazyk puede sernos útil si no se muestra... vacilante! Je, je, je...

Cuando Dyzma comenzó a despedirse de la señora Przeleska, también Krzepicki se levantó, alegando que ya era tarde y que debía ir al barrio de Mokotów.

—Pues le llevo —dijo Dyzma—, mi coche está delante del portón.

La señora Przeleska trató de detener a Krzepicki, pero este se negó en redondo:

—No puedo. Vendré a cenar. ¡Hasta luego...!

—¿La señora Przeleska es pariente suya? —le preguntó Dyzma cuando salieron a la calle.

—No, una vieja conocida. Era amigo de su marido.

—Entonces, ¿el marido de Przeleska ya no vive?

—Vive —respondió Krzepicki guiñando un ojo—, vive, pero no sé con quién. Está en el extranjero. Vaya carro. De primera división. ¿Consume mucho?

—Unos treinta y pico —respondió el chófer sonriente al cerrar la puerta.

—Buena cosa es tener un coche así —concluyó Krzepicki.

Por el camino hablaron mucho de los negocios que uno puede hacer si no le falta dinero, y Dyzma concluyó de sus silencios que debía ser un hombre enormemente astuto y cauteloso.

Cuando finalmente el joven bajó del coche junto a la Politécnica, el chófer se volvió a Dyzma.

—Yo conozco a este hombre. Es el señor Krzepicki. Tenía una cuadra de caballos de carreras, pero no le fue bien.

—¡Debe ser un tío avispado! —dijo Nikodem.

—Jo-jo-jo —respondió el chófer asintiendo.

CAPÍTULO 7

Era un amplio despacho al estilo Luis Felipe, con entapetado verde oscuro y ventanas altas, vidriadas hasta el suelo.

Detrás de un ancho escritorio, con las dos manos sosteniendo su barbilla, el ministro Jaszunski escuchaba en silencio la voz uniforme del funcionario que desde hacía una hora le estaba exponiendo a su jefe la situación de la política agraria.

Cada cierto tiempo, el funcionario dejaba al lado su agenda y, sacando de una gruesa carpeta recortes de periódicos, leía algunos párrafos en los que solían repetirse palabras tales como: exportación, quintal métrico, trigo, estado catastrófico, etc.

El contenido de la exposición no debía ser muy alegre, puesto que en la frente del ministro se esbozaba un profundo surco que no desaparecía ni siquiera cuando sus labios sonreían para pronunciar amablemente su agradecimiento por el esmero y transparencia con que la ponencia había sido preparada.

Al volver del extranjero, el ministro Jaszunski se encontró con una situación peligrosa en su cartera. El lamentable estado de la agricultura y las expectativas de una gigantesca cosecha provocaron el furioso ataque de la prensa opositora, e incluso murmullos de descontento en los diarios más cercanos al gobierno.

De las conversaciones que ya había podido mantener, el ministro Jaszunski pudo concluir que su puesto estaba seriamente amenazado y que su dimisión supondría un gran alivio para el gabinete. No se lo decían directamente. Para nada. Pero le daban a entender que debían encontrar una cabeza de turco con la que pagar por la mala coyuntura y la errónea política económica del gobierno. El primer ministro hizo una mueca increíblemente amarga y con absoluta claridad dijo que en la situación actual la dimisión de todo el gabinete era imposible y que había que salvarse con una reconstrucción.

Jaszunski no dudaba que el responsable de crear este ambiente era sobre todo Terkowski, a cuya influencia tan fácilmente se sometía el primer ministro.

La situación estaba madurando y había que tomar una decisión firme, pero el ministro Jaszunski la aplazó hasta ponerse de acuerdo con su subalterno, el viceministro Ulanicki.

Llevaba esperándole desde la mañana, incluso le había llamado dos veces por teléfono, pero desde su residencia le dijeron, que el señor aún dormía. Así que, cuando alrededor de las dos Ulanicki se presentó en el umbral del despacho verde, el ministro estalló:

—¿Te has vuelto loco o qué? ¡Te vas de juerga por las noches mientras se nos quema la casa!

—Podrías saludar primero —respondió el bigotudo.

—Buenos días —gruñó el ministro.

Ulanicki se sentó cómodamente y encendió un cigarrillo. Jaszunski caminaba de par en par con las manos en los bolsillos de los pantalones.

—Has firmado el contrato y además con condiciones favorables. Enhorabuena —sonó la voz grave de Ulanicki.

—No hay motivo para la enhorabuena —respondió el ministro—, es seguramente el penúltimo documento que firmo.

—¿Por qué el penúltimo?

—Pues porque el ultimo será la solicitud de dimisión.

—¿Conoces a Nikodem Dyzma? —preguntó Ulanicki tras una pausa.

—Sí, es ese que abroncó a Terkowski. ¿Y qué tiene que ver?

—Estuve bebiendo anoche con él. A decir verdad, bebemos desde hace varios días.

Jaszunski se encogió de hombros.

—Peor para ti si bebes.

—Al contrario, mejor.

—¡Pues habla! ¡Qué diablos! No estoy con ganas de resolver acertijos.

—Pues hablamos de la crisis. Le digo que va mal y que no debíamos esperar una mejora. «No hay —le digo— ningún medio de evitarlo». Y Nikodem me suelta: «Hay un medio: almacenar cereales».

Paró de hablar y miró al ministro a los ojos, pero este sólo se encogió de hombros.

—¿Que el gobierno almacene?

—El gobierno.

—¡Tonterías! El tesoro no tiene dinero.

—Espera, espera, lo mismo le dije yo, y él me responde: «¿Dinero? No hace falta ningún dinero».

—¿Cómo? —dijo Jaszunski extrañado.

—¡Escucha! Ya te digo, algo extraordinario. Estaba yo con la boca abierta de oreja a oreja. ¡Menos mal que los demás iban ya como una cuba y no nos oyó nadie!

—¡Sigue!

—Pues escucha. No hace falta dinero, me dice, eso es un obstáculo sin importancia. El estado puede emitir obligaciones. Por cien, por doscientos millones de zlotys. Pagamos con obligaciones y ya está. Ponerles a las obligaciones un porcentaje del cuatro por ciento y dar un plazo de seis años. En seis años tiene que llegar la buena coyuntura al menos una vez y entonces se vende el grano aquí o en el extranjero y se hace un negocio fenómeno...

—Espera, espera —interrumpió el ministro—, no es mala idea.

—¿Que no es mala? ¡Es genial!

—¡Venga, cuéntame!

—Este Dyzma, te lo digo yo, es un coco. Pues eso —me dice—, los beneficios son enormes. Primero, salvamos los precios; segundo, aumenta el volumen de negocios. Así el estado inyecta en el mercado cien, doscientos millones de zlotys, porque las obligaciones tienen que ser anónimas, sustituyen el capital en efectivo, etc. ¿Entiendes? Me pongo a preguntarle por los detalles y él me dice que no es experto, pero que tenía intención de contártelo.

—¿A mí?

—Sí. Te tiene estima.

—Espera, entonces, ¿qué es lo que propone?

Ulanicki volvió a contarle su conversación con Dyzma, desarrollando el tema e ilustrándolo con cifras. Estaba tan entusiasmado con el proyecto que ya quería llamar a la copista para dictarle un comunicado de prensa.

Jaszunski, menos impulsivo, pudo contenerlo. Había que estudiar el tema a fondo, darle vueltas, desarrollarlo. También a él le parecía una idea fenomenal, pero no debían ponerse manos a la obra en un dos por tres.

—Sobre todo, secreto absoluto. Y, en segundo lugar, tenemos que conferenciar antes con ese Dyzma.

—Puedo llamarle ahora mismo.

—¿Sigue en Varsovia?

—Es nuestro hombre. ¡Ah, si esto fuera realmente viable! La pandilla de Terkowski se llevaría una somanta de una vez por todas. ¿Y yo? Quiero decir: ¡¿y nosotros...?! ¿Te das cuenta, Janek?

—¡Bah...!

Decidieron reunirse esa misma tarde con Dyzma. El ministro esbozó unas palabras en una tarjeta de visita y la envió al hotel Europejski.

Nikodem justamente se estaba levantando cuando trajeron la carta. Le dio tiempo suficiente a vestirse y a comer sin prisas. Estaba a unos minutos del ministerio. Miró el reloj y fue andando.

Al sonido del timbre le abrió el conserje, el cual, echando a Dyzma una mirada desdeñosa, le dijo:

—Y usted, ¿a dónde va? La oficina está cerrada.

—Apártate de en medio —respondió Nikodem presuntuosamente—, vengo a ver al ministro Jaszunski.

El portero hizo una profunda reverencia.

—Discúlpeme, excelencia, le ruego que me disculpe. El señor ministro espera en su despacho; también está el señor viceministro Ulanicki.

Le quitó cuidadosamente a Dyzma el abrigo.

—Permítame mostrarle el camino. Es aquí, en la primera planta.

Nikodem no se daba cuenta de que el hecho de que en unos momentos estaría hablando con el ministro, lo que al salir de Koborowo parecía completamente imposible, se tornaba en algo real. El curso de los acontecimientos lo empujaba hacia adelante, lo llevaba consigo una corriente cuya acción veía y notaba, pero no sabía explicar las causas de esas acciones ni el misterio de por qué todo esto le estaba ocurriendo precisamente a él, a Nikodem Dyzma.

Cuando le llegó la citación del ministro, adivinó de inmediato que se trataba de las obligaciones de cereales de las que había oído hablar a Kunicki y que tanto maravillaron a Ulanicki. Por eso temía que el ministro quisiera preguntarle por los detalles del proyecto. Debía ser cauteloso. Lo principal era seguir con el mejor método cuya práctica hasta ahora había resultado infalible: ¡hablar lo menos posible!

Ambos dignatarios recibieron a Dyzma efusivamente.

El hecho de que Ulanicki lo tuteara creó de inmediato un ambiente familiar. El ministro Jaszunski empezó con cumplidos. Recordó a Nikodem el banquete del 15 de Julio y su incidente con Terkowski.

—Entonces le dije que, si tuviéramos en este país más hombre como usted, nos iría muy bien. Ahora estoy convencido de que nos iría maravillosamente.

—Señor ministro, es usted demasiado amable...

—¡Eh! ¡Nikodem! ¡No te hagas el modesto! —exclamó Ulanicki alegremente.

La conversación pasó a la cuestión de las obligaciones de cereales. Dyzma se encontró en medio de un fuego cruzado de preguntas, aunque los dos mandatarios comenzaron diciéndole que, a decir verdad, no sabían demasiado de agricultura. Trató de cuidarse mucho para no soltar ninguna tontería. Su buena memoria le ayudó a repetir, en pequeñas dosis, prácticamente todo lo que le dijo en su momento Kunicki. Por si acaso, añadió también lo que oyó acerca de «su» proyecto del propio Ulanicki.

El ministro estaba fascinado y se frotaba las manos. Anochecía y Jaszunski, encendiendo la luz, exclamó de buen humor:

—Bien, querido señor Dyzma, no puedo decir que sea usted un pico de oro, pero la cabeza la tiene en su sitio. Así que, fantástico. De momento, tenga a bien guardar absoluto secreto de esto. Hasta que llegue el momento. Queda mucho por hacer aún. Janek preparará el proyecto de ley, que pasará al comité económico del Consejo de Ministros. Por mi parte, yo hablaré mañana con el primer ministro. El único inconveniente es la cuestión de los almacenes. De construirlos, ni hablar, no nos darán créditos. Pero eso es una dificultad marginal. En cualquier caso, don Nikodem, su proyecto no se llevará a cabo sin usted, no puede llevarse a cabo sin usted.

—Por supuesto —intervino Ulanicki con voz grave.

—No se opondrá a colaborar con el gobierno, ¿verdad? ¿Puedo contar con usted?

Dyzma se rascó la cabeza.

—¿Por qué no? Claro...

—Entonces, muchísimas gracias. En mi opinión, lo más importante en cada asunto es quién lo resuelve. ¡Una cuestión personal!

Jaszunski estaba cerrando su gabinete. Ulanicki llamó al conserje.

A Nikodem le vino a la cabeza que ahora era el mejor momento para tratar de solventar el encargo de Kunicki.

—Señor ministro —empezó—, yo también tengo un tema.

—¿Sí? ¡Le atiendo! —Jaszunski le miró con interés.

—La cosa es que al mando de la Dirección de Bosques Estatales de Grodno está el director. Ese Olszewski se ha empeñado en perjudicar a los aserraderos de Koborowo... Odia a Kunicki y por eso va reduciendo cada vez más el contingente de madera de los bosques estatales...

—Ah, cierto —le interrumpió el ministro—, algo recuerdo, hubo incluso alguna reclamación. Pero, al parecer, ese Kunicki es un tipo poco recomendable. ¿Tiene usted algo que ver con él?

—Dios me libre. Solo negocios...

—Nikodem —aclaró Ulanicki— es su vecino y plenipotenciario de su esposa, con la que, fíjate, Kunicki está de uñas.

—Señor Dyzma —dijo el ministro—, voy a ser sincero. No querría cambiar las ordenanzas de Olszewski. Kunicki tiene fama de ser un canalla y un trapacero, pero a usted le creo sin reservas. Desde el punto de vista de los intereses del Tesoro, el aumento del contingente ¿sería adecuado? ¿Sí o no?

—Sí —asintió Nikodem.

—El director Olszewski ¿perjudica sin motivo a los aserraderos de la señora Kunicka?

—Sin motivos.

—Pues arreglado. En mi opinión, la capacidad de gestión consiste en saber decidir con rapidez.

Cogió una tarjeta de visita, escribió en ella unos párrafos y, entregándosela a Dyzma, dijo sonriente:

—A su servicio. Es una nota para Olszewski. Independientemente de todo, mañana le mandaré el telegrama correspondiente. ¿Cuándo vuelve usted al campo?

—Pasado mañana.

—Qué pena. Pero no puedo retenerle. Aguarde mis noticias. Un momento, un momento, tú, Janek, ¿tienes la dirección del señor Dyzma?

—La tengo. Además, mañana nos vemos en el bridge en casa de la señora Przeleska. Nikodem también es su invitado frecuente.

—Perfecto. Pues, gracias otra vez y buen viaje.

Apretó con sus dos manos la mano de Nikodem.

Jaszunski y Ulanicki se pusieron sus gabardinas y salieron con Dyzma. Ulanicki quería quedar con él para cenar, pero el ministro vetó absolutamente la idea.

—Te vuelves a emborrachar ¿y qué hacemos? No podemos permitirnos estar de resaca.

Se separaron en la esquina de Krakowskie Przedmiescie y Nikodem se fue el hotel.

Por el camino se paró delante de un escaparate bien iluminado, sacó del bolsillo la tarjeta del ministro y leyó:

Hon. Sr. Dir. Olszewski —Grodno.

Le pido resolver inmediatamente y de forma favorable las reclamaciones del ilustrísimo señor Nikodem Dyzma relativas a los aserraderos de Koborowo.

Jaszunski

Guardó cuidadosamente la tarjeta en la cartera.

—¡Ahí lo tienes, joder! —dijo en voz alta.

Había en la exclamación un deje de satisfacción, alegría y extrañeza, o más bien de admiración para consigo mismo.

Notaba el suelo cada vez más firme bajo sus pies, que esa gente de otro mundo, de un ambiente que parecía inaccesible y que habían visto en él, en Dyzma, diablos saben qué, podían tener algo de razón...

Estaba contento de sí mismo.

En el hotel le aguardaba una sorpresa.

Era un sobre estrecho color ceniza dirigido a él. Cuando la abrió, lo embargó un olor conocido a perfume. La hoja estaba totalmente recubierta por un mensaje escrito con bonitas letras redondeadas. Abajo se veía la firma: Nina Kunicka.

Sonrió.

«¡A ver qué escribe!»

Encendió la lamparilla, se quitó los zapatos y, recostándose cómodamente, comenzó a leer.

¡Estimado señor Dyzma!

Le extrañará mi carta y aún más la petición que le hago en ella. Si me atrevo a encomendarle este asunto es solo porque la afabilidad que me ha mostrado me autoriza a tener la esperanza de que no se enfadará.

Se trata de unas pequeñas compras. En Grodno es imposible encontrar buenas pelotas de tenis. Le estaría muy agradecida si me comprara en Varsovia una docena.

La verdad es que podría escribir a la tienda, pero prefiero que usted las elija. Quizá no esté bien que le quite tiempo, un tiempo tan precioso en Varsovia, donde dispone usted de tantas y tantas distracciones, teatros, fiestas, bueno, y... bellas mujeres que —como me dice la indiscreta Kasia —tanto gustan de mandar flores a los hombres. En Koborowo no hay bellas mujeres, pero las flores sí son más hermosas que en Varsovia...

¿Cuándo regresa usted?

Hablando con precisión, abuso ahora de la palabra «regresar». Y es que uno puede «regresar» a algo o a alguien que considera suyo, cercano, a algo a lo que nos une la vida o un sentimiento...

Koborowo está hoy triste y gris. Lleva así varios días. Ah, si usted ya sabe lo mucho que puedo amar este lugar y cómo debo odiarlo. No me tenga a mal estos lúgubres y desentonados acordes que introduzco en la bulliciosa y (seguramente) alegre harmonía de su estado de ánimo. ¡Qué hacer! Lo reconozco: echo de menos nuestras conversaciones y estoy tan sola...

Koborowo espera su regreso, señor Dyzma, perdón, he vuelto a usar esa palabra, espera su llegada.

Nina Kunicka

Dyzma leyó la carta dos veces, volvió a oler el sobre y pensó:

«Le hago tilín... En fin, es aún joven y su marido viejo. Podría aprovecharme...»

De nuevo, le vinieron a la cabeza inconvenientes: Kunicki podría echarlo si empezara a sospechar, pero en ese momento se dio cuenta de que la situación había cambiado radicalmente.

«¡Inténtalo, viejo granuja! Ahora te tengo agarrado el cuello. ¿Qué te crees que con quién te las estás viendo? ¡Con un amigo de los mandatarios! ¡¿Entiendes?!»

Se levantó y se acercó en calcetines al espejo, encendió todas las luces, se llevó las manos a la cintura y levantó la cabeza. Se fijó en su imagen un rato, hasta que llegó a la convicción de que hasta ahora él mismo había menospreciado su atractivo.

«Se mira uno desde niño a sí mismo y se acostumbra, y en cuanto uno se acostumbra a algo ya le parece que no es nada del otro mundo...»

Pasó la tarde de un humor espléndido. Estuvo en el cine, luego cenó en un bar. Durmió hasta mediodía. Después de desayunar hizo unas compras, también consiguió las pelotas de tenis para la señora Nina. Tras un abundante almuerzo se echó una siesta hasta el anochecer, entonces lo despertó el chófer. Había que ponerse el frac. La ciudad ya centelleaba con sus miles de farolas y brillaban las serpientes púrpuras de las luces de neón cuando el coche se puso en marcha.

El automóvil tuvo que detenerse en la esquina de Marszalkowska y Chmielna. El policía que dirigía el tráfico estaba haciendo pasar una fila de coches y carrozas de la calle perpendicular. Nikodem observaba irreflexivamente la muchedumbre de peatones. Pensaba en lo bien que se estaba sentado sobre los cómodos cojines de ese fabuloso coche y en lo mal que se estaba apretujado en la acera.

De repente advirtió entre la multitud un par de ojos fijos en él. En ese lugar la calle Marszalkowska estaba mal iluminada, tardó un momento en reconocerlos.

Marianka.

Se contrajo, se encogió tanto de hombros que la mitad de su rostro se ocultaba bajo el cuello de su abrigo. Pero ya era demasiado tarde.

Marianka, haciendo uso de los codos, llegó al borde de la acera. Estaba tan cerca que podía agarrarlo del brazo. Pero no se atrevió, solo le soltó en voz baja:

—¡Nikodem! ¿No me reconoces...?

No podía seguir fingiendo que no la veía. Además, el temor de que el chófer viera a esta chica con la cabeza envuelta en un pañuelo si la situación se alborotaba algo más lo incitaron a servirse de una argucia. Se volvió a ella y, llevándose el dedo a los labios, murmuró:

—Psst… vendré mañana…

La chica asintió haciendo ver que entendía y preguntó susurrando:

—¿A qué hora?

Pero ya no hubo respuesta. La porra del policía hizo un nuevo movimiento, el coche continuó su marcha.

Marianka se inclinó y le siguió largo rato con la mirada.

«Joder —pensó Dyzma—, y todavía tuvo el valor de echárseme encima. Tontaina. Seguro que piensa que también he robado este coche».

Rio en silencio, pero decidió por las tardes evitar Marszalkowska. ¿Para qué arriesgarse a un encuentro y a ponerse de mal humor con recuerdos...?

Visitaba la casa de la señora Przeleska por tercera vez y por tercera vez tenía un aspecto diferente. Todas las puertas abiertas, luz a mansalva por todas partes. En algunas salas había colocadas mesas para jugar a las cartas, cubiertas con una tela verde que llamaba la atención por su frescura, y otras mesitas con servilletas blancas, y bandejas sobre las que se acumulaban pisos enteros de pasteles y tartaletas.

Aún no había nadie. Dyzma pasó por varias habitaciones y dio media vuelta. Se sentó en un sofá en el salón. Del otro lado de la casa llegaban voces como de una disputa que parecía ir a más, puesto que las palabras podían distinguirse cada vez mejor.

—¿No me los das? ¿No me los das? —gritó una voz de hombre.

Le siguió una larga diatriba con voz femenina. Nikodem únicamente pudo sacar de ella los improperios, más enfatizados.

—Haragán…, menudo parásito… ¡Eso es un chantaje...! ¡Desagradecido...!

—¡Es mi última palabra! —resonó la voz masculina—. ¿Me das doscientos?

—¡Ni hablar!

Se oyó un timbre en el vestíbulo. La discusión se vio interrumpida y un momento después entró sonriendo en el salón la señora Przeleska. Tras ella, con rostro afable, pasó Krzepicki. Al mismo tiempo apareció en el vestíbulo un anciano con una enorme calva.

La señora Przeleska, mientras daba la bienvenida y presentaba a sus invitados, comenzó a quejarse por la falta de puntualidad de los caballeros. El anciano, al que llamaban profesor, estaba sordísimo, así que la anfitriona tuvo que repetir unas cuatro veces en voz muy alta su comentario acerca de la impuntualidad y cada vez el profesor repetía:

—Perdón, ¿que qué?

Estaba ya desesperándose, pero vino Krzepicki en su auxilio. Se puso delante del profesor y dijo con sonrisa cortés:

—¡Pum-cata-pum-chimpún, viejo papanatas!

El anciano asintió y dijo con convicción:

—Ah, sí, sí, ya refresca por las tardes.

Dyzma se echó a reír. Le encantó la broma de Krzepicki, y como la señora Przeleska había salido a dar la bienvenida a nuevos invitados, dijo:

—Espera usted, que yo también le voy a decir algo.

—¡Pero no levante demasiado la voz! —advirtió Krzepicki.

Nikodem se dirigió al profesor:

—¡Que te den morcilla, calvorota!

—Perdón, ¿que qué?

—¡Morcilla!

—Perdón, pero no oigo, ¿el qué?

Dyzma no aguantaba la risa y el viejito empezó a sospechar

de él. Solventó la situación Krzepicki, que le soltó un grito al profesor al oído:

—El caballero quería contarle a usted el último chiste!

—Ah, vale, le escucho, le escucho.

Mientras tanto habían entrado en el salón varias personas, y antes de que pudieran saludarse apareció en el umbral el coronel Wareda, lo que salvó a Dyzma de tener que inventarse el chiste.

—¡Hola, Niko! ¡Me alegro de verte! —exclamó el coronel.

—¿Cómo estás, Wacek?

—¿Y qué? ¿Qué tal, arreglaste tus asuntos con Jaszunski?

—Gracias. Todo en orden.

El salón y las salas adyacentes comenzaron a llenarse. Solo había caballeros y cinco o seis señoras mayores. Alrededor de varias mesas ya se estaban preparando para el bridge.

Nikodem estaba hablando con Wareda cuando vino Ulanicki. Resultaba que, a pesar del secreto impuesto por el ministro, el coronel también estaba al corriente del proyecto de Dyzma, pues Ulanicki se puso a hablar delante de él con total desenvoltura de cómo progresaba el asunto que, en su opinión, iba en muy buen camino. Wareda felicitó a Nikodem y le deseó que su fantástico plan llegara a buen puerto.

Mientras hablaban, se les acercó la señora Przeleska para preguntar si no querían jugar al bridge. El coronel y Ulanicki se avinieron con gusto.

Todas las mesas estaban ya ocupadas, así que la señora de la casa se les ofreció como acompañante. Como Dyzma no sabía jugar, invitaron como cuarto jugador a un señor delgado que —como Dyzma supo más tarde— era un alto cargo de la policía.

Dyzma estuvo un rato observando el juego, pero acabó aburriéndose y se acercó al grupito de no jugadores, donde encontró a Krzepicki.

Nada más alejarse, el dignatario policial preguntó a la señora Przeleska:

—¿Quién es ese señor Dyzma?

—¿El señor Dyzma? —replicó extrañada—. ¿No lo conoce usted...?

—Desgraciadamente, no...

—¿Cómo? —añadió Ulanicki—. ¿No recuerda usted la bronca con Terkowski?

—¡Ajá! Ya sé.

—El señor Dyzma —dijo Przeleska— es un hombre muy decente. Lo conozco porque era compañero de mi sobrino George Ponimirski en Oxford. Son buenos amigos desde entonces.

—¿Terrateniente...?

—Sí, es oriundo de Curlandia y ahora administra el patrimonio de mi sobrina.

—Nikodem es un lumbreras —agregó Ulanicki—. Jaszunski dice que llegará más arriba de lo que pudiera parecer.

—Y además es un tío como Dios manda —añadió Wareda.

—Muy simpático —aseguró la señora de la casa.

—Cierto —afirmó con convicción el mandatario policial—, da la impresión de ser un tipo serio.

—Dos de tréboles —pujó Ulanicki, elevando sus pobladas cejas.

—Juguemos a tres de tréboles —añadió la señora Przeleska, que era pareja de Ulanicki.

Dyzma se aburría. En el fondo, se extrañaba de que hubiera gente que disfrutara del juego. Había comido ya bastantes tartaletas y pasteles y había bebido varias copas de coñac. Entre los no jugadores se hablaba sobre todo de política internacional y de carreras. Ambos temas le eran ajenos y no le interesaban, así que empezó a pensar en retirarse. Aprovechó el momento en que la señora de la casa se levantó un momento de la mesa. La alcanzó en el vestíbulo y le dijo:

—Lo siento mucho. Debo irme ya.

—¡Qué pena! ¿Es necesario?

—Completamente. Mañana salgo muy temprano. Hay que dormir.

—Y yo que quería hablar con más detalle de lo que ya sabe...

—Nada perdido. No tardaré en volver.

La verdad es que Dyzma no tenía intención de ir a dormir. Al salir de casa de Przeleska despidió al chófer y le ordenó que estuviera listo para salir a las siete. Él, por su parte, siguió a pie.

Se acercaba la medianoche y las calles estaban casi desiertas. Aquí y allá se cruzaba con peatones que volvían a casa. Más movimiento había en Nowy Swiat, principalmente debido a un grupito de mujeres que deambulaban y cuyo modo de comportarse dejaba muy a las claras cuál era su profesión.

Dyzma estuvo observándolas un rato largo y finalmente escogió una de ellas, una morena maciza. Llegaron rápidamente a un acuerdo.

Amanecía cuando estaba volviendo al hotel. Le vino a la cabeza Marianka y advirtió que, en el fondo, le daba pena no haber quedado con ella.

Cubrían el cielo pesadas nubes plomizas. Empezó a llover justo antes de las siete.

A las siete ajustó las cuentas en el hotel. El chófer acercó el coche con el techo puesto y Dyzma, maldiciendo el tiempo, se sentó en un rincón.

Se dirigió primero a Grodno. Prefería llegar a Koborowo trayendo efectos concretos de su expedición a Varsovia para deslumbrar a Kunicki con un resultado del que él mismo estaba asombrado.

Nikodem era consciente de que había logrado la decisión favorable del ministro gracias a que le había repetido el proyecto que le había soplado Kunicki. Este hecho le bastó para sacar una obvia conclusión: repetir ideas escuchadas a otros y presentarlas como propias puede ser muy provechoso.

Decidió servirse de este método a lo grande, por supuesto guardando la necesaria precaución. Se alegró de descubrir nuevas posibilidades de coexistencia con los habitantes de ese mundo ajeno. Y ahora ya comenzó a creer que podría asimilarse en ese mundo. En lo referido a Koborowo, no dudaba que ahora Kunicki no solo no trataría de deshacerse de él, sino que lucharía con uñas y dientes por quedarse con un administrador así.

«Eso también se puede aprovechar. Granuja, tendrá que aumentarme el sueldo».

Se frotó las manos. Sentía que comenzaba una nueva página en su vida. ¡Qué más le daba qué capricho del destino lo había decidido así y por qué! De su conversación con el ministro Jaszunski recordaba que le había asegurado que no lo dejarían de lado al poner en marcha el proyecto de los cereales. No sabía qué tenía en mente el ministro y se inclinaba a sospechar que le darían una gratificación. Una vez el jefe de la oficina de correos de Lysków, el señor Boczek, le contó que a uno de los funcionarios de la Dirección de Correos del distrito le dieron un premio de mil zlotys por inventar un nuevo modo de sellar las cartas.

Seguramente a él le darían más, ¡los cereales son algo más que unas cartas!

El recuerdo del señor Boczek y de Lysków trajo una sonrisa al rostro de Nikodem.

«¿Qué dirían si se enteraran del sueldo que tengo y de las figuras con las que me tuteo? ¡Se quedarían de piedra! ¡Chusma!»

¡Ministros, condes! Una gran señora como Przeleska lo invita a comer...

Eso ya no le alegraba. Le incomodaba pensar que se había metido innecesariamente en el asunto de Ponimirski, que estaba condenado al fracaso y que solo le podía perjudicar —¡Dios no lo quiera! —si se enteraba Kunicki. Es astuto el condenado y tiene tanto dinero que puede vengarse.

La única solución es decirle a Ponimirski, que su tía no quiere oír hablar de él y que ha dado la deuda por perdida.

En estas elucubraciones se le pasó el tiempo hasta Grodno.

El chófer, que conocía bien la ciudad, encontró rápidamente el edificio de ladrillo rojo con pinta de cuartel en el que se encontraba la Dirección de Bosques.

En la oficina, como eran las cuatro pasadas, solo estaba el funcionario de guardia.

—Quiero ver al señor Olszewski. ¿Está el señor Olszewski?

—No está. Venga en horario de atención al cliente —respondió el funcionario con voz seca.

Dyzma alzó la voz:

—El horario de atención, joven, es para usted, no para mí, y además hable educadamente cuando no sabes usted con quién hablas.

—Pero yo estoy hablando educadamente —se defendía el joven funcionario—. ¿Cómo saber con quién hablo si usted no se presenta?

—Bueno, bueno, sin familiaridades. Y ahora, zumbando a por el señor Olszewski y dile que ha venido el señor Dyzma con un encargo del ministro. Que venga ya porque no tengo tiempo.

El funcionario estaba aterrado y declaró mientras hacía reverencias que no le estaba permitido salir, pero que podía llamar a casa del director.

Acompañó a Nikodem al despacho del jefe y ya no se extrañó cuando el arrogante huésped se aposentó en el sillón del director tras el escritorio.

No había pasado un cuarto de hora cuando apareció el director Olszewski. Estaba algo adormecido y visiblemente preocupado. Todos los músculos de su rostro cuadrado palpitaban y su recortado bigote rubio se alargó sobre sus labios siguiendo la línea de una sonrisa amable. Trataba de ocultar que le había sorprendido encontrarse al forastero ocupando su sillón.

—Soy Olszewski, encantado...

—No sé si está usted encantado —repuso Dyzma, alzándose lentamente y dando la mano—. Soy Dyzma...

—Pero, por supuesto que estoy encantado... Justamente esta mañana me han mandado un despacho telefónico desde el ministerio.

—Dé gracias a Dios de que no lo hayan mandado a hacer gárgaras.

—Pero, honorable señor —protestó Olszewski con voz nerviosa—, ¡no he dado motivo alguno! Siempre he aplicado al detalle todas las leyes y ordenanzas. Nunca me he separado de ellas ni por una letra...

—¿Y qué más da? —preguntó Dyzma con sarcasmo—. ¡Si esa letrita le obliga a vender a las empresas nacionales no más de tanto o cuanto, y tú vendes el resto por tres perras al extranjero!

El funcionario seguía tratando de defenderse haciendo alusión a fechas y párrafos que parecía extraerse de la manga. Pero Dyzma sacó la agenda con la letanía que había escrito Kunicki y no cesaba en sus ataques. Finalmente, embistió brutalmente a Olszewski por demorar trámites y ocultarlos bajo la alfombra, y cuando el director se justificó diciendo que a veces es difícil tomar una decisión, Dyzma repitió sin vacilar el aforismo de Jaszunski:

—¡La capacidad de gestión consiste en saber decidir con rapidez, señor mío!

Sacó la tarjeta de Jaszunski y se la dio al funcionario. Este pasó un rato buscando sus binoculares con manos temblorosas y, cuando los encontró y leyó la cartulina, se volvió más dócil.

Aseguró a Dyzma que solo era un viejo funcionario acostumbrado a la rutina, que siempre se había adherido a «la letra», que tenía mujer y cuatro hijos, que el personal de oficina era pésimo, que las reglas a menudo eran contradictorias y qué hacer entonces, hay que aplicarlas contradictoriamente, que el señor Kunicki había sacado de quicio la situación, pero que ahora de verdad no veía ningún inconveniente en resolver la cuestión del contingente.

La cosa quedó en que apareció en el despacho una mecanógrafa traída a propósito y se pusieron a elaborar los correspondientes documentos, siguiendo estrictamente «la letra» de los apuntes de Kunicki.

Ya había oscurecido fuera cuando terminaron y Olszewski invitó a Dyzma a cenar. Este, sin embargo, pensó que mejor no desprenderse del nimbo de ser amigo del ministro, le dio las gracias y, después de darle unas palmaditas en la espalda, lo despidió diciéndole:

—Bien, todo en orden. Pero no me levante usted la cresta, hermano, que no le va a hacer ningún bien.

CAPÍTULO 8

La bronca empezó cuando la señora Nina se cambió por la tarde el vestido por otro más elegante y se estuvo arreglando el pelo delante del espejo más tiempo del habitual.

Kasia tenía suficiente capacidad de observación como para darse cuenta.

—Qué pena —dijo de pasada— que no te pongas el vestido de baile.

—¡Kasia!

—¿Qué?

—Tu acritud está totalmente fuera de lugar.

—Entonces, ¿por qué te has cambiado? —preguntó Kasia con manifiesta ironía.

—Me he cambiado sin motivo. Oh, porque sí. Hacía mucho que no llevaba este vestido.

—¡Sabes perfectamente —estalló Kasia— que estás preciosa con ese vestido!

—Lo sé —repuso Nina sonriendo y echó a Kasia una mirada lánguida.

—¡Nina!

Nina seguía sonriendo.

—¡Nina! ¡Para! —tiró el libro que estaba leyendo y se puso a dar vueltas por la habitación.

—¡Detesto, sabes, detesto a las mujeres que para gustarle a los hombres se hacen —buscaba un epíteto fuerte—, se hacen las fulanas! —soltó.

Nina palideció.

—¡Kasia, me ofendes!

—Las mujeres que buscan agradar a los hombres me parecen, perdona, voy a ser sincera, ¡perras, eso es, unas perras...!

Los ojos de Nina se llenaron de lágrimas. Se quedó un momento mirando a Kasia con las pupilas dilatadas, luego ocultó su cabeza entre sus brazos y se puso a llorar. Su sollozo alzaba con ritmo irregular sus hombros, la piel de su nuca se volvió rosa.

Kasia apretó sus puños, pero estaba demasiado enojada para detenerse.

—¡¿No negarás —exclamó—, no negarás que, desde el mediodía, desde que llegó el telegrama te ha mejorado el humor?! ¡¿No negarás que te has cambiado para Dyzma?! ¡Que llevas una hora haciendo melindres delante del espejo para cau-ti-var-lo!

—Dios, Dios —decía Nina entre sollozos.

—¡Me da asco! ¿Lo entiendes?

Nina se levantó de golpe. Sus ojos húmedos ardían rebeldes.

—Así que esas tenemos —susurró con énfasis—. Cierto, tienes razón, quiero cautivarlo, quiero gustarle mucho... Si eso te da asco, piensa que a lo mejor es de nosotras de quien yo debería sentir asco.

Kasia se llevó las manos a la cintura y soltó una carcajada.

—¡Anda que también, menudo objeto de tus amores te has buscado!

Creía que destrozaría a Nina con su ironía, pero esta alzó desafiante su cabecita.

—¡Pues sí!

—Un ordinario bruto—espetó Kasia apasionadamente—, un

vulgar cateto burgués, un paleto de los que triunfarán en el futuro... ¡Un gorila!

—¡Eso, eso! ¿Y qué? —exclamó Nina sonrojada y excitada al máximo—. ¿Un bruto? ¡Sí! ¡Es el tipo de hombre moderno! ¡Un hombre fuerte! ¡Un ganador! ¡¡Un conquistador de la vida...!! ¿Por qué siempre me andabas diciendo que soy una mujer al cien por cien? Te creí, y ahora, cuando he encontrado en mi camino a un hombre al cien por cien...

—Es solo un macho —siseó Kasia.

Nina se mordió los labios y contuvo la respiración.

—¿Eso dices...? Pues bien, un macho, un macho... ¡¿Y yo no soy una hembra?!

—Un patán —añadió Kasia.

—¡No es cierto! El señor Dyzma no es un patán. Me ha dado suficientes pruebas de su finura. Si es *brusque,* lo hace a posta. Es su estilo, su tipo. Soy yo quien debería apiadarse de ti por el perjuicio que te ha hecho la naturaleza ya que no estás en condiciones de sentir la electrizante atracción de esa hermosísima fuerza, de esa imperiosa y primitiva virilidad... Sí, exactamente, primitividad, simplismo de la naturaleza...

—Qué fácilmente renuncias a las aspiraciones culturales.

—Mientes, mientes a propósito, tú misma reconocías que el cénit de la cultura es aclimatarse a las leyes de la naturaleza...

—¿Para qué esas frases hechas? —interrumpió Kasia con fría ironía—. Di sencillamente que quieres tenerlo en la cama, que vibras de lascivia por ofrecerle tu cuerpo.

Quería seguir hablando, pero se calló al ver que Nina ocultó su rostro tras un pañuelo y empezó a llorar.

—No tienes... no tienes corazón... no tienes corazón... —repetía Nina gimoteando.

En los ojos de Kasia se encendieron unas llamitas.

—¿Yo? ¿Sin corazón? ¡Y me lo dices tú, Nina! ¡Nina!

—Solo me queda —continuó Nina llorando— el suicidio... Dios, Dios... qué sola estoy...

Kasia echó agua en un vaso y se lo trajo a Nina.

—Bebe, Ninusia, tienes que tranquilizarte, bebe, querida.

—No, no quiero... Déjame, deja...

—Bebe, Ninusia —pidió.

—No quiero, vete, vete, no tienes piedad...

Por sus dedos corrían lágrimas. Kasia la abrazó y le susurró palabras de afecto. De repente, Nina se estremeció. A lo lejos se oyó el ruido de un coche.

Un momento después, el resplandor de sus faros recorrió el claroscuro de la habitación.

—No llores, Ninusia, vas a tener los ojos enrojecidos.

—No voy a bajar a la cena de todos modos —respondió y volvió a sollozar.

Kasia cubrió a besos sus húmedas mejillas, sus ojos, sus temblorosos labios, su pelo.

—No llores, no llores, querida, he sido mala, bruta, perdóname, carísima...

La estrechó fuertemente con sus brazos, como si quisiera ahogar sus espasmos con la fuerza de su abrazo.

—¡Ninusia, mi querida Ninusia!

En la puerta apareció una doncella para anunciar que la cena estaba puesta.

—Dile al señor que a la señora le duele la cabeza y que no bajaremos a cenar.

Cuando la doncella salió, Nina trató de convencer a Kasia para que la dejara y bajara a la cena, pero Kasia no le hizo caso. Nina, lloriqueando, se estaba secando los ojos cuando volvieron a llamar a la puerta.

Kunicki entró en la habitación. Estaba radiante y no dejaba de gesticular.

—Venid, venid —dijo ceceando—, ¡ha llegado Dyzma! ¡No os

imagináis con qué resultados! Es un portento. Lo que os digo, ¡ha hecho todo lo que quería! ¡Venid! Le he pedido que espere a contármelo hasta que vengáis...

Estaba tan emocionado que no se dio cuenta hasta entonces de que había tenido que haber gresca.

—¿Qué os pasa? ¿Bien? Venid. Dejadlo ya...

Quería seguir hablando, pero Kasia se levantó de repente y, mostrándole la puerta, gritó:

—¡Lárgate!

—Pero...

—¡Lárgate ahora mismo!

Kunicki se quedó inmóvil. Sus pequeños ojos centelleaban de odio. Soltó una ordinariez y salió corriendo de la habitación dando un portazo tal que Nikodem dio un brinco en el sofá del vestíbulo en el que estaba sentado.

—¿Qué ha pasado? —preguntó al lacayo.

Este le mandó una sonrisa de entendimiento.

—Seguramente la señorita ha echado al honorable señor de su habitación.

Terminó ya susurrando, pues justo apareció en las escaleras Kunicki, quien se sosegó en un instante.

—¡Qué pena, querido señor Dyzma! Imagínese que mi esposa tiene una fuerte migraña y no puede bajar. Y Kasia no quiere dejarla sola a la pobre. Qué hacer, jejeje, cenaremos sin compañía femenina.

Tomó a Nikodem del brazo y pasaron al comedor, donde el servicio ya había quitado los cubiertos innecesarios.

Entonces Kunicki comenzó a preguntar con detalle a Nikodem acerca del transcurso de su misión en Varsovia y Grodno. Tras cada respuesta daba saltitos en su silla, dándose palmadas con ambas manos en los muslos y prorrumpiendo en entusiastas alabanzas.

—¡Sabe usted, querido señor Dyzma —exclamó al final—

que eso aumentará los ingresos de Koborowo en unos cien, ciento cuarenta mil anuales! ¡Eso quiere decir que según nuestro contrato sus regalías serán de más de cuarenta mil al año! ¿Qué? ¿No está mal? ¿Verdad que le ha valido la pena?

—Bueno, al parecer sí.

—¿Cómo que al parecer?

—He tenido muchos, muchos gastos. Contaba con que mi sueldo también subiría.

—De acuerdo —respondió fríamente Kunicki—, le añado quinientos. Serán tres mil redondos.

Dyzma ya quería decir «gracias», pero al darse cuenta de que Kunicki le miraba con temor, se balanceó en la silla y dijo:

—Es poco. Tres con quinientos.

—¿No será eso demasiado?

—¿Demasiado? ¿Qué se cree usted? Si para usted tres con quinientos es demasiado, entonces que sean cuatro.

Kunicki se encogió y quería convertirlo todo en una broma, pero Dyzma repitió empecinadamente:

—¡Cuatro!

Entre la espada y la pared, tuvo que avenirse, admitiendo su capitulación al reconocer a Dyzma su habilidad para hacer negocios.

—De acuerdo —dijo—. Más aún, puesto que el feliz comienzo augura un final igualmente feliz.

—¿Cómo? —preguntó Dyzma extrañado—. Pero si el asunto está arreglado.

—El del contingente, sí. Pero pienso, querido señor Dyzma, que le vendrían bien a usted unas regalías de, supongamos, cien, o quizá incluso ciento cincuenta mil zlotys. ¿Qué tal?

—¿Y bien?

—Hay una manera, aunque, para ser precisos, usted tiene la manera.

—¿Yo?

—Usted, querido señor Dyzma. Por supuesto, harán falta muchas gestiones y esfuerzos. ¿Tiene usted contactos en el Ministerio de Comunicación?

—¿Comunicación? Ejem... puedo encontrar algo.

—Pues eso —se alegró Kunicki—, ¡eso es! ¿Y podría usted conseguir mayores suministros de traviesas ferroviarias? ... ¿Qué? ¡Eso sí que es un negocio! ¡Ahí es donde se hace dinero!

—¿Y usted ya ha estado metido en eso? —preguntó Nikodem.

Kunicki se sintió confundido.

—Ah, ¿está usted pensando en el juicio ese? Le aseguro que todo estaba amañado. No hace falta regar para que los enemigos crezcan... Amañado. Bueno, y el tribunal tuvo que absolverme. Tenía pruebas irrefutables en mi mano.

Observaba atentamente a Dyzma y, como este callaba, Kunicki se inquietó.

—¿Cree usted que ese juicio puede perjudicarnos a la hora de obtener los suministros?

—Ayudar, no nos va a ayudar.

—¿Pero podemos conseguirlos? ¿Verdad? Si eso, hay documentos, los tengo en mi mano, si ponen cualquier pega puedo volver a demostrar...

Siguió hablando un largo rato, extendiéndose en los detalles y citando fragmentos de su defensa en los tribunales.

Se acercaba la medianoche cuando advirtió que la somnolencia de su oyente.

—¡Qué cansado está usted! Bueno, va a dormir usted bien de todos modos. Y, por favor, querido señor Dyzma, no se me fatigue demasiado. Por supuesto, le estaré inmensamente agradecido si echa aquí y allá un ojo con su capacidad de observación. Dos cabezas piensan mejor que una; pero, le repito, gracias a Dios, estoy sano y no veo necesidad de cargarle con mi trabajo. Descanse usted y siéntase como en casa.

—Gracias —dijo Dyzma, y bostezó.

—Pero, una cosa más. Si tiene ganas y tiempo, cuídeme a mis señoras. Kasia al menos monta a caballo y practica otros deportes, pero mi esposa, la pobre, se aburre mucho. No tiene compañía. Por eso tanto tedio, migrañas, melancolías. Admitirá usted que relacionarse solo con Kasia debe tener un mal efecto en sus nervios. Así que le agradeceré si encuentra usted algo de tiempo para ellas.

Dyzma prometió ocuparse de distraer a la señora Nina y, mientras se acostaba, pensó:

«Vaya con el viejo. ¡Tan truhan y tan bobo! La moza ya sola va a por mí, y él detrás empujando».

Se sentó en la cama apoyado en las almohadas y tras contar más o menos el dinero tras sacarlo de la cartera, se puso a calcular en una hoja de papel sus futuros ingresos. Estaba justamente pensando en el monto de las regalías cuando oyó unos pasos en la habitación contigua. Alguien iba andando a tientas, pues varias veces golpeó unas sillas. Eran las dos pasadas. Intrigado, iba a levantarse a mirar cuando los pasos se detuvieron justo delante de la puerta. Un momento después, la manija se movió y la puerta comenzó a abrirse.

Dyzma se frotó los ojos y abrió la boca del asombro.

Llevaba un pijama negro de seda con rebordes rojos. Le miraba desde detrás de sus pestañas entrecerradas. Cerró la puerta silenciosamente y se acercó a la cama. En su modo de comportarse no se notaba el menor bochorno y Dyzma la observaba con creciente estupefacción.

—¿No le molesto? —preguntó con desparpajo.

—¿A mí...? Qué va... Para nada.

—Me olvidé de mis cigarrillos —dijo despreocupadamente.

—Y yo pensaba...

—¿Qué pensaba usted? —preguntó con acentuada altivez.

Nikodem se sintió confundido.

—Pensaba que..., que venía usted por algún asunto.

Encendió el cigarrillo y asintió.

—Efectivamente, así es.

Se acercó una silla y se sentó cruzándose de piernas. Entre el rojo satén de su zapatilla y la vuelta de la pernera quedó al descubierto un delgado tobillo de piel oscura. Nikodem aún no había visto nunca a una mujer en pantalones y le pareció indecorosa. El silencio, de nuevo, fue interrumpido por el profundo contralto de Kasia:

—Quiero hablar en serio con usted. ¿Qué intenciones tiene con respecto a Nina?

—¿Yo...?

—Venga, no trate de despistarme con evasivas. Creo que debería usted afrontar la cuestión abiertamente, como un hombre. No me negará usted que está tratando de granjearse su favor. ¿Con qué fin?

Dyzma se encogió de hombros.

—No se hará usted ilusiones de que Nina vaya a dejar a su marido por usted. Que ella esté ahora prendada de usted no quiere decir nada.

—¿Cómo sabe usted que la señora Nina está prendada de mí? —preguntó interesado.

—Eso es lo de menos. He venido para saber si es usted un caballero o un hombre capaz de aprovecharse vilmente de la debilidad de una mujer honrada y una esposa honesta. ¡Le tendría a usted por un granuja si, aprovechando la situación, hiciera de Nina su amante!

Estaba convulsa y la voz comenzó a vibrarle casi con ronquera. Sus ojos tenían un oscuro brillo.

—Deje de incordiarme —respondió algo ya irritado—. ¿O es que meto yo las narices en sus asuntos?

—¿Esas tenemos? ¿Tengo que interpretar esto como el presagio de la cerdada que pretende usted llevar a cabo? ¡Ah, con qué gusto le daría yo de latigazos por esa cara cuadrada suya!

—¿Que qué? —bramó Dyzma—. ¿A quién? ¿A mí?

—¡Sí! ¡A usted! ¡A usted! —siseó con odio, apretando los puños.

Dyzma estaba furioso. ¿Qué se creía esta mocosa? Viene la tipa por la noche y…

De repente, Kasia se alzó de la silla y le tomó la mano.

—¡No la tocará usted! ¿Me oye? ¡No se atreverá a tocarla!

Sus labios temblaban. Nikodem libró su mano de un tirón.

—¡Haré lo que me parezca! ¿Me entiende? ¡No tiene usted nada que decir!

Kasia se mordió los labios y se acercó a la ventana.

—Vaya cosa —gruñó Nikodem.

En el fondo, no podía aclararse en el embrollo. Cierto que le halagaba que la señora Nina estuviera cautivada por él, pero no entendía por qué eso ofendía tanto a Kasia, por qué venía por la noche en vez de compartir sus sospechas con su padre. Sabía que odiaba a Kunicki, pero ¿por qué entonces vigilaba tan fervientemente la fidelidad de su madrastra? En casa de estos grandes señores todo está siempre patas arriba…

Entre tanto, Kasia se dio la vuelta y Nikodem volvió a extrañarse: le estaba sonriendo coquetamente.

—¿Está usted enfadado conmigo? —le preguntó con evidente intención de engatusarlo—. ¿Mucho?

—Pues claro que mucho.

—¿Pero no me echa usted? ¿Puedo sentarme?

—Es hora de dormir —mascculló de mala gana.

Se rio alegre e inesperadamente se sentó al borde de la cama.

—¿Y usted siempre pasa las noches tan castamente? ¿Tan solo...?

La miró asombrado. Se inclinó ligeramente hacia él. Sobre dos hileras de dientes extraordinariamente blancos se abrían unos labios cerezo oscuro, por encima de ellos se movían inquietas las fosas nasales, la piel color melocotón de las mejillas se ruborizó. Nunca la había visto así de atractiva. Solo los ojos no cambiaron su aspecto original. Seguían mirando fríos e inquisitivos desde detrás del maravilloso arco de sus cejas fusionadas.

—Seguro que echa de menos Varsovia, donde las noches no condenan a los hombres a la soledad como aquí, en Koborowo. Oh, qué bien lo entiendo...

—¿Qué es lo que entiende? —preguntó Nikodem inseguro.

—Entiendo por qué se está camelando usted a Nina.

—Yo no me estoy camelando a nadie —dijo sinceramente.

Ella se rio y, de repente, inclinando la cabeza, rozó los labios de Nikodem con sus mejillas.

«Así que esas tenemos —pensó Dyzma—. ¡Era por celos! ¡Esta también va a por mí!»

—Señor Dyzma —dijo con tono pícaro—, entiendo que quiera usted tener una mujer también aquí, pero no entiendo por qué tiene que ser precisamente Nina. ¿Tan poco le gusto yo?

La manta era fina y podía notar claramente a través de ella el calor de su cuerpo.

—¿Por qué lo dice? Me gusta usted.

—Soy más joven que Nina... Tampoco soy más fea que ella. ¡Oh, fíjese usted!

Se levantó y corrió al interruptor. Un torrente de luz inundó el dormitorio.

—Fíjese usted, fíjese...

Se desabrochó el pijama con movimientos rápidos. La seda negra se deslizó por su esbelto y ágil cuerpo y cayó al suelo.

Nikodem se quedó pasmado del todo. Miraba con ojos desencajados a esa extraña señorita que se le había desvestido delante de sus narices tan desvergonzadamente. Estaba tan cerca que podría alcanzar su piel morena estirando el brazo.

—Bien, ¿qué tal? ¿Le gusto?

Kasia se echó a reír silenciosamente.

Dyzma seguía sentado, perplejo y con la boca abierta.

—Soy bonita —echó la cabeza atrás con coquetería—. A lo mejor quiere usted comprobar qué suave es mi piel o qué macizos son mis músculos... ¡Pruebe a su gusto!

Sin dejar de reírse, se acercó a la cama.

—¡Venga!

Había algo en su risa que asustó a Nikodem. Era incapaz de moverse.

—O a lo mejor usted piensa que soy una meretriz... ¿Verdad? No, encantador señor Dyzma, le aseguro que he guardado la virginidad, lo que podrá usted comprobar si ve que le conviene más que una aventura con Nina... ¿Y qué...? ¡Venga...!

Se puso de rodillas en la cama y con un veloz movimiento apretó la cabeza de Nikodem contra sus pechos. Dyzma sintió en la cara su tacto fresco y elástico, su nariz se llenó del olor de un cuerpo joven, un olor extrañamente agudo y excitante, y al mismo tiempo tan sutil.

—¿Y bien...?

—¡Maldita sea! —espetó Nikodem con los dientes apretados y de una ávida sacudida se puso encima de ella.

Una ardiente respiración envolvió el rostro de Kasia. Los labios mal afeitados de Dyzma buscaban con voracidad los suyos. Sus manos se toparon con una piel peluda y llena de sudor. La embargó una repugnancia insoportable. Estaba atragantada por el asco.

—¡Fuera, fuera, suélteme, es repugnante...! ¡Fuera!

Su esbelto cuerpo trataba de escapar con desesperados espasmos a las gruesas garras de Dyzma.

En vano.

Entonces comprendió que había sobrestimado su amor por Nina, comprendió que no podía soportar ese sacrificio, que prefería morir a salvar ese otro sentimiento con sus abrazos.

Lo comprendió, en vano.

Mientras se ponía el pijama rápidamente con las manos temblorosas, Nikodem se rio:

—Je, je, je... es usted una moza con clase.

Le echó una mirada llena de odio y desprecio, pero él no se dio cuenta y añadió:

—No ha estado mal, ¿verdad?

—¡Animal! —dijo con los dientes apretados y salió corriendo de la habitación.

Ahora sí que Dyzma era incapaz de entender qué quería esta señorita. Si era ella la que había venido, era ella la que quería, y sin embargo...

Tardó en dormirse. Dándole vueltas al asunto, llegó a la convicción de que Kasia no había simulado su asco y que podía olvidarse de tener una aventura con ella.

«Aquí están todos como una cabra» —concluyó al acordarse de Ponimirski.

Durante el desayuno a la mañana siguiente se encontró sólo con Nina, que le explicó que Kasia se había quedado en la cama. De su comportamiento dedujo que no sabía nada de la ocurrencia de Kasia.

Por la tarde volvió Kunicki y se apropió de Dyzma hasta bien entrada la noche.

No fue hasta la mañana siguiente que Nikodem encontró a Kasia en el pasillo que iba al comedor. A su reverencia, ella respondió con una altiva inclinación de cabeza. Nina ya estaba sentada a la mesa. Las dos mujeres callaban. Alguien tenía que dar comienzo a la conversación. A la referencia de Dyzma al buen tiempo, Kasia respondió con desafiante ironía:

—Ah, ha tenido usted a bien darse cuenta de este extraordinario fenómeno.

Y cuando Dyzma se alzó para acercarse la bandeja de embutidos y metió la manga en la mantequilla, Kasia soltó una risa provocadora:

—¡Un traje tan bonito! ¡Qué pena! Precioso, hecho con tan buen gusto. ¿Su sastre es de Londres?

—No —respondió sencillamente—, yo compro ropa confeccionada.

No se dio cuenta del sarcasmo y se extrañó de que su traje le pudiera gustar tanto. Tampoco comprendió la mirada llena de reproches con la que la señora Nina trataba de detener las mofas de Kasia.

—Ya ves —dijo Nina—, el señor Dyzma te ha dado una buena lección. Ya te he dicho que el esnobismo no puede tener cabida en su naturaleza de hombre de acción.

Kasia estrujó la servilleta y se levantó.

—Ah, qué más me da. ¡Adiós!

—¿Vas a Krupiewo?

—Sí.

—Pero ¿vuelves antes del almuerzo?

—No sé. Ya veré.

Cuando salió, Dyzma preguntó recatadamente:

—¿Y ese mal humor de la señorita Kasia?

Nina asintió.

—Tiene usted razón. Está enfadada... ¿Tiene usted tiempo libre?

—Por supuesto.

—¿Por qué no damos un paseo en barca?

—Bien.

Cogió un chal y una sombrilla, pues el sol abrasaba sin piedad.

Caminaban por un sendero estrecho entre rastrojeras, en dirección al cristal inmóvil del lago. Nina llevaba un vestido blanco y ligero, casi trasparente, así que Nikodem, detrás de ella, podía distinguir claramente la figura de sus piernas.

Para llegar a las barcas había que cruzar una zanja bastante amplia a través de una pasarela. Nina vaciló.

—¿Sabe qué? Mejor sigamos por un camino más largo.

—¿Tiene miedo de cruzar la pasarela?

—Un poco.

—No hay motivo. Tiene buen aguante.

—Pero me dará un mareo y perderé el equilibrio...

—Hm... ¿Vale la pena el rodeo? Puedo llevarla yo.

—¡No es decoroso! —sonrió con una sonrisa casi pícara.

Dyzma también sonrió. Se inclinó y la tomó en sus brazos. Ella no se opuso y, cuando ya estaban sobre la pasarela, rodeó el cuello de Dyzma con sus brazos y se aferró a él.

—Ay, cuidado...

Caminaba a propósito cada vez más lentamente y la dejó en tierra unos pasos más allá de lo que exigía el trayecto. No se había cansado, pero como estaba algo jadeante, Nina le preguntó:

—¿Soy pesada? ¿Cuánto podría llevarme en brazos?

Nikodem la miró a sus ojos radiantes.

—Pues unas tres millas, o cinco...

Se dio la vuelta rápidamente y siguieron en silencio hasta la barca. Cuando ya estaban bastante lejos de la orilla, Nina dijo:

—No me tenga a mal lo que voy a decirle. Me parece que una mujer no puede ser feliz si no tiene a alguien que la lleve en brazos. No en sentido figurado, no. Así, como suena.

Dyzma metió los remos en la barca. Le vinieron a la cabeza el pequeño y regordete señor Boczek y su mujer, que debía pesar al menos cien quilos. Seguro que Boczek no la había llevado en brazos —sonrió— y, sin embargo, eran felices.

—No todas las mujeres —dijo en voz alta.

—Cierto, pero las mujeres a las que no les hace falta para

ser felices deben estar algo desnaturalizadas, masculinizadas, desprovistas de lo que constituye la esencia de la feminidad. Como... Kasia.

En su voz había un deje de desagrado.

—¿Qué pasa? ¿Ha discutido usted con la señorita Kasia?

—No es eso —respondió Nina—, sencillamente está enfadada conmigo.

—¿Y eso por qué?

Nina vaciló.

—¿Por qué...? Ah, como si yo lo supiera... Quizá porque yo siento por usted... simpatía.

—No soy del agrado de la señorita Kasia, ¿verdad?

—No es eso.

—Y, sin embargo, le caigo mal. Vaya pullitas me metió durante el desayuno.

—Bueno, pero usted no le da importancia a esas cosas. Y le dio una réplica fantástica. Usted sabe poner en su sitio al adversario con pocas palabras...

Dyzma se echó a reír. Se acordó del relato de Wareda sobre la escena que Ulanicki montó en Krynica.

—A veces —dijo—, se puede hacer incluso sin palabras. Cuando estuve en mayo en Krynica, en mi pensión se alojaba cierto lechuguino. Sabe usted, un dandi de tres al cuarto. Se sentaba al otro lado de la mesa y todos los días se pasaba el almuerzo parloteando. ¡De todo sabía! ¡En todos los idiomas! ¡Y todos escuchando, sobre todo las señoras! Y él, dale que te pego, los tenía embelesados.

—Conozco a tipos de esos —intercaló Nina—, unos tenorios. No los soporto.

—Ni yo. Así que un día ya no me pude aguantar. Cuando llevaba ya media hora hablando, me incliné súbitamente hacia él y le di un berrido: —¡Ujuuuu...!

Nina soltó una carcajada.

—Y él, ¿qué? —preguntó.

—¿Él? Se quedó callado de inmediato y ya no lo vimos más. Se volvió a casa o algo.

Nina exclamó:

—¡Ah, qué maravilla! ¡Y pega tango con su estilo! Incluso si no me hubiera dicho que había sido usted, lo habría adivinado. ¡Fantástico!

Dyzma estaba contento del efecto.

—¿Sabe? —continuó Nina—. Nunca he encontrado a un hombre como usted. Y es como si le conociera desde hace años. Creo que ya hoy soy capaz de decir exactamente lo que haría o diría usted en cada caso. Y lo que me da qué pensar es que, al mismo tiempo descubro una y otra vez nuevas revelaciones, nuevas sorpresas... Y, sin embargo, es usted un ser monolítico...

—¿Un qué...?

—Un monolito. La estructura de su carácter es consecuente matemáticamente. Por ejemplo, ¡su modo de tratar con las mujeres! Es de una simplicidad fascinante. Cierto que es algo áspero, o quizá incluso podría decir que brutal. Pero se percibe en el fondo la profundidad de sus pensamientos. Justamente el hombre de grandes obras, justamente el intelectual profundo, debe poseer un modo de ser así, libre de todo werterismo o lirismo, desprovisto de todo ornamento y de todo oropel lustroso. Oh, usted no es de esas personas que parecen una tienda, pues todo objeto de valor lo exponen en el escaparate. Disculpe usted por la metáfora. Usted seguramente no soporta las metáforas.

Nikodem no sabía lo que significaba esa palabra, así que, por si acaso, respondió:

—¿Por qué no...? Sí, claro...

—Es usted amable. Pero eso no es de su «genre». No hay en usted nada de barroco. ¿Le he definido bien?

Dyzma empezaba a irritarse por dentro. No se imaginaba que podía oír a alguien hablando en su idioma y no entender ni una sola frase.

—Exactamente —murmulló.

—Ah, no le gusta hablar de sí mismo.

—Cierto. No hay de qué hablar.

Permaneció callado un momento y luego añadió con otro tono:

—¿Podríamos ir hacia ese bosquecillo? —dijo señalando una orilla algo lejana y cubierta de pinos.

—Bien. Pero ahora remaré yo y usted se pondrá al timón.

—¿No se cansará?

—No. No me vendrá mal algo de ejercicio.

La barca era bastante estrecha e inestable. Al cambiar de posición tuvieron que agarrarse uno a otro para no perder el equilibrio.

—¿Sabe usted nadar? —preguntó Nina.

—Como un martillo —respondió Nikodem y se puso a reír.

—Yo tampoco sé. Entonces, debemos tener cuidado.

Llegaron al bosquecillo, el aire estaba impregnado del olor de agujas de resina caldeadas al sol.

—¿Bajamos? —preguntó ella.

—Puede ser. Sentémonos un rato a la sombra.

—Sí, hace un calor sofocante.

La proa de la barca se deslizó por la arenosa orilla hasta pararse. Algo más arriba, donde empezaban los árboles, el suelo estaba cubierto de musgo espeso y lanudo.

—Bonito lugar, ¿verdad? —preguntó Nina.

—No está nada mal.

Se sentaron sobre el musgo y Nikodem encendió un cigarrillo.

—¿Le extraño mucho mi carta?

—Más bien me alegró mucho —respondió Dyzma, sacando el estrecho sobre del bolsillo—. La llevó en el corazón.

La señora Nina empezó a pedirle que destruyera la carta, pues podía caer en manos ajenas.

—No olvide que estoy casada. Destrúyala, por favor.

—Por nada del mundo —se opuso Dyzma.

—No me tome por una cobarde. Sencillamente, querría evitar disgustos.

Extendió el brazo, pero Nikodem alzó la carta tanto que no pudo alcanzarla.

—Oh, por favor, devuélvamela.

—Nada de eso —dijo riéndose.

Viendo que Dyzma estaba de guasa, Nina también sonrió y, esperando hasta dar con el momento adecuado, trató de arrancarle la carta con un movimiento rápido. Al hacerlo, se inclinó de modo que tuvo que apoyarse en el hombro de Nikodem. Este la rodeó con su brazo y empezó a darle besos. Al principio trató de defenderse, pero eso duró solo un momento.

Desde la lejanía, al otro lado del lago, llegaba un zumbido apenas perceptible.

Eran los aserraderos del señor Kunicki.

Dyzma se puso las manos detrás de la cabeza y se estiró sobre el musgo. Nina estaba sentada, acurrucada. Se inclinó sobre él y susurró.

—¿Por qué? ¿Por qué lo has hecho? Ahora ya no te olvidaré nunca... Seré cien veces más infeliz que hasta ahora... ¡Dios, Dios...! Ya no puedo seguir con esta vida horrible... No puedo vivir sin usted...

—¿Y por qué tiene que poder?

—¡No hables así, no hables así! No puedo soportar el papel de esposa que engaña a su viejo marido. Es asqueroso.

—Si no lo amas...

—¡Lo odio, lo odio!

—¿Entonces?

—Ah, finges no conocerme. Yo no puedo vivir llevando un eterno engaño en el alma. Es superior a mis fuerzas. Eso envenenaría cada minuto que paso contigo… Dios, Dios, si pudiera romper estas cadenas.

—¿Qué tiene eso de difícil? —se encogió de hombros—. Hay tanta gente que se divorcia…

Se mordió los labios.

—Soy mezquina, tonta, tendrás razón en condenarme, pero no sabría vivir sin suntuosidad, sin un ambiente de lujo. Me avergüenza… ¡Si fueras rico!

—Puede que llegue a serlo. Quién sabe…

—¡Querido! —junto las manos como si rezara—. ¡Querido! ¡Si eres tan fuerte, tan sensato! Si te lo propusieras, podrías llevar a cabo cualquier cosa, ¿verdad?

—Verdad —respondió inseguro.

—¡¿Ves?! ¡¿Ves?! ¡Sácame de aquí! ¡Sálvame!

Se puso a llorar.

Dyzma la rodeó con sus brazos. No sabía cómo calmar su llanto, así que se quedó callado.

—Qué bueno eres, qué adorable, si supieras cuánto te amo y… ¡no quiero, no puedo tener secretos contigo! Luego podrás despreciarme, pero te lo confesaré todo. ¡Prométeme que me perdonarás! ¡Prométemelo! Ves, soy tan pobre, tan débil. De verdad que no supe defenderme. Ella tenía una influencia casi hipnótica sobre mí…

—¿Qué ella?

—Kasia. Pero te juro que no me rendiré nunca más a esa hipnosis, ¡te lo juro! ¿Me crees?

Nikodem no tenía ni idea de qué hablaba. Así que asintió y dijo que la creía.

Ella tomó su mano y se la llevó a los labios.

—¡Qué bueno eres! ¡Qué bueno eres...! De todos modos, por suerte Kasia se va a Suiza.

—¿Cuándo se va?

—Ya la semana que viene. ¡Para todo un año!

—Para un año. Le va a costar mucho a tu marido.

—No. No le va a costar nada porque Kasia no tocaría ni un céntimo de él.

—Entonces, ¿de qué va a vivir?

—¿De qué? Pero si tiene en el banco un capital bastante grande que heredó de su madre...

—¿Sí? No lo sabía. El señor Kunicki no me mencionó nada de eso.

—¡Ah! ¿Por qué lo mentas? Hablemos de nosotros.

Se sentía enormemente nerviosa y fuera de sí.

Volvieron en silencio.

Encontraron a Kunicki en la terraza. Estaba sonriente y como de costumbre se frotaba sus pequeñas manos. Los saludó con notoria alegría, les preguntó por cómo estaban de humor, por la excursión en barca, pero incluso si hubieran querido responderle no habrían encontrado un momento para hacerlo en medio de su cháchara.

—¿Y qué novedades hay en la corte? —indagó Kunicki.

—¿En Varsovia? Pues nada de extraordinario. Charlamos con Jaszunski y Ulanicki de mi proyecto de almacenar grano.

—¿Qué me dice? ¿Y qué? ¿Qué resultados? ¿Va por buen camino?

—Pues sí. Pero... ¡secreto de estado!

Kunicki se llevó el índice a los labios y susurró.

—¡Entiendo! Chss... Viene mi esposa, mejor cuénteme después del almuerzo. Me muero de curiosidad.

—No pasa nada —dijo Nikodem—. Nina no se lo contará a nadie. Puedo hablar delante de ella.

—¿De qué? —preguntó Nina sin mirarles.

—Nina —advirtió Kunicki—, sé cautelosa. Es secreto de estado. El señor Dyzma está preparando con el gobierno un plan fenómeno para salvar el país de la crisis económica. Es un proyecto del señor Dyzma, ¡deberían ponerle un monumento! ¿Y bien, querido don Nikodem...?

Dyzma les contó brevemente todo lo referido a las obligaciones de cereales. Kunicki se frotaba las manos y repetía cada par de frases:

—¡Genial, genial!

La señora Nina miraba al genial proyectista con las pupilas ensanchadas y llenas de admiración.

—Solo tenemos un obstáculo —concluyó Dyzma—, y es que no hay donde guardar el grano adquirido. No hay pasta para construir almacenes.

—¡Ah! —exclamó Kunicki—. Ciertamente un obstáculo... Pero... Señor Nikodem, ¿y qué le parecería esta solución? El gobierno compra el grano, pero a condición de que el vendedor se obligue a almacenarlo. Digamos que no todos tienen dónde guardarlo, pero siempre será mejor para un terrateniente incluso construir un granero y tener el grano ya vendido que dejarlo pudrirse en sus tierras y arruinarse. A mí esta solución me parece factible. ¿Qué cree usted?

Dyzma se quedó mudo. «Qué cabeza tiene el viejo rufián» —pensó admirado y dijo gruñendo:

—Hablamos del tema —dijo taimadamente—, a lo mejor es posible hacerlo.

Kunicki se puso a darle vueltas al detalle a la idea y Nikodem escuchaba ávidamente, memorizando las palabras del «viejo tunante» cuando apareció un lacayo.

—Llaman por teléfono al honorable señor. En el nuevo aserradero se ha roto la cinta transportadora y ha habido un lamentable accidente.

—¿Qué? ¡¿Qué dices?! ¡Rápido, el coche! Discúlpenme...

Salió de la habitación casi corriendo.

Terminaron de comer los dos solos.

—Es usted un gran economista —dijo Nina sin alzar la vista—. ¿Estudió en el extranjero?

Dyzma respondió sin pensar:

—Sí, en Oxford.

La cara de Nina se llenó de rubor.

—¿En Oxford...? ¿Y no... no... no sería compañero de Jerzy..., de George Ponimirski?

Nikodem cayó ahora en la tontería que había dicho. Nina podía en cualquier momento preguntarle a su hermano y confirmar que Dyzma mentía. Pero ya no tenía remedio. Había que seguir el juego.

—Por supuesto —dijo—, lo conocía. Era buen compañero.

La señora Nina permaneció callada un momento.

—¿Y sabe usted —preguntó al fin— de la desgracia que le sucedió?

—No.

—Enfermó gravemente de los nervios. Llevaba un tren de vida imposible: bebía, salía de juerga, montaba trifulcas, y al final enloqueció. ¡Pobre George...! Pasó dos años en un manicomio... Lo curaron un poco. Ya no tiene ataques de furia, pero la recuperación total es imposible... Pobre George... No se puede imaginar lo que sufrí por su causa... Y más porque desde que enfermó se volvió hostil conmigo. Antes nos queríamos mucho. Sabe usted que George está aquí, en Koborowo...

—¿Sí...?

—Sí. Vive en el pabellón, en el parque, con un enfermero. No lo visito porque los médicos aconsejaron que tratara lo menos posible con otras personas porque eso empeora su estado. Pero, no sé, a lo mejor verlo a usted, un amigo de los viejos tiempos, no le sentaría mal. ¿Hacían buenas migas?

—Sí, nos llevábamos bien.

Eso alegró a Nina. Se aferró a la idea y, pidiendo a Dyzma que no se lo mencionara a Kunicki, proclamó que irían al pabellón después de comer. Nikodem daba largas, tratando de evadirse, pero tuvo que avenirse por miedo a levantar sospechas.

Cuando estaban entre los árboles, Nina le echó los brazos al cuello y se abrazó a él con todo su cuerpo. Nikodem, preocupado por el miedo a delatarse, le dio varios besos como quien no quiere la cosa.

—Estoy tan a gusto con usted —decía ella—, me siento tan tranquila...

Agarró del brazo a Nikodem.

—La mujer es siempre como la hiedra —dijo ensimismada—. No hará más que vegetar, arrastrándose por el suelo, si no encuentra un árbol fuerte por el que ascender hacia el sol...

Dyzma pensó que era un buen dicho y que valía la pena recordarlo.

El pabellón era un pequeño chalet al estilo renacentista, tan cubierta por vides que solo aquí y allá las traspasaba la blancura de las paredes. Delante de la casa, sobre un césped bien cortado, vieron una tumbona y al joven conde estirado e inmóvil encima de ella.

El perro ratonero los vio acercarse y empezó a emitir histéricamente ladridos semejantes a una tos.

Ponimirski volvió perezosamente la cabeza y, parpadeando por el sol, se fijó un momento en los intrusos. De repente se alzó, se estiró la ropa y se puso el monóculo.

—Buenos días, George —Nina le tendió la mano—. Te traigo a un viejo compañero tuyo de Oxford. ¿Lo reconoces?

Ponimirski los observó con desconfianza. Besó lentamente la mano de su hermana. De la expresión de su rostro podía deducirse que temía que su trama hubiera sido descubierta. Miró sombríamente a Dyzma y le tendió la mano.

—Lo reconozco, naturalmente, me alegro, amigo mío, de que me visite.

De repente se dirigió a su hermana.

—Disculpa, déjanos solos. Comprenderás que después de tanto tiempo sin vernos tenemos mucho que decirnos. ¿Por qué no te sientas aquí mientras nosotros paseamos?

Nina no se opuso. Mandó una mirada de entendimiento a los ojos de Nikodem y entró en el pabellón.

Ponimirski, mirando a todos lados, llevó a Dyzma a una vereda cercana y, poniendo el índice en su pecho, preguntó encolerizado:

—¿Qué quiere decir esto? ¡Miserable! ¿Me has desenmascarado ante Nina? ¡Y a lo mejor ese bribón de Kunik también lo sabe todo!

—Pero, Dios me libre, no le he dicho ni una palabra a nadie.

—Bien, tienes suerte. ¿Y cómo sabe que te he presentado a mi tía Przeleska como compañero de Oxford?

—Eso no lo sabe. Lo de Oxford, yo le dije que estudié allí. Fue algo que resultó de la conversación.

—No solo eres un impostor, sino además un imbécil. ¡Si no sabes una palabra de inglés!

—No.

Ponimirski se sentó en el banco y se puso a reír, para desconcierto del ratonero que lo observaba atentamente.

—Bien, y ¿qué tal mi tía Przeleska y ese Krzepicki suyo? ¿No lo mandaron a usted a paseo?

Dyzma quiso sentarse al lado de Ponimirski, pero este lo detuvo con un movimiento de su mano.

—No soporto que la gente de su condición se siente en mi presencia. Cuénteme. Sea escueto, preciso y no mienta. ¿Y bien?

Nikodem era consciente de que le hablaba un ser no del todo cuerdo, pero sentía aun así un retraimiento que no le despertaban ni los ministros, ni los generales, ni otros peces gordos de Varsovia.

Empezó a contarle que la señora Przeleska lo recibió bien, y que tanto ella como Krzepicki sostienen que ahora no había nada que hacer y que había que dejar el asunto hasta dentro de unos años.

Cuando terminó, Ponimirski siseó:

—¡Sapristi! ¿No mientes?

—No.

—¿Sabe? En mi vida he escuchado a nadie contar nada de un modo tan enormemente desprovisto de inteligencia. ¿Ha terminado usted alguna escuela?

Dyzma permaneció callado.

—Acerca de la cuestión, no soy tan cafre como para renunciar a ella. En breve escribiré una nueva carta y la llevarás a Varsovia. Hasta entonces, adiós. Puedes retirarte. ¡Brutus! ¡A mis pies!

—¿Y qué hacemos con la señora Nina? —indagó Dyzma tímidamente.

—¿Con la señora Nina...? Ah, cierto. Me olvidé de ella. Vamos, pues. Y llévesela. Me pone de los nervios.

Se encontraron con Nina en la curva.

—¿Y bien? —dijo sonriendo—. ¿Habéis evocado recuerdos agradables?

—Por supuesto —respondió Dyzma.

—Querida mía —dijo Ponimirski entre dientes, mientras se ponía bien el monóculo—, los recuerdos de los tiempos en los que éramos muy jóvenes y ricos siempre serán agradables. ¿No es cierto, querido colega?

Las últimas palabras las acentuó especialmente y se echó a reír.

—Naturalmente, colega mío —corroboró Dyzma sin convicción, para mayor alborozo de Ponimirski.

—Conversamos solo de Oxford y Londres, donde tanto disfrutamos juntos —dijo entre risas—. No te haces cargo, querida, de lo agradable que ha sido oír a alguien hablar en inglés tan maravillosamente como no lo había oído en años...

Dio a Nikodem unas palmaditas en la espalda con la punta de los dedos y preguntó:

—*Isn't, old boy?*

Las venas de la sien se le hincharon. Hizo memoria y —¡qué alivio! —pronunció la única palabra en inglés que el hijo del notario Winder usaba a veces, cuando se reunía con la flor y nata de la sociedad de Lysków.

—Yes.

La respuesta hizo aún más gracia a Ponimirski, mientras que Nina, viendo la consternación de Nikodem y atribuyéndola a la pesadumbre por haberse encontrado con su antiguo compañero en tan lamentable estado, declaró que era hora de volver. Se alegró de que su hermano no tratara de retener a Dyzma y se despidiera de él sin nuevas extravagancias.

—Pobre George —dijo cuando se encontraron ya en la alameda—. ¿Está muy cambiado?

—No, no mucho. A lo mejor se le pasa...

—Por desgracia, no... He notado la pena que le ha causado a usted su enfermedad. Quizá he hecho mal trayéndole a verle.

—¿Por qué?

—Sabe usted, señor Dyzma, mejor será que no venga a verle, porque puede sentarle mal también a él. Los médicos dicen que el trato con la gente lo excita y recomiendan limitar las excitaciones al mínimo.

—Como usted quiera.

—Yo no quiero nada —se arrimó a su hombro—, solo le informo. Sé bien que hará usted lo mejor y más sensato.

Comenzó a hablar de la primavera, que tiene alma, y de que mejor era cerrar los ojos al presente, tomándoselo como un sueño irreal que pasará, debe pasar, en breve. Cuando exigió a Nikodem que le dijera que él también lo creía así, no le puso ninguna objeción.

CAPÍTULO 9

Los días se sucedían claros y apacibles. Dyzma se asentó en Koborowo, estaba como en casa. Cierto que le tenía a mal a Nina la firmeza con que esta se empeñaba en permanecer fiel a su matrimonio hasta que llegara la hora de la liberación, pero no sufría por ello. En la naturaleza de Nikodem Dyzma no había lugar para fuertes deseos, y menos aún para las pasiones.

Comía bien, dormía bien y se dedicaba a holgazanear.

Se encontraba maravillosamente. Había engordado algo y estaba moreno, pues daba vueltas por los alrededores para matar el tiempo. Al principio iba a caballo, pero después de varias excursiones se convenció de que era mucho traqueteo y lo dejó. Volvió a inspeccionar toda la finca, los aserraderos, la papelera, el molino, cuando algo le parecía interesante preguntaba a los capataces, quienes se quitaban la gorra cuando lo veían. Sabían que no era un cualquiera.

Un nimbo de profundo respeto y admiración rodeaba a Dyzma.

Las únicas nubes en el firmamento de esos apacibles días eran las disputas con la señorita Kasia. A decir verdad, las broncas que armaba tenían más que ver con Nina, pero a veces, de paso, se topaba también con Nikodem. Una vez —fue durante el desayuno— cuando ya le había tocado en lo vivo y se burlaba inmisericorde de cada frase que decía, Dyzma espetó:

—¡Se olvida usted de con quién está hablando!

—Me importa un bledo —se encogió de hombros—, pero no es usted tampoco el sah de Persia, ¿verdad? ¿No sufre usted de megalomanía?

Dyzma no entendió, pero por la cara que puso la señora Nina dedujo que debía ser una grave afrenta. Enrojeció y, de repente, golpeó con todas sus fuerzas la mesa con el puño.

—¡Basta ya, mocosa! —vociferó.

Los platos resonaron al saltar por los aires y las dos mujeres se quedaron petrificadas.

Pasó un momento hasta que Kasia, pálida como el papel, se alzó rápidamente y salió corriendo. Nina no dijo palabra, aunque su rostro expresaba tanto miedo como aprobación por el modo en que Nikodem había zanjado el asunto.

El empleo de una medida tan radical surtió efecto, pero solo externamente. Cierto que desde ese día Kasia dejó de importunarle, pero en sus ojos ardía aún más un odio que, a fuerza de acumularse, debía explotar antes o después.

El estallido llegó inesperadamente para ambas partes una mañana de domingo.

Kunicki estaba trabajando en su oficina. Nina había ido a la iglesia. Nikodem estaba sentado en el tocador de esta mirando álbumes de fotos.

Justo entonces entró Kasia.

Una mirada le bastó para darse cuenta de que el álbum que Nikodem tenía entre manos contenía exclusivamente una interminable cantidad de fotos de Nina en varias poses, fotos hechas por Kasia.

—¡Deme eso, es mío! —exclamó, quitándole el álbum impetuosamente.

—¡¿No podía pedirlo educadamente?! —gritó Dyzma.

Se disponía a salir, pero eso la detuvo. Se dio la vuelta, permaneció en silencio un momento, pero por su aspecto Nikodem se dispuso a protegerse la cara ante el esperado golpe, a la vez que tenía ganas de abrazarla, apretar esos pequeños pechos que se alzaban al ritmo de su acelerada respiración y de besar con violencia esos chispeantes ojos y los labios llenos y vibrantes, de los que finalmente salieron unas palabras lacerantes como un látigo:

—¡Esto es una mezquindad, una mezquindad! ¡Es usted un villano! ¡La ha ultrajado! ¡Se ha metido usted en casa de mi padre para seducir a su esposa! ¡Si usted no se va ahora mismo, le destrozaré la cara con una fusta a la primera oportunidad, como si fuera un perro! ¡Me río de su posición social, me río de sus relaciones! ¡A mi padre puedes imponerle con eso, pero no a mí! Te lo aconsejo por las buenas: ¡lárgate, y rápido...!

Su voz iba subiendo de tono y, como la puerta de la galería estaba abierta, llegó a oídos de Kunicki. Kasia, encolerizada, no escuchó sus cortos y rápidos pasos. Tampoco los oyó Nikodem, sorprendido por el impetuoso arrebato de la supuestamente tranquila señorita.

Kunicki estaba en la puerta con el rostro encogido por la ira.

—Kasia —dijo en voz baja—, sal de aquí, por favor.

No se movió.

—Haz el favor de salir —repitió—, ve a mi despacho y espérame allí.

Parecía hablar con calma, pero de esa calma pendía una irresistible coacción. Kasia se encogió de hombros, pero hizo caso.

—¿Qué ha pasado aquí? —preguntó Kunicki a Dyzma.

—¿Que qué ha pasado? Pues ha pasado —respondió— que su hija me ha mandado largarme de su casa y me ha puesto a caer de un burro. No sé qué diablos querrá de mí, pero cuando me echan yo no soy de los que vuelven por la ventana. Y de ese... de ese contingente suyo y de las traviesas ferroviarias puede olvidarse porque yo...

Kunicki le tomó la mano.

—Señor Dyzma, le pido mil perdones por mi hija. Olvídese de todo. Hoy mismo saldrá para el extranjero. ¿Le es suficiente satisfacción?

—Satisfacción... y todo lo que me ha insultado, ¿qué?

—Le digo a usted, señor Dyzma, que hoy mismo la echo de casa.

El viejo estaba cada vez más irritado y al mismo tiempo cada vez más calmado por fuera. Le extendió la mano a Nikodem y preguntó:

—Entonces, ¿de acuerdo?

Nikodem le dio la suya.

Esa tarde se marchó Kasia. Nadie en la casa sabía de qué habían hablado padre e hija en el despacho. Ni él, ni ella le dijeron nada a nadie. Además, Kasia se fue sin despedirse ni siquiera de Nina. El único ser con el que habló en Koborowo antes de salir fue la jovencita Irenka, encargada de ropería, pero lo único que supo decir era que la señorita estaba muy enfadada y que le prometió llevársela consigo a Suiza.

Tras ese tormentoso domingo, tan lleno de consecuencias, no quedaban nubes que le oscurecieran el horizonte a Nikodem Dyzma. Kunicki se esforzaba en ser cordial. Nina tampoco mencionaba a la ausente, pues ella misma se sentía ahora más libre y aliviada. Salía con Nikodem de excursión en coche o en barca, pero no menguó su firmeza y el amorío seguía limitándose a conversaciones, que eran más bien sus propios monólogos, y a besos pasajeros. Los intentos de persuasión por parte de Nikodem no surtieron efecto.

No podía entender los motivos de esta cerrazón, y menos aún cuando supo del personal de servicio que la señora Nina por las noches se cerraba con llave, y que al parecer así lo hacía siempre, casi desde la boda. El lacayo que informó a Dyzma se choteó un poco de su honorable señor, que se habría casado con la condesa para darle gusto a su hija.

Todo esto le parecía a Dyzma confuso y misterioso. Se propuso presionar algún día a Nina para que le explicara todo de pe a pa. Mientras tanto, se iba enterando por ella de muchos detalles de su vida personal y familiar. Cuando se trataba de asuntos relativos a su marido, Nina mostraba una total ignorancia acerca de sus negocios.

—Además, no me importa nada —decía—. Es cosa de hombres.

En cualquier caso, sabía lo suficiente para repetir a Dyzma que el futuro de ambos dependía solo de él, pues ella no tenía nada propio, ni siquiera la camisa que llevaba.

Esto llenaba a Nikodem de zozobra, pues no tenía la menor esperanza de conseguir una fortuna que satisficiera las actuales exigencias de Nina. Por otro lado, no es que tuviera demasiado interés en casarse con ella. Por supuesto, le gustaba mucho y, bueno, era una gran señora, no una cualquiera, la condesa Ponimirska... Pero trataba como algo irreal esa posibilidad, igual que sus otros éxitos de los últimos tiempos.

Sin embargo, el estado de los sentimientos de Nina no dejaba lugar a dudas. Cada gesto, cada mirada y, finalmente, cada palabra, era una manifestación de amor.

Kunicki, deducía Dyzma, debía estar demasiado ocupado con sus negocios y debía tratar demasiado poco con su mujer como para sospechar algo. Además, él mismo los animaba a salir de excursión los dos juntos.

Al regreso de una de esas excursiones, Nikodem encontró en el vestíbulo un cable dirigido a él. Mientras lo abría, estaba convencido de que se trataba de un mensaje del ministro Jaszunski. Se llevó una sorpresa: al final del breve texto estaba la firma de... ¡Terkowski!

Nikodem se puso a leer y Nina miraba por encima del hombro. El comunicado era el siguiente:

El señor presidente del Consejo de Ministros le pide presentarse mañana, esto es, el viernes, a las siete, para la sesión del comité de economía del Consejo de Ministros acerca del tema que usted ya conoce.

Terkowski

Volvió Kunicki y Dyzma le pasó el cable. El viejo lo leyó en un abrir y cerrar de ojos y preguntó con indisimulada admiración:

—¡Extraordinario! ¿Es por lo de los cereales?

—Sí —confirmó Nikodem.

—Entonces, ¿ya está en marcha?

—Pues, como ve usted, sí.

—Dios de mi vida —dijo Kunicki abriéndose de brazos—. Dios de mi vida, ¡cuánto bien puede usted hacer a la gente con sus influencias!

—Sí —sonrió Nina—, si esas influencias se usan para el bien común y, bueno, y si se valora con acierto lo que conviene al bien común.

—Oh, perdona —se opuso Kunicki—, no solo es el bien común. ¿Es que no hay que ayudar a los particulares? ¡Je, je! Seguro que en el comité económico tomará parte también el ministro de comunicación. Ya puestos, podría hablar con él de las traviesas ferroviarias. ¿Qué tal?

Nikodem se metió las manos en los bolsillos y torció el rostro.

—Preferiría no hacerlo ahora. Quedará mal.

—¡No me entienda mal, señor Dyzma! Si yo no le presiono

para nada. Lo dejo todo a su juicio. Solo quería recordarlo de paso. El suministro de las traviesas es un negocio que vale la pena no olvidar, jeje.

Para confirmar sus palabras, después de comer se llevó a Nikodem a su despacho y empezó a machacarlo con una disertación pormenorizada sobre el tema. Cuando Dyzma volvió a tocar el tema del juicio, el viejo se levantó de repente y se sacó unas llaves del bolsillo.

—Ahora le enseño los documentos. En mi opinión, bastan para volver a demostrar que era inocente.

Descorrió una pesada cortina de terciopelo y Dyzma pudo ver una caja fuerte a prueba de fuego de enormes dimensiones. Kunicki la abrió rápidamente, extrajo una carpeta verde y comenzó a sacar de ella archivos mecanografiados, recibos, formularios, etc. Unos los leyó, otros se los pasó a Dyzma, que simuló leerlos.

Se desembarazó de Kunicki ya al atardecer. Nina le esperaba en la terraza y salieron a dar una vuelta. Estaba triste y soñadora. El inesperado viaje de Nikodem, que interrumpía tan repentinamente su idilio, le causó verdadera aflicción. Cuando se encontraron rodeados de árboles, se abrazó a él y susurró:

—Pero, querido, no estarás mucho tiempo en Varsovia, ¿verdad? Nineczka te echará aquí mucho de menos. ¿Qué voy a hacer, si me he acostumbrado tanto a que puedo verle a diario, hablar con usted, mirarle a los ojos...

Nikodem le aseguró que volvería en breve. Uno o dos días, tres, como mucho.

Durante la cena, Nina estuvo muy animada. Eso se debió a la idea de su marido de acompañar los dos al querido señor Dyzma a la estación. Esta vez Nikodem tenía que ir en tren, pues el coche precisaba de una pequeña reparación.

En la estación, Nina se mostró muy emocionada. Cierto que

no podía despedir a Nikodem tal y como lo desearía, pero su mirada expresaba tanto que suplía los besos más ardientes.

Dyzma estaba solo en el compartimento de primera. Kunicki le había dado al revisor una propina pidiéndole que no dejara entrar a nadie puesto que allí iba el mismísimo señor Dyzma, una figura importante, amigo personal de todos los ministros.

La borrachera fue de órdago. Llevaron a Nikodem al hotel bebido como una cuba y lo metieron en brazos en su habitación.

Había motivos para beber. Ahora, ya vuelto en sí, no podía salir de su asombro por los acontecimientos del día anterior, que quedaron marcados en su memoria con trazos caóticos.

Pues bien, fue una sesión en la sala alta, una sesión en la que él, Nikodem Dyzma, estaba sentado a la misma mesa que el primer ministro y los demás ministros, de igual a igual, en perfecta comitiva.

Se leyeron unos informes, cifras... Y al poco tiempo todos empezaron a estrechar su mano por repetir lo que había aconsejado Kunicki sobre el almacenamiento de los cereales. ¿Cómo lo llamaron...? Ajá, ¡empeño! ¡Qué gracia! Hasta entonces pensaba que las casas de empeños solo servían para llevar relojes o ropa... Y luego, la pregunta del primer ministro:

—Señor Dyzma, ¿se avendría usted a dirigir la política estatal relativa a los cereales?

Como daba largas y después trató de excusarse alegando que quizá no sería capaz, todos en tropel se pusieron a persuadirlo y finalmente que tuvo que aceptar.

Se echó a reír.

—¡Qué cojones! ¡A dónde puede llegar uno! ¡Presidente del Banco de Cereales! ¡Señor presidente!

Se acordó del grupo de periodistas que después lo acribilló a preguntas, del brillo cegador del magnesio. Ajá, habrá que ver lo que han escrito.

Llamó por teléfono y mandó al sirviente comprar todos los diarios. Empezó a vestirse. Cuando le trajeron los periódicos, cogió el primero y se puso colorado.

Su fotografía estaba en primera plana.

Estaba de pie, con una mano en el bolsillo y cara pensativa. Tenía un aspecto serio. ¡Bah! ¡Imponente! El rótulo debajo de la fotografía rezaba:

El doctor Nikodem Dyzma, creador del nuevo sistema de política agraria, ha recibido la misión de crear el Banco Nacional de Cereales y ha sido nombrado presidente de este.

Al lado, bajo un título sensacionalista, un amplio artículo contenía el comunicado oficial del gobierno, el currículo de Dyzma y una entrevista con él.

El comunicado informaba de la resolución del Consejo de Ministros, que a instancia del ministro Jaszunski había resuelto dar comienzo a una decidida lucha contra la crisis económica por medio de una intervención en el mercado de cereales. A continuación, venía una descripción detallada del proyecto y el anuncio de ordenanzas ejecutivas después de que el parlamento aceptara la ley.

El currículo de Dyzma fue una sorpresa para él mismo. Se enteró de que había nacido en el latifundio de sus padres en Curlandia, que acabó el instituto en Riga y estudios superiores de economía en Oxford, y que más tarde luchó heroicamente en el frente bolchevique, donde fue herido y luego condecorado con la medalla Virtuti Militari y la Cruz al Valor. Últimamente había desaparecido de la vida pública para ocuparse de la administración de unas fincas en la provincia de Bialystok.

El currículo estaba lleno de adjetivos tales como: ilustrado, magnífico, creativo... Al final subrayaba que el presidente Nikodem Dyzma era considerado un hombre de extraordinario carácter y fuerza de voluntad, y de notoria capacidad organizativa.

Pero fue la entrevista lo que provocó el mayor asombro de Nikodem. Leía y no daba crédito a sus ojos. Es verdad que por la noche se emborrachó hasta perder el conocimiento, pero durante la conversación con los periodistas estaba plenamente consciente. ¡Si de lo que habían escrito él no había dicho ni una palabra! Había frases enteras que, por más que se esforzaba, no alcanzaba a comprender, había términos cuyo significado desconocía y opiniones acerca de cuestiones sobre las que no solo nunca había hablado, sino que nunca había oído hablar de ellas.

Soltó un taco, pero no por enfado. Al contrario, estaba contento porque después de leer una entrevista así, cualquiera debería considerar que el señor Dyzma, el señor presidente del banco, era un hombre extraordinariamente sabio.

Casi todos los diarios incluían artículos similares y fotografías suyas en diversas poses. Las que más le gustaban eran una en la que estaba en un sofá entre el primer ministro y el ministro Jaszunski, y otra en la que bajaba por las escaleras y tras él iba un señor mayor con bigotes blancos que llevaba el sombrero en la mano, mientras que él, Nikodem, iba con la cabeza cubierta. El comentario a la foto era:

El señor presidente Nikodem Dyzma abandona el palacio del Consejo de Ministros acompañado de su futuro colaborador, Wladyslaw Wandryszewski, el recién nombrado director del Banco de Cereales, exministro de Hacienda.

«¡Ja! —pensó Nikodem—. Ahora me conoce toda Polonia».

De repente, se asustó. Le vino a la cabeza que los diarios llegarían también a Lysków, que el señor Boczek, Jurczak y todos los que tan bien lo conocían, sabían bien que era un embuste todo eso de Curlandia, del instituto y de Oxford.

«¡Caray! ¿Y si a alguno se le ocurre contarle toda la verdad a un periódico?»

Sintió un hormigueo por la espalda. Iba de un lado a otro de la habitación echando imprecaciones, luego volvió a ojear las revistas y llegó a la convicción de que cualquier denuncia por parte de sus viejos conocidos era poco probable. Su posición y sus relaciones los dejarían deslumbrados y los intimidarían. A no ser que escribieran anónimamente... Pero nadie se toma en serio los anónimos.

Se tranquilizó bastante. Pero, mientras leía y releía acerca de los talentos que le atribuían le preocupó otra cosa: ¿cómo se las arreglaría?

En teoría la mayor parte del trabajo recaería en ese director Wandryszewski, pero él también tendría que hacer algo, hablar, firmar, decidir... ¡Y todo eso acerca de cuestiones tan espantosamente incomprensibles! No queda otra, hay que encontrar a alguien espabilado... Si ese Kunicki quisiera, pero no querrá... Además, ahora tendrá que desprenderse de su puesto en Koborowo. Le apenaba separarse también de Nina, pero se dijo a sí mismo:

«Nada. Es lo que hay. No es la única en el mundo».

Peor era lo de encontrar a un tipo que currara por él... Podría nombrarlo, por ejemplo, su secretario...

De repente, se dio una palmada en la frente.

«¡Krzepicki»!

Hasta dio un brinco de la alegría. Krzepicki es un zorro, es avispado, sabe de dónde sopla el viento. A este no le da nadie gato por liebre y es un tío majo, un buen compinche. Si nos conchabamos, tiene coco para trabajar por los dos.

Le alegró tanto la idea que decidió ponerse a buscar inmediatamente a Krzepicki.

Se vistió rápidamente y al cuarto de hora ya estaba llamando a la puerta de la señora Przeleska. Estaban justo levantándose de la mesa tras la comida. Aparte de la señora de la casa estaban Krzepicki y una moza enclenque y muy pecosa, la señorita Hulczynska.

Acogieron a Dyzma entre grandes muestras de felicitaciones. La señora Przeleska lo llamó salvador de los terratenientes; Zyzio Krzepicki, un Napoleón de la economía; mientras que la señorita Hulczynska lo miraba como a una deidad.

Comenzaron a hablar de Koborowo y todos se preocuparon mucho cuando Dyzma declaró que ahora no tendría tiempo de ocuparse del asunto de George Ponimirski.

—Por lo demás —añadió—, está tan mal de la chaveta que no hay nada que hacer.

A Zyzio se le escapó un taco, la moza pecosa puso una cara triste y la señora Przeleska manifestó su esperanza de que no había que perder la esperanza.

El momento culmen de la visita de Nikodem Dyzma a la señora Przeleska llegó cuando, tras darle un sorbo a su café, dijo:

—He venido aquí con una propuesta. Señor Krzepicki, ¿no tiene usted ahora un puesto de trabajo?

—No.

—¿Y no tendría ganas?

—¡Naturalmente! —aplaudió con sus rechonchas manitas la señora Przeleska.

—Es que, ve usted —siguió Nikodem—, ahora voy a necesitar un secretario. Ser secretario del presidente de un banco no es cualquier cosa. Debe ser distinguido, inteligente, astuto y, en general, alguien efectivamente responsable. ¿No le parece?

Krzepicki se relamió los labios y puso un rostro indiferente.

—Gracias, señor presidente, pero no sé si sería capaz. Además... ejem... le diré abiertamente, señor presidente, no se lo tome a mal, pero creo que no valgo para puestos administrativos. Horas fijas de oficina, levantarse temprano a diario...

Dyzma le dio una palmada en la rodilla.

—¡No se preocupe! Nada de horas Fijas. Vendrás al trabajo sólo cuando yo vaya, y ¿se piensa usted que el presidente está ahí todo el rato aparcado como un saco de patatas? De eso, señor mío, se ocupa el director. Nosotros estamos solo para los asuntos generales, más importantes. Venga, ¡deme la mano!

La señora Przeleska estalló de entusiasmo. Con la emoción empezó a toquetear a Krzepicki, instándolo vehementemente a aceptar la propuesta de inmediato.

Zyzio sonrió y extendió su mano.

—Muchas gracias, señor presidente. ¿Puedo preguntar qué remuneración prevé asignarme?

A Nikodem le halagó el «señor presidente». Se llevó las manos a la cintura y preguntó:

—Bueno, ¿y usted cuánto querría?

—Pues, no sé yo...

—Venga, adelante —lo animó Nikodem.

—Lo que considere el señor presidente.

Dyzma sonrió benevolente.

—El señor presidente considera que debe decirlo el señor secretario.

Todos rieron afablemente.

—Dios mío —interrumpió la señora Przeleska —a mí me parece que unos mil zlotys...

—¡Mil doscientos! —corrigió Krzepicki con celeridad.

—¿Qué? ¿Mil doscientos? Pues yo le doy a usted mil quinientos.

Echó una mirada triunfal a su alrededor y, mientras la señora Przeleska exclamaba admirada, Krzepicki se alzó y, arrastrando ruidosamente los pies, se acercó al señor presidente para darle las gracias.

La señora Przeleska declaró que esto no podía acabar a secas y mandó al sirviente traer una botella de champán.

—Bueno —dijo Dyzma alzando su vasito—, bueno, señor Krzepicki, solo una condición: ¡compadres! ¿Entiendes? ¡Compadres! Vamos, que uno para todos y todos para uno. Y ni una palabra a nadie de lo que hablemos entre nosotros...

—Entiendo, señor presidente.

—Y yo le digo que, si estoy contento de usted, para navidades o con otra ocasión, le caerán dos o tres mil de recompensa...

Krzepicki acompañó a Dyzma al hotel. Por el camino siguieron hablando de la organización del banco y Nikodem le dijo que ya mañana le presentaría al director Wandryszewski.

—No tendré demasiado tiempo porque tengo que arreglar otras cosas, pero fijémoslo así: Wandryszewski se ocupará de la organización y no me informará a mí, sino a usted, ¿me entiendes? Y tú vendrás a hablar conmigo a contármelo todo y luego mis decisiones se las repites a él.

—Eso será lo mejor —confirmó Krzepicki.

—¡La capacidad de gestión, señor Krzepicki, no lo olvide nunca, consiste en saber decidir con rapidez!

En el hotel se encontró con Ulanicki, que lo recibió con un sonoro «¡salud!»

—¿Sabes, Niko, que todavía me retumba la cabeza desde la jarana de anoche? Pero... ¿ya has hecho las visitas?

—¿Qué visitas?

—Hombre, ya sabes, es lo que corresponde. Al primer ministro, a Jaszunski, a Brozynski y a varios más, porque a Terkowski seguramente no querrás, ¿verdad? Aunque, ves, ayer vi que no te lo tiene a mal.

—¿Crees que es necesario?

—Bueno, en principio sí.

—Ejem —Dyzma se preocupó—, es que, ir así, solo... Si me acompañaras...

—Bueno, podría ir...

Quedaron en hacer las visitas al día siguiente, pues esa tarde tenían una conferencia acerca de la fecha de inauguración del banco y del comienzo de su actividad.

No habían pasado dos semanas y las labores organizativas previas iban a toda máquina. Se escogió un local en un edificio nuevo en la calle Wspólna, destinando dos plantas a las oficinas del banco y un apartamento de ocho habitaciones para el señor presidente.

En realidad, las comisiones parlamentarias aún estaban dándole vueltas a la ley, pero no cabía duda de que ambas cámaras aprobarían el proyecto gubernamental sin muchas enmiendas.

Dyzma no tuvo ningún problema con ello, pues de todos los asuntos se encargaban Wandryszewski y Krzepicki. Este último resultó de un valor incalculable. Se puso a trabajar con brío y, como maña no le faltaba, llevaba a cabo lo que se proponía, escudándose una y otra vez tras una frase pronunciada con firmeza:

—Así lo dispone el señor presidente.

Al principio Wandryszewski y otros, contrariados al ver a Krzepicki inmiscuyéndose en todo pormenor, preguntaban a Dyzma si, efectivamente, ese o aquel era su deseo, pero Dyzma, aunque con frecuencia ni siquiera sabía de qué se trataba, respondía invariablemente:

—Si Krzepicki dice algo es porque yo lo he decidido y no hay de qué hablar.

Así que al poco tiempo tuvieron que avenirse al fisgoneo de Krzepicki. Él, por su parte, trabó definitivamente amistad con el señor presidente. Por supuesto, tratando con su jefe ininterrumpidamente, no tardó en darse cuenta de sus numerosas carencias. Pero estas le venían bien, pues hacían del secretario un complemento indispensable del presidente. Aun así, Dyzma también se mantenía en guardia ante Krzepicki y, como estaba envuelto en un aura de admiración y respeto y sus influencias y relaciones seguían creciendo, Krzepicki reconocía en su interior que debía poseer una cierta fuerza misteriosa y un curioso intelecto.

Cierto que a veces le extrañaban unos momentos como de eclipse de la mente de Nikodem, en los que parecía perder la orientación en los asuntos más sencillos, pero llegó a la convicción de que el señor presidente «se hacía el canelo» a propósito para pillar más fácilmente a sus subordinados en algún chanchullo. Además, sabía que su posición dependía exclusivamente del presidente, que lo pondrían de patitas en la calle en cuanto nombraran a otro presidente, que le convenía fortalecer la posición de su jefe, así que hizo lo posible para rodear a su persona de un halo de inaccesibilidad propio del Olimpo.

Eso, por otra parte, convenía absolutamente a Dyzma.

Es verdad que los asombrosos honores que le eran concedidos le confirmaban que se había estado subestimando hasta la fecha, pero para nada hicieron disminuir su cautela, que provenía de ser consciente de las carencias de su inteligencia, modales, educación y formación.

Con quien más suelto se sentía era con Krzepicki, pero también entonces trataba de mostrarse misterioso.

Gracias a ello, se hizo famoso en poco tiempo como «el hombre más taciturno de Polonia». Unos lo atribuían a su modo de ser tan inglés, otros daban por bueno lo que dijo una vez durante el té de las cinco con el primer ministro, cuando las señoras habían estado tratando de trabar conversación:

—No hay de qué hablar.

Por supuesto, quien tiene tanto en lo que pensar, no tiene nada de lo que hablar.

Pero como Nikodem, aunque no lo demostraba, se desesperaba a veces por su ignorancia de las normas o por no comprender muchas palabras, decidió perfeccionar sus conocimientos. Con ese fin, entró en una de las librerías de la calle Swietokrzyska y adquirió tres obras: el «Diccionario de extranjerismos», la «Enciclopedia Universal» y «Bon-ton».

Sobre todo, el último libro le rindió grandes servicios. Ya el primer día encontró la solución al misterio de por qué Ulanicki le mandó introducir en la arqueta del primer ministro no una, sino dos tarjetas de visita.

El diccionario lo usaba sistemáticamente. Se quedaba con cada palabra cuyo significado desconocía y buscaba luego la aclaración.

Pero a la enciclopedia le dedicó un trabajo enérgico. Comenzó a leerla desde el principio y antes de partir de vuelta a Koborowo llegó a la letra «f». No es que le agradara esta lectura, pero viendo sus inmediatos efectos en el trato con la gente, se propuso leerla hasta el final.

Esa fue seguramente toda la ocupación de Nikodem en aquel periodo, si no contamos la lectura de las cartas de Nina. Le llegaba al menos una por día. Eran cartas largas y, aunque Dyzma reconocía que eran hermosas, al final perdió la paciencia y dejó de leerlas. Solo echaba un ojo al final, donde solía haber informaciones interesantes. De ahí supo que Kunicki no tenía intención de desprenderse de su genial administrador, sino que entendía que Nikodem podría fácilmente conjugar su puesto de presidente del banco con el de factótum, ya que Kunicki no le imponía en absoluto ocupación alguna, dejándole las manos libres.

Nina se alegró mucho de ello y rogó a Dyzma que aceptara. Nikodem se lo pensó largo tiempo, pero al final se avino a la propuesta cuando Krzepicki le aseguró con toda firmeza que por mucho trigo nunca es mal año.

No escribió a Nina acerca de su decisión pues, conforme a lo que ella le había pedido, nunca le escribía. En Koborowo toda la correspondencia pasaba por manos de Kunicki y Nina temía que el anciano abriera el sobre, como ya había ocurrido hacía unos años con las cartas de Kasia.

De acondicionar el apartamento del señor presidente se encargó Krzepicki, que lo hizo con tal energía que en dos semanas ya había terminado y Nikodem se mudó del hotel a la calle Wspólna.

Al día siguiente salió hacia Koborowo para recoger sus cosas y reunirse con Kunicki.

Era domingo y, ya que se había olvidado de telegrafiar para pedir caballos, tuvo que ir a pie. La distancia no superaba los dos kilómetros y, como hacía un día precioso, el paseo le resultó incluso placentero.

Cerca del aserradero se encontró con el capataz mayor de la papelera, que le saludó con una respetuosa inclinación de cabeza. Dyzma se paró y le preguntó:

—¿Qué tal las cosas por aquí en Koborowo?

—Gracias a Dios, nada nuevo, señor administrador.

—Ya no soy administrador, sino presidente de banco. ¿No lo habéis leído en el periódico?

—Sí, cómo no, es un honor para nosotros.

—¿Entonces? Entonces hay que llamarme «señor presidente». ¿Entendido?

—Entendido, señor presidente.

Dyzma se metió las manos en los bolsillos, meneó la cabeza y siguió adelante. Al cabo de unos pasos, dio media vuelta y exclamó:

—¡Oye, hombre!

—Dígame, señor presidente.

—Y el señor Kunicki, ¿está en el palacio?

—No, señor presidente, el señor heredero de seguro que está en Siwy Borek, porque están llevando el ferrocarril hasta allá.

—Si hoy es domingo, fiesta.

—Oh, con el señor heredero fiesta es cuando no hay trabajo, señor presidente —dijo el capataz con amarga ironía.

Dyzma puso mala cara.

—Y así debe ser. ¡El trabajo es lo primero! ¡Y vosotros estaríais todo el día de fiesta! Vaya tropa.

Se llevó las manos a la espalda y se dirigió al palacio.

El portón de la fachada estaba cerrado y el lacayo, que abrió después de que Dyzma llamara varias veces, se estremeció al ver el rostro de este.

—¡Qué narices! ¿Se ha muerto todo el mundo? ¡Nadie responde!

—Mis respetos, señor, le pido mil perdones, estaba en el aparador.

—¡Qué aparador ni qué...! ¡Zopenco! Media hora aquí esperando, y él en el aparador. ¡Acémila! Venga, quítame el abrigo, ¿qué haces ahí como un pasmarote? ¿Dónde está la señora?

—No está, señor administrador, la señora ha ido a la iglesia.

—Primero, nada de administrador, sino señor presidente, pedazo de burro, y segundo, ¿qué? Que cuando los señores no están os montáis una fiesta, ¿eh? ¡Haraganes! ¡Nada de fiestas! ¡Fiesta habrá cuando no haya trabajo! ¿Entiendes? ¡Que hay que teneros agarrados con correa! Venga, ¿qué haces todavía ahí parado?

El lacayo se inclinó y se deslizó hacia el vestíbulo.

—Hay que tener a estos granujas sujetos con cuerdas —murmuró Dyzma— o si no se le suben a uno a las barbas.

Se metió las manos en los bolsillos y se puso a andar. Todas las habitaciones habían sido ya limpiadas, pero en medio del dormitorio de Kunicki había una escoba. Llamó y se la señaló sin palabras al sirviente.

—¡Ah, joder! —gruñó cuando este desapareció tras la puerta.

Recorrió toda la planta baja y subió al primer piso. En el salón de Nina las ventanas estaban abiertas. Nunca había estado ahí y empezó a observar con curiosidad los muebles, cuadros y fotografías.

La mayor parte de estas últimas se encontraban sobre el escritorio. Nikodem se sentó en un pequeño sofá y se fijó en ellas. Trató como quien no quiere la cosa de abrir un cajón, pero estaba cerrado. El siguiente también, pero el de en medio estaba abierto.

«¿Qué tendrá aquí? —pensó y abrió el cajoncito hasta la mitad.

Dentro había un orden tan llamativo como en el escritorio. Había fajos de cartas, sujetas con cintas azules y verdes. Se puso a ojearlas. Eran sobre todo cartas de las compañeras de Nina en el convento, algunas escritas en francés.

Al lado había un libro forrado en tela. Lo abrió. Era un manuscrito de Nina. Más de la mitad de las hojas estaban en blanco.

«Un diario» —pensó. Le entró la curiosidad.

Lo cogió y se sentó junto a la ventana, para ver a tiempo si se acercaba algún coche.

En la primera página había un aforismo:

Entenderlo todo —es perdonarlo todo.

En el reverso podía leerse:

Me dispongo a escribir eso que ahora está tan ridiculizado: un diario. No, no será mi diario. Dice Pitigrilli que el hombre que escribe un diario le recuerda a aquel que después de sonarse la nariz se fija en el pañuelo. No tiene razón. ¿O es que se trata de dejar por escrito acontecimientos? ¿O incluso impresiones? Yo, por ejemplo, solo voy a escribir para ver mis pensamientos en una expresión concreta. Me parece que, en general, el pensamiento no expresado de palabra o por escrito no puede ser un pensamiento formulado, concretizado.

Y otra falsedad acerca de los diarios creo que es de Oscar Wilde, que afirmó que el que escribe un diario lo hace conscientemente, o en el mejor de los casos subconscientemente, solo para que alguien pueda leerlo.

¡Dios mío! Seguramente no le vino a la cabeza que pueda existir alguien que no tenga en el mundo a nadie, ¡a nadie! En el sentido más espantoso de esa palabra.

¿Para quién podría yo escribir? ¿Para él? ¿Para aquel, que es precisamente sinónimo del horrible vacío que me rodea y que es imposible de llenar? ¿Para mis hijos? No tengo y, por desgracia, nunca los tendré. Así pues, ¿para la familia, que se ha apartado de mí, o para el medio loco de George?

¿Kasia...? ¡Oh, nunca! Estamos en dos polos distintos, ella nunca me entenderá. ¿Qué importa que me ame? ¿Es que es posible amar sin entender? No lo creo. Además, ¿es eso amor? Incluso si lo es, será un amor a un nivel vergonzosamente bajo. A veces pienso que si un accidente me quitara toda belleza... Kasia... En fin, ¿qué es ella para mí? ¿Por qué yo, que a la luz del día maldigo la noche pasada no soy capaz de defenderme de esta noche, defenderme, por supuesto, de mi propia debilidad?

Nikodem se encogió de hombros.

«Nada, bobadas. ¿Qué quiere decir todo esto?»

Pasó varias hojas.

El diario no llevaba fechas. Unas páginas más allá encontró una breve mención a una estancia en el extranjero, luego unas reflexiones sobre música, después algo sobre cierta Bilitis y cierta Mnasidika (seguramente primas o compañeras de Nina).

Quería encontrar algo sobre sí mismo. Y, efectivamente, tras leer varias decenas de páginas encontró su nombre.

«Bueno, veamos» —pensó, y empezó a leer con interés:

Hoy he conocido a un hombre. Tiene un nombre extraño: Nikodem Dyzma. Suena algo misterioso e inquietante. Tiene fama de hombre fuerte. Me parece cierto. Pegaría con el látigo de Nietzsche en la mano. Sencillamente, emana masculinidad. Puede que algo brutal, puede que demasiado simplista, pero tan poderoso que debe ser sugestivo. Kasia dice que es «brusque» y trivial. En lo primero, tiene razón. Acerca de lo segundo, aún no tengo opinión propia. Me gusta.

Nikodem sonrió, sacó su agenda y anotó con esmero todas las palabras que no comprendía.

«Venga, ¿qué viene después...?»

Después venían varias páginas con la descripción de un sueño y una disputa con Kasia. Aquí se volvió a detener porque volvían a mencionarlo:

Ella no lo entiende. Odia a Nikodem, su actitud frente a la vida es siempre patológica. ¿Qué soy aparte de mi feminidad? Si para eso existo. Justamente mi intelecto, mi formación artística..., en una palabra, todo ha de servir a mi feminidad, no al revés. ¿Qué hay de extraño en que me estimule —lo reconozco— no solo psíquicamente, sino también físicamente, la presencia de un hombre? Dios mío, no sé yo, quizá efectivamente si fuera otro hombre, igualmente sano, sencillamente varonil, también me estimularía igual.

«¡Mírala! —dijo Nikodem moviendo la cabeza—. Unos pantalones y ya le basta».

Miró por la ventana y se convenció de que podía continuar leyendo.

Ahora seguía una docena de páginas frescas, pues la tinta aún no se había vuelto negra.

Hoy ha partido hacia Varsovia, llamado por el primer ministro. Qué extraño sentimiento es la añoranza. Absorbe la tranquilidad del alma. ¿Me engañará allí? No sé, ¡no lo conozco tanto! Cuando pienso en él, me convenzo cada vez más de que la entraña de su ser debe ser un misterio, un misterio que lo cierra como una concha. ¿Quién sabe si bajo el supremo calor de los rayos de sol esa concha se abrirá algún día? Y también, una vez abierta, ¿no me espantará?

No sé. A decir verdad, no sé nada de él, aparte de que lo

deseo con cada nervio de mi ser y con casi cada pensamiento. Habla tan poco, tan poco y con tal simpleza que realmente se le podría achacar poca inteligencia si no fuera porque a diario da pruebas de que, bajo esa amplia frente abovedada, un cerebro aventajado trabaja sin cesar. Kasia sostiene que es un inculto. No es cierto. Quizá sea incivilizado, quizá tenga ciertas carencias en su educación, unas carencias que —lo reconozco —dan que pensar cuando se trata de un graduado en Oxford. Pero también puede tratarse de unos modales escogidos a propósito. Algo así como un desprecio manifiesto de las formas para enfatizar más aún la importancia que se le da al contenido. Lo mismo se nota en su modo de vestir. Sin duda está bien constituido y solo tiene una apariencia desgarbada por culpa de su vestido. Me pregunto, ¿es guapo? Mas bien no. ¿Es su belleza lo que me importa? Es viril, me hipnotiza con su virilidad. Preferiría que tuviera unas manos más bonitas. Hoy le mando una carta larga. Echo mucho de menos su presencia.

En la siguiente página el manuscrito comenzaba con una frase larga en francés, y después de la cual Nikodem leyó:

Ha ocurrido una desgracia. Pensé que me iba a desmayar cuando leí los diarios. Me estremezco solo con la suposición de que puede no volver ya a Koborowo.

—¡Ha perdido la cabeza por mí la moza! —gruñó Dyzma para sus adentros mientras pensaba que, aunque eso le halagaba a su ambición, con el tiempo podía resultar incómodo.

Leon le ha mandado un telegrama felicitándolo. Dios, si aceptara la propuesta de Leon y se quedara conmigo. He pensado en la posibilidad de vivir en Varsovia.

No, es un imposible. Temería salir a la calle y encontrarme a la tía Przeleska o a alguno de los viejos conocidos.

No sería capaz de mirarlos a los ojos, pero sería aún más incapaz de renunciar a verme con él.

En la página siguiente la anotación era más corta todavía;

No he dormido en toda la noche. ¡Dios! ¡¡¡Si es que él puede hacerse rico!!!

¿Me ama?

Cuando le pregunté, me respondió brevemente: «Sí».

Y eso puede significar tanto. Pero también puede no significar nada...

Nikodem pasó de página y miró por la ventana. Vio que un coche se acercaba al final de la alameda. Kunicki volvía a casa. Se alzó rápidamente, cerró el diario de Nina y lo devolvió a su lugar en el cajón, tras lo cual, tratando de hacer el menor ruido posible, salió al pasillo y bajó corriendo las escaleras.

Justo a tiempo, pues se estaba abriendo la puerta de la fachada y vio una silueta abierta de brazos.

Kunicki lo abrazó.

—¡Querido, querido señor Dyzma! ¡Por fin, por fin! Mis más sinceras felicitaciones. ¿Recibió mi telegrama? ¿Y qué? ¡Está montando usted este banco por todo lo alto! ¡La prensa se deshace en elogios hacia usted! Mi enhorabuena. Sabe usted bien que le deseo toda la buena suerte del mundo.

—Gracias.

—Siéntese, querido señor Dyzma, ¡querido señor presidente! Tengo cierta propuesta para usted.

Sentó a Nikodem en el sillón y preguntó:

—¿O quizá querría usted descansar?

—No. No me he cansado.

—Bien, gracias a Dios. Entonces, tenga a bien escucharme. Le pido de antemano que no me dé respuesta de inmediato si esa respuesta hubiera de ser negativa. ¿Vale?

Nikodem sonrió e hizo un guiño.

—¿Y si yo adivinara de que se trata? ¿Qué?

—¿No es posible...? —se preguntó Kunicki.

—Usted querría que yo siguiera siendo administrador, ¿no?

Kunicki se alzó y volvió a abrazar a Dyzma. Y se puso a razonar su plan hasta demostrar, como dos y dos son cuatro, que Nikodem debía aceptar.

—Si es que, querido señor Dyzma, el presidente de un banco no es un funcionario estatal, sino el jefe de una empresa que puede disponer de su tiempo a su antojo…

Nikodem fingió vacilar, pero se avino al cabo de unos minutos a condición de que Kunicki no le dijera a nadie que el presidente del banco de cereales era su administrador. La condición, por supuesto, fue aceptada y Kunicki entendió perfectamente que era indispensable.

Mientras hablaban de todo esto, volvió la señora Nina. No dijo nada, pero la expresión de sus ojos abiertos de par en par era tan elocuente que Kunicki debía carecer del más mínimo sentido de observación si no se dio cuenta. Pero quizá el estado de ánimo en que se encontraba a causa del inesperado avenimiento de Nikodem le hacía pensar más en el afortunado cariz que tomaba la cuestión, puesto que inmediatamente se puso a contarle a su esposa lo mucho que se alegraba de que el querido señor Dyzma no abandonara Koborowo a los caprichos del destino, sino que velaría por sus intereses y había prometido pasarse por aquí con frecuencia.

—Y yo también me alegro mucho —dijo escuetamente Nina y se disculpó para ir a cambiarse, pues los domingos comían a las dos.

Ese día, para disgusto mal disimulado de Nina, lo pasaron los tres juntos. Kunicki se interesó vivamente por el banco y por la fecha en que daría comienzo a su actividad. Habló mucho de la crisis general, se quejó de los excesivos impuestos, del peso de las prestaciones sociales, pero ya no estaba preocupado por la cosecha, que fue fabulosa ese año.

Después de cenar fueron a dar una vuelta en coche. La tarde

era de una belleza excepcional y el camino a través del bosque, iluminado por la plata de la luna, tenía un misterioso encanto. Nina se agazapó ensoñada en los cojines del coche, e incluso Nikodem sentía algo de extraordinario en ese veloz transitar. Kunicki era el único que seguía hablando.

Volvieron a casa pasadas las diez. Nina se fue rápido arriba y su marido acompañó a Nikodem a su habitación y le dio las buenas noches.

Nikodem empezó a desvestirse. Por fin pudo ponerse a reflexionar sobre lo que leyó en el diario de Nina. Le era difícil hacerse una opinión clara al respecto. Una cosa quedaba fuera de toda duda: estaba colada por él y tenía la esperanza de que se casaría con ella.

Lo que le daba más satisfacción era ver que Nina no tenía dudas acerca de Oxford, ni tampoco respecto a su inteligencia. Parecía que el sistema funcionaba sin fisuras. Pero lo de la boda...

A decir verdad, era la primera vez que reflexionaba en serio sobre el tema. Vale, le gustaba, tener una esposa condesa tampoco era moco de pavo. Ninguno de esos grandes dignatarios estaba casado con una aristócrata... Pero, por otro lado, casarse con una mujer que no tiene nada y tiene tantas necesidades... ¡Los vestidos...! Se viste y desviste tres veces al día, viaja al extranjero, se cambia los anillos y pulseras cada dos por tres... Y, en el caso de que se divorcie, Kunicki no le dará ni un duro...

Cierto que el sueldo del banco es bueno, pero no suficiente. Además, ¿quién sabe? Pueden quitarle la presidencia, y entonces, ¿qué hace con esa tía a cuestas...? ¡Si Kunicki lo dejara de administrador a pesar del divorcio...! Pero ¡bah! De eso, ni hablar.

Y una cosa más: ¿qué hacemos con ese hermano majara? También habrá que cargar con él...

Apagó la luz y se llevó la manta hasta la barbilla.

La cuestión de Ponimirski fue concluyente.

—Que haga el canelo su padre —dijo, y se cambió de lado.

Ya estaba durmiéndose cuando llegó a sus oídos el ruido de unos pasos en la alameda de grava.

«¿Quién narices se pone a dar vueltas por la noche?» —pensó mientras levantaba la cabeza.

De repente se estremeció.

Entre las fantásticas estelas de sombra y las ramas entrelazadas con pálidas manchas de luna distinguió nítidamente una figura delante de la puerta de vidrio que daba al parque...

«¡Un ladrón!» —le vino a la cabeza.

La figura se quedó parada durante un momento, levantó la mano de improviso y llamó a la puerta de la terraza.

Un hormigueo recorrió la espalda de Nikodem y, de repente, le llegó una iluminación:

«¡Ponimirski! Se ha vuelto loco del todo y viene a matarme».

Las llamadas a la puerta se repitieron ahora más fuertemente. Dyzma no se movió, sencillamente tenía miedo a moverse. Solo se calmó cuando vio que la manija bajaba y la puerta no se abría —¡así que está cerrada!

Eso le infundió ánimos. Se alzó sigilosamente y, pegado a la pared, se acercó a la puerta. Sacó cautelosamente la cabeza para no ser descubierto.

Casi gritó de la sorpresa.

Al otro lado estaba Nina.

Se puso rápidamente los pantalones del pijama y abrió la puerta. Entró silenciosamente en la habitación y le echó los brazos al cuello.

Nikodem trató de traérsela a la cama.

—No, no —se opuso con firmeza—, te lo suplico, eso no... Sentémonos aquí... Te quiero tanto porque sabes entender que soy quizá hipersensible en este tema. ¿Me amas?

—Te amo.

—Mi dulce Nik...

Comenzó un relato de nostalgia, esperanza, alegría, un relato frecuentemente interrumpido por besos.

—Y ya ves, tenía que venir, no podría dormir hoy si antes no me abrazaras, sin decirte qué bien y tranquila me siento cuando estás junto a mí, cuando estoy segura de que no habrá otra que se quede contigo. Dime, ¿me has engañado?

—No.

—¿Seguro?

—Hasta la fecha, seguro.

—Dime —insistió—, ¿no tienes en Varsovia una antigua amante?

Le aseguró que no y recibió un beso de premio.

Estaba enfadado consigo mismo por su falta de firmeza, hasta temía que Nina al salir lo tomara por un panoli que se anda con miramientos con las mujeres.

Pero ella empezó a hablar de su nuevo puesto y de que quizá ahora podrían casarse. Había que usar la diplomacia. Nikodem se lo pensó y respondió que por ahora debían esperar porque sus ingresos no eran aún suficientes.

—Y, en segundo lugar, tú misma decías que no quieres vivir en Varsovia, y yo tengo que vivir allí.

Eso preocupó a Nina. Cierto... a no ser que vivieran a las afueras de Varsovia. Nikodem podría ir y volver en coche. Se puso a hacer planes de futuro.

Nikodem sintió sueño y, como temía quedarse dormido, encendió un cigarrillo.

—¡Ah! —siguió Nina—. Y tendremos niños. Qué alegría, qué felicidad tener niños. Dime, querido, ¿te gustan los niños?

Dyzma no soportaba a los niños y respondió:

—Me encantan.

—¡Ah, qué maravilla! Tendremos muchos niños...

—Oye —le interrumpió—, ¿y no se dará cuenta tu marido de que has salido de tu dormitorio?

Se preocupó. Efectivamente, llevaba demasiado tiempo allí. A fin de cuentas, no le importaba, pero prefería evitar una bronca.

Se despidieron afectuosamente y salió de la habitación.

Dyzma se acostó, se llevó la manta a la cabeza y gruñó:

—Eeh... jodido amor.

CAPÍTULO 10

El Banco Nacional de Cereales prosperaba maravillosamente. El éxito del experimento económico superó todos los pronósticos. Eso llamó la atención de otros estados europeos y la prensa extranjera, especialmente la de los países agrícolas, exigía a sus gobiernos que emplearan los «métodos del presidente Dyzma».

El propio Dyzma se convirtió en una eminencia que gozaba del reconocimiento de las esferas gubernamentales, e incluso la oposición lo trataba con respeto y no le ahorraba algún elogio de cuando en cuando.

Y no había nada de extraño en ello. Gracias a su mano de hierro, el Banco Nacional de Cereales era puesto como ejemplo de organización, de una administración austera e inteligente y de dinamismo en el obrar.

Era también célebre la laboriosidad del presidente Dyzma. Ese hombre no solo se caracterizaba por su asombroso ingenio, sino además por su extraordinaria diligencia. Su gabinete era un santuario inaccesible al que rara vez se dejaba pasar a interesados. Solo el secretario Krzepicki gozaba de acceso ilimitado. Él le presentaba al presidente los informes de los jefes de los departamentos, él le leía la correspondencia, la prensa y le ponía al corriente de las cuestiones de actualidad.

Todos los días a las once se presentaba en el gabinete del señor presidente el director Wandryszewski para una breve conferencia. Una conferencia que consistía en que el director presentaba los asuntos más complicados, que normalmente exigían una reflexión larga y exhaustiva, y el presidente Dyzma invariablemente emitía su decisión definitiva.

—Desechar esta propuesta.

O también:

—Tramítese favorablemente.

Al principio el director tenía sus serias dudas, pero con el paso del tiempo y para su más absoluto asombro, se convenció de que las decisiones del presidente siempre eran las más felices.

Por supuesto, para nada sospechaba que en esas decisiones pudieran tener cualquier papel las conversaciones del presidente con el secretario Krzepicki. Por entonces, la bandeja para tarjetas de visita del apartamento del presidente Dyzma comenzaba a llenarse. No solo figuraban allí los nombres de todos los peces gordos de la política y las finanzas, sino también numerosos apellidos de la aristocracia. Cada vez que otras tarjetas cubrían la del duque Tomasz Roztocki, Nikodem la volvía a poner encima de las demás.

Muy rara vez recibía visitas, excusándose con la carga de trabajo. Eso sí: las devolvía todas, cuidándose mucho de cumplir estrictamente los preceptos del «Bon-ton».

Su trato con la señora Przeleska y la palabra mágica «Oxford» abrieron a Nikodem todas las puertas de la plutocracia y de la aristocracia. El duque Roztocki lo llamaba en voz alta «un Wokulski moderno» y el multimillonario Zbigniew Szwarcnagel —«un Necker del siglo veinte». Así, a todo el mundo le pareció normal que, cuando surgió una violenta controversia entre el gobierno y la industria petrolera, ambas partes se dirigieran confiadas al presidente Dyzma para pedir su arbitrio. La cuestión fue dirimida por este al modo salomónico. Primero pospuso su decisión, con lo que se granjeó la gratitud de los empresarios, y después resolvió que no podían aplicarse las primas a la exportación, lo que contentó al gobierno.

Con ocasión de este arbitrio, la prensa volvió a imprimir la foto de Nikodem, cosa que no le habría alegrado tanto si hubiera podido prever qué consecuencias habría de tener su publicación y cuán pronto habrían de manifestarse.

Cierto día, mientras se encontraba en su gabinete, absorto en la lectura de los sucesos de la prensa sensacionalista, llegaron a sus oídos unas voces exaltadas de la sala contigua, que era el despacho de Krzepicki.

Era evidente que alguien pretendía conseguir una audiencia del presidente y, frente a la negativa de Krzepicki, se había atrevido a montar un alboroto.

Eso irritó a Dyzma. Se alzó y abrió la puerta.

—¡Qué diablos significa este estrépito!

Krzepicki, que ya estaba junto a la puerta, le informó:

—Señor presidente, hay aquí un tal Poczek o Boczek que quiere por la fuerza...

Aún no había terminado cuando un hombre grueso y de baja estatura se puso delante de él y exclamó:

—A su servicio, señor Nikodem, soy yo.

Dyzma enrojeció. Tenía ante sí la mano tendida del director de la oficina de correos de Lysków. Había que dominarse.

—Ah, buenos días —dijo—, pase.

Cerró la puerta, pero, teniendo en cuenta que Krzepicki podía estar escuchando, acompañó al huésped a la otra esquina de la sala y, sentándose en el sofá, le indicó la silla.

—¿Qué quiere usted, señor Boczek?

Ahora Boczek sí se sintió intimidado.

—Yo venía como un viejo amigo, señor Nikodem...

—Señor Boczek —le interrumpió Dyzma—, a mí «señor

Nikodem» me llama el presidente del Consejo de Ministros, usted puede esforzarse algo más y decir «señor presidente».

—Perdone, se me escapó, reminiscencia de nuestros viejos tiempos de compañeros... señor presidente.

—Bueno, pues olvídese usted de esos tiempos. ¿Qué es lo que desea, señor Boczek?

—Pues eso, venía a verle, señor presidente, para pedirle humildemente un favor, así como para un viejo conocido.

—Bien, bien, entonces, ¿qué?

—Es que interceda por mí. Desde hace un mes estoy sin mi puesto, y mi mujer, mis hijos...

—¿Le han echado?

—Despedido, eeeh... señor Nik... señor presidente, unas malas gentes mandaron una comisión y allí había un tal Skowronek de la dirección del distrito, un perro, no un hombre, y él encontró algún desorden en el libro de envíos con valor declarado, ese mismo, ya sabe, el que usted llevaba...

—¡No hable tan alto, joder, no hace falta dar esas voces!

Boczek, asombrado, abrió de par en par sus pequeños ojos de gruesos párpados. No hablaba en voz alta, en absoluto, ¿entonces...? Tendría miedo su antiguo subordinado de que alguien oyera que... Boczek era lo bastante espabilado para darse cuenta.

—Pues, entonces, ¿qué es lo que quieres?

—Señor presidente, yo querría pedirle un puesto porque...

—No tengo ningún puesto. Todo ocupado.

—Bromea usted. Si con que el honorable señor presidente mueva un dedo...

—Pero yo ni me planteo mover un dedo, ¿lo entiendes, señor Boczek? ¡Ni me lo planteo! ¿Por qué iba a moverlo, eh? ¿A cuento de qué? Cuando estaba yo a sus órdenes, señor lindo, ¿de qué manera me tratabas? ¿Cómo te expresabas de mí? ¿Y ahora arrieros somos? ¡Naranjas de la china! ¡Hala!

Boczek estaba apesadumbrado.

—¡Un jamón con chorreras le van a dar, no un empleo! ¡Míralo! ¡Se las daba de importante y ahora así, haciendo reverencias!

Nikodem se levantó de la excitación y pateó el suelo.

—¿Sabes con quién estás hablando? ¡Con el señor presidente del banco, con el amigo de los ministros! ¡Mentecato! ¡Levántate cuando yo me levanto!

Boczek se hizo el remolón, pero se levantó.

—¡Si yo ahora puedo mandar que lo tiren escaleras abajo! ¡Y nadie diría nada! ¡Largo de aquí mientras aún estoy de buenas, y cierra el pico! ¡¿Entendido?! Ni una palabra de su jodida oficina de correos ni de que me conoces! ¡Ni una palabra! ¡Y ahora, fuera!

Boczek no se movió de su sitio y, pasado un momento, dijo mirando al suelo:

—Vale, me voy... Solo quería decir, que lo de echarme por las escaleras no sería tan sencillo... Aún queda justicia en este mundo... Y como en algún periódico escribieran que el señor presidente trata así a su antiguo jefe...

—¿Qué? —bramó Dyzma.

—¿Por qué grita usted, señor presidente? ¿Se piensa que me va a atar la lengua? Por ahora gana usted, pero ya veremos. Me voy... Adiós...

Se inclinó y se dirigió a la puerta.

—¡Espera! —exclamó Dyzma.

Boczek se detuvo mirándole con entrecejo fruncido.

—Espero, señor presidente.

—¿Que quería hacer usted?

—¿Y qué puedo hacer yo?

—¡Uuuh... sanguijuela! —Nikodem escupió sobre la alfombra.

Borró la huella con el pie y, sentándose a detrás de su escritorio descolgó el auricular. Marcó un número y dijo pasado un momento:

—Habla Dyzma, presidente del Banco de Cereales. Buenos días, señor director.

...

—Gracias. Más o menos. Ejem, señor director, ¿no podría meter a cierto tipo en su fábrica...?

...

—Por supuesto, nada mal, muy capaz... sí... sí... Se llama Boczek, Józef Boczek.

...

—Entonces, ¿hecho...? Muchas gracias... tenía mucha importancia para mí, efectivamente... Hasta la vista.

Volvió el rostro al sonriente Boczek y dijo:

—Bueno, así le parta un rayo. Ya tiene empleo.

—Mi más sincero agradecimiento, señor presidente.

—Pero cuidadito, señor Boczek —se acercó a él y puso su grueso puño justo debajo de las narices de su exjefe—, cuidadito: ¡guarde el pico cerrado!

—Entendido, señor presidente, ni una palabra —se inclinó y picoteó con la nariz el puño de Dyzma.

Nikodem se sentó al escritorio y anotó una dirección en una hoja de la agenda.

—Preséntese ahí mañana a la una.

—Gracias, señor presidente.

Tendió la mano para despedirse, pero la retrajo, pues Nikodem se metió las suyas en los bolsillos. Hizo una nueva inclinación de cabeza y salió.

—¡Joder! —exclamó Dyzma.

Había visto el odio en los ojos de Boczek y, aunque estaba seguro de que ahora no lo delataría, decidió pensar en algo para evitar el peligro.

Entre tanto, entró Krzepicki con algo de correo y con el último chisme, sobre uno de los contables, que escribía cartas de amor a la mecanógrafa del departamento de correspondencia.

—¿Cuál es? —preguntó Nikodem.

—Una morena bastante guapa. Se sienta junto a la ventana.

—¿Y qué dice el director?

—No sabe nada.

—¿No habría que echar al contable?

Krzepicki se encogió de hombros.

—Yyy... ¿para qué? Da pena, con mujer, hijos...

—¡Es un cerdo! Dígale que lo sé todo y que se deje ya de ligoteos.

Krzepicki asintió y se puso a hacer un resumen de los papeles que traía. Nikodem escuchaba distraído y al fin le interrumpió:

—¿Y es guapa?

—¿Quién?

—Pues la morena esa.

—Muy guapa.

El rostro de Dyzma mostraba una amplia sonrisa.

—Y de eso ¿qué tal...?

Krzepicki se sentó en la esquina del escritorio.

—Señor presidente, de una mujer ¿se puede saber cualquier cosa? Je, je, je.

Nikodem le dio una palmadita en la rodilla.

—¡Usted también es un tunante! Pero si supiera con qué mujer me las he visto, ¡se quedaría usted de una pieza!

—¿No estará hablando de la señora Jaszunska?

—Bah, ¡esa es una vaca!

—¿La conozco?

—La conoces, no, la conocías cuando aún era soltera. ¿Y...?

—Ni idea.

Nikodem levantó el dedo y recitó.

—La señora Kunicka.

—¿Nina...? ¿Nina...? ¡Imposible!

—Palabra de honor.

—Imposible...

Dyzma se frotó las manos.

—¡Una tía fuera de serie! Lo que le digo, ¡de primera...!

—No se enfade, señor presidente, pero no me creeré nunca que Nina se líe con cualquiera.

—¿Y quién le ha dicho que con cualquiera? Conmigo no es con cualquiera.

—Pero ni con usted —se resistía Krzepicki—. Ya probé yo en su momento, y nada. Y ahora que tiene marido...

—¡Váyase al cuerno con un marido así! —se irritó Nikodem—. ¡Un carcamal, un vejestorio que *ni palante ni patrás*! ¡Y a mí me quiere, entiendes, se enamoró en un santiamén...!

Krzepicki miraba con incredulidad a su superior. Sabía de la sutileza de Nina y no podía imaginarse cómo ella...

—¿Qué? ¿No me crees?

—Le creo, uno puede esperarse todo de una mujer.

En el fondo pensaba que el hecho confirmaba que el presidente Dyzma disponía de una fuerza misteriosa que él, Krzepicki, no conoce ni comprende, pero cuyas manifestaciones veía a cada paso.

—Se echaría al fuego por mí —añadió jactancioso Dyzma.

—Podría usted casarse con ella.

Se encogió de hombros.

—Está en pelotas.

—¿Y Koborowo? Seguro que tiene alguna participación.

—Sobre el papel, en teoría todo Koborowo es suyo. Pero solo sobre el papel.

—A ver, que ya no me acuerdo, ¿por qué?

Dyzma le explicó brevemente la situación. Krzepicki meneó la cabeza.

—Hm, interesante...

Ahí se cortó la conversación, pues sonó el teléfono. El director Wandryszewski pidió a Krzepicki que fuera a verle por un asunto urgente.

Esa tarde el señor presidente Dyzma fue al *five o'clock* de los duques Roztocki, el primer salón no solo de la capital, sino de todo el país. Por ese motivo Nikodem quería incluso ponerse el frac para hacerlo todo más solemne y elegante. Como «Bonton» exigía expresamente ir de esmoquin, llamó por si acaso a Krzepicki y, siguiendo el consejo de este, renunció al frac.

El portero del banco, Ignacy, que hacía a la vez de lacayo del señor presidente, declaró al abrirle la puerta:

—¡El ilustrísimo señor presidente parece Valentino!

—No está mal, ¿verdad?

—Las mozas: ¡desmayadas todas! —dijo Ignacy golpeándose el pecho.

Eso le infundió a Dyzma algo de confianza. En realidad, estaba muy inquieto. Una cosa son los ministros o la señora Przeleska y otra es la verdadera aristocracia. Hacía tiempo, aún en Lysków, se imaginaba que los príncipes y a los condes eran tal y como los conocía de la novela más hermosa del mundo —«La leprosa». Incluso una vez soñó que era el fideicomisario Michorowski y, como tal, se ganaba el favor de la hija más joven del bandido de Boczek. Pero a partir de su estancia en Koborowo y después de haber conocido a ese conde chalado le entró el temor de que todos los aristócratas le trataran igual que Ponimirski.

Eso lo llevó incluso durante largo tiempo a evitar las residencias de los aristócratas que lo invitaban. Se había limitado hasta la fecha a mandar tarjetas de visita. Esta tarde iba a ser la primera prueba.

Se consolaba pensando que en el salón del duque Roztocki encontraría de inmediato el apoyo de Jaszunski y Wareda. Y, ciertamente, ya en el vestíbulo vio a este último entregándole el abrigo al servicio.

Se saludaron cordialmente y subieron juntos por las amplias escaleras de mármol a la primera planta, donde había ya más de una docena de personas.

Justo delante del umbral estaba el duque Tomasz, un hombre alto y moreno de piel bronceada y cabellos canosos. Estaba hablando con dos caballeros en alemán.

—Fíjate, Niko —le informó Wareda—, ese con pinta de ratón es el barón Reintz, diplomático de Berlín, tiene un récord automovilístico, ¿lo sabías...?

— Ajá, ¿y el otro?

—El conde Hieronim Koniecpolski. Parece un sirgador del Volga, porque al parecer su madre...

No terminó, pues justo en ese momento el duque vio a Dyzma y, disculpándose con sus compañeros, se acercó a los recién llegados.

—Bienvenidos, bienvenidos, por fin el señor presidente Dyzma ha tenido a bien venir. Coronel, ¿cuándo le veremos con galones de general...? Permítanme, caballeros...

Les dirigió a la derecha con un movimiento de su mano y presentó a Dyzma a aquellos dos, el coronel ya los conocía desde hacía tiempo.

Hablaban en alemán. Ponía por las nubes la genialidad de Dyzma y lo llamaba una y otra vez un Napoleón de la economía, a lo cual el diplomático inclinaba amablemente la cabeza y el conde Koniecpolski asentía con fervor.

De repente, se levantó del sofá una señora alta y extraordinariamente delgada. El duque interrumpió su discurso y tomó de la mano a Dyzma.

—Permítame, señor presidente, presentarle a mi esposa. Tenía ganas de conocerle desde hacía tiempo.

Lo llevó al encuentro de la flaca señora, que podía lo mismo tener veinticinco que cuarenta años. Sonrió ya a lo lejos y, antes de que el duque pudiera mencionar el apellido de Nikodem, exclamó:

—Ya lo sé, por supuesto, ya me lo han dicho. Bienvenido, señor presidente. Cómo me alegro de poder darle por fin la mano al hombre a quien le debe la supervivencia el meollo de la nación, la nobleza terrateniente.

Le extendió a Dyzma una ancha y poco agraciada mano en la que llevaba un pequeño y modesto anillo.

—Es la agricultura, la agricultura —la corrigió ligeramente el duque.

—Y ¿no son sinónimos? —respondió la duquesa sonriendo a Nikodem.

—Discúlpenme —dijo su marido mientras hacía una inclinación de cabeza—, tengo obligaciones de anfitrión.

—¿Quiere que le presente a la condesa Koniecpolska? Es admiradora suya. Aunque se educó en Viena y habla muy mal en polaco, se interesa mucho por nuestros asuntos. À propos, ¿prefiere usted hablar en alemán o en inglés?

—Prefiero en polaco.

—Ah, muy patriótico. Le comprendo. Uno puede estudiar lenguas extranjeras para conocer otra literatura sin intermediarios, y a la vez tener en más estima la propia. Por ejemplo, como Jean Oginski… ¿conoce usted a Oginski...?

—Muy poco…

—Sí, claro, reconozco que es algo estrafalario, pero ¿quién sabe? Quizá algún día le den el título de benemérito de la patria gracias a su descubrimiento. Y es que él promueve el lema: ¡hablemos con los extranjeros solo en polaco! Bonito, ¿verdad? Porque es cierto, ¿por qué en París o en Londres tenemos que usar sus lenguas? Pues que ellos, cuando estén entre nosotros, empleen la nuestra.

—Es verdad, pero es que no saben…

—Ah, entiendo, la teoría se desmorona en la práctica. Entonces tiene usted razón en que Jean Oginski es un estrafalario.

Se acercaron a una esquina en la que siete u ocho personas, mayormente señoras, mantenían una animada conversación.

—Permítanme ustedes —dijo la duquesa en francés—, que les presente al presidente Dyzma.

Los señores se alzaron y fueron presentándose a la par que apretaban fuertemente la mano de Nikodem. La señora Lala Koniecpolska gorgoriteó algo en alemán, un almidonado caballero con monóculo dijo, como filtrando las palabras, una frase entera en inglés de la que Nikodem entendió solo su nombre repetido dos veces.

Estaba sofocado y quería huir, pero la duquesa había desaparecido y a él le habían puesto una silla. Se sentó, no había otra salida, y sonrió impotente. Se hizo el silencio y Dyzma comprendió que debía decir algo. Sentía un vacío desesperante en el cerebro e irritación de verse atacado en tres idiomas que no comprendía. Quería decir algo y no podía.

Salvó la situación un grueso señor calvo que estaba sentado junto a la condesa Koniecpolska:

—Así que podemos comprobar que no es leyenda la fama de que el señor presidente es hombre de pocas palabras.

—¡Por fin algo en polaco! —se le escapó a Nikodem. Estaba tan excitado por lo desesperante de su situación que, sin querer, dijo algo que creía que lo iba a sumir en el descrédito.

Sus compañeros se echaron a reír y Dyzma, para su propia sorpresa, se dio cuenta de que no solo no había soltado un disparate, sino que había dicho algo muy gracioso.

—¿Es usted enemigo de las lenguas extranjeras, señor presidente? — preguntó una señorita de finos labios y cejas tan depiladas que parecían hilillos.

—¡No, en absoluto! —respondió Dyzma más calmado—. Solo que pienso que tiene razón el señor Oginski. Hay que saber idiomas por la literatura y para salir al extranjero, pero hay que hablar en polaco.

—Ah —exclamó la condesa Koniecpolska—, *¿y si unos no saber?*

Dyzma se lo pensó y dijo:

—Pues que aprendan.

—Bravo, bravo —respondieron a coro varias voces.

—Así se corta un nudo gordiano —opinó con convicción un corpulento moreno con binóculos dorados—. Esto tiene mucha relación con nuestra dignidad nacional.

El almidonado señor del monóculo se inclinó hacia una dama de pelo canoso y dijo de modo que pudieran oírlo todos:

—El Chambelán de su Santidad vuelve a hacer de nosotros una potencia. ¡El futuro Hetman de la Gran Corona!

Todos sonrieron, pero el fornido moreno se opuso:

—Señor mayorazgo, estas cuestiones no se dirimen con bromas. Siempre seré de la opinión de que hay dos caminos para que nuestra querida patria se convierta en una potencia: acrecentar nuestra dignidad y emparentarnos con las grandes familias europeas. Por eso me alegro de que hoy se encuentre entre nosotros un estadista, un hombre de acción que se ha hecho partidario mío. Puesto que…

Siguió hablando, mientras que Nikodem, aprovechando que el señor del monóculo le convidaba con un cigarrillo, le preguntó:

—¿Por qué ha dicho usted de ese señor que es el futuro Hetman?

—¿Cómo? ¿No lo sabe usted? Si es el diputado Laskownicki, un terrateniente de Cracovia. Bah, es solo un esnobismo inofensivo. Se considera un magnate porque está casado con la hija del barón von Lidemark…

—… la ideología de potencia —continuó Laskownicki— lleva siglos sobreviviendo precisamente en nuestro ámbito. No olvidemos que Czarniecki vino a través de los mares, que Zólkiewski ocupó Moscú, que Juan de Varna conquistó Viena...

—Todo eso es cierto —interrumpió el conde calvo—, pero, querido amigo, estamos en otros tiempos.

—¿Y cuál es el problema? Antiguamente los nobles derramaban su sangre azul en las periferias de nuestro país. ¡Hoy nosotros, en el interior de nuestra patria, somos los herederos de la idea imperial, somos una fortaleza inagotable, el tesoro donde se encuentra esta idea!

—Al parecer —dijo con voz apagada la dama de pelo canoso—, en nuestro tesoro ya solo queda esa idea.

El señor del monóculo al que hacía un momento se habían referido con el título de mayorazgo, respondió haciendo una media inclinación en dirección a Nikodem:

—Esperemos que en breve se llene de algo más concreto.

La condesa Koniecpolska se dirigió a Dyzma con una encantadora sonrisa:

—*Ach, sagen Sie, bitte, Herr Praesident*... ah, perdón... ¿Puede *ustes* a mí *desirme* cómo se *haser* una idea tan *fantastique*?

—¿Qué idea?

—Bueno, ¿esa *geniala* idea con las *obligasiones* de *serealas*? Nunca no había *veído* gentes tan..., tan...

—¿Ingeniosas? —trató de adivinar el mayorazgo.

—*Mais non,* la gente que en *die Oekonomie* son como, *par exemple* en la música *Stravinsky.*

—¡Ah —aclaró el señor calvo—, la señora Lala se refiere a los creadores de nuevas corrientes!

—Sí, sí —confirmó—, *soy integesante,* ¿cómo se ocurre eso?

Nikodem se encogió de hombros.

—Muy fácil. Uno se sienta, se pone a pensar y se le ocurre.

Para ilustrarlo, apoyó un momento la cabeza en la mano, lo que provocó las carcajadas de todos. Una señora con vestido gris que hasta el momento había estado en silencio observando a Dyzma a través de unos anteojos dijo asintiendo:

—Señor presidente, es usted realmente extraordinario. Su sentido del humor me recuerda al de Buster Keaton: una máscara inmóvil que resalta magníficamente sus bromas.

—Es *ustes malisioso* —dijo la condesa Lala haciendo cara como de ofendida—. ¿Yo me quería preguntar si es *difisil* inventarte algo, unas ideas?

—No —replicó Dyzma—, es bastante sencillo. Solo hace falta tener algo para pensar...

No se acordaba de si en el «Diccionario de extranjerismos» se llamaba inventiva o invectiva. Por si acaso, concluyó:

—Tener algo... de invectiva.

De nuevo se rieron todos y la dama canosa exclamó dirigiéndose a la señora de la casa, que se estaba acercando:

—¡Jeannette! ¡Este presidente tuyo es fascinante!

—Ah, y qué *esprit d'à propos* —añadió la señorita de cejas despobladas.

La duquesa estaba encantada. Ciertamente Dyzma no había hecho tanto furor como el anterior invitado al *five o'clock*, que al parecer era realmente primo de Alain Gerbault, pero hoy también estaban todos entretenidos. El cada vez más amplio círculo de personas alrededor de Nikodem era testimonio de ello.

Dyzma había podido saludar, entre otros, a una delgada señora mayor que ya había visto antes en el bridge de la señora Przeleska. Se trataba de la baronesa Lesner, con la cual se veía que la señora Przeleska no tenía secretos, pues le preguntó a Nikodem sin rodeos si no sabía cómo estaba «el pobre George Ponimirski».

—Gracias, nada mal.

—Ah, ¿conoce usted a Ponimirski? —se interesó la señorita sin cejas.

—¡Cómo no! —replicó—. Es mi colega de Oxford.

Comenzó una conversación sobre la familia Ponimirski, que era bien conocida por todos. En un momento dado tomó la palabra el diputado Laskownicki:

—¡Qué tragedia la de esa casa! Casaron a la hija con un usurero, ¿cómo se llamaba?

—Kunicki —respondió Nikodem.

—Horrible —siguió el diputado—. Los matrimonios desiguales despojan a nuestra esfera de...

—Señor diputado —interrumpió la duquesa—, disculpe que le interrumpa, pero quería preguntarle... —y cuando Laskownicki se acercó a ella, añadió susurrando: —Tenga cuidado, el presidente Dyzma, según parece, está emparentado con los Ponimirski.

Entretanto los demás hablaban de la señora Przeleska. La baronesa sostenía que ya había pasado de los cincuenta, mientras que el mayorazgo afirmaba que no llegaba a los cuarenta y cinco. Nikodem vio pertinente corregirles:

—La señora Przeleska tiene treinta y dos años.

Todos le miraron con cara de asombro y el conde calvo preguntó:

—¿Cómo lo sabe, señor presidente? ¿No son quizá pocos?

—¡Qué va! —se indignó Dyzma—. Lo sé con toda exactitud. Me lo ha dicho la mismísima señora Przeleska.

Lo dijo con la mejor fe y se quedó estupefacto cuando todos volvieron a reírse a carcajadas y la señora Koniecpolska repitió por décima vez que era «malisioso».

Aunque ya se había familiarizado bastante con la compañía, Dyzma sintió alivio cuando vio a Jaszunski. Se disculpó y se acercó a él. Un momento después, junto a la ventana, Jaszunski ya le estaba contando una anécdota.

—Un personaje extraordinario —dijo el diputado Laskownicki.

—¿Con quién habla? —preguntó la dama de pelo canoso.

—Ah, sí. Este presidente Dyzma... Se nota que incluso conversando sobre temas efímeros no deja de reflexionar sobre cuestiones importantes. Un tipo muy interesante.

—Es el tipo de un estadista —concluyó apodícticamente el diputado.

—Ciertamente apasionante —añadió la señorita sin cejas.

—¿Saben si realmente procede de los barones de Curlandia? —preguntó la dama canosa.

—Oh, sí —confirmó Laskownicki, que se las daba de experto en heráldica—, con toda certeza.

—Absolutamente *comme il faut* —concluyó la duquesa.

Nikodem volvió pronto a casa y se echó a la cama. Al principio se puso a reflexionar sobre sus éxitos durante la recepción en casa de los duques Roztocki.

Había conocido a toda la alta aristocracia y esta lo había recibido con la más alta consideración. Había recibido varias invitaciones. Tenía que anotarlas en la agenda, ya que se había propuesto hacer la mayor cantidad de visitas posible. No le perjudicaba en nada y podía resultar útil.

En el fondo, no se había llevado una idea muy elevada de la aristocracia.

«Tontos —pensaba—. Basta con decir cualquier cosa y ya estaban encantados como si uno hubiera descubierto América».

No quería decir que quisiera cambiar la táctica que le había dado fama de hombre extremadamente taciturno.

Estas elucubraciones le quitaron el sueño. Se volvía a uno y otro lado, empezó a fumar un cigarrillo detrás de otro y finalmente encendió la luz.

Le vino la idea de leer las cartas de Nina...

Las tenía en tres grandes paquetes, casi todas sin abrir. Se volvió a tumbar y se puso a leerlas. En todas se repetía lo mismo: amor, añoranza, esperanza, peticiones de que regresara y, bueno, largos razonamientos psicológicos.

Eran tan aburridas que después de un cuarto de hora las tiró al suelo y volvió a apagar la luz.

Se puso a pensar en las mujeres que había conocido en su vida. No eran muchas y debía reconocer que ninguna le había ocupado tanto tiempo y pensamientos como Nina. Se acordó de Marianka de la calle Lucka. Seguramente ya se habría depravado del todo, o a lo mejor había logrado que le dieran la cartilla... En el fondo la chica le daba pena... ¿Qué diría si supiera que su antiguo subarrendatario era ahora un pez gordo...? Se quedaría boquiabierta...

Porque de las señoras con las que se había encontrado en el salón del duque Roztocki...

«Bueno, estas también iban a por mí, pero la verdad es que no sabría qué hacer con una de esas... Aunque todas son iguales. Mientras el mozo esté sanote, puede con todas...»

CAPÍTULO 11

El presidente Dyzma abrió la sesión del consejo de supervisión del banco, tras lo cual el secretario Krzepicki leyó el orden del día y tomó la palabra el director Wandryszewski.

Las doce personas reunidas escuchaban atentamente el informe, del cual se desprendía que el primer periodo de actividad del Banco de Cereales cumplió totalmente las expectativas y prueba de ello era el aumento de facturación en la agricultura, las compras masivas de fertilizantes artificiales, maquinaria agrícola, instalaciones lácteas, etc. El aumento del precio de los cereales, según se desprendía del dossier, tuvo un gran impacto y sirvió de magnífico estímulo en general para la economía del país, que va dejando tras de sí a grandes pasos la crisis económica gracias al genial experimento de nuestro benemérito presidente Nikodem Dyzma y a su elasticidad en la administración de la política agraria.

Hubo muchos aplausos, el presidente se levantó y fue haciendo reverencias a los miembros del consejo de supervisión a uno y otro lado de la sala.

Estaban empezando a deliberar sobre los informes particulares cuando el portero entró de puntillas y llamó al secretario Krzepicki. Al cabo de un momento este volvió y le dijo al oído al Dyzma:

—Señor presidente, ha venido la condesa Koniecpolska.

—¿Koniecpolska? ¿Y qué querrá ahora?

—Quiere hablar un momento. Bonita muchacha. Puede pedirle al director del departamento Marczewski que le sustituya y salir.

—¿No es inapropiado?

—No. No queda nada importante y aceptarán las conclusiones sin discutir.

—Vale, pero ¿qué les digo?

—Puede decir que tiene que recibir a un foráneo.

—¿A quién?

—Es lo mismo, si no van a preguntar por detalles.

Nikodem hizo señas con la mano para interrumpir la lectura al funcionario.

—Discúlpenme, caballeros, pero tengo un invitado importante, el señor Foráneo. Señor director Marczewski, ¿puede sustituirme?

—Por supuesto, por supuesto.

Dyzma hizo saludó con la cabeza y salió. Un grueso señor con gafas negras se inclinó hacia sus vecinos y dijo a media voz:

—Este Dyzma no para. ¡Menudo coco!

—¡Incansable!

En una pequeña pieza que hacía de sala de espera Dyzma vio a la condesa Koniecpolska, pero iba vestida de tal modo que le fue difícil reconocerla. Llevaba un traje de lona para montar en coche y un casco de cuero cuyos anteojos relucían. Saludó efusivamente a Nikodem y le dijo, maltratando sin misericordia el diccionario polaco, que había venido expresamente para llevárselo al campo.

Dyzma se extrañó mucho. No tenía la más mínima gana de ir, y menos aún porque había quedado por la tarde con Wareda. Pero la señora Lala no era persona que se prestara a concesiones. Anunció que habría una sorpresa y, cuando eso no funcionó, le dijo sin rodeos y haciéndole sugerente un guiño que su marido estaba en el extranjero.

No supo cómo escabullirse. Tuvo que ir a su apartamento, cambiarse y, siguiendo las instrucciones de la señora Lala, coger el pijama. Mandó a Ignacy que informara a Krzepicki de su viaje y bajó por las escaleras.

Koniecpolska ya estaba al volante de un semi deportivo de dos plazas sin puertas, detalle que a Dyzma no le pareció demasiado estimulante.

Arrancó a una velocidad alocada, casi atropella a un policía en el primer cruce y, mientras sonreía a su algo asustado pasajero, pisó el acelerador. En unos minutos estaban saliendo de la ciudad. Allí el camino se volvía recto como una flecha y había sido recientemente asfaltado, así que la señora Lala aceleró hasta ciento veinte.

—*¿Agrradable?* —preguntó.

—No —respondió sinceramente.

—*¿Pog* qué?

—Demasiado rápido, es difícil respirar...

Disminuyó la velocidad.

—*¿Ustés* no gusta *velosidad?*

—No me gusta.

Se rio.

—A mí me encanta. Año pasado en Műnchen en *la rally* automovilística yo lograr segundo premio por *velosidad,* yo *hise* entonces...

Se oyó un fuerte ruido y no terminó la frase. Pisó el freno y detuvo el coche en la cuneta.

—¿Qué ha pasado?

—¡*La puñeta se ha estropeada*! —dijo riéndose mientras salía del auto—. Venga, ayudar, ayudar...

La ayudó a desatornillar la rueda de repuesto y a poner el

gato bajo el eje. Cuando ya estaban listos para continuar el viaje, Lala exclamó:

—¡*Córrcholis*! ¡Una *seja* me ha metido en el ojo!

Dyzma se rio.

—Será una pestaña.

—¡*Silensio*, da igual! —le riñó—. Fíjate allí y arreglarlo, yo tengo *los manos susios*.

Miró y, efectivamente, una de sus larguísimas pestañas se había deslizado e irritaba el párpado.

Ya estaba extendiendo la mano para quitar el molesto pelillo cuando recibió un pequeño azote.

—¿Dónde va con los manos? Los tiene también *susios*...

—Entonces, ¿con qué? —preguntó extrañado.

—¡Ah, un hombre tan listo y tan tonto! ¡Con la boca!

Dyzma soltó una risa.

—Bueno, mejor aún.

Deslizó varias veces sus labios por el palpitante párpado.

—¿Ya está bien?

Asintió.

—En *esto ojo* bien, ahora lo otro.

—¿Cómo? ¿El otro también está mal?

—Todavía no —dijo riendo—, pero se puede *ponirse* malo después.

Puso el otro ojo y, cuando Dyzma empezó a besarlo, Lala acercó sus labios a los de él.

—¿*Agrradable*? —preguntó.

— Sí —replicó Dyzma.

—¡Pues seguimos!

Y de un salto estaba ya en dentro del coche.

—¡Sentarse, sentarse!

Arrancó a todo gas.

«¡Caray! —pensó Nikodem—. Estas tías son capaces de merendárselo a uno...»

Estaban saliendo de un bosquecillo cuando dieron alcance a otro coche. La señora Lala dijo algo gritando en francés. Dos señoritas respondieron con alegres exclamaciones. Los dos coches fueron parejos por un tiempo, durante el cual las señoritas estuvieron fijándose en Dyzma. Parecían bonitas, aunque era difícil asegurarlo porque ambas llevaban gafas de conducir que les cubrían casi la mitad del rostro.

—¿Quiénes son? —preguntó Nikodem.

—La *señorrita* Equis y la *señorrita* Y Griega —respondió riéndose.

—No entiendo.

—Es que no hace falta. ¿Por qué lo entender todo? Lo *verrá ustés* en Borów.

—¿También van a su casa?

—¡Sí!

—Entonces, ¿va a haber más gente?

—Ay, está *ustés* muy *interresante.* Ya verá. Le dije: sorpresa.

Estaba contrariado y encrespado por dentro. Creía que la condesa Koniecpolska le había invitado solo porque su marido estaba fuera, de lo que se había convencido más aún después de lo de la pestaña, y ahora se enteraba de no iban a estar solos...

Efectivamente, cuando dejaron la carretera y tomaron un camino lateral que iba entre setos bajos, vio un gran palacio delante del cual había aparcados varios coches.

Unas seis o siete señoras estaban sentadas en la terraza en sillones de mimbre. Cuando el auto de Lala se detuvo, todas bajaron por las escaleras, saludando con alboroto a la señora de la casa y observando con curiosidad a Dyzma, que estaba bastante desconcertado al encontrarse solo entre mujeres.

—¡Ah, así que esto es lo que llaman un hombre fuerte! —exclamó exaltada una dama de cabello oxigenado y ojos fuertemente maquillados.

Dyzma frunció el ceño, inclinó la cabeza en silencio. La

señora Koniecpolska se disculpó y fue a cambiarse. Entre tanto, las demás damas rodearon a Nikodem.

—Señor Dyzma, ¿es usted partidario del Rito Occidental? —preguntó concisamente una morena rechoncha.

Dyzma la miró a los ojos extrañado.

—No entiendo lo que quiere decir.

—No se sienta molesto —lo tranquilizó una señorita delgada y pálida con ojos soñadores—, todas estamos iniciadas.

«Mal asunto —pensó Nikodem—, me están tomando el pelo».

—Sí —confirmó la morena—, solo que no sabemos si pertenece usted a la iglesia blanca o a la negra.

—Soy católico —replicó Dyzma después de un momento de duda.

Las risas lo dejaron más perplejo todavía. Maldijo el momento en el que aceptó la invitación a venir.

—¡Bueno, señor presidente —dijo alegre la dama de pelo oxigenado—, es usted incomparable! ¿Todo hombre fuerte considera que las mujeres son poco serias para hablar de cuestiones de naturaleza superior?

—El señor presidente es misterioso.

—No, solo que no sé de qué hablan ustedes.

—Bueno, entonces —dijo la morena señalando a la señorita pálida—, díganos usted ¿es la señorita Rena buena conductora de los flujos astrales?

Nikodem miró a la señorita Rena y se encogió de hombros.

—¿Y cómo puedo yo saberlo?

—Entiendo, pero ¿qué le parece?

—Si conoce el camino, puede ser buena conductora.

Se hizo el silencio. Las señoras pusieron rostro serio.

—¿Habla usted del camino esotérico? —preguntó la morena.

—Sí —replicó Nikodem, mientras se proponía buscar a la vuelta en el diccionario a dónde llevaba el camino esotérico.

Mientras tanto llegó el coche de las dos señoritas que habían adelantado en la carretera.

Se hicieron las presentaciones y supo que se trataba de Iwona (la mayor) y Marietta (más joven) Czarska. Después de los saludos fueron a cambiarse.

—Unas señoritas muy agradables —reparó la dama oxigenada—. Pienso que Marietta tiene madera de médium. Su carácter tranquilo combinado con un sutil nerviosismo da como resultado una amalgama extremadamente sensible. ¿No le parece?

—Claro, por qué...

—No me lo niegue —siguió al ataque— y haga un experimento con ella. Tengo la impresión de que su voluntad, señor presidente, quebrará fácilmente la reacción espiral de la autognosis. El imperativo del mandato es capaz de animar incluso una potencial estratificación de fuerzas superiores de cuya existencia ni el sujeto, ni el objeto habían tenido siquiera manifestaciones de cuarto grado. Y justamente las flagranciones intuitivas...

Por suerte volvió la señora Koniecpolska y Dyzma se secó el sudor de la frente.

—Pero cuidado, *señorras* mías —exclamó desde el umbral—. ¡Nuestro huésped no gusta cuando se habla en lenguas *extranjerras*! Buenos días... Buenos días...

Saludó alegremente a las recién llegadas. En breve vino un sirviente para anunciar que el desayuno estaba listo.

Por suerte para Dyzma, la verbosa compañía lo libró de hacer largos discursos. Bastaba con responder de vez en cuando con monosílabos. Hablaban principalmente de moda y de planes para el otoño. Solo la morena volvía una y otra vez a esas extrañas cuestiones que Dyzma al principio había tomado por un embuste, pero que lo llevaron finalmente a intuir que todo esto tenía que ver con las mesas giratorias.

Eran ya las cuatro cuando terminaron de comer. Como las señoras habían bebido bastante vino y coñac, el ambiente estaba bastante animado, rondando ya una frivolidad frente a la cual resaltaba satisfactoriamente la seriedad digna y pensativa de Nikodem.

Volvieron a la terraza, delante de la cual habían desaparecido los coches, que seguramente habían sido trasladados al garaje. Parte de la compañía se dispersó por el palacio y por los parques, pero la anfitriona tomó a Dyzma de la mano e, invitando a la rechoncha morena que se llamaba Stella, los condujo a una salita. Nikodem intuyó que por fin sabría cuál era el objetivo de su viaje.

Efectivamente, la señora Koniecpolska puso una cara muy seria y, mientras la señorita Stella encendió un cigarrillo dando muestras de pericia, cruzó las piernas y empezó a hablar —maltratando el diccionario y empleando un montón de expresiones extranjeras.

Habló de una revelación que —por lo que entendió Dyzma —ordenaba construir una logia o una lonja en Polonia, puesto que ya existían otras en muchos otros países y aquí no. Sería para doce mujeres y un hombre. Las mujeres se llamarían las Peregrinas de la Estrella de Tres Radios, mientras que el hombre: el Gran Trece. Él la gobernaría siguiendo tres leyes: la de la vida, la del amor y la de la muerte. No dijo la señora Koniecpolska qué productos venderían en la lonja esa.

Luego tomó la palabra la señorita Stella. Esta parloteaba ya de un modo tan incomprensible que Nikodem no pilló casi nada. A veces le parecía que iban a fundar algo así como un convento, otras que una banda de chantajistas o de trata de blancas, porque dijo algo de «atraerse incluso con ardides a jovencitas», de «extorsión espiritual» y de una «eterna ley de la esclavitud» y cosas así.

Sí dedujo que en todo este montaje Stella era un pez más gordo que la condesa.

Volvió a tomar la palabra Koniecpolska.

Aclaró que habían decidido acudir a Nikodem para pedirle que aceptara ser el Gran Trece. Estaban convencidas de que él era el más digno de ese cargo como hombre de poderosa e inflexible voluntad y de intelecto profundo. Que sólo él podría gobernar la Logia por las leyes de la vida, el amor y la muerte, con esos tres radios que conforman el misterio de la Orden Universal de la Felicidad.

Dyzma estaba furioso. Seguía sentado con las manos en los bolsillos y callaba lúgubremente. Se juró a sí mismo no tocar este fraude ni con un dedo. ¿Para qué diablos le podía servir? ¿Es que se había ganado un puesto como el que tenía y toda esa pasta para meterse ahora en el hampa? ¡Ni hablar!

Así que, cuando en un momento dado las dos mujeres se alzaron y la señora Stella preguntó con voz de ultratumba:

—Maestro, ¿aceptas ser ordenado Gran Trece?

Respondió escuetamente.

—No. No acepto.

Sus rostros reflejaban asombro y tristeza.

—Pero ¿por qué?

—No puedo.

—¿Hay algún impedimento hermético? —preguntó misteriosamente la morena.

—Tengo mis motivos.

La condesa Koniecpolska preguntó desesperada.

—¡Maestro! Explicárnoslo, ¿a lo mejor es *tonterrías*?

—Bah —dijo agitando la mano—, yo no sé de estas cosas.

La morena respondió indignada:

—¿Usted? ¿Que usted no sabe? ¡Maestro, no se burle de nosotras! Si además la señora Lala ha tenido una visión y solo usted puede ser el Gran Trece.

—¡Si no tengo tiempo! —Dyzma estaba irritado.

—Maestro, esto le llevará muy poco tiempo. Si los misterios tendrán lugar solo una vez al mes...

—No quiero.

Las mujeres se miraron con angustia.

De repente, la morena alzó los brazos y dijo, susurrando con tono trágico:

—Por el nombre de la Orden Todopoderosa te imploro: ¡abre tu corazón a los Tres Radios Eternos!

La señora Lala cruzó los brazos sobre sus abundantes pechos e inclinó la cabeza piadosamente.

Nikodem se asustó un poco. En general no era supersticioso, pero por si acaso prefería no desechar la posibilidad de que hubiera mujeres que supieran echarle a uno un mal de ojo. La rechoncha Stella tenía unos ojos tan impresionantes y le miraba de una manera que se sintió incómodo.

Se rascó la coronilla.

—Así, de improviso, no puedo... Hay que pensárselo...

La morena miró a Lala con rostro triunfante y exclamó:

—¡Naturalmente! ¡Lo que el Maestro ordene! Aunque sabemos por el señor Terkowski que, como iniciado, afirma que posee usted un poder misterioso y, por tanto...

—Qué va a saber Terkowski —interrumpió Dyzma, furioso por no poder salir del atolladero— si ni yo mismo sé de qué va la cosa...

—¡Ahora mismo, Maestro! —lo retuvo la morena mientras echaba la mano al bolso—. Ahora mismo le doy los estatutos de la Logia y la Confesión de los Tres Cánones del Saber.

Sacó del bolso un folletito y varios folios mecanografiados y se lo dio todo a Nikodem.

—¡Perfecto! Maestro, échele un vistazo. Dos horas bastarán, ¿verdad, Lala? Entonces, hasta luego, le dejamos solo. A las siete, antes de la comida, acudiremos para escuchar de labios del Maestro cuál es su decisión definitiva. ¡Que la Sabiduría de la Estrella enderece los senderos de sus pensamientos!

Las dos hicieron una inclinación de cabeza y salieron en silencio.

—¡Están locas estas tías! ¡Qué cojones! —espetó Dyzma y arrojó los papeles a una esquina de la habitación.

Tenía un problema gordo. Todo había sido tan inesperado y además olía a trapisonda o a algún rollo de fantasmas.

«Anda, que también, que a esta gente le vengan cosas así la cabeza... ¡Tienen pasta, son importantes y vaya montajes se les ocurren! ¡¿Se han vuelto locas las mozas estas o qué?!»

Estaba cada vez más enfadado por haberse dejado traer aquí con artimañas. Si estuviera en Varsovia se iría a casa y ya está...

Pero tenía que ver lo que había en esos papeles. Cogió el folleto y soltó un taco: estaba escrito en francés. Lo habría tirado de nuevo al suelo si no fuera por una viñeta que despertó su curiosidad.

Representaba una gran sala sin ventanas. En medio, en un trono, estaba sentado un tipo flaco con barba negra y los ojos cerrados. Sobre su cabeza brillaba una estrella de tres radios y tres antorchas encendidas. A su alrededor yacían unas mujeres boca abajo.

Las contó con la punta de la cerilla.

«¡Doce...! Ajá, o sea que esas son las peregrinas... Y el tipo entonces soy yo... ¡Qué cojones!»

Pasó unas cuantas páginas. En la última también había un dibujo que le hizo estremecerse: representaba un cabrito con doce cuernos, un cabrito con cara humana.

Ya no le quedó la menor duda: «el diablo».

No era creyente ni practicante, pero ahora vio conveniente santiguarse y, por si acaso, se agarró también del botón.

«¡Puaj, cerdas!»

Después cogió el otro texto y se alivió al ver que estaba elaborado en polaco. Lo leyó con mucha atención. Algunos párrafos dos o tres veces, y aun así no entendía muchas cosas, principalmente porque desconocía el significado de un montón de palabras.

Dedujo por el contexto que se trataba de crear «sociedades hermanas», que el objetivo de estas era perseguir el ideal de las tres leyes: de la vida, el amor y la muerte, que el mejor modo de lograr la sabiduría era el placer del espíritu, del cuerpo y de la mente, que con ese fin doce peregrinas debían lograr una especie de Gracia de la Esclavitud y elegir una Virgen Intercesora que encontraría al Señor de la Voluntad, al Maestro de la Estrella, al Dador de la Comprensión, que recibirá el nombre del Gran Trece.

Ahí supo que el elegido debía brillar por su talento, ser un hombre sabio, creativo, fértil y, sobre todo, poseer una extraordinaria fuerza de voluntad y plena salud física.

El Gran Trece cumple su función por tres años, tras lo cual se elige a uno nuevo. Una nota a este párrafo decía que el Gran Trece tenía derecho a dar órdenes incuestionables a las Peregrinas y a castigar la desobediencia a discreción. Pero solo había un castigo por revelar los misterios de la Logia: la muerte.

Luego venían descripciones de los ritos, donde se hablaba de la unión del cuerpo con el alma, de beber vino, oraciones y conversaciones con los muertos.

Al final se desautorizaba toda comparación de la Orden con los cultos de magia negra o blanca.

Nikodem dobló los folios y se quedó pensativo. Sin duda se trataba de una banda en la que anda de por medio el diablo. Habría dado cualquier cosa por saberlo antes de salir de Varsovia. Ja, ja… Ni diez condesas habrían sido capaces de traerlo. Pero ¿y ahora...?

A saber lo que le harían esas «peregrinas» si se negara… Lo habían iniciado y estarán dispuestas a maltratarlo para que no las delate... Si ahí pone que por traición le pueden liquidar a uno...

«¡Me tienen agarrado, las malditas!»

Se metió las manos en los bolsillos y se puso a dar vueltas por la habitación. Por otro lado, pensó, la cosa no tiene tan mala pinta. Porque, si él iba a ser el jefe, si de él iban a salir las órdenes... ¿Por qué no probar?

«En cualquier caso, mejor eso a que me echen un veneno o que me metan en algún embrollo con el diablo».

Si a cada minuto que pasaba se inclinaba cada vez más a aceptar la estrambótica propuesta, también era por cierta curiosidad: ¿qué pasará? El temor a que le hicieran «Trece» y además «Grande» se vio mitigado por una nota que indicaba que el Maestro era el guía espiritual de la Logia, pero que la dirección formal y la celebración de los ritos recaía sobre la hermana Intercesora.

Cuando a las siete en punto llamaron a la puerta ya estaba decidido.

Se inquietó cuando vio solo a la señorita Stella. La presencia de la condesa Koniecpolska, con sus vivaces movimientos y sus ojos risueños, le conferían un carácter más terrenal a toda esta historia, mientras que la morena tenía algo de demoniaco y además daba la impresión de ser muy erudita y severa.

Cerró la puerta tras de sí y a Nikodem de repente le pareció que se encontraba solo en un callejón sin salida frente a un contrincante armado con un garrote bien grueso.

—Ya son las siete —dijo con voz casi de barítono.

—¿Las siete? —respondió Dyzma sonriendo—. Cierto, cómo pasa el tiempo...

—¿Cuál es su decisión? Espero que no rechace el mandato de la revelación.

—No, no lo rechazo —aseveró Nikodem.

—Por lo tanto, me encuentro frente al Gran Trece, mi amo y señor.

Hizo una profunda reverencia, tan profunda que sus amplias caderas con todo su cargado equipaje se fueron arriba, asemejándose a una cúpula bizantina.

Se enderezó repentinamente y, con voz patética, espetó una pregunta en latín y clavó sus ojos en Dyzma, exigiendo respuesta.

Nikodem se encogió en sí mismo y pensó angustiado:

«¡¿Qué más querrá de mí esta alimaña...?!»

La señorita Stella esperó un momento y repitió la pregunta en latín. No había salida. Había que responder algo. Nikodem repasó en su memoria todos los retales de palabras latinas que sabía de la escuela y de la iglesia. De repente, tuvo una iluminación y respondió:

—*Terra est rotunda.*

No recordaba qué significaba, y menos aún sabía si su respuesta tenía algo que ver con la pregunta, pero aun estando empapado de un sudor frío, se alegraba de haber respondido algo en latín y, al parecer, la frase no carecía de sentido puesto que la morena volvió a inclinarse y, cruzando los brazos sobre el pecho, replicó:

—Sea tu voluntad, Maestro.

A continuación, abrió la puerta y, ya con voz totalmente normal, anunció que el almuerzo estaba listo.

La comida era exquisita y abundante. A Dyzma sólo le dio que pensar que no hubieran servido ni siquiera vino y, cuando una de las condesas Czarska demandó caprichosamente «una gota de algo fuerte para levantar los ánimos», la señora Koniecpolska se negó con una sonrisa, pero firmemente.

—No, querida, ahora no. No tengas prisa.

Por lo demás, el ambiente se volvió más serio. Los rostros estaban llenos de rubor, algunas de las señoras no comían nada por los nervios. Sus miradas, que volvían insistentemente a Nikodem, estaban llenas de fulgores de inquietud.

Cuando pasaron al tocador a tomar el café y el servicio los dejó solos, la señora Lala se asomó a la habitación contigua para asegurarse de que nadie los escuchaba y después hizo una señal a la morena. Esta se alzó y empezó a hablar en medio del silencio general:

—Estimadas señoras, antes de poder llamaros hermanas, estimadas señoras y tú, señor —hizo una profunda reverencia a Dyzma—, id a vuestras habitaciones y entregaos a la contemplación para prepararse en cuerpo y alma para el gran misterio que comenzará puntualmente a las doce. En soledad, tenéis que purificar vuestros pensamientos de los asuntos terrenos, debéis quitaros estos vestidos ordinarios y vestir los ropajes blancos que encontraréis preparados. Así dispuestos debéis aguardarme hasta que vaya a buscaros. Dispersaos y velad.

Dicho esto, ella misma se dirigió a la salida. Se detuvo en la puerta para hacer una reverencia a Nikodem y desapareció. La señora Koniecpolska acompañó a Dyzma a la habitación que le habían preparado y se despidió de él con una silenciosa inclinación de cabeza.

«¡Joroba! —pensó—. Seguro que van a evocar espíritus o algo así».

Miró a su alrededor. Esperaba encontrar también algo extraordinario en esta habitación, pero se llevó una decepción. No había nada destacable y el único objeto enigmático era un maletín negro y liso encima del escritorio.

Tras el copioso almuerzo, su intelecto trabajaba lentamente, así que Nikodem se tumbó en el sofá para meditar más tranquilamente sobre su situación.

Seguía con una sensación de malestar y de temor por la ceremonia de medianoche. No tenía ni idea de cuál sería su papel en este embrollo. ¿Qué le mandarán hacer? Cierto que él sería el personaje principal, pero no sabía qué iban a exigir de él esas tipas... Podía ocurrir cualquier cosa: ¿y si le mandaban invocar al diablo?

—¡Puaj! —escupió sobre la alfombra.

Le vino a la cabeza que, en último caso, podía escurrir el bulto simulando una enfermedad, como el reumatismo, por ejemplo. Ya le había resultado en Koborowo...

Se enterneció al recuerdo de Koborowo. Qué silencio, qué paz, buena pitanza, nada de trabajo... Bueno, y Nina... ¡A esa sí que le gustaba besarse!

Llegó a la convicción de que lo mejor hasta ahora había sido Koborowo, sobre todo desde la marcha de Kasia. Algún diablo se había inventado el proyecto ese de Kunicki, por su culpa lo habían hecho presidente del banco...

Sonrió para sus adentros.

«¡Bueno, hermano, no te quejes, no te quejes porque de verdad que no hay motivo!»

Sus pensamientos se ralentizaban, la abundante dosis de alimentos hizo su trabajo y Nikodem se quedó dormido.

Dormía tan profundamente que no oyó que llamaban a la puerta, ni los pasos de la señora Stella, ni el chasquido del cierre del maletín negro. Abrió los ojos cuando Stella le zarandeó el hombro.

Se acordó de inmediato de dónde estaba. Ante él se encontraba la morena, que tenía en su mano una especie de albornoz de seda blanca con forro rojo.

Se alzó rápidamente y se frotó los ojos.

—¡Es la hora, Maestro! —susurró la señorita Stella.

—¿La hora?

—Sí. Todas están esperando. Póngase el hábito.

—¿Cómo? —dijo extrañado—. ¿Con usted aquí delante?

—No, ahora salgo. Solo quítese todo y póngase el hábito y estas sandalias.

Le señaló unas suaves zapatillas rojas con una estrella dorada bordada en la puntera y salió de puntillas.

Dyzma soltó un improperio, pero no se demoró. Al cabo de unos minutos ya estaba listo. Tanto el albornoz como las zapatillas eran algo anchos. El fresco roce de la seda con la piel desnuda resultaba estimulante.

Se miró al espejo y no pudo contener la risa. El albornoz llegaba al suelo, pero las mangas recortadas y el amplio escote resultaban extravagantes.

Volvió a entrar la morena. Lo tomó de la mano y lo condujo a un oscuro pasillo. Todo era silencio alrededor. Fueron andando unos minutos, luego había unas escaleras y otro pasillo. Al final de este, la señorita Stella se detuvo y llamó tres veces a una puerta, que se abrió poco a poco. Entraron en una habitación oscura, la puerta se cerró tras ellos, parecía que sin ayuda de nadie, y Dyzma oyó el sonido de una llave en un cerrojo y después la voz de la señora:

—Todo en orden. Todas las puertas cerradas, he prohibido al servicio entrar en el palacio hasta mediodía.

—Bien —replicó la morena sin soltar la mano de Nikodem—, ahora entra y ocupa tu lugar.

Dyzma se dio cuenta entonces de que la señora Lala también llevaba una bata blanca, pues al entrar descorrió una pesada cortina y desde ahí cayó un rayo de luz púrpura.

Ahora la señora Stella se esfumó tras la cortina, ordenándole antes que la esperara.

Desde detrás de la cortina llegó a Nikodem el murmullo de una conversación. Se le hacía larga la espera, así que se acercó para mirar al otro lado, pero entonces el telón se descorrió y ahí estaba la morena, vestida con albornoz blanco, haciendo una profunda y larga reverencia.

Se trataba de una amplia sala desprovista de muebles y totalmente alfombrada, con montones cojines decorativos desperdigados por todas partes. En medio había un gran sillón dorado tapizado de satén rojo sobre el cual ardían tres velas. Además, del techo pendía una lámpara con pantalla plana que lo inundaba todo de luz púrpura.

Vio a ambos lados del sillón a todas las señoras con idénticos albornoces blancos. En la pared de enfrente había extendida una gran sábana con una estrella dorada de tres radios pegada y, bajo esta, un rótulo hecho de papel rojo que decía: *«Terra est rotunda»*.

—¡Entra, oh, señor! —exclamó la señorita Stella y, apartándose del camino, condujo a Nikodem al trono que le estaba destinado.

Cuando se sentó, las señoras rodearon el sillón haciendo una media luna y la señorita Stella se puso en medio y recitó:

—¡Oh, vosotras, las iniciadas, Peregrinas de la Estrella de Tres Radios, y tú, Maestro, sobre cuyo pecho brillará en breve el símbolo de la sabiduría, del poder y de la felicidad. He aquí que yo, vuestra hermana Intercesora, os anuncio con mis indignos labios la hora de la inauguración de la trigésimo tercera Logia de la Orden de la Estrella de Tres Radios, cuyo lema, por voluntad del Gran Trece, será esta sentencia llena de profundidad: *Terra est rotunda!* Implica la fe en que nuestra Orden gobernará toda la tierra, la esperanza en que nuestra Logia será uno de los fuertes eslabones de esta cadena, y la indicación de que nosotros, los hombres que vivimos en el globo terráqueo, debemos recogernos en su redondez. Debo resaltar que, conforme a las leyes de la Orden, cada una debe cumplir el mandato de otra de nosotras si esta pronuncia nuestro sagrado lema tocándose con la mano izquierda la frente, el corazón y el vientre. Antes de comenzar el rito, deseo recordaros los cánones herméticos...

Dyzma dejó de escuchar. Estaba demasiado fascinado por lo curioso de la situación como para poder centrarse tanto tiempo en una cosa. Se fijó en las jóvenes mujeres y muchachas que lo rodeaban. Algunas estaban muy guapas con esos extraños albornoces. Sus brazos desnudos que parecían fluir de los blancos pliegues de la brillante seda, sus profundos escotes y el solo hecho de que entre tantas mujeres él era el único hombre —todo eso resultaba excitante.

Ya no pensaba en qué y cómo. Lo único que le importaba era si y cuándo.

Entre tanto, la señorita Stella acabó su discurso y sacó de una cajita roja una pequeña estrella de oro que colgaba de una cadena igualmente dorada. Se aproximó a Nikodem en medio de un solemne silencio y le colgó la estrellita al cuello, tras lo cual se retiró tres pasos y se echó al suelo boca abajo. Todas las demás damas hicieron lo mismo excepto la señora Lala, que se acercó a la puerta y pulsó el interruptor.

La lámpara se apagó. Nikodem se estremeció. La sala sumida en tinieblas, las tres tenues llamas de las velas de cera sobre él y las siluetas de esas blancas figuras inmóviles causaban una impresión sobrecogedora.

De repente, la señorita Stella exclamó con voz plañidera:

—¡Sé bienvenido, señor de la vida, del amor y de la muerte!

—Bienvenido, bienvenido —repitieron las demás con voz vibrante.

—¡Sé bienvenido, dador de la voluntad!

—Bienvenido, bienvenido —repitieron las voces.

—¡Bienvenido, dispensador de la sabiduría!

— Bienvenido... Bienvenido...

—¡Bienvenido, Maestro de la vida!

—Bienvenido... Bienvenido...

—¡Bienvenido, creador de los placeres!

—Bienvenido... Bienvenido...

Dyzma pensó mientras escuchaba la letanía:

«¡Se han vuelto locas del todo estas tías...!»

De repente, la señorita Stella terminó, se acercó a Dyzma y, antes de que pudiera reaccionar, lo besó en los labios. Ante su asombro, lo mismo hizo después la señora Lala, luego ambas condesas Czarska y el resto de las mujeres.

—Ahora quemad el incienso —ordenó la señorita Stella.

Al cabo de un momento, desde las cuatro esquinas comenzaron a ascender unos humillos azulados de extraño aroma, dulce y embriagador...

Las señoras volvieron a reunirse alrededor de Dyzma.

A la señal de la señora Stella se tomaron de las manos formando un semicírculo. Ella, mientras, elevó sus brazos y exclamó:

—¡Ven, oh, Señor, ven!

—Ven —repitieron todas.

—¡Muéstranos tu gracia! —gritó la señora Stella.

—Muéstranosla...

—¡Desciende entre nosotros!

—Desciende...

—¡Entra en el alma del que te representa!

—Entra...

—¡Entra en el cuerpo de nuestro Maestro...!

—Entra...

—¡Enciéndelo con tu llama...!

—Enciéndelo...

—¡Abrásalo con tu inmenso poder!

—Abrásalo...

—¡Penétralo con el ardor de tu aliento...!

—¡Penétralo...!

A Nikodem le entraron escalofríos.

—¿A quién llamáis? —preguntó con la laringe atascada con una voz que no era la suya.

Le respondieron unos gritos de espanto. Algunos eran tan desgarradores que le helaron la sangre en las venas.

—Ha hablado, está aquí... ¡Es Él! —decían las voces.

—¿Quién...? —preguntó Dyzma temblando con todo su cuerpo.

—¿A quién llamáis?

Entonces oyó algo como un fuerte gruñido justo a sus espaldas. Quiso levantarse, pero no tenía fuerzas. A través del humo embriagador que llenaba la habitación vio unas llamitas que se encendían y apagaban.

—Postraos con el rostro en tierra —chilló la señorita Stella—. ¡Ha venido! ¡Gloria a Ti, gloria, Señor del amor, de la vida y de la muerte, gloria a Ti, Príncipe de la Oscuridad...!

La más joven condesa Czarska estalló en risas espasmódicas, una de las mujeres se levantó y, abrazándose a la señora Lala, gritó:

—¡Lo veo, lo veo!

—¿A quién? —gritó Dyzma con voz angustiada.

—A Él, a Él, a Satán...

A Nikodem le pareció de repente que unas frías manos lo agarraban del pescuezo. Un espeluznante sonido inarticulado salió de su garganta y el Gran Trece cayó inerte en el sillón.

¡Se desmayó!

Su primera impresión al volver en sí fue la de algo dulce que se deshacía en su boca. Abrió los ojos. Justo enfrente de ellos vio las negras pupilas de la señorita Stella. Antes de que recobrara totalmente la conciencia, los labios de la morena se pegaron a los suyos y volvió a sentir en la lengua un dulce líquido y oloroso. Vino. Quería coger aire y empujó a Stella. Vio entonces tras la humareda unas figuras blancas. Estaban trayendo de la habitación contigua mesitas cubiertas de botellas y copas. La señora Koniecpolska, con un frasquito en la mano, iba dosificando gota a gota un líquido en las copas y después vertieron el vino.

Cuando ya estaban todas llenas, cada una de las mujeres tomó una y la señorita Stella le dio a Dyzma la más grande.

En la habitación había ahora un ambiente de conversaciones a media voz. Nikodem tomó un buen trago y dio unos chasquidos con la lengua.

—Es raro el vino este —observó.

—Deleitémonos con las bondades del peyote —exclamó con vehemencia la señorita Stella.

Las copas estaban ya vacías y las llenaron de nuevo.

—¿Qué hay en este vino? —preguntó Dyzma.

La señorita Czarska, que estaba de pie al lado, se sentó en el brazo del sillón y, rozando con sus labios la oreja de Nikodem, dijo con voz soñadora:

—El divino veneno del peyote, divino... ¿Sientes hervir tus venas, señor mío...? ¿Verdad? Y un canto maravilloso, tan colorido... ¿Verdad?

—Verdad —asintió e inclinó la copa hasta el fondo.

Sentía que algo extraordinario estaba pasando con él. Lo embargó una alegría repentina, todo parecía hermoso, colorido, incluso la rechoncha señorita Stella era atractiva y tentadora.

Por lo demás, a todos les había cambiado el ánimo de un modo increíble. Rodeaba ahora a Nikodem un grupo risueño, la habitación estaba llena del bullicio de alegres gritos y de las melodías de frívolas canciones. Una de las chicas lanzó con fuerza la copa a la pared y al grito de «¡Evoé!» se quitó el albornoz de un tirón. Se puso a bailar.

—¡Bravo! ¡Bravo! —exclamaron las otras.

Al momento la alfombra se llenó de blancas manchas de seda...

En las copas rellenas de vino volvieron a caer unas gotitas de color verde claro del mágico líquido.

Alguien volcó el candelabro y en la habitación se hizo la oscuridad, una oscuridad sofocante, sangrienta, llena de susurros apasionados y de una risa espasmódica y desenfrenada.

CAPÍTULO 12

Un rayo del sol de atardecer se hizo camino a través de una brecha entre las gruesas cortinas.

Nikodem alargó pesadamente el brazo y cogió el reloj.

Eran las seis.

Curioso. No tenía ni dolor de cabeza, ni sensación de disgusto en la boca, como normalmente después de una buena borrachera. Sólo se sentía terriblemente débil. Cada movimiento, bah, cada vez que alzaba las pestañas le suponía un enorme esfuerzo.

Pero había que levantarse. Tenía que ir a Varsovia. ¿Qué iban a pensar en el banco...?

Llamó al timbre.

Apareció un rígido lacayo que le anunció que el baño estaba listo.

Dyzma se puso perezosamente el pijama y entró en el baño. Ahí, al mirar al espejo, se espantó: blanco como una sábana, con dos amplios semicírculos azulados bajo los ojos.

—Joder —imprecó—, ¡me han dejado bien...!

Se vistió y bajó arrastrando los pies.

Allí lo esperaba la señora Koniecpolska, que lo saludó tendiéndole la mano con un lánguido movimiento.

—¿Tiene hambre?

—Oh, no, gracias.

La miró de reojo y se encontró con una mirada traviesa, como siempre. Se puso colorado hasta las orejas.

«Menuda bestezuela —pensó—. Ni pizca de vergüenza. Porque ¿no se le habrá olvidado?»

—Querría volver —dijo tras una pausa.

—Por supuesto, el coche está a su disposición.

No hubo nada de especial en la despedida y fue justamente eso lo que le reventaba. Cuando el coche entró en la carretera, echó la vista atrás.

—¡Vaya cerdas! —exclamó con convicción.

—Dígame, señor —dijo el chófer dándose la vuelta.

—Siga usted, siga, no le estaba hablando a usted.

—Disculpe.

Se puso a pensar sobre la noche anterior. Sintió algo de miedo. Lo que más le agobiaba era acordarse de que todo aquello no había estado libre de la intervención del diablo. Pero se alegró de haber descubierto que en las más altas esferas sociales tenía los mismos derechos que cualquier duque o conde. Bah, más aún. Debían escucharle, y bastaba que le hiciera a una de esas aristócratas una indicación con el dedo para que se le acercara como una cualquiera de la calle.

Qué diferente era la imagen que tenía de esas orgullosas y elegantes damas cada vez que...

Se rio lleno de contento.

«Tiene razón Krzepicki: todas son igual de putas...»

Empezó a llover. Cuando el coche se detuvo en la calle Wspólna estaba diluviando.

Atravesó corriendo la acera y entró en el portal. Las escaleras ya eran otra historia. Subió como si llevaba una gran carga a cuestas.

«¡Me han dejado bien, joroba!»

Ignacy recibió al señor y le anunció que entre ayer y hoy

habían estado buscándole unas diez personas, el señor secretario había venido varias veces y llamaba una y otra vez por teléfono para saber si había vuelto el señor presidente. Lo peor era un tipo impertinente. Se puso a insultarle y quería él mismo inspeccionar la casa porque no creía que el señor presidente no estuviera... Decía que el señor presidente se escondía de él...

—¿Qué aspecto tenía? —preguntó Dyzma.

—Un tipo bajo, gordo.

—¿No dijo cómo se llamaba?

—Dijo que Baczek o algo así...

—¡Joder! —exclamó el señor presidente—. ¡¿Qué más quiere ese granuja?!

—Si vuelve, señor presidente, puedo echarlo escaleras abajo —se ofreció Ignacy.

—No, no hace falta.

Sonó el teléfono. Era Krzepicki. Hay asuntos muy importantes, ¿podía venir ahora mismo?

—¿Ha pasado algo?

—No, nada de especial.

—Bueno, le espero.

Ordenó a Ignacy preparar un café solo y se echó en el sofá.

Pensó si valdría la pena contarle a Krzepicki todo lo ocurrido en casa de la condesa Koniecpolska... Pero llegó a la convicción de que podía ser considerado como traición y no quería arriesgarse.

Ignacy trajo unas cartas. Era solo la correspondencia privada que no abría el secretario y que se componía de tres nuevas cartas de Nina y de un extraordinariamente extenso telegrama de Kunicki que le pedía ocuparse del tema de las traviesas ferroviarias, pues la cuestión se había vuelto muy urgente.

Krzepicki lo encontró leyendo ese telegrama. Empezó con unas bromas sobre la excursión con la condesa Lala, le contó unas cuantas anécdotas, mencionó de paso que en el banco todo iba bien y preguntó como si nada:

—Señor presidente, ¿quién es ese Boczek?

Nikodem se sintió turbado.

—¿Boczek?

—Sí, un tipo grueso. Viene todos los días al banco para pedirle audiencia y lo hace con tanto descaro como si estuviera seguro de que va usted a recibirle. ¿Es conocido suyo?

—Sí, exactamente...

—Porque, sabe, me pareció que era un loco.

—¿Por qué?

—Bueno, porque cuando le dije que el señor presidente recibe los viernes empezó a hacer jaleo. «¿Qué me dice, que los viernes? Los viernes el señor presidente puede recibir a quien quiera, y verás usted, todavía le echará una bronca por no dejarme entrar. Que no se las dé conmigo de pez gordo este gran presidente vuestro...»

Dyzma estaba rojo como una gamba.

—¿Y qué más dijo?

Krzepicki encendió un cigarrillo y añadió:

—Es un gallito y un patán... Se permitió incluso soltar unas estúpidas amenazas contra usted, que le iba a dar una lección y cosas así...

Nikodem frunció el ceño y murmuró:

—Sí... Señor Krzepicki, si vuelve, hágale pasar... Es un cabeza loca... Siempre lo ha sido...

—Bien, señor presidente.

Aunque dijo eso con mucha naturalidad, Dyzma no dudaba que Krzepicki se olía algo o que quería olérselo, así que decidió cerrarle la boca a Boczek a toda costa.

Krzepicki se quedó a cenar con Nikodem... Cuando conversación se centró en Koborowo, Dyzma dijo suspirando:

—¡Qué gusto vivir en el campo, qué tranquilidad...

—Guarda usted buenos recuerdos de Koborowo —observó Krzepicki—. ¡Y es una buena hacienda! Bueno, divorcie a Nina de Kunicki y cásese con ella.

—Bah —asintió Dyzma—, ¡si Koborowo fuera suyo, lo hacía en un santiamén!

—Pero ¿no está a su nombre?

—¿Y qué? Kunicki tiene la plenipotencia.

—La plenipotencia se le puede retirar.

Nikodem se encogió de hombros.

—Pero los pagarés no.

Krzepicki se quedó pensativo y se puso a silbar.

—Pues eso —añadió Dyzma—, ¡un jamón con chorreras!

Krzepicki seguía silbando.

—¿Qué tenemos mañana? —preguntó Nikodem.

—Mañana… Nada especial. Ah, sí, una invitación al circo. Algo sensacional. Ha venido el mayor fortachón del mundo, no me acuerdo del nombre, pero se va a enfrentar al campeón de Polonia, Wielaga. ¿Le gusta el boxeo francés?

—Claro. ¿Vamos? ¿A qué hora es?

—A las ocho.

Despidió a su secretario y se acostó. Al ponerse el pijama se dio cuenta de que llevaba al cuello la estrella dorada. Se la quitó a toda prisa, la metió en una caja de cerillas y la guardó en el escritorio y, al apagar la luz, se santiguó por si acaso.

Al día siguiente se cumplieron sus previsiones. A la una apareció Boczek. Efectivamente, estaba muy seguro de sí. Olía a vodka de lejos.

Dyzma cambió de táctica.

Le dio la mano a Boczek, le acercó una silla y le preguntó con toda la amabilidad posible en qué podía servirle. Por su parte, Boczek, sintiéndose tan confiado, no mostraba la menor reserva en gestos ni palabras. Llegó a tal punto su familiaridad que le dio al señor presidente unas palmaditas en la espalda.

Eso ya era demasiado para Dyzma. Se alzó y vociferó:

—¡Fuera! ¡Maldito! ¡Fuera!

Boczek le mandó una mirada envenenada y se levantó.

—¡Te vas a acordar de mí! ¡Míralo, vaya pez gordo!

—¿Qué quieres de mí? ¿Dinero, granuja? ¿Es lo que quieres? —Dyzma echaba espumarajos de la ira.

Boczek se encogió de hombros.

—El dinero tampoco vendrá mal.

—¡Uuuh… escoria...!

Nikodem sacó un billete de veinte zlotys, y luego otro más después de pensárselo.

—¿Por qué se sulfura, señor Dyzma? —Dijo Boczek con tono conciliador—. Si yo no quiero hacerle ningún mal…

—No quiero, no quiero…, ¿y por qué abres la boca delante de mi secretario? ¿Eh?

Boczek se sentó.

—Dejémoslo, señor Dyzma. ¿No es mejor vivir en paz y armonía? Usted me ayuda y yo a usted no le perjudico…

—¿Es que no le he dado un empleo?

—Menudo empleo… —se encogió de hombros—. Ocho horas currando por cuatrocientos míseros zlotys. Y además un ruido en la fábrica que estoy ya de los nervios. No es para mí…

—Entonces le hago ministro, ¿puede ser? —dijo Nikodem con sorna.

—¿Por qué se burla, señor Dyzma? ¿Y entonces por qué le hicieron a usted presidente del banco?

—Porque tengo cabeza, ¿lo entiendes?

—Cabeza todos tienen. Y yo pienso que si usted puede ser presidente, es casi indigno que yo, su antiguo superior, no tenga un sueldo de ochocientos zlotys por lo menos.

—¿Se ha vuelto loco, señor Boczek? Ochocientos zlotys… ¿Quién se los va a dar?

—A ver, sin pitorreos, señor Nikodem, que ya sé yo que si usted se lo propone, seguro que se encuentra a alguien que los dé.

Los ojos de Dyzma brillaban de odio. De repente, tomó una decisión.

—Bueno, vale, señor Boczek, veo que debo... Ejem... puedo hacerle subdirector del Monopolio de Bebidas Alcohólicas... ¿Quieres?

—Eso ya está mejor. ¿Con vivienda puede ser? Tendré que traerme la familia.

—Claro que con vivienda. Un bonito apartamento, cuatro habitaciones, cocina, calefacción gratis, y la luz también.

—¿Y el sueldo?

—De sueldo serán unos mil zlotys.

Boczek se conmovió. Se levantó y abrazó a Dyzma.

—¿Lo ve, señor Dyzma? Si es que somos de la misma comarca, tenemos que ayudarnos unos a otros.

—Claro —corroboró Nikodem.

—Siempre fui amigo suyo. Otros se apartaron de usted diciendo que si era un bastardo, un hijo ilegítimo, un expósito...

—¡Pare ya, maldita sea!

—Lo que le digo, otros en Lysków le trataban con desdén y yo nada, incluso estuvo usted de invitado en mi casa...

—Gran favor —replicó Nikodem con desdén.

—En su momento fue grande —comentó Boczek con flegma—, pero no hay por qué discutir.

Nikodem permaneció sentado, sombrío como un cementerio. Al recuerdo de que había sido abandonado se le retorcieron las entrañas. De repente le quedó meridianamente claro que para ellos dos no había suficiente espacio en Varsovia... Y no solo en Varsovia.

El rostro de Boczek no estaría tan sosegado si pudiera ahora leerle el pensamiento a su antiguo subordinado...

—Pues entonces, señor Boczek —dijo Dyzma—, ven mañana y trae tus papeles, todos los que tengas, porque conseguirte un puesto así no es cualquier cosa. Va a hacer falta hablar con mucha gente y convencerles de que tienes capacidad para ser subdirector.

—Muchísimas gracias, no lo lamentará, señor Dyzma.

—Lo sé, lo sé —murmuró Dyzma—. Pero, una cosa más: ni una palabra a nadie porque para esa plaza puede haber hasta cien aspirantes, ya me comprendes.

—Entendido.

—Pues entonces, *fertig*. Mañana a las once.

Llamaron a la puerta y Krzepicki apareció en el umbral.

Boczek guiñó el ojo con gesto de astucia y se inclinó todo lo profundamente que su obesidad se lo permitía.

—Mis mayores consideraciones, señor presidente. Todo se hará según las órdenes del señor presidente.

—Hasta la vista, puede irse.

Nikodem se dio cuenta de que Krzepicki, fingiendo estar ocupado con los papeles que llevaba en sus manos, estaba observando a Boczek mientras salía por la puerta.

—¿Qué tenemos, señor Krzepicki?

—Todo en orden. Aquí está la invitación al circo.

—Ah, cierto, vamos a ir luego.

—También llamó la condesa Czarska, pero le dije que estaba usted ocupado.

—Qué pena.

—¡Je, je, je! Le entiendo. Estas hermanas condesas son un bombón... El año pasado...

No pudo terminar porque el coronel Wareda entró en el despacho sin cerrar la puerta tras de sí.

—¡Hola, Niko! ¿Por qué mundos de Dios andabas?

—¿Cómo estás, Wacek?

Krzepicki hizo una inclinación de cabeza y salió del gabinete.

—Pues mira —exclamó el coronel—, vengo porque se me ha ocurrido que a lo mejor querrías ir al circo, hoy ha venido el Tracco ese, el hombre más fuerte del mundo, y va a luchar con nuestro campeón Wielaga.

—Lo sé, de hecho voy a ir.

—¡Ah, fenómeno! —le dio una palmadita en la rodilla—. Va a estar toda la pandilla: Uszycki, Ulanicki, Romanowicz con su mujer…

Llamó el teléfono.

—¡Diga!

Krzepicki anunció que llamaba otra vez la señorita Czarska.

—Pásemela… ¡Hola...! Sí, soy yo, buenos días, señorita…

Tapó el auricular con la mano y le susurró a Wareda:

—¡Es la condesa Czarska!

—Vaya, vaya… —dijo girando la cabeza.

—Para nada me molesta. Al contrario, encantado de oírla…

Sostuvo el auricular con el hombro y encendió el cigarrillo que le dio el coronel.

—Solo que, señora, yo de literatura no sé nada… Palabra de honor… ¿Y cuándo es?

—…Bueno, bien, bien… ¿Y qué tal la salud de su hermana? ¿Sabe que yo igual? Pero mejor no hablar de esto por teléfono… ¿Qué? ¿Al teatro? Eeeh… ¿Sabe qué? ¿No querrían ir conmigo al circo...? Oh, no, hoy lucha el hombre más fuerte del mundo… ¿Cómo...? Wacek, ¿cómo se llama? …Italiano, Tracco… No, aquí está conmigo mi amigo, Wareda…

—Niko, dile que le beso las manos.

—Dice que le besa las manos… También irá, cómo no... Vale, pues perfecto. Me pasaré a recogerlas con mi coche. Hasta luego.

Colgó el auricular y sonrió

—¡Ah, estas tías...!

—¿Vienen? —preguntó el coronel.

—¡Faltaría más!

—Pues venga, a almorzar.

—Vamos con Krzepicki.

—Como quieras —se avino Wareda.

En el restaurante se encontraron con Ulanicki y el ambiente se animó de inmediato.

—¿Sabéis ya el chiste del bulldog y el pinscher? ¿Eh? —preguntó cuando pusieron el café.

—¡Cuidado! —advirtió Wareda—. No olvides que el que diga un chiste viejo pone una botella de coñac.

—No seas listillo, Wacek —le riñó Ulanicki con rostro serio—. Que yo mismo en persona fui el Licurgo que estableció ese principio legal. Pero oídme. En la esquina de la calle Marszalkowska había un pointer...

—Decías que era un bulldog...

—No fastidies. Está el pointer ahí sentado, mirando, y de repente llega del Parque Sajón un bulldog, pero un bulldog enorme...

Dyzma se levantó y farfulló:

—Disculpadme un momento

—¿Ya te lo sabes? —preguntó Wareda.

Nikodem no lo conocía, pero respondió:

—Sí.

Se puso rápidamente el abrigo y salió corriendo por la puerta que ya le había abierto el conserje.

El chófer encendió el motor y abrió la puerta de coche.

—Puede usted irse a casa —dijo Dyzma.

Permaneció un momento parado en la acera hasta que el coche se fue y luego siguió en dirección a la calle Bielanska y se montó en un taxi.

—A la esquina de Karolkowa y Wolska.

Cuando aún tocaba la mandolina en el bar «El Sol» solía

andar por esa zona con sus amigos y con otros compañeros ocasionales. Los clientes del bar, en arrebatos de buen humor, a veces se llevaban la orquesta consigo.

Había varios bares en la larga y estrecha calle Karolkowa. Cuando el coche se detuvo, Nikodem pagó y, esperando a que el taxista se fuera, giró a la calle Karolkowa.

A ambos lados había edificios de ladrillo rojo, todos parecidos: fábricas. Los monótonos muros se veían aquí y allá divididos por altas cercas de madera o por casitas también de madera y cuyas ventanas brillaba con la luz de pequeñas bombillas detrás de las cortinas amarillas. Se trataba de tascas de obreros, tan similares unas a otras que era difícil distinguirlas.

Nikodem siguió con paso seguro hasta que empujó una estrecha puerta. Nada más entrar lo embargó un olor a cerveza y a pepinillos fermentados. La ancha barra de cristal, tapada por unas cortinas blancas, ocupaba la mitad de la salita, cuyo suelo estaba cubierto de serrín fresco.

De detrás de un telón verde se oía bien el sonido de un acordeón y un violín. Tras la barra estaban un hombre de rostro sombrío y colorado y dos vetustas señoras. Solo dos de las mesas estaban ocupadas.

Nikodem se acercó al mostrador.

—¿Una grande? —preguntó el dueño.

—Venga —replicó Dyzma.

Bebió el vodka y se puso un pedazo de arenque.

—¿Y qué tal le va, señor Malinowski?

—Ahí estamos, poco a poco.

—¿Y toca aquí Ambroziak, el del acordeón?

—¿Por qué pregunta? —replicó el dueño con desconfianza.

—Póngame otra —dijo Dyzma y tomó un sorbo.

Se puso una seta para acompañar el vodka.

—No se acuerda de mí, señor Malinowski, ¿verdad?

—Uno conoce a tanta gente —contestó el tabernero indiferente.

—Soy Pyzdraj. Antes tocaba en «El Sol», en la calle Panska.

—¿En la calle Panska?

—Sí. La mandolina. Me llaman Pyzdraj.

El dueño le llenó la copita sin que se lo pidiera.

—Ah, sí, claro... Bueno, ¿y qué tal?

—Vamos tirando...

Se tragó el vodka y preguntó.

—Y ahí —dijo señalando hacia el telón con la barbilla—, ¿es Ambroziak el que toca? Dígamelo, es amigo mío...

—Sí —respondió lacónicamente el dueño del bar.

Nikodem se metió un palillo de dientes en la boca y descorrió un poco la cortina. Del otro lado había más gente y la orquesta seguramente estaba tocando por encargo. Pero el acordeonista vio a Dyzma y se le acercó nada más terminar el tango.

—Buenas tardes, Pyzdraj.

—Buenas tardes —respondió casi alegremente—. Con esta ocasión, ponga unas cervezas grandes, señor Malinowski.

—Bueno, como ha venido un viejo camarada —añadió el acordeonista—, ponga también dos vasos de vodka.

Bebieron.

—¿Vienes por algún negocio? —preguntó Ambroziak.

Nikodem asintió.

—¿Y ahora donde trabajas?

—Yo —contestó tras dudar un momento —, por ahí, en provincias.

—¿Qué tal la vida?

—Vivimos.

—Bueno, si tienes un negocio, sentémonos ahí a un lado.

Cogieron las jarras y se sentaron junto a la ventana.

—Ambroziak —empezó Dyzma—, hazme un favor de viejo amigo…

—¿De qué se trata?

—Necesito a tres o cuatro tipos, de esos que no tienen miedo y saben solucionar problemas.

—¿Trabajo sucio? —inquirió el acordeonista en voz baja?

Nikodem se balanceó en su silla.

—Un tipo me ha tocado las narices hasta el fondo.

—¿Asunto político? —se interesó Ambroziak.

—Qué va… Solo… un granuja…

—¿Y qué? ¿Hay que liquidarlo?

Nikodem se rascó el brazo.

—No, para qué, solo cerrarle la boca para que deje de hablar…

El acordeonista inclinó el vaso hasta el fondo y después escupió.

—Puede hacerse, ¿por qué no? Solo hay que desprenderse de unos cien zlotys… O ciento veinte…

—No hay problema —replicó Dyzma.

Ambroziak asintió, se levantó y desapareció tras la cortina. Dyzma se quedó esperando. Un momento después el acordeonista volvió acompañado por un pequeño rubio de ojos risueños.

—Os presento: colega Pyzdraj, Franek Lewandowski.

El rubito tendió la mano, inesperadamente grande y callosa.

—¿Alguien se ha muerto? —preguntó jocoso.

—Más o menos —respondió Dyzma reflexivo—, un pequeño negocio.

—Si hay negocio, ¿habrá algo para picar?

Nikodem hizo una seña al dueño.

—Señor Malinowski, una botella de vodka puro y un filete de cerdo.

Ambroziak se inclinó y le preguntó al rubio:

—Señor Franek, ¿a quién se lleva?

—Creo que Antek el Guardián vendrá y el Suegro también.

—Basta con ellos.

—¿Tres bastan? —preguntó Nikodem dudoso.

—¿Y qué? ¿Tan fuerte es...? ¿Veterano o verde?

—Verde. De provincias… Gordo como un tonel.

—Hecho —asintió Franek—. Pero, perdón, ¿usted quién es?

—¿Qué te importa, Franek? —Se entrometió Ambroziak—. Es amigo mío y ya está. ¿Para qué meter las narices en todas partes?

—No meto las narices, era solo curiosidad. Venga, cuéntenos.

Nikodem se inclinó sobre la mesita y empezó a contarles la idea.

Tanto Lewandowski como el acordeonista le daban bien a la bebida y Dyzma les aguantaba el ritmo. Así que no tardó el dueño de la tasca en cambiar la botella vacía por una llena. Igualmente, sin esperar que lo encargasen, trajo otro filete en frío y un pepinillo fermentado. Sabía que cuando alguien preparaba un «negocio» con Lewandowski hacía falta el aguardiente.

Ambroziak fue y volvió varias veces cuando le requerían para tocar el acordeón. El tabernero encendió una lámpara de gas. La puerta de la tasca se abría y cerraba continuamente y la tasca se iba llenando de clientes.

Casi todos saludaron a Lewandowski, que respondía a los saludos asintiendo sin prestar mucha atención. Había oído hablar mucho de él, pero nunca habría supuesto que ese famoso aventurero, cuya navaja infundía respeto los barrios de Wola y Czyste, podía tener una pinta tan serena y juvenil. En cualquier caso, sabía que estaba poniendo el asunto en buenas manos.

Eran cerca de las ocho cuando pagó la cuenta y le pasó a Franek discretamente un billete de cien zlotys.

—Y, lo más importante, revisar los bolsillos para que no quede rastro —dijo apretando la callosa mano para despedirse.

Cuando estaba saliendo, Ambroziak lo acompañó a la puerta y, después de asegurarle que Franek era un tipo de fiar, le pidió prestados diez zlotys. Mientras se guardaba el dinero en el bolsillo dijo, no sin algo de ironía:

—Se gana uno bien la vida en el campo. ¡Una pasta gansa!

—No va mal.

La calle estaba desierta. Llegó a la esquina de la calle Wolska y se detuvo en la parada del tranvía. El nueve llegó al poco tiempo.

El circo estaba lleno. Del murmullo de la multitud sobresalían de vez en cuando los gritos de los repartidores:

—¡Chocolate, limonada, galletas!

Cuando Nikodem llegó con las señoritas Czarska, la orquesta estaba precisamente tocando una marcha y los atletas entraban en la arena en fila de a uno.

Eran unos diez. Hombres de gigantesca estatura, con músculos monstruosos, pescuezos de toro, ligeramente vestidos con mallas que dejaban al descubierto pliegues de piel recubierta por mechones de pelos. Iban a buen paso haciendo un círculo alrededor de la pista.

Cuando Nikodem y sus acompañantes llegaron a su palco, donde ya se encontraba el coronel Wareda, la señorita Marietta Czarska exclamó entre risas:

—¡Qué imponentes montañas de carne!

Se saludaron.

—Ese es Mik —les informó Wareda—. Tiene el físico de un mozalbete, pero es más fuerte que muchos de esos hipopótamos.

Comenzó la presentación de los atletas. Estaban en fila y el árbitro iba diciendo el nombre de cada uno desde la mesa del jurado, añadiendo después sus títulos: campeón de Inglaterra, campeón de Brasil, campeón de Europa, etc.

Cuando presentaron a dos de los fortachones, el público se puso a aplaudir. Así recibía al campeón de Polonia, Wielaga, y a Tracco, el gigante italiano.

De repente, la arena quedó casi desierta. Solo permanecían en ella dos luchadores: un rollizo alemán con largos brazos de mono y el enjuto mulato Mik, que frente a su oponente parecía un antílope listo para ser devorado por un rinoceronte.

Sonó un silbato y los contrincantes se agarraron.

—¡Ya lo tiene! —exclamó Dyzma al ver cómo el solo peso del alemán hizo caer al mulato sobre moqueta.

—No, mi hermano —sonrió Wareda—, va a tener que esforzarse más antes de aplastar contra el suelo las dos paletillas de esa anguila.

Y era cierto. El mulato se escurrió con un hábil movimiento de las garras de su contrincante y, cuando este lo levantó casi sin esfuerzo para volver a tirarlo a la moqueta, Mik inesperadamente rebotó sobre una pierna desde el suelo, lo que parecía facilitar la maniobra al germano. Sin embargo, el resultado fue extraordinario: el tostado cuerpo del mulato sobrevoló la cabeza del alemán haciendo un arco y, como este lo tenía agarrado por debajo de los brazos, perdió el equilibrio y cayó de espaldas. En ese mismo momento, el mulato se dio un salto horizontal y se detuvo sobre el pecho del grueso teutón.

El árbitro salió corriendo con el silbato en la boca y llegó justo a tiempo para ver cómo los dos omóplatos del alemán tocaban la moqueta. Duró solo un momento, tras el cual el desafortunado atleta se alzó con un rugido salvaje y se deshizo del vencedor con igual facilidad con la que un caballo echa de su montura a un jinete inexperto.

Pero la lucha había terminado y el presidente del jurado anunció la victoria del mulato, que hacía sonrientes reverencias al público, agradeciendo los aplausos.

Por su parte, el derrotado salía del ruedo acompañado por los silbidos de la multitud y soltando imprecaciones.

—Ah, qué hermoso ese mulato —dijo Marietta Czarska con entusiasmo—. ¡Como si fuera de bronce! Señor presidente, ¿sería mucho escándalo que nos lo lleváramos a cenar?

—¡Pero, Marietta! —la amonestó su hermana.

—Creo que no conviene —dijo Dyzma, pero el resto de la compañía era de la opinión de que sería una atracción tan buena como otra cualquiera, y si lo llevaban al despacho del presidente todo sería perfecto.

Mientras, un nuevo grupo hizo su aparición sobre la pista.

Dyzma veía el espectáculo con pasión. En los momentos de peligro se apretaba tanto las manos que le crujían las articulaciones. Una y otra vez se escapaban a través de sus apretadas mandíbulas palabras de aliento:

—Más fuerte, dale…

Los cuerpazos sudados rodaban por la arena entre los quejidos y gruñidos que salían de sus sofocadas gargantas.

Las gradas no dejaban de emitir gritos, silbidos y aplausos.

Ya había habido varios cambios de parejas de luchadores. Por fin llegó el turno de la lucha más esperada de la noche.

Los dos atletas más poderosos se encontraban frente a frente.

El campeón de Polonia, Wielaga, de brazos monstruosamente largos y hombros hercúleos, nariz deformada y cabeza rapada, parecido a un gorila. Enfrente, Tracco, más alto y delgado, de piel brillante bajo la cual vibraban gigantescos músculos, estaba en pie con las piernas separadas, semejantes a dos rugosos troncos de roble.

El silbato se oyó en medio de un absoluto silencio.

Los contrincantes se iban acercando el uno al otro sin prisa, tomándose la medida con la mirada. Ambos eran conscientes de la dificultad de la lucha que les aguardaba, pero desde el mismo momento en que se asieron era evidente que cada uno había escogido una táctica diferente. El polaco quería imponer un ritmo frenético. El italiano, por su parte, trataba de dar largas, contando con agotar a su oponente, así que apenas prestó resistencia y tras un par de lances se dejó agarrar y se tumbó boca abajo sobre la moqueta.

Wielaga se puso encima y trataba de darle la vuelta. Así siguió la lucha durante unos minutos. Viendo que no iba a lograr nada, comenzó a frotarle el cuello con furia.

—¿Qué hace? —preguntó la señorita Marietta.

Wareda se inclinó hacia ella y, sin apartar sus ojos de la arena, le explicó:

—Eso se llama masaje. Vea usted, no se puede golpear al contrario, pero estos masajes están permitidos. Así le machaca los músculos del cuello y se los debilita.

—Bueno, y la piel duele también.

Al parecer, el italiano también llegó a la misma conclusión, así que se alzó de repente y, escabulléndose de las manos de su oponente, lo agarró de la cintura por detrás. Pero tenía los brazos demasiado cortos para el grosor de Wielaga. Este hinchó su barriga de una inhalación y los dedos entrelazados de Tracco se separaron instantáneamente.

Las gradas acogieron el resultado con nutridos aplausos. Desde el principio no había duda alguna de que las simpatías del público estaban del lado del luchador polaco.

Sin embargo, la lucha seguía sin dar resultado, lo que llenaba a Wielaga de una indisimulada ira que estimulaban también los gritos de las gradas:

—Wielaga, ¡no te rindas!

—¡Dale al italiano!

—¡Bravo, Wielaga!

Los ojos del atleta se llenaron de sangre y de su pecho salía un ronquido sordo.

La lucha se hacía más y más violenta. Los cuerpos entrelazados se cubrieron de gotas de sudor.

Wielaga atacaba con furia a su enemigo, que se defendía con denuedo, pero siempre con clase y siguiendo el reglamento, mientras que Wielaga ya no ponía freno a sus brutales deseos de derrotar al italiano, lo que obligó varias veces a intervenir al árbitro, pues el polaco se había servido de artimañas prohibidas.

De repente, logró atrapar a Tracco con una llave terrible llamada doble nelson. Sus manos gigantescas se deslizaron por detrás bajos los brazos del italiano y se juntaron tras su pescuezo.

El circo enmudeció expectante.

Los luchadores permanecían inmóviles como rocas, y era una inmovilidad tan llena de esfuerzo que parecía que marañas de músculos iban a salirse de su piel.

Wielaga apretaba. El rostro del italiano se volvió primero de color púrpura y luego azulado. Sus ojos estaban desencajados y mostraban un dolor insoportable, su lengua derramaba saliva a través de su boca abierta.

—¡Qué asco! —dijo la señorita Marietta y cerró los ojos.

—Va a matarlo —exclamó su hermana espantada—. Señor presidente, es horrible...

—¡Así le retuerza el pescuezo! —contestó Dyzma.

—Debería darle vergüenza, señor presidente —dijo Marietta enfadada.

—Pero si puede rendirse... —el coronel se encogió de hombros.

Pero el italiano para nada pensaba en rendirse. Seguía soportando ese dolor infernal y estaba claro que no iba a ceder.

Wielaga también se dio cuenta de ello, así que, sabiendo que silbato del árbitro no tardaría en indicar el descanso, se propuso acabar antes la pelea a toda costa.

Echó a su contrincante a un lado con un movimiento repentino y, poniéndole una pequeña zancadilla, lo arrojó a la moqueta y se echó encima de él, haciéndole tocar el suelo con los dos omóplatos.

Parecía que el circo se había removido en sus cimientos. Todo era un grito, una tempestad de aplausos, mil piernas pataleando a la vez, un ruido en el que tanto el pitido del árbitro como el toque de campana del presidente del jurado eran imperceptibles.

—¡Bravo, bravo, Wielaga! —berreaba Dyzma, hasta su frente se cubrió de sudor.

Entre tanto, los luchadores se alzaron de la moqueta.

Wielaga hacía reverencias a uno y otro lado. Tracco, por su parte, se acercó a la mesita del jurado y hablaba mientras se frotaba su azulado cuello.

Por fin, se hizo el silencio. Entonces el árbitro salió al ruedo y declaró:

—El encuentro entre el campeón de Polonia, Wielaga, y el campeón de Italia, Tracco, queda sin resultado, pues Wielaga ha tumbado a su contrincante tras ponerle una zancadilla, lo cual está prohibido. El jurado ha decidido…

Un bramido de protesta silenció su discurso.

—¡Eso es mentira!

—¡No hubo zancadilla!

—¡Árbitro, vendido!

—¡Wielaga ha ganado!

—¡Fuera los italianos!

Por fin, dejaron hablar al presidente del jurado.

—Señoras y señores. La lucha queda sin resultado, pues

Wielaga puso una zancadilla. No solo lo ha visto el árbitro: yo también.

—¡Eso es mentira, no ha habido ninguna zancadilla! —gritó Dyzma.

—Es usted quien miente —se ofendió el presidente del jurado.

—¿Que qué? —gritó Dyzma—. ¿Qué dice? Si yo digo que no hubo zancadilla, yo, el Presidente del Banco de Cereales, a mí me pueden dar más fe que al pringado ese del silbato.

El circo se estremeció de los aplausos.

—¡Bravo, bravo!

—¡Tiene razón!

El presidente del jurado se levantó y exclamó:

—En esta competición decide el jurado, no el público. El combate queda sin resultado.

Nikodem perdió el dominio de sí y soltó un alarido que se oyó en todo el circo:

—¡Y una mierda!

El efecto fue formidable. En las gradas se produjo un verdadero huracán de aplausos, risas y gritos, entre los que se oía continuamente la palabra empleada por Dyzma.

Nikodem se metió las manos en los bolsillos y dijo:

—Salgamos de este garito porque me va a dar algo.

Salieron entre risas.

—Bueno —dijo el coronel Wareda—, ¡esto sí que te va a traer popularidad!

—Eeeh…

—Nada de eeeh… Popularidad. Mañana toda Varsovia no va a hablar de otra cosa. Ya lo verás. A la gente le gusta las palabras contundentes.

Al día siguiente no solo se hablaba de eso, también se escribía. Casi todos los diarios incluían una descripción detallada y picante del altercado, algunos incluso imprimieron la foto del héroe de la noche.

Nikodem estaba enfadado consigo mismo.

—Tenía razón al abroncarlos —dijo a Krzepicki—, pero ahora todos me van a tener por un ordinario.

—¡Qué va! Minucias —lo consoló Krzepicki.

—¡Es que me mosquearon los gañanes!

CAPÍTULO 13

La calle Krochmalna estaba desierta a esas horas. No era de extrañar, eran las doce pasadas y los vecinos de ese barrio se levantaban a las seis para ir al trabajo. Las casas de ladrillo rojo dormían a la tenue luz de las farolas de gas. De cuando en cuando sonaban los pasos de un peatón que volvía a su hogar.

Pero bajo uno de los portales había tres hombres. Guardaban silencio, apoyados en la pared. Aguardaban algo o a alguien. Uno podía pensar que se habían dormido si no fuera por los tres pequeños fulgores de sus cigarrillos.

De repente, llegó a sus oídos el sonido de unos pesados pasos. Alguien se acercaba desde la calle Zelazna. Uno de los acechadores se puso en cuclillas y asomó con precaución la cabeza casi a ras de suelo, tras lo cual se echó atrás y susurró:

—Ahí está.

Los pasos se aproximaban y al cabo de un minuto vieron a un hombre bajo y gordo vestido con un gabán. Cuando pasó de largo, siguieron tras él.

Se dio la vuelta.

—Caballero —le dijo un rubio delgado— ¿tiene una cerilla?

—Sí —replicó el otro y se paró, metiéndose la mano en el bolsillo.

—¿Se llama usted Boczek? —preguntó el rubio de improviso.

El gordito se fijó en él.

—¿De qué me conoces?

—¿De qué? ¡Pues de que no sabes cerrar el pico, desgraciado!

—Pero si...

No pudo terminar. Un potente puñetazo le reventó la nariz y el labio superior. Al mismo tiempo se llevó otro fuerte golpe en la cabeza y un patadón en el estómago.

—¡Jesús! —gritó y salió rodando hasta la alcantarilla.

Todo zumbaba bajo su cráneo, en los labios sentía el sabor de la sangre.

Pero los atacantes no consideraban acabado su trabajo. Uno de ellos se inclinó sobre Boczek y empezó a darle puñetazos en la barriga y en el pecho, otro, desde el asfalto, se puso a darle unos golpes horribles en la cara con el tacón.

El horrible dolor lo ayudó a alzarse. Con una rapidez inverosímil para alguien de su grosura, se puso en pie y chilló con voz desesperada:

—¡Socorro! ¡Socorro...!

—¡Ciérrale el hocico! —dijo con un ahogado susurro el rubio.

Otro de los bandidos levantó de la acera el sombrero de la víctima y lo apretó sobre su cara masacrada.

—¡Socorro...! ¡Socorro! —gritaba sin cesar.

Alguien se paró a lo lejos, en la esquina.

—Hey, Franek, alguien se acerca.

—¡Socorro! ¡Socorro...!

—No queda otra, hay que darle mulé.

Chirrió el muelle de la navaja y la ancha hoja se hundió silenciosamente hasta la empuñadura en el cuerpo de Boczek.

Una vez, dos, tres...

—Listo.

Limpió el cuchillo con el gabán. Los otros dos se pusieron a buscar rápidamente en los bolsillos. Un reloj, un pasaporte, una cartera...

Al cabo de un momento no quedaba un alma en la calle Krochmalna.

El cielo comenzaba a volverse gris cuando aparecieron dos policías en bicicleta. Patrulla nocturna.

—Mira —exclamó uno—, hay alguien ahí tumbado.

—Será un borracho.

Se bajaron de las bicis e inmediatamente supieron de qué se trataba por el charco de sangre.

—Destripado como un cochino.

—Mírale el pulso.

—Ya está frío.

—¡Qué gente, maldita sea! Hay que ir a comisaría.

—Ya es el tercero esta semana.

Empezó a lloviznar. Era una lluvia fina y fría de otoño.

Esta noche la patrulla ciclista de la VIII comisaría de la policía nacional ha encontrado en la calle Krochmalna el cadáver de un hombre de unos cincuenta años.

El médico de urgencias ha hecho constar que la muerte tuvo lugar a consecuencia de la perforación del pericardio por medio de un objeto afilado y a consecuencia de la pérdida de sangre y de una fractura del cráneo. Debido a que el rostro ha quedado completamente desfigurado es difícil identificar a la víctima. No ha sido encontrado ningún documento ni objeto que pueda facilitar la investigación. El cadáver ha sido trasladado a la sala de disección. Se sospecha que el fallecido ha sido víctima de un ajuste de cuentas entre partidos.

El presidente Nikodem Dyzma dobló el periódico y empezó a repicar con los dedos sobre el tapiz de su escritorio.

—¿Y yo qué le hago? —se encogió de hombros.

Al principio estaba espantado por la muerte de Boczek. Pensaba que las pesquisas podrían dar con él. Temía también que el espectro del asesinado no le dejaría dormir por las noches.

Por otro lado, la conciencia de que había dejado de existir ese peligrosísimo hombre, la conciencia de estar seguro y de que había desaparecido la amenaza que rondaba sobre su cabeza era un sentimiento más fuerte que ese miedo que, pasado el tiempo, se fue desvaneciendo.

¿Quién iba a sospechar que él, el presidente de un banco, podía incitar a unos bandidos a un asesinato?

Además, ¿era él, Dyzma, culpable de la muerte de Boczek? Si él no la quería...

—Él mismo es el culpable. El muy imbécil... Se había pasado...

Krzepicki entró en el despacho. Cerró la puerta y dijo con una misteriosa sonrisa:

—Señor presidente, ¿quiere recibir a un cliente? Un cliente muy interesante.

—¿Quién?

—Un buen conocido suyo.

Dyzma se puso pálido como una sábana. Se levantó y, temblando, preguntó con la voz cambiada:

—¡¿Quién...?!

Se apoderó de él un miedo inhumano a que al otro lado de la puerta estuviera esperando Boczek, sangrando, con la cara destrozada...

—¿Qué le pasa, señor presidente? —le preguntó Krzepicki preocupado.

Dyzma se apoyó en el escritorio.

—¿Está usted enfermo?

—No, no... Pues, ¿quién es?

—Kunicki.

—Ah, Kunicki... Bien...

—¿Quiere recibirlo?

—Bien.

Al momento Kunicki irrumpió en el despacho. Rojizo y vivaracho, como siempre. Todavía estaba en la puerta y ya empezó con sus salutaciones, ceceando a una velocidad inusitada.

Nikodem se quedó mirándolo unos minutos, no podía concentrarse lo suficiente para comprender lo que decía.

—Es que uno, querido señor Nikodem, tiene cada vez más años, pero no envejece. Y usted también tiene un aspecto fantástico. ¿Qué hay de nuevo en la política? ¿Eh? ¿Cómo van los negocios? Todos se quejan del estancamiento, de los impuestos, señor mío, ¡si es que ese impuesto sobre el volumen es una puñalada al ciudadano! ¡Y las prestaciones! Le doy mi palabra. Precioso su despacho, con gusto, con estilo. Hágame el favor, querido señor Nikodem, estimadísimo, no me diga que no y venga conmigo a desayunar, no me he llevado nada a la boca desde que comenzó el día... Precioso despacho. ¿No planea venir a Koborowo? Cierto que hace un tiempo de perros, pero qué calma, qué calma. Para los nervios es indispensable y Nina se alegraría, la pobre, tan sola... ¿No se vendría por unos días? ¿Eh?

—Con gusto, a lo mejor la semana que viene.

—Gracias, patrón, muchas gracias. Bueno, pues vamos a desayunar. ¿Qué le parece al «Baco»?

—Gracias, pero no puedo. Hoy tengo desayuno en casa del duque Roztocki.

Era mentira, pero logró el efecto esperado. A Kunicki se le caía la baba de admiración y se puso a enumerar todas las posibilidades que se le presentaban a un hombre con las gigantescas relaciones que tiene el querido señor Nikodem.

Ahora surgió el motivo real de la visita: las traviesas ferroviarias. El viejo trataba de engatusarlo, hacía melindres, soltaba por doquier cifras de las ganancias que ambos obtendrían si Koborowo se llevaba los suministros para los ferrocarriles, le explicaba que, al fin y al cabo, si a él, Leon Kunicki, no querían dárselos a causa del juicio aquel, se los podrían encargar a Nina Kunicka.

—No sé —trató de defenderse Dyzma.

—Je, je. Je, pero yo sí sé que si mi estimado señor Nikodem quisiera mover un dedo... ¡Venga, patrón, hable usted con el ministro de comunicación!

Siguió dándole la vara hasta que finalmente Dyzma accedió.

—Pero no se vaya usted de Varsovia porque si hace falta negociar yo de esas cosas no sé.

Kunicki, lleno de contento, aseguró al querido presidente que por supuesto se quedaría para proporcionar información si fuera preciso, aunque estaba convencido de que no le será necesaria a un hombre con una cabeza tan privilegiada.

El torrente de palabras se vio interrumpido por la entrada de Krzepicki con la correspondencia. Kunicki se despidió de Dyzma anunciándose para el día siguiente y salió.

—Es un ladino de cuidado —dijo Krzepicki.

—Jo, jo, vaya que sí —corroboró Nikodem—, no es fácil engañarle.

El alargado rostro de Krzepicki se ensanchó en una sonrisa de desprecio.

—En mi opinión, señor presidente, no hay zorro tan grande que no encuentre otro más grande aún.

Dyzma se echó a reír con ganas. Se tenía justamente por ese zorro más grande. Le parecía incluso que Krzepicki lo entendía, cosa que parecía significar la sonrisa confidencial que albergaba su rostro.

—A ver, ¿qué es lo que estas maquinando? —preguntó Dyzma.

—Estoy maquinando —replicó Krzepicki bajando la vista—

que nuestros tiempos son para los que saben aprovechar las oportunidades.

—¿De qué oportunidad habla?

Krzepicki alzó la cabeza, se pasó la mano por su protuberante nuez y dijo como con dejadez:

—Koborowo es una buena hacienda.

—¡Bah...!

—No a todos les cae del cielo algo así...

Dyzma asintió.

—Y, mire, a Kunicki sí le cayó.

—Pero le puede caer también... a usted.

Nikodem le miró con desconfianza:

—¿A mí...?

—El mundo es de los que saben echar los escrúpulos por la ventana.

—¿De los que no son escrupulosos...?

Krzepicki no respondió, solo observó atentamente los ojos de Dyzma.

—Señor presidente —recomenzó de nuevo al cabo de un momento, filtrando las palabras—. Sabe usted que goza de toda mi estima, ¿verdad?

—Sí —replicó Dyzma.

—Pues bien, seré sincero. Por su bien, y no niego que también por el mío. Hoy solo pierde el que es tonto.

Se quedó pensativo y Dyzma exclamó impaciente:

—¡Venga, hable ya, joder!

—¿No se enfadará usted?

—Vamos a ver, ¿me toma por tonto?

—Dios me libre, por eso le digo...

Acercó su silla y se puso serio.

—Señor presidente, la esposa de Kunicki, ¿sigue enamorada de usted?

—¡Vaya que sí! Todos los días me manda unas cartas así.

—Pues muy bien.

Se inclinó al oído de Nikodem y empezó a hablar:

Eran las tres pasadas cuando salieron del banco y se montaron en el coche.

—¡Al «Oaza»! —le gritó Dyzma al chófer y le dio una palmadita en la rodilla a su secretario—. Tienes la cabeza sobre los hombros. ¡A ver si sale la cosa!

—¿Por qué no va a salir? Entonces, ¿compadres? —tendió la mano.

—¡Compadres! —la apretó Dyzma con fuerza.

Esa tarde el presidente Nikodem Dyzma hizo una visita al ingeniero Roman Pilchen, ministro de comunicación.

Era un hombre menudo y moreno, siempre sonriente y calmado, conocido por su manía de emplear continuamente diminutivos. Él y su esposa, una mujer de canoso pelo castaño y rasgos eminentemente semitas, recibieron a Dyzma entre ovaciones.

—Presidentito querido —exclamó Pilchen al verlo—, ¡vaya palabritas que soltó en el cirquito! ¡Que me parta un rayito! ¡Pensé que me iba a dar un patatusito de la risa! ¡Eso es saber hacer locucioncitas!

—Quizá no fue muy refinado —continuó la esposa, reafirmando lo dicho—, pero desde luego muy varonil.

—¡Ciertecito, tenemos en nuestro paisecito demasiados zalameritos y zoquetitos, demasiados dulzoncitos! Una palabrita contundente puede ser como un jarrito de agüita fresquita.

Nikodem soltó una risa y se excusó diciendo que estaba tan irritado que no pudo sino cantarle al árbitro las cuarenta.

Después de la cena se pusieron manos a la obra.

Nikodem no sospechaba que fuera tan sencillo.

Cierto que Pilchen advirtió que no podía tomar una decisión definitiva antes de entenderse con el respectivo departamento de su ministerio, pero en principio, «para el amabilito presidentito» estaba dispuesto a cualquier cosa. Y las traviesas ferroviarias, sean las que fueran, nunca estaban de más.

—Y tiene usted mi promesita de que lo gestionaremos prontito. De una u otra manerita, pero rapidito, ese es mi metodito.

Dyzma se rascó la cabeza.

—En realidad lo que más me convendría es que las gestiones se alargasen...

—¿Alargarlas, hermanito? —dijo el ministro extrañado.

—Je, je, no me corre tanta prisa.

Pilchen echó una carcajada y respondió que en este casito debe considerar a Dyzma un solicitante inusualito.

Nikodem le preguntó si podría acudir al día siguiente al ministerio y, habiendo recibido respuesta afirmativa, se despidió.

—Una cabecita muy habilidosita —dijo el ministro la puerta se cerró detrás de Dyzma— y, créeme, mi pequeñina, que todito favorcito que le hagamos es un capitalín a buen recaudito.

—Ah, no sé —respondió la señora Pilchen—, no sé yo de vuestros cálculos políticos, pero debo confesar que el señor Dyzma causa muy buena impresión. Es lo que tiene una educación inglesa.

Nikodem volvió a casa y llamó por teléfono a Krzepicki para anunciarle que el asunto iba por buen camino.

Después se puso a leer las cartas de Nina, que hacía tiempo que no abría. Buscaba en ellas la confirmación de que su afecto seguía intacto.

Las palabras y el tono de las cartas no dejaban la menor duda al respecto. Todas estaban llenas de amor y de quejas por la angustia de la nostalgia, de memorias de los ratos juntos y de sueños sobre su futura vida unidos.

En una de las cartas encontró una mención al dolor con el que abandonará Koborowo, el lugar donde había nacido y que era expresión de sus luminosos años de infancia.

Dyzma sonrió, se frotó las manos y abrió el escritorio. Del bulto de folios sacó un formulario impreso comenzó a leerlo atentamente.

Se trataba de una plenipotencia que autorizaba al señor Nikodem Dyzma a toda gestión financiera y legal en nombre de Nina Kunicka. Dicha plenipotencia se la entregó Kunicki nada más llegar a Koborowo.

Dyzma dobló cuidadosamente el papel y lo metió en la cartera. Se puso a silbar contento mientras se desvestía y se echó a la cama. Su pensamiento lo ocupaba el gran juego que acababa de comenzar, y eran unos pensamientos alegres y emocionantes.

Y, de repente, de improviso, en el mismo momento en que pulsó el interruptor de la lámpara de la mesilla de noche y la habitación quedó a oscuras, sintió un mazazo en su interior.

«Han matado a Boczek».

Se quedó inmóvil.

«Lo han matado por orden mía... Con mi dinero... Yo he matado a Boczek... ¡Joder!»

Parecía que su cerebro hubiera absorbido ese pensamiento. ¿Existirá la vida de ultratumba, será verdad lo que hablan de los espíritus...?

Entonces notó en la pared de enfrente un movimiento en la oscuridad... Algo que estaba tomando forma...

Se le erizó el pelo en la cabeza y trató de apretar el interruptor con su mano temblorosa. Pero la manga de su pijama chocó con la pantalla de la lámpara y esta cayó al suelo con estruendo.

Se quedó entumecido. La forma se iba acercando a la cama.

Toda la sangre se le fue al corazón, de la garganta se le escapó un largo y espantoso grito. Uno, dos, tres, cuatro... Los segundos parecían horas.

De repente, oyó el sonido de unas zapatillas arrastrándose por el suelo. Un rayo de luz atravesó la rendija de la puerta y al momento Ignacy estaba ya en el umbral con un revólver en la mano.

—¿Qué ha pasado?

—Enciende la luz, rápido.

La mano del sirviente palpó la pared y se oyó el suave chasquido del interruptor. La habitación se llenó de una luz cegadora y salvífica.

—¿Qué ha pasado, señor presidente?

Dyzma se sentó en la cama.

—Nada. En sueños me figuré que... este... que un ladrón...

—Y yo que me había asustado. Bueno, bendito sea el Señor.

—Estoy de los nervios. ¿Sabes qué, Ignacy? Trae tus sábanas y acuéstate aquí en el diván.

—Como ordene.

—Ajá, y ve a la despensa, ponme un vaso de vodka. Me hará bien.

Cuando se lo bebió de dos tragos y se tomó un trozo de empanada rancia para picar e Ignacy se acostó en el diván, Nikodem sintió una paz absoluta.

—¡Tfu! Vaya nenaza estoy hecho —se dijo a sí mismo, se volvió hacia la pared y se quedó dormido como un tronco.

CAPÍTULO 14

Krzepicki examinó la plenipotencia y, mientras se la devolvía a Dyzma, dijo:

—Totalmente perfecta.

—¿Y sabe usted quién se va a hacer cargo del asunto en el ministerio?

—Sí. Un tal Czerpak, el director del departamento.

—¿Cómo? ¿Czerpak? Gracioso apellido. Pero eso es lo de menos. Lo importante, ¿qué tal tipo?

—No lo conozco, pero dicen que es de fácil trato. Además, el ministro Pilchen por el solo hecho de encargarle el tema a Czerpak nos lo pone muchísimo más fácil.

A las once apareció Kunicki. Empezó hablando del tiempo y de su visita de ayer al teatro, pero sus ojos daban muestra de inquietud. ¿Habrá hecho Dyzma algo por él, o no?

Por fin, preguntó con cautela. Nikodem asintió.

—Efectivamente, fui a ver ayer al ministro...

—¡Ay, patrón! Bueno, ¿y qué?

—Fue difícil, pero al fin prometió ocuparse de la cuestión...

—¡Gracias a Dios! Querido señor Nikodem, me ha caído usted del cielo.

—Hago lo que puedo.

Le explicó que el asunto se alargará unos días, quizá una

semana, que exigiría toda una serie de conferencias y reuniones, que de momento, mientras la cosa seguía sin estar decidida, no hacía falta que Kunicki se pasara por el ministerio, pero que cuando llegara el momento de rematar el contrato tendría que ir personalmente a discutir los detalles.

—¡Magnífico, magnífico! —se alegró Kunicki—. Pero, señor Dyzma, ¿hay quizá algún gasto...? Me hago cargo al momento.

Nikodem se balanceó en el sillón.

—Creo —dijo después de pensárselo—, creo que unos cinco mil bastarán...

—¡Bah... que sean seis! Los recobraremos con un buen porcentaje de todos modos, je, je, je. ¡Para ir rápido hay que lubricar bien los ejes! ¡Nada de ahorrar aceite! Este, señor Nikodem, es el principio fundamental en todo negocio. No tener miedo a los gastos si uno quiere tener ingresos.

Contó doce billetes nuevecitos que Dyzma se metió en el bolsillo con un movimiento indiferente. Ya se había acostumbrado tanto a las grandes sumas que no le impactaban tanto como al comienzo de su nueva vida.

Esta vez sí fue a desayunar con Kunicki y pudo oír una larga disertación sobre suministros en general, y sobre los de traviesas ferroviarias en particular.

A las tres, Dyzma se acercó al ministerio. Pilchen ya se había puesto el abrigo y el sombrero, pero al ver a Dyzma manifestó inmediatamente su disposición a quedarse.

Ya estaba al tanto del asunto y declaró que, en principio, estaba de acuerdo. La cuestión del contingente y de las condiciones el «querido presidentito» tendría que estudiarla con el director Czerpak cuando le venga bien.

—Naturalmente —añadió—, tramitaremos esta gestión por el solo motivito de que tenemos plenita confianza en nuestro estimado presidentito, y estoy segurito de que su honorable personita nos garantiza que todito estará en ordencito.

—Como dos y dos son cuatro —le aseguró Dyzma.

Esa tarde tenía una recepción en casa de la condesa Czarska, viuda de Maurycy, mayorazgo de Kaszowice, que dejó en testamento una pequeña finca y una escasa producción literaria compuesta por catorce novelas publicadas por él mismo y seis dramas históricos, desgraciadamente sin estrenar.

Por este motivo, la señora Czarska entendía que era su santa obligación rodearse de literatos y no había en Varsovia ningún célebre apellido de escritor que no figurara al mismo tiempo en la lista de los invitados a su salón.

La mayor parte de ellos solía visitarlo con bastante frecuencia. Venían con los estómagos vacíos y salían bien alimentados y llevándose bajo el brazo al menos dos tomos de las obras del difunto conde Maurycy, para así poder durante la siguiente cena en la avenida Szucha encumbrar el talento literario de su fallecido colega y expresar su sincera indignación por el olvido en que había caído tan magnífico escritor.

Las únicas dos personas en el salón que bostezaban manifiestamente durante la lectura en voz alta de los seis dramas históricos del conde eran las señoritas Iwona y Marietta, sobrinas de la señora de la casa.

Por ellas, aparte de literatos, venían bastante jóvenes aristócratas.

Cuando Nikodem traspasó el umbral del salón, reconoció inmediatamente a unas cuantas personas con las que se había encontrado en casa de la señora Przeleska o en la de los duques Roztocki y vio también, cosa que le turbó sobremanera, a casi todas las señoras de aquella diabólica noche.

Su único consuelo en este aspecto era la ausencia de la señorita Stella, a la que literalmente le tenía miedo.

Fue recibido con muestras de alegría y de respeto.

Especialmente las señoras de la Logia de la Estrella de Tres Radios, con la señora Lala Koniecpolska a la cabeza, lo saludaron de tal manera que se sintió aún más perplejo. Había algo en su mirada que rememoraba con demasiada nitidez aquella noche infernal. Los ojos de esas mujeres buscaban los suyos y en sus movimientos había una extraña y mesurada promiscuidad.

Nikodem se habría largado con gusto si no fuera porque sabía que gracias a su presencia en casa de la condesa Czarska ampliaría su círculo social y seguro que encontraría a unas cuantas personas que podrían serle de ayuda en el futuro.

La señora Czarska atacó a Dyzma nada más llegar con un rosario de preguntas sobre la inmortal obra de su marido que en paz descanse. Nikodem trataba de escabullirse como buenamente podía y afirmaba que había leído varias veces tanto *Flores de sentimientos* como *El canto del ruiseñor.*

Por suerte, acudieron a su auxilio las señoritas Czarska y la señora Lala Koniecpolska, así que quedó eximido de seguir escuchando citas provenientes de la inmortal obra del difunto Maurycy Czarski.

La señorita Marietta preguntó a Dyzma si quería conocer al escritor Zenon Liczkowski, del que se decía que era un personaje extremadamente interesante. Este se propuso en el acto convencer a Nikodem para que se involucrara en las actividades de apoyo a la creación de una Academia de la Literatura.

—No dudo, señor presidente, que comprende usted la absoluta necesidad de fundar una institución que por fin se dedique a la racionalización de la literatura bajo el lema de una selección de nombres y apellidos y el de facilitar a unos elegidos la posibilidad de llevar a cabo estudios comparativos.

—Efectivamente —respondió Nikodem sin saber de qué se trataba, pero convencido de que había que darle la razón a Liczkowski.

El flaco caballero con gafas de cuerno agarró a Dyzma sin miramientos del botón y con extraordinario desparpajo comenzó a aclararle los principios organizativos de la Academia Literaria, expresando a la vez su convicción de que el señor presidente, comprendiendo la idea de crear un eje para las letras polacas, querría respaldar el proyecto no solo ante ministro de cultura, sino también ante el presidente de la República. Varios caballeros se unieron al grupo sin escatimar frases elocuentes y animaron a Nikodem a prestar su apoyo el proyecto.

Dyzma prometió que haría todo lo que estuviera a su alcance para apoyar el proyecto de los literatos de Liczkowski.

La señorita Czarska, que deambulaba constantemente entre sus invitados, encontró tiempo para sonsacar a Nikodem doscientos zlotys para una institución caritativa.

Así que, cuando Nikodem logró escabullirse de la conversación que mantenía con una pareja de longevas señoras, aprovechó la ocasión para desaparecer sin dejar rastro.

En casa encontró una nueva carta de Nina, en la que, aparte de las típicas confesiones de amor había un largo párrafo en el que le exigía que volviera a Koborowo.

Nikodem llamó a Krzepicki y hablaron largo rato de todo el asunto. Ambos estaban satisfechos del curso de los acontecimientos. Krzepicki pidió a Dyzma que tratara de despertar en Kunicki la mayor confianza posible.

—Debe creerle, señor presidente, si no, todo se va al garete.

—Como si pudiera no creerme... —Nikodem se encogió de hombros.

—Con que la señora Nina no lo estropee todo a última hora...

—No te preocupes, lo conseguiremos.

Sobre la una apareció Kunicki. Estaba de un humor estupendo y lleno de buenos presentimientos.

Cuando Dyzma le comunicó el parecer del ministro y que el suministro sería realizado en breve, Kunicki le dio un abrazo y le aseguró que no había en todo el globo terráqueo otro hombre tan digno de aprecio como el estimadísimo señor presidente Dyzma.

Eran cerca de las cuatro cuando Nikodem llamó al director Czerpak y quedó con él para cenar.

Ese día Krzepicki no acompañó a su jefe.

Czerpak era un tipo vivaracho de unos cuarenta años, sin más aspiraciones que la de abandonar su puesto y dedicarse a un negocio más lucrativo. Nikodem se dio cuenta de inmediato, así que sin muchos circunloquios le ofreció el puesto de director de los aserraderos de Koborowo.

Entonces comprendió que gracias a la amabilidad del ministro Pilchen podía eliminar cualquier cortapisa resultante del viejo pleito, por considerable que fuera. Al parecer, a cambio de la debida recompensa, no existían las situaciones sin salida. Czerpak, sin indagar en los motivos del presidente Dyzma, le prometió ajustarse estrictamente a sus instrucciones, que eran sencillas.

—Señor Czerpak, dentro de dos días llamará usted al señor Kunicki.

—Es una orden.

—Se pondrá usted a darle vueltas a todo el asunto, punto por punto, pero de modo que él sepa que se llevará los suministros, solo que serán necesarios un montón de trámites.

—Entendido, señor presidente, ya me encargo yo de dejarlo molido.

—Después de tres días de cháchara le dices que el viernes por la mañana le recibirá el ministro Pilchen, que debe interrogarle en persona sobre ciertas cuestiones, porque al día siguiente por la tarde se va al extranjero por un mes. ¿Me sigues?

—Así es, señor presidente.

—Vale. Eso se lo dices el jueves por la mañana. Recuerde: ¡el jueves por la mañana! A las, hm…, a las once, luego te despides de él y a la una me llamas al banco. Estará conmigo Kunicki.

Pues entonces le pides que se ponga y le dices que hay un grave contratiempo, que el ministro se ha enterado de no sé qué juicio de Kunicki y dice que se puede olvidar del suministro si no presenta inmediatamente los documentos del pleito.

—¿Ese juicio existió?

—Sí. Entonces Kunicki le dirá que tiene los documentos, pero en Koborowo, que ahora mismo va para allá y mañana los trae antes de que el ministro se vaya. Seguro que es lo que le dice. Pues usted le responde que no puede ser porque el ministro quiere necesariamente discutir con él acerca del aspecto comercial del asunto, y eso por la mañana. ¿Entiendes?

—Sí, señor presidente.

—Hay que lograr que Kunicki se vea obligado a enviar a alguien a por los documentos y que él mismo no pueda moverse de Varsovia. Eso ya sabrás usted cómo hacerlo, señor Czerpak

—Por usted lo puedo todo, señor presidente, je, je, je.

—No lo lamentará usted —dijo Dyzma mientras se levantaba.

Dyzma pasó los dos días siguientes en un estado febril. Interminables conversaciones con su secretario, que había elaborado el plan hasta el menor detalle con una meticulosidad asombrosa, luego frecuentes entrevistas con Kunicki, que estaba sereno como una mañana de mayo, después una larga visita a la señora Przeleska y otra más larga aún a otro conocido, el jefe de la Oficina Central de Investigación, teléfonos, cartas, conferencias, sin contar que estaba en continuo contacto con Czerpak.

Nikodem estaba lleno de admiración por la astucia de Krzepicki. Se encontraba a gusto en su compañía y sabía que Krzepicki también estaba contento con él.

El plan iba madurando paso a paso, sistemáticamente. La red se iba tendiendo sobre Kunicki, aunque este no se daba cuenta. Volvía al banco después de cada conversación con Czerpak e informaba exhaustivamente a Dyzma de los avances, sin ocultar su alegría ni sus elogios para con el querido señor Dyzma, que le era tan favorable. Nikodem, por lo demás, no le echaba menos flores y continuaba manifestándole su amistad.

Y así llegó el decisivo jueves.

Puntualmente a la una sonó el teléfono en el despacho del presidente del Banco de Cereales.

—¡Joder! —exclamó Nikodem con bien simulada irritación—. Permítame, señor Kunicki, que me entere de qué narices quieren esta vez.

—Por supuesto, querido señor Nikodem —saltó Kunicki.

—¡Diga...!

...

—¿Qué...? ¿De quién?

...

—Ah, buenos días, claro, curiosamente tiene usted suerte. Justo ahora mismo el señor Kunicki está conmigo.

Le dio el auricular a Kunicki.

—Es el director Czerpak. Le estaba buscando por toda la ciudad.

Kunicki cogió el teléfono.

—¡Dígame...! Mis respetos, señor director, mis respetos. ¿En qué puedo servirle?

Dyzma se levantó y se acercó a la ventana. Escuchaba. Estaba tan excitado que sus dedos se hincaban literalmente en el alféizar. Escuchaba.

Poco a poco se fue calmando. La conversación le reafirmaba en sus esperanzas.

La voz de Kunicki se fue transformando hasta expresar ansiedad, pánico y gemidos de súplica, y después, cuando colgó el auricular, exclamó con manifiesta desesperación:

—¡¿Qué hago yo ahora?! ¡¿Qué hago yo ahora?!

—¿Qué ha pasado? —preguntó Dyzma con compasión.

Kunicki cayó pesadamente en la silla y se secó el sudor de la frente. Ceceando más de lo normal, comenzó a explicarle a Nikodem que le exigían sin falta los documentos del juicio, que debía presentarlos a más tardar hasta mañana a las ocho de la tarde, pero que no podía irse porque tenía una entrevista con el ministro a las once de la mañana y el ministro por la tarde se iba de viaje en tren para todo un mes.

—Ayúdeme, querido señor Nikodem, un consejo, ¿qué hacer? ¿Qué emprender?

—Hm… es sencillo: mande un telegrama a Koborowo para que le envíen los documentos.

—¡Bah! —exclamó Kunicki—. ¡Si fuera posible! Los documentos están en la caja fuerte y la llave la tengo yo.

—Bueno, entonces hay que mandar a alguien. Tiene su coche, ¿no? ¿A lo mejor su chófer?

—¡¿Al chófer?! ¡Patrón! ¡¿Cómo le voy a dar al chófer las llaves de la caja?! Si ahí hay dinero, papeles, joyas, documentos importantísimos de todo tipo… Dios, Dios, ¿qué hacer? ¿Qué hacer...?

Dyzma puso rostro pensativo.

—Bueno, pero ¿no tiene en Varsovia a nadie de confianza?

—¡Nadie, nadie, ni un alma!

—Pues nada, mandamos los suministros a freír espárragos.

—¡Pero si son millones, millones! —replicó Kunicki ofendido—. ¡Era mi sueño desde hace años! Y, de repente… ¡Ah, tonto de mí! ¡¿Por qué no me la habré traído...?!

—¿El qué?

—Pues eso, la carpeta verde que le enseñé… ¿Recuerda usted...?

Entonces Kunicki se dio una palmadita en la frente. Quería decir algo, pero se mordió los labios.

—Claro, me acuerdo. Una carpeta verde —dijo Dyzma tranquilamente.

—Habría una manera —dijo tras una pausa Kunicki con tono de duda—, habría una salida... Pero...

Dyzma bajó la vista para que Kunicki no notara que estaba expectante.

—¿Qué manera?

—Hm... No me atrevería siquiera a pedirle... Pero ya sabe usted lo importante que es esto para mí... Para mí y también para usted...

—Por supuesto. Tantos millones no le caen a uno del cielo.

—Querido señor Nikodem —explotó Kunicki—, es usted la única persona que puede arreglar todo este embrollo.

—¿Yo? —dijo Dyzma falsamente extrañado.

—Usted, usted, porque solo en usted puedo confiar. Señor Dyzma querido, patrón, ¡no se me niegue!

—Pero ¿a qué?

—Es verdad que le resultará algo cansado, pero ¿qué es eso para su edad? Querido señor Nikodem, ¡dese un viaje a Koborowo!

Sacó un saquito de cuero del bolsillo y las llaves sonaron en su interior.

—Sálveme. ¡Es usted mi única esperanza!

Nikodem se encogió de hombros.

—No me gusta fisgonear en las cosas ajenas.

—¡Pero patrón! —Kunicki juntó las manos en gesto de súplica.

Nikodem fingió reflexionar.

—Y además hay que ir corriendo como loco... Sin tiempo ni para dormir...

—¡¿Qué hacer entonces?! ¡¿Qué hacemos?! —ceceó Kunicki desesperadamente.

Dyzma tamborileó con los dedos sobre el escritorio y, finalmente, agitó la mano en señal de resignación.

—Venga, vale, así le parta un rayo, iré a Koborowo.

El viejo manifestó ceceando su agradecimiento, estrechando la mano de Dyzma, pero Nikodem advirtió claramente unos fulgores de temor y desconfianza en sus pequeños y vivarachos ojos.

—¿Qué llave es?

—Esta, esta, y se abre sin más, solo hay que poner la rueda superior en el nueve y la inferior en el siete.

Dyzma cogió un lápiz y anotó ambas cifras.

—Bueno, ya está, comeré algo y salgo hacia allá. Llame a por el coche.

Una hora después, después de una breve conversación con su secretario, Nikodem bajó a la calle.

En el portal le esperaba Kunicki. Estaba tan enormemente nervioso que no podía ocultarlo. Una y otra vez se fijó en Dyzma mientras le daba las últimas noticias y le aclaraba que la carpeta con los documentos estaba arriba del todo a la derecha, que en la carpeta estaban absolutamente todos los documentos relativos al pleito, así que no hacía falta buscar en ningún otro sitio.

—Vale, vale —le interrumpió Dyzma y abrió la puertecilla del coche.

—Ah, querido señor Nikodem, y no se olvide usted de cerrar bien la caja. Y de girar las ruedas.

—Hecho. Pues, hasta la vista. ¡Vamos allá!

El coche arrancó y en un cuarto de hora ya había salido de la ciudad.

Nikodem sacó del bolsillo una larga y fina llave de acero y la miró con curiosidad.

—Una llavecita de nada —murmuró— y con ella se pueden hacer tantas cosas…

El automóvil avanzaba rápidamente por una carretera que ya se sabía de memoria. Al poco tiempo se puso a chispear y el cristal se llenó de gotitas de agua. Estaba al caer el temprano crepúsculo otoñal. Nikodem se ajustó el cuello y, mientras meditaba, se quedó dormido.

Se detuvieron solo una vez para cambiar una rueda atravesada por un clavo.

Había oscurecido del todo cuando vieron las lucecitas de Koborowo.

Se bajó del coche delante de la entrada y le dio órdenes al chófer. Se abrieron las puertas y el servicio salió a recibirlo.

—¿La señora está en casa? —preguntó Dyzma sin hacer caso a las reverencias.

—Así es, excelencia. La señora está en la biblioteca.

—Bien.

—¿Debo anunciarle?

—No hace falta. Podéis iros, sé hacerlo solo.

Atravesó el oscuro salón y abrió la puerta.

Nina estaba sentada junto a la mesa, inclinada sobre un libro. No levantó la cabeza. Nikodem cerró la puerta tras de sí y carraspeó.

Entonces sí alzó la vista y un grito amortizado se escapó de sus labios. Se puso en pie, se le acercó corriendo y le rodeó el cuello con sus brazos.

—¡Niko, Niko, Niko...!

Se abrazó a él y su cara brillaba de felicidad.

—¡Has venido, has venido, mi dulce Niko, mi único amor!

—¡¿Cómo estás, Nineczka?!

—¡Dios, cómo te he echado de menos!

—¿Y yo a ti no?

—¡Venga, siéntate! Dime, ¿para cuánto tiempo has venido?

—Por desgracia, solo para un par de horas.

—¿Qué me dices? Es horrible.

—Es lo que hay.

Nina acarició su cara con la punta de sus dedos.

Nikodem le explicó brevemente el fin de su visita y añadió que emprendió este viaje con alegría porque sabía que al menos podría pasar unas horas con ella.

Nina se sentó en sus rodillas e, interrumpiéndole con sus besos, le habló de su nostalgia, del amor, de la esperanza con la que esperaba el feliz día en que llegaría a ser su esposa.

—Si no hay ningún imprevisto —dijo Dyzma— nos casaremos antes de lo que te esperas.

—¿Cómo es eso? ¿Y el divorcio? Si los juicios de divorcio duran meses enteros...

—Nada que temer, no hará falta el divorcio. Lo he consultado con un abogado. Podemos conseguir la anulación del matrimonio.

—No sé de esas cosas —dijo Nina con voz dubitativa—. En cualquier caso, es un gesto muy bonito por tu parte que hayas pensado en el tema.

Les pusieron la cena y pasaron al comedor. Nina se puso a preguntar a Nikodem por su actual tren de vida. Se alegró de que estuviera visitando a los Czarski y a los Roztocki y de que fuera defensor del comité que estaba elaborando el proyecto de la Academia Literaria y de que ya tuviera varias decenas de miles de zlotys ahorrados en el banco.

Se estaban levantando de la mesa cuando el lacayo le informó de que el chófer estaba listo para salir.

—Bien. Que espere.

Echó un ojo al reloj y le comunicó a Nina que debía darse prisa. Ella quería ir con él al despacho de su marido, pero Nikodem le pidió que mejor esperara.

—Pero ¿por qué? —se extrañó.

—Pues... Ya ves, tengo que leer ahí algunos papeles y hacer apuntes... Y si vas tú conmigo, je, je, je, no tendré ganas de hacerlo... Espera, vuelvo en un momento.

Encendió la luz y descorrió la pesada cortina de terciopelo.

En el hueco de la pared estaba la gran caja fuerte. Nikodem

la observó lleno de contento. Le vino a la cabeza que un ladrón tendría que echarle tiempo antes de poder asomarse al interior de la cámara y a él le iba a bastar con menos de un minuto y eso sin esfuerzo.

—Cuando uno tiene buen coco —murmulló— no hace falta ni una ganzúa... Verdad que la idea no ha sido mía, sino de Krzepicki, pero es a mí a quien beneficia...

La llave giró silenciosamente en la cerradura, luego una vuelta de manija y la caja estaba abierta.

Dentro había un orden ejemplar. En los estantes de la derecha había libros y carpetas con papeles, a la izquierda, pilas de fajos de billetes. Dos estantes estaban llenos de cajas que Dyzma revisó primero: alhajas, montones de anillos, collares, broches, diamantes, rubíes...

«Igualito que en una joyería»

Pero había prisa. Nikodem sacó todas las carpetas, los libros y las agendas. Era un grueso legajo. Los puso en el escritorio y, dejando a un lado la carpeta verde, abrió el primer libro. Al pasar páginas llenas de fechas y cifras se dio cuenta rápidamente de que se trataba del libro de deudores de Kunicki de los viejos tiempos en que se dedicaba a la usura. Buen testimonio de ello eran los elevados intereses que cobraba. Entre otros nombres y apellidos, se repetía con frecuencia el del padre de Nina: «Conde Ponimirski 12.000 dol.», «Conde Ponimirski 10.000 zl.», etc.

Dyzma cogió otro libro. Contenía los ingresos y beneficios de Koborowo. El tercero, el cuarto y el quinto también estaban llenos de cifras.

Eso no interesaba a Nikodem. Se puso a revisar las carpetas. Ya en la primera encontró lo que buscaba: los pagarés. Aunque más bien se trataba de formularios firmados en blanco. Un fajo entero y en todos la misma firma: Nina Kunicka, Nina Kunicka, Nina Kunicka...

Bajo los pagarés se encontraba la plenipotencia que Nina había puesto a nombre de su marido y el acta notarial de la venta de Koborowo a Nina.

Esta se la guardó Dyzma doblada en el bolsillo, tras lo cual anudó metódicamente la carpeta y la dejó a un lado junto con la otra verde.

Pero no renunció a buscar en las demás. Como resultado de ello se llevó una gran alegría.

En la siguiente encontró dos sobres. El más pequeño llevaba el título: «Mi testamento», mientras que el otro: «En caso de mi muerte quemarlo sin abrir».

—En caso de muerte —se rio Nikodem—, pero como no ha muerto, puedo abrirlo.

Rompió el sello de lacre y sacó el contenido. Lo primero que le llamó la atención era un pasaporte austriaco.

—Y aquí te tengo, hermano.

El pasaporte estaba emitido a nombre de Leon Kunik, hijo de Genowefa Kunik y de «Sin identificar». En la casilla «Profesión» podía leerse, claro como la luz del día: «camarero».

El siguiente documento era la sentencia del juzgado de Cracovia que condenaba a Leon Kunik a tres meses de cárcel por el robo de utensilios de vajilla. Más abajo, un paquete de cartas, luego otra agenda repleta y otra sentencia judicial, esta vez de Varsovia, que le condenaba ya como Kunicki a dos años de cárcel por colaborar en la falsificación de billetes.

Nikodem miró al reloj y soltó un taco.

Eran las doce pasadas. Recogió rápidamente los papeles desperdigados y se los metió en los bolsillos.

Las demás cosas las devolvió a la caja, la cerró con llave y, tomando bajo el brazo ambas carpetas, fue a despedirse de Nina.

Lo esperaba en el tocador, algo impaciente por su larga ausencia. Pero le sonrió y preguntó:

—¿Ya te tienes que ir, querido?

—Sí. No me queda otra—. Se sentó junto a ella y la tomó de la mano—. Querida Nineczka —empezó, siguiendo el plan que había elaborado con Krzepicki—. Querida Nineczka, ¿tienes total confianza en mí?

—¿Cómo puedes siquiera preguntármelo? —le dijo con tono de reproche.

—Es que, verás, verás… ¿Cómo decírtelo? Se acerca el momento en que vamos a saber el qué y el cómo…

—No entiendo.

—Todo se aclarará. O sigue todo igual, o sea, que sigues hasta la muerte con Kunicki, o nos casamos y Kunicki se va al infierno. Y la elección depende de ti.

—¡Niki! ¡Pero si está clarísimo!

—Y eso es lo que yo también pienso. Entonces, Nineczka, por favor, tienes que creerme en todo, aceptarlo todo, no negar nada, y ya me ocupo yo del resto.

—Bueno, pero ¿por qué estás tan misterioso? Si está claro.

—No todo está aún tan claro —dijo vacilando—, pero lo estará. Él ya está viejo y nosotros tenemos la vida por delante… ¿Entiendes...?

Estaba algo intranquila, pero prefería no preguntar más, así que dijo simplemente:

—Confío en ti, sin límites.

—Pues todo en orden —se dio unas palmaditas en las rodillas—. Y ahora tengo que irme. Hasta la vista, Nineczka, hasta la vista…

La abrazó y empezó a darle besos.

—Hasta la vista, querida mía, no me tengas por un mal hombre. Lo que hago es solo porque te amo más que a mi vida.

—Lo sé… lo sé… —le respondió entre besos.

Nikodem la volvió a besar en la frente, cogió las carpetas y salió. Cuando se estaba poniendo el abrigo en el vestíbulo,

Nina despidió a Dyzma de un modo más oficial debido a la presencia de un sirviente:

—Adiós, señor, tenga buen viaje. Y sobre esa cuestión, haga lo que considere justo... Debo creerle cuando dice que es necesario así... Debo creer a alguien... Hasta la vista...

—Hasta la vista, señora Nina. Todo irá bien.

—Vuelva usted pronto.

—En cuanto pueda escaparme, vendré.

Le besó la mano. El criado le abrió la puerta y Nikodem recorrió rápidamente bajo la abundante lluvia los pocos pasos que le separaban del coche.

—Qué asco de tiempo —maldijo al cerrar la puertecilla.

—Va a llover toda la noche, fijo —confirmó el chófer.

Efectivamente, siguió lloviendo hasta la mañana siguiente y el coche estaba cubierto de barro cuando llegaron a Varsovia.

No habían dado las ocho cuando Dyzma abrió la puerta de su apartamento. Aun así, Krzepicki ya estaba allí. Habiendo cerrado las puertas de las habitaciones contiguas para que el lacayo no pudiera escucharlos, se pusieron a ojear los documentos que Nikodem había encontrado.

Krzepicki estaba fascinado. Empezó a frotarse las manos y cuando encontraron en el fajo de cartas pruebas del soborno de un funcionario relacionadas con el antiguo pleito, se puso en pie y exclamó:

—Bueno, no hay por qué esperar, vamos a la Oficina de Investigación.

—¿Y los pagarés? —preguntó Dyzma.

—Los pagarés... hm... Podría guardarlos por si acaso cambiaran los sentimientos y las intenciones de la señora Nina, pero es más seguro quemarlos, por supuesto, si está usted convencido de que la señora Nina se casará con usted.

—Eso está más que resuelto.

—Pues fenomenal. Vamos.

El superior de la Oficina de Investigación, el inspector jefe Reich, era uno de esos hombres inflexibles cuando se trataba de la lucha por la supervivencia. Frío, calculador, sobrio y perspicaz, se dio cuenta de inmediato de las intenciones del presidente Dyzma. A pesar de la florida elocuencia de Krzepicki, que pretendía crear apariencias del altruismo de su superior, al final el comisario Reich preguntó sin rodeos:

—Y usted, señor presidente, ¿tiene intención de casarse con la señorita Kunicka?

No había otra salida y Dyzma tuvo que contestar que, efectivamente, pensaba hacerlo.

—No crea usted que quiero meterme en sus asuntos personales. Para nada. Pero creo que meter a Kunicki en la cárcel traerá como consecuencia natural un juicio.

—Cierto —confirmó Krzepicki.

—Exacto —siguió el comisario—, y me imagino que un pleito que se puede convertir fácilmente en un escándalo no será agradable para su futura esposa, señor presidente, ni para usted.

—Hm... entonces, ¿qué hacer?

El comisario Reich permaneció callado un momento.

—Señor presidente —empezó con aire reflexivo—, habría una solución...

—¿Cuál...?

—Digamos que Kunicki se juega diez, o por lo menos seis duros años de cárcel. De eso no cabe duda. Las pruebas son tan contundentes que no podrá escabullirse. Entonces, ¿qué le parecería, señor presidente, que hiciéramos un trato con él...?

—¿Un trato?

—Sí, claro. El menos interesado en pasar diez años en chirona es él. Creo que le parecería bien esta propuesta: él renuncia a todo derecho sobre el patrimonio de su esposa y de usted, y usted le da una cierta suma de dinero y el pasaporte extranjero. Que se vaya donde quiera a hacer puñetas.

—Pero a lo mejor luego quiere volver.

—Eso tiene remedio. Hacemos así: hoy lo arresto, le hago un interrogatorio intenso, le enseño todos estos papelotes y lo encierro, digamos que por tres días para que se ponga blandito. Luego lo vuelvo a interrogar y le propongo el pacto. Que no quiere, peor para él, y si quiere le doy el pasaporte y le dejo escapar. ¡Escapar! ¿Entienden, señores? Escapar significa no poder volver, porque enviaré tras él una orden de detención. ¿Qué le parece, señor presidente?

—Muy inteligente —asintió Krzepicki.

—Y yo pienso lo mismo —añadió Dyzma.

—Es verdad —siguió Reich— que el plan es perfecto, pero no sé si podré llevarlo a cabo. Tengan en cuenta, señores, que si se descubre el pastel yo seré el más damnificado. Que tendría que dimitir es seguro y puedo acabar en el calabozo. Es arriesgado...

—Señor comisario —le interrumpió Krzepicki—, me parece que sus temores son infundados. Tenga en consideración las influencias del señor presidente en el gobierno. No creo que encuentre en Varsovia a nadie que pueda tanto como el señor presidente Dyzma.

El comisario hizo una inclinación de cabeza.

—Oh, lo sé perfectamente. Por eso con más agrado aún le haré un favor tan insignificante a alguien de tan reconocidos méritos, y más teniendo la certeza de que el señor presidente querrá guardarme cortésmente en su memoria.

—Naturalmente —asintió Dyzma.

—Muchísimas gracias, señor presidente. Como muestra de lo mucho que aprecio su apoyo, precisamente estos días iba a acudir a usted a pedirle ayuda para hacerle un pequeño ruego.

—Con gusto haré todo lo que esté en mi mano.

—Será para usted una minucia y pare mí algo muy importante. En concreto, pasado año nuevo abandonará su cargo el adjunto al comandante en jefe de la policía. Si tuviera el apoyo de un personaje tan eminente como usted, seguro que podría contar con el nombramiento...

—¿Y eso de quién depende? —preguntó Nikodem.

—Del señor ministro del interior.

—Si es así —dijo Dyzma— puede estar tranquilo. Es amigo mío.

—Muchísimas, muchísimas gracias.

Se alzó para apretar la mano de Nikodem.

Luego se pusieron a discutir los pormenores del plan. Reich y Krzepicki no se olvidaron del menor detalle y Dyzma los escuchaba admirado, reconociendo en su interior que él solo no habría podido con todo.

Cuando volvieron al banco, Kunicki ya los esperaba. Sus movimientos, la expresión de su rostro y de sus ojos —todo era manifestación de un gran desasosiego. Krzepicki le echó una mirada irónica al pasar, pero no se dio cuenta. Se acercó a Dyzma con trote nervioso y ceceó:

—¡Ya está usted! ¡Qué contento estoy! ¿Ha traído la carpeta?

—Buenos días. La he traído.

—Señor Nikodem, de verdad que no entiendo qué significa todo esto.

—¿El qué?

—¡Pues esa audiencia del ministro! Czerpak me ha dicho que la han pospuesto. El ministro no se va de viaje. Señor Dyzma, ni siquiera tenía intención de salir de viaje. ¿Qué es todo esto?

—Vamos a mi apartamento —respondió Dyzma ruborizándose—, ahí se lo explico.

—De verdad, de verdad que no lo entiendo —ceceaba sin cesar siguiendo a Nikodem dando pasitos.

—Ignacy, salga por favor a dar una vuelta —dijo Dyzma a su criado.

Cuando Ignacy salió, se dirigió a Kunicki:

—Señor Kunicki... hm... Resulta que su esposa ha decidido divorciarse.

—¡¿Qué dice?! —se alzó Kunicki.

—Lo que oye. Se divorcia y se casa conmigo.

Kunicki le dirigió a Dyzma una mirada malévola.

—Ah, sí... ¿Ha venido con usted?

—No, se ha quedado en Koborowo.

El viejo se mordió los labios.

—¿Cuándo ha tomado mi esposa esa decisión? ¡Si es imposible! ¡No me ha dicho nada! ¿Y si es un capricho pasajero? Un capricho resultante de sus intrigas...

—Qué intrigas ni qué niño muerto... Sencillamente, se ha enamorado de mí y está harta del viejo decrépito.

—Pero el viejo decrépito —siseó Kunicki— tiene millones.

—Un jamón es lo que tiene, no millones. Los millones y Koborowo son propiedad de Nina.

—¡Sobre el papel, solo sobre el papel, caballero! Mejor no hacerse la boca agua.

—O quizá mejor hacérsela —respondió Dyzma filosóficamente.

—Por desgracia, lo siento mucho —dijo Kunicki soltando una risa envenenada—, pero tengo pagarés de mi esposa por una suma tal que cubren con creces todo el valor de la propiedad.

Nikodem se metió las manos en los bolsillos y dijo apretando los labios:

—Lo que son los pagarés, señor Kunicki, es cierto que los había. Los había, pero han sido quemados.

Kunicki se volvió pálido como un cadáver. Todo su cuerpo temblaba y, tomando aliento con dificultad, gimió:

—¿Qué? ¿Qué...? ¿Cómo es eso?

—Pues así.

—¡¿Los has robado?! ¡¿Me has robado los pagarés?! La llave, deme inmediatamente la llave de la caja.

—La llave no se la doy.

—¡Pero esto es un atraco! ¡Ladrón, bandido! Te meteré en el calabozo.

—¡Cierra los hocicos, viejo estafador! —berreó Dyzma.

—¡Un atraco! ¡Dame la llave!

—No te la doy, porque la llave no es tuya. ¡¿Entiendes, bribón?! No es tuya, sino de Nina. Su patrimonio, su caja, su llave.

—¡Oh, no! Ladrón, no pienses que el viejo Kunicki va a dejarse timar así. ¡Aún hay justicia en Polonia, hay tribunales! Hay testigos que han visto que te di la llave. ¡Despacito, hermano! Nina también tendrá que declarar bajo juramento que me firmó los pagarés.

—De eso no te preocupes. Es asunto mío.

—¡Aún hay justicia! —dijo Kunicki echando espumarajos.

Sonó el timbre en el vestíbulo.

—¡Menudo animal, amenazando con un juicio, puaj! —Dyzma escupió al suelo y fue a abrir la puerta.

—¡Golfo! ¡Sinvergüenza! —Kunicki corría de un lugar a otro de la habitación como un zorro enjaulado—. Ahora mismo voy al fiscal, a la policía...

Pero no hizo falta que fuera: se abrió la puerta y entraron en la habitación un sargento y dos agentes vestidos de civil.

—¿Se llama usted Leon Kunicki, vel Leon Kunik? —preguntó el sargento con voz áspera.

—Sí, Kunicki.

—Está usted arrestado. Póngase el abrigo y venga con nosotros.

—¿Yo? ¿Arrestado? Pero ¿por qué? Debe tratarse de una equivocación.

—No es ninguna equivocación. Aquí está la orden de detención.

—Pero ¿por qué?

—Eso no es asunto mío —dijo el policía encogiéndose de hombros—. Se lo dirán en la Oficina de Investigación. Venga, ¡vamos! ¿Lleva usted armas?

—No.

—¡Registradlo!

Los agentes le cachearon los bolsillos. No tenía ningún arma.

—Venga, ¡vamos! Mis respetos, señor presidente. Disculpe las molestias, pero eran órdenes.

—Una orden es una orden —dijo Dyzma—. Hasta la vista.

Kunicki se dio la vuelta y quería decir algo pero, empujado por uno de los agentes, se tambaleó y al instante ya estaba al otro lado de la puerta.

Nikodem permaneció un largo rato en el vestíbulo. Por fin, se alisó el pelo delante del espejo y se dirigió al comedor. El desayuno estaba servido. No había tenido cabeza para eso. Ahora sintió un hambre feroz. El café ya estaba frío y el azúcar no quería disolverse. Sacó del aparador una jarra de vodka, se sirvió en el plato una gran porción de jamón, salchichas y carne de ternera y se puso a comer.

—Se ve que estaba predestinado a convertirme en un gran señor —dijo en voz alta después de la tercera copa—. ¡A Csu salud, señor presidente!

Una fina y punzante lluvia chocaba contra el cristal y el día estaba gris al otro lado de la ventana.

CAPÍTULO 15

El general Jarzynowski le caía mal a Dyzma por su cara burlona, su frialdad y, especialmente, porque era el mejor amigo del general era Terkowski. Así que, a pesar de haber sido invitado en varias ocasiones, Dyzma evitaba las visitas a casa del militar. Pero esa tarde ya no pudo eludirlo, pues el general había declarado sin ambages que «considerará la ausencia del señor presidente como una afrenta personal». Por otro lado, Dyzma sabía que Terkowski se encontraba en el balneario de Zegiestów, así que era seguro que no iba a cruzarse con él.

En realidad, no tenía motivos de peso para evitar a Terkowski. Personalmente no le tenía antipatía, pero se había corrido el rumor de que eran enemigos irreconciliables y era un rumor tan persistente que hasta el mismo Nikodem acabó creyéndoselo y además era lo bastante listo para darse cuenta de que Terkowski lo trataba con mucha reserva y animadversión, justificada, por lo demás. Por suerte, la situación de Dyzma era suficientemente cómoda como para preocuparse de este hecho. Pero también prefería no verse con Terkowski pues, por lo que había oído hablar de pasada a las «peregrinas», sospechaba que el jefe del gabinete del primer ministro tenía alguna relación con las «iniciadas», a las que sencilla y llanamente temía.

Los Jarzynowski vivían en la calle Wilcza y Dyzma fue a pie. Parecía que la reunión iba a ser numerosa porque delante del portón había una docena de coches. El vestíbulo estaba literalmente abarrotado de abrigos y hasta allí llegaba el alboroto de risas y conversaciones proveniente de las salas contiguas.

El general y su esposa lo recibieron con atención y entraron con él en el salón justo en el momento en el que se hizo un silencio y una dama de fisonomía cuadrada y cuyos brazos descubiertos se asemejaban a dos cuartos de ternera se sentó al piano. Nikodem se vio obligado a detenerse junto a la puerta y asentía en silencio en respuesta a las inclinaciones de cabeza que le hacían otros conocidos, sin saber al principio a quién le devolvía el saludo.

La primera persona que reconoció entre la multitud de fracs fue Terkowski.

—¡Maldita sea! —murmuró para sus adentro, mientras el piano vibraba con fuertes acordes.

Se propuso esquivar a Terkowski a toda costa, cosa factible teniendo en cuenta la cantidad de invitados, y más aún sabiendo que Terkowski tampoco quería toparse con él.

Pero cuál fue la sorpresa del señor Dyzma cuando, pasados unos momentos, vio que el gordito se dirigía hacia él. Terkowski le apretó la mano y, tomándole livianamente por el brazo, le susurró:

—Vamos a fumar un cigarrillo.

Los ojos de todos estaban vueltos hacia ellos cuando abandonaban el salón y desaparecían tras la cortina del despacho del general.

Ya allí, Terkowski sacó de su bolsillo una enorme pitillera y dijo cordialmente mientras le ofrecía a Nikodem un cigarrillo:

—Hacía años que no veía a nuestro honorable señor presidente…

Dyzma permanecía callado, sorprendido y lleno de desconfianza.

—¿Qué tal la salud? —siguió el gordito—. Yo me siento maravillosamente después de seis semanas de descanso. No se lo creerá, pero he perdido siete kilos. Un buen pedazo de carne, ¿verdad?

—No está nada mal —respondió Dyzma.

—Es que no hay nada como el reposo, presidente. Cambiar de ambiente, ¡eso es! Nueva gente, nuevos asuntos, nuevo tren de vida, nuevo ambiente...

—¿Ha estado usted en Zegiestów? —preguntó Nikodem por decir algo.

—Sí. Me he renovado por completo.

En el salón rugía el piano, de la habitación de al lado llegaban palabras sueltas de una subasta de bridge. Terkowski hablaba con su voz pesada y sorda que extraía de algún lugar bajo la enorme superficie blanca de su torso. Sus pequeños ojos de pez flotaban sobre unos gruesos párpados y sus abultados y cortos dedos parecían acariciar la gran pitillera de ámbar.

«¿Qué querrá de mí este puñetero?» —se preguntaba Dyzma.

—¿Y sabe usted —continuó Terkowski sin cambiar de tono— que he tenido el placer de conocer a un viejo amigo suyo? Un hombre muy amable, el notario Winder.

De repente dejó de hablar y sus ojos se quedaron fijos en el rostro de Nikodem.

Este de verdad no le había oído y preguntó.

—¿Qué dice usted?

—Que me he encontrado con un viejo conocido suyo.

Nikodem apretó la mandíbula.

—¿Quién?

—El señor Winder. Una persona muy amable.

—¿Cómo? ¿Winder...? No me acuerdo.

Empleó toda la fuerza de su voluntad para dominarse y se obligó a sí mismo a mirar a Terkowski a los ojos.

—¿Cómo es eso? ¿No se acuerda usted, señor presidente, del notario Winder...?

—¿Notario...? No. No lo conozco.

Terkowski se rio con un tono evidentemente irónico.

—Pero él se acuerda muy bien del señor presidente. Íbamos en el mismo compartimento y el amable viejecito me contó muchas cosas de usted y de Lysków...

Dyzma sintió un mareo. Entonces, ¿era ese el fin? ¿Una catástrofe? ¿Lo habían desenmascarado? Apretó los puños en los bolsillos hasta que le dolieron las manos. Se le ocurrió abalanzarse sobre Terkowski, agarrarlo por el pescuezo, por ese rollizo pescuezo cuyos pliegues sobresalían por el cuello de la camisa y estrangularlo hasta que esa cara cochambrosa se volviera de color azul. Se replegó en sí mismo. Todos sus músculos se le hincharon tanto que los sentía vibrar.

—Discúlpenme —escuchó de repente a su lado la voz de una señora que le había dado un codazo al pasar.

Eso le hizo volver en sí de inmediato.

—¿De qué Lysków me habla? ¿Qué es lo que me cuentas? —se encogió de hombros—. Todo eso es una patraña. No conozco a ningún Winder.

Terkowski alzó una ceja y sacudió con parsimonia la ceniza de su cigarrillo.

—Ah, naturalmente —respondió con calma—, seguramente sea una equivocación.

—Claro que es una equivocación —dijo Nikodem más tranquilo.

—Por supuesto. Tanto más me alegro, pues en breve podremos aclararla. La semana que vendrá a Varsovia el notario Winder. Lo he invitado porque es una persona muy, muy amable. Se ve que me habló de alguien que tiene el honor de llevar el mismo apellido que usted, o quizá de algún pariente suyo... ¡Je, je, je!

Dyzma no tuvo tiempo para responder. El concierto acababa de terminar y mientras aún sonaban los atronadores aplausos entraron en el despacho más de una docena de personas que los rodearon.

Nikodem pasó el resto de la tarde sobre ascuas, hasta que por fin pudo escabullirse sobre la media noche.

Caía una punzante y fina lluvia. Dyzma fue a casa andando lentamente sin abrocharse el abrigo. Ya allí, se echó al sofá sin desvestirse.

Estaba claro.

Estaba en manos de Terkowski. Y Terkowski no perdona. Es vengativo el bellaco.

Y él no era un Boczek cualquiera...

Se estremeció.

Se levantó, encendió todas las luces, se quitó el abrigo, el sombrero, el frac y se puso a dar vueltas por la habitación. Los pensamientos le daban vueltas bajo el cráneo como un tiovivo, hasta se puso a sudar.

—Porque si liquidáramos a Winder... Es viable... Pero ¿y qué?

Ahora que Terkowski ha dado con el rastro de Lysków será imposible despistarlo. Y si Winder desaparece... ¡Bueno! Se dará cuenta al momento de quién está detrás... No solo lo echan, lo meten en el calabozo...

«¿Suplicarle...? Oh, no, no serviría de nada».

Bien sabía quién era Terkowski.

La cabeza le zumbaba. Pasó la noche en vela. Se sentía terriblemente solo e impotente. Ni siquiera podía desahogarse con Krzepicki... ¿Qué hacer...? ¿Qué hacer...?

No desayunó y ordenó a Ignacy llamar al banco para decir que se sentía enfermo y no iría a trabajar. Pero ya a la media hora cayó en la cuenta de que su ausencia podía llegar a oídos de Terkowski. La furia se apoderó de él. Le dio a Ignacy una reprimenda sin motivo y fue al banco. Una vez allí inspeccionó ostentosamente todas las oficinas, fue a ver a Wandryszewski y le echó una bronca por retrasar un balance, aunque él mismo el día anterior había aceptado una demora de tres días. Le dio gruñendo los buenos días a Krzepicki y se encerró con llave en su despacho.

Le dio muchas vueltas al asunto, preguntándose si Terkowski habría hablado ya con alguien de sus averiguaciones y sospechas y llegó a la conclusión de que un tipo tan inteligente no querría compartirlas con nadie y perder una posición tan ventajosa. ¿Cómo las empleará? Dyzma no lo dudaba: Terkowski trataría de montar un escándalo y deshacerse de él, de Jaszunski, de Pilchen...

Solo había una solución: dimitir inmediatamente, agarrar toda la pasta que fuera posible, sin olvidarse de la de la caja fuerte de Koborowo, coger el pasaporte y huir antes de que el notario Winder llegue a Varsovia. Por supuesto, de la boda con Nina podía olvidarse. A Kunicki habría que soltarlo y llegar a algún acuerdo con él... Para que no sople...

—¡Joder...!

Sonó el teléfono. Krzepicki le informó de que había venido la condesa Koniecpolska con otra señora. Querían verse con él forzosamente.

—Dígales que estoy enfermo.

—Ya lo he hecho —se excusó Krzepicki—, pero dicen que aun así las anuncie porque seguro que usted las recibe.

Lúgubre como un entierro, colgó el auricular y abrió la puerta.

—Pasen —dijo con sequedad.

La señora Koniecpolska venía acompañada de esa demoniaca señorita Stella. Eso puso a Dyzma de un humor todavía peor.

Empezaron a preguntarle afanosamente por su salud y a aconsejarle varios médicos. Al fin, se mostraron convencidas de que esta indisposición no impediría al Maestro celebrar puntualmente el rito de la Logia. La fecha era precisamente mañana y, por desgracia, el marido de la señora Koniecpolska estaba en casa y solo era posible llevar a cabo el misterio en el domicilio del Gran Trece.

Eso ya irritó a Dyzma del todo.

—Déjenme en paz, señoras. No puedo ahora ocuparme de esas cosas.

—El Maestro se curará de aquí a mañana —sentenció perentoriamente la señorita Stella —y el rito de la Estrella de Tres Radios debe ser ejecutado.

—¡¿Qué curará ni que narices?! —forcejeó Dyzma—. Estoy sano, pero no tengo cabeza para eso. Tengo cosas más importantes en las que pensar.

Se hizo el silencio. Nikodem apoyó la barbilla en el puño y volvió el rostro a la ventana.

—El Maestro —dijo en voz baja la señora Koniecpolska— ¿tener algunas *precupasiones*?

Nikodem soltó una risa irónica.

—Preocupaciones, preocupaciones... Ja, ja, preocupaciones... Siempre acaba apareciendo un granuja para fastidiarlo todo...

—Oh, Maestro, pero usted puede con todo el que se cruce en su camino —dijo la señorita Stella con convicción.

Nikodem la miró atentamente.

—No con todos. Y ese puñetero, socavando el terreno, como un puerco, echando calumnias, mintiendo como un bellaco... Hablando pestes de uno... Y todo para deshacerse de mí...

Los ojos de la señorita Stella se entrecerraron.

—¿Quién es él?

Dyzma agitó la mano con desdén y no dijo nada.

—¡Dime, Maestro! ¡¿Quién es el que se te opone?!

—Y para qué hablar del tema...

—Hacer falta decir —exclamó la señora Koniecpolska con voz sonora—, hacer falta. *Puedemos* inventar algún *solusión.*

—La Orden de la Estrella de Tres Radios es poderosa —añadió la señora Stella con seriedad.

Nikodem alargó el cuello hacia sus brazos alzados y dijo para sorpresa de sí mismo:

—Terkowski.

El rostro de ambas mujeres reflejaba asombro. Dyzma se puso a despotricar interiormente: ¿para qué le habría dicho nada a estas tías? Idiota.

La señorita Stella se levantó y se acercó a Dyzma con aire solemne.

—¡Maestro! Tienes derecho a dar órdenes. Ese hombre, ¿ha de morir?

Dyzma se asustó. La tipa se había vuelto loca.

—Maestro —siguió la señorita Stella—. ¿Hay que deshacerse de él para siempre o solo por un tiempo? Ordena.

Nikodem se echó a reír. Le parecía algo estúpido e infantil que esta mona rechoncha le preguntara con voz seria como de un cura durante un sermón qué hacer con un tipo tan poderoso como Terkowski. Entonces se acordó de que quedaban solo unos días para la llegada de Winder. Y entonces, pif-paf, se acabó todo. En cuanto Terkowski se encuentre con Winder... A no ser que Terkowski esté entonces fuera de Varsovia.

—¡Mande usted a Terkowski al Congo o al carajo si quiere! —espetó con amargo sarcasmo.

—¿Cuándo? —preguntó inflexible la señorita Stella.

—Pues puede ser hoy si le parece, ja, ja, ja... ¡Es usted muy graciosa! Pero no nos comamos más el coco con estas historietas. Entonces, ¿qué pasa con el rito ese?

Las señoras exigieron terminantemente mantener el día

fijado. Por miedo a una indefinida desgracia que ocurriría si no se celebraban los misterios, Dyzma cedió y se avino a que la segunda reunión de la Logia de la Estrella de Tres Radios tuviera lugar en su casa.

Por la tarde fue con Wareda al «Oaza» para ahogar las penas y nada más volver a su apartamento se quedó dormido como un tronco.

Desde la misma mañana la señorita Stella y la señora Lala Koniecpolska pusieron patas arriba toda la casa, que Nikodem se vio obligado a dejar a su merced. El bueno de Ignacy se encontró con tres días de vacaciones, pues Nikodem quería mantener el «misterio» en el mayor de los secretos. Por ese motivo todo el trabajo duro —trasladar los muebles, poner las alfombras, etc.— recayó sobre él.

Estaba en parte contento de ello porque no le dejaba tiempo para pensar en Terkowski y en la amenaza de la visita de Winder. Las señoras no mencionaron a Terkowski. Seguramente se habían olvidado. «Mejor —pensó—. No sé por qué abrí ayer la boca». Y siguió cargando alfombras y moviendo los muebles de acá para allá. Por eso por la noche estaba tan molido que con gusto se habría encerrado en su cuarto bajo siete cerrojos. Por desgracia, su dormitorio, igual que otras tres habitaciones con baño, había sido escogido para servir de ropero a las peregrinas.

A las once se montó un alboroto horrible, pues una de las señoras no podía venir porque su marido había regresado a última hora. Como las reglas exigían imperiosamente la presencia de doce peregrinas, todas las damas estaban desesperadas.

Nikodem propuso en el acto posponer el misterio para la semana siguiente, pero la señorita Stella declaró indignada que eso supondría una violación de los cánones y que nunca seguiría la línea de menor resistencia. Había que encontrar una solución. Una de las señoras, la baronesa Wehlberg, propuso un recurso inesperado. Conocía a una muchacha que podrían sencillamente alquilar por una noche sin temor a que las delatara. Se trataba de una chica joven, una «girl» de uno de los cabarés. La baronesa la conocía bien porque antes de casarse cantaba en ese cabaré y sabía que a la pequeña Wladzia se le podía confiar más de un secreto.

No había otra salida, así que se la idea fue aceptada y llamaron a Wladzia inmediatamente. Al principio se negó a causa del mal humor de su amigo, con el que había quedado para ir a bailar, pero se dejó convencer por un elocuente argumento en forma de billete de cien zlotys.

Gracias a ello, el misterio pudo comenzar puntualmente a las doce, manteniéndose todo el ritual.

A la una, durante la invocación a satanás, hubo un pequeño incidente con Wladzia. Ya medio inconsciente, se puso a llorar y a gritar diciendo que quería irse. A duras penas la convencieron para que se quedara. Después de beber el vino con peyote se calmó del todo.

A las dos, el salón del presidente Nikodem Dyzma no se asemejaba en nada a un salón de ningún tipo, y menos al salón del presidente de un banco. Se parecía más bien a una fábrica de ahumados, o a unos baños romanos, o más bien a una casa de la que nadie diría que es muy privada.

El tardío amanecer de diciembre se asomaba ya por las rendijas de las cortinas cuando las peregrinas se dispersaron a sus habitaciones. Solamente el Gran Trece permanecía en el ruedo. Estaba sentado apoyado en una pared y las ventanas se estremecían de sus ronquidos.

Se despertó bien pasado el mediodía. Sentía un cansancio infernal y la cabeza le zumbaba como un carrusel.

Se vistió y se acercó a su dormitorio. Las señoras peregrinas habían comenzado a despertarse. El baño estaba abarrotado.

Una detrás de otra fueron despidiéndose de Nikodem y salieron casi sin poder tenerse en pie.

Por fin se quedó solo. Abrió las ventanas y con pesadez empezó a poner la casa medianamente en orden.

Justamente estaba empujando el piano cuando el timbre sonó en el vestíbulo.

Era Krzepicki.

—¡Caray, señor Nikodem! —exclamó sonriente—. Ha debido ser un fiestón.

Desde que arrestaron a Kunicki había aumentado tanto la confianza con su jefe que ya no le llamaba señor presidente.

—Así se las lleve la peste —maldijo lúgubremente Dyzma.

—Menuda pinta tiene —dijo Krzepicki admirado—. No sabía que le gustaran estos jueguecitos.

—¡Al infierno con esos jueguecitos!

—Ah, entonces ¿es por mortificación?

—Váyase al cuerno —dijo Dyzma irritado—. Haría mejor en ayudarme.

—Pero ¿por qué se ocupa usted de esto? ¿Dónde está Ignacy?

Dyzma jadeó y no respondió nada. Al fin, soltó un taco y se tumbó en el sofá.

Krzepicki encendió un cigarrillo.

—Vuelvo de ver a Reich.

—¿Y qué?

—Kunik se ha rendido por fin. La noche en una celda oscura y sin calefacción ha servido. Solo exigía verse con su esposa y se puso terco. Cedió únicamente cuando Reich le leyó y le enseñó esa carta de la señora Nina, la última que le envió. Está de acuerdo con los cien mil zlotys, pero a condición de que le entreguen los documentos que lo comprometen.

—¿Y qué más?

—Por supuesto, Reich es demasiado listo como para acceder

a eso. Lo que sí le prometió es que guardaría los documentos en casa, no en los archivos de la Oficina de Investigación.

—¿Aceptó?

—Pidió un día más para reflexionar. No se preocupe. Tendrá que aceptar.

Se levantó, sacudió la ceniza y añadió:

—Por otro lado, debería avisar a la señora Nina de que su marido será puesto en libertad y de que se va al extranjero por elección propia... Hm... Puede incluso escribirle que se lleva la mitad de su patrimonio en metálico y en valores. Eso aplacará su, digamos, curiosidad.

—Sí —reparó Dyzma después de reflexionar—, nunca está de más un farol. Solo que pienso que mejor no escribir. Una carta puede caer en malas manos o incluso...

De repente, Nikodem se acordó de Terkowski y se estremeció. No, no... Decidió no pensar en eso a toda costa. Que sea lo que haya de ser. Pero no pensar en eso... No ahora. Koborowo... Escapar... Todos sus miembros le negaban la obediencia. Frunció el ceño y añadió:

—Lo que sea, pero no hoy.

En verdad, Dyzma estaba completamente exhausto. Todo el día lo pasó en el sofá sin hacer nada. No se levantó ni para coger el teléfono, que llamó varias veces.

Sus pensamientos se centraban en cómo abandonar de un modo seguro la Logia de la Estrella de Tres Radios. Esta segunda noche de orgías que lo espantaban y lo dejaban mortalmente agotado acabó de convencerlo para que abandonara el honorable cargo de Gran Trece.

Además, razonando con bastante lógica, llegó a la convicción de que gracias a la Logia ya había logrado establecer tan buenas relaciones con señoras de la alta sociedad que tenía abiertas las puertas de sus casas, así que, si lograra escabullirse de la Orden, esos vínculos no sufrirían menoscabo en absoluto.

Pero ¿cómo evadirse? Lo más sencillo sería consultarlo con Krzepicki, que tiene soluciones para todo. Pero no podía hacer eso. Tenía bien clavado en la memoria que la revelación de los misterios de la Logia conlleva la amenaza de muerte.

Después de meditarlo largo tiempo se le ocurrió: «¿No sería mejor decirles a esas chifladas que anoche el diablo me prohibió seguir siendo el «trece» ese...? Ya no le gusto y advierte que no se volverá a aparecer si yo estoy...»

Decidió ir a ver a la condesa Koniecpolska al día siguiente y exponerle así el asunto.

Que agoten a otro.

Se echó a reír. Le vino a la cabeza Wareda.

«¡Voy a embarcar en esto a Wareda! Les diré que el diablo quiere a Wareda sí o sí».

Ignacy sirvió la cena y trajo los periódicos de la tarde. Dyzma los dejó a un lado con desdén y se disponía a comer cuando sonó el teléfono.

Era Wareda. Después de un breve saludo, preguntó:

—¿Lo has leído ya?

—¿El qué? —farfulló Dyzma.

—¿Cómo que el qué? ¿Te estás haciendo el sueco? ¿Es que no lo sabes?

—¡Venga, dime!

—Lo del viaje de Terkowski.

Dyzma se tambaleó.

—¿Que... que... qué?

—Pues eso, que esta noche sale para Pekín como jefe de la nueva embajada. ¿No has leído la prensa de la tarde?

Dijo algo más, pero Nikodem ya no le escuchaba. Colgó el auricular y salió corriendo al comedor.

Abrió rápidamente los diarios.

Efectivamente, todos informaban de que, habiéndose constituido una nueva autoridad en China, el subsecretario de estado Jan Terkowski, hasta la fecha jefe del gabinete del primer ministro, ha sido nombrado embajador y ministro plenipotenciario ante el gobierno chino y parte hoy hacia Pekín...

Dyzma alzó la vista del periódico. El corazón le golpeaba en el pecho como si fuera un tambor.

Se levantó en el acto y empezó a gritar:

—¡Hurra! ¡Hurra! ¡Hurra!

Llegó Ignacy corriendo y se detuvo asombrado junto a la puerta.

—¿Llamaba el señor?

—¡Ignacy! ¡Saca el vodka! ¡Esto hay que celebrarlo!

El sirviente sacó el jarro y los vasitos y llenó uno.

—¡Llena otro también! —gritó Dyzma— Bueno, ¡que se jodan los hijoputas!

Bebieron. Uno, dos, tres, cuatro...

Nikodem se sentó.

—¿Sabes qué, Ignacy?

—Dígame, señor presidente.

—Ten cuidado: al que se pone en el camino de Nikodem Dyzma, se lo lleva el diablo. ¿Entiendes?

Inclinó el vasito y contra su voluntad dirigió su mirada hacia el negro abismo tras la puerta de su despacho: desde la oscuridad le observaban unos redondeados ojos fosforescentes.

Escupió y se santiguó.

—¡Ignacy, bebamos!

Bien pasada la medianoche, cuando iba a acostarse, le dijo a su sirviente:

—Cuídate, Ignacy, las mozas pueden poner el mundo entero patas arriba, están compinchadas con los demonios...

—Eso seguro —confirmó Ignacy.

CAPÍTULO 16

El martes Nikodem y Krzepicki visitaron al abogado Licunski, especialista en divorcios, y el miércoles se reunieron por última vez con el comisario Reich, en cuyas manos depositaron cien mil zlotys.

Y el jueves dos trenes partían de la Estación Principal de Varsovia en dos direcciones opuestas. En uno iba un viejecito encorvado y tembloroso. En el otro el presidente del Banco Nacional de Cereales, que se despedía alegremente del grupo de amigos que lo acompañaban deseándole los mejores augurios.

El viejo tampoco estaba solo. En la otra esquina del compartimento había un hombre fornido de rostro enrojecido, con la mano derecha oculta en el bolsillo de su abrigo en un gesto peculiar que en este caso era más bien resultado de un vicio profesional que de verdadera necesidad.

El tren Varsovia-Berlín partió primero. Apenas diez minutos más tarde arrancó el otro en dirección Bialystok-Grodno.

El último en saltar de las escaleras del vagón fue Krzepicki, que le relató a su jefe con frases entrecortadas el transcurso de la conversación que mantuvo con Kunicki en la Oficina de Investigación antes de que permitieran huir al viejo. De su relato se desprendía que Kunicki no puso ninguna dificultad, que estaba totalmente resignado y hundido, que había dado informaciones y aclaraciones precisas sobre los negocios de Koborowo al nuevo administrador que, por voluntad del prometido y plenipotenciario de la dueña, era ahora Krzepicki.

Dyzma estaba absolutamente satisfecho.

Una vez aposentado en el compartimento vacío, comenzó a pensar en su nuevo papel.

Sin duda habría que renunciar a la presidencia del banco. ¿Para qué le hacía falta? Los formidables ingresos de Koborowo, una vida cómoda y tranquila, sin necesidad de estar alerta y en tensión continua para no soltar alguna frase inapropiada —todo parecía impulsarle a abandonar el banco.

Evidentemente, sabía bien que él solo sería incapaz de administrar Koborowo.

Por suerte, tenía a mano a Krzepicki, que podía con todo. Dyzma no tenía la menor duda de que en lo referido a las finanzas no debía confiar excesivamente en su secretario, pero se consolaba pensando que Krzepicki no querría arriesgarse a perder un puesto tan lucrativo.

Al otro lado de la ventana se extendía una amplia llanura cubierta de nieve.

Se acordó de Terkowski. Apretó la mandíbula. Ahora era perfectamente consciente de que se había librado de él gracias a las señoras de la Logia. Qué método habían empleado, de qué influencias se servían, no lo sabía, ni quería saberlo. Las temía. Las temía ahora más que cuando temblaba al ver la familiaridad de esas tipas con los espíritus. Los vivos son más peligrosos.

Así que no renunció a su propósito: salir cuanto antes de la Logia. Por supuesto, manteniendo un trato cercano con estas señoras si era posible, pero más bien haciendo que Wareda ocupara su puesto. ¡En menudo huerto iba a meter al coronel!

El tren se sumergió en un pasillo boscoso.

Se acercaba el atardecer, un brumoso atardecer invernal,

cuando sonaron bajo las ruedas las agujas del cambio de vía de Koborowo.

En el andén estaban un funcionario de ferrocarriles y Nina. Vio a Nikodem junto a la ventana y su rostro se iluminó con una sonrisa.

Le saludó tendiéndole la mano, por lo que Nikodem tuvo que dejar la maleta sobre la nieve.

—Por fin, por fin…

Atravesaron el vacío edificio de la estación y se montaron en el coche.

El motor se despertó al zumbido del arrancador, las ruedas resbalaron sobre la nieve y el coche se puso en marcha.

—Dime, dime… él… él… ¿consintió en seguida?

Su voz vibraba de la ansiedad.

Dyzma se echó a reír.

—No le quedaba otra.

—¿Cómo que no le quedaba otra? —dijo asustada.

—Nineczka —replicó—, tú misma me decías que el amor lo vence todo.

Cuando pasaban por los aserraderos vieron los destellos de unas linternas. Unos cuantos hombres junto al camino se quitaron sus gorras.

—¿Y qué… qué va a hacer ahora?

—¿Qué nos importa? —se encogió de hombros Nikodem—. Se ha llevado todo lo que había en los bancos. Era casi tanto como lo que vale Koborowo. De hambre no se va a morir.

—¿Se ha ido al extranjero?

—Sí.

—¿Y no volverá?

—Ni hablar. Eso te lo puedo prometer.

Se quedó pensativa.

—Has dicho, Niko, que tuvo que aceptar. ¿Sabes si… si ha habido motivos de tipo...?

—¿No tienes cosas más importantes de las que preocuparte, Nineczka? Asunto arreglado y se acabó. ¿Qué te importa ahora?

—Aun así, era mi marido…

—Y yo te digo que ni siquiera lo era.

Se extrañó:

—¿Cómo que no lo era?

Se puso a explicarle como pudo el enrevesado proceso de anulación del matrimonio y le repitió los argumentos del abogado.

—Dentro de dos meses, si todo va bien, volverás a ser la señorita Ponimirska y dentro de tres, si sigues teniendo ganas, serás mi mujer.

Se quedó callada.

Dyzma se alarmó. ¿Y si ahora cambia de opinión...? Quizá, al sentir la libertad, no querrá casarse con él.

—¿Por qué callas, querida Nineczka? —preguntó tan dulcemente como pudo.

—Ah, nada, nada —volvió en sí—, estaba pensando en toda esta historia. Pero ya no hay que ocuparse de eso, ¿verdad...? Es agua pasada… se acabó… Se ve que es lo que tenía que suceder…

Lo abrazó.

—Así es la vida —le dijo con convicción.

—Tengo miedo a la vida. Es peligrosa.

—Pues a mí no me da miedo.

—Oh, lo sé, porque tú eres fuerte, muy fuerte.

Todas las ventanas del palacio de Koborowo brillaban.

Nina le explicó que últimamente había dado orden de iluminarlo todo por la noche porque le daba miedo la oscuridad.

Todo el servicio estaba reunido en el vestíbulo.

Aunque no sabían nada concreto, dedujeron algo de las observaciones fragmentadas del chófer, que había vuelto de Varsovia sin el señor. Sus conclusiones parecían verse confirmadas cuando la señora salió hacia la estación, cosa más bien insólita.

Presentían que algo iba a pasar. Nina lo llamaba intuición; Nikodem, olfato.

En el rostro de la doncella a la que ordenó prepararle la cama en el dormitorio de Kunicki no notó la menor sombra de extrañeza.

A Nina le preocupaba que volvería a quedarse sola cuando Nikodem volviera a Varsovia.

—Ven tú también conmigo, Nineczka.

—Ay —sonrió—, si fuera posible.

—¿Y por qué no? —replicó extrañado.

—Quedaría mal. ¿Cómo? ¿No entiendes qué escándalo se armaría?

—Bah —se encogió de hombros—, menudo problema. Si nos vamos a casar. Además, puedes vivir en un hotel y nos veremos todos los días.

Nina aplaudió.

—¡Ya lo tengo, lo tengo! ¡La tía Przeleska! ¡Me quedaré en casa de la tía Przeleska!

—¿Lo ves?

—Pero no querría que mi estancia en Varsovia se alargara. No me gusta la ciudad. Donde mejor me siento es en Koborowo. ¿Verdad, Niko, que nuestra residencia será Koborowo?

—Está clarísimo. Estoy harto de Varsovia. Hasta las narices.

—Qué bueno eres. Ven, te tocaré una melodía que siempre toco cuando pienso en ti.

Pasaron al pequeño salón. Nina abrió el piano.

—¿Y tú no sabes tocar? —preguntó.

—Solo la mandolina.

Se rio.

—¿Bromeas?

—Por la gloria de mi madre.

—Es tan cómico: tocar la mandolina.

—¿Por qué?

—No sé, pero me parece que debe ser muy gracioso. Un presidente tan serio, un hombre de estado, y ahí está con su mandolina.

—Siento haber dejado el instrumento en Varsovia. Te podría tocar alguna canción.

Nina lo besó en la misma boca, pero cuando él quiso abrazarla, se escabulló entre risas y empezó a tocar.

—¿Te ha gustado? —preguntó al cerrar la tapa del teclado.

—Claro. Muy bonito. ¿Cómo es la letra?

—¿Qué letra? —dijo con extrañeza—. ¡Aja! ¿Creías que era de una ópera? No, es una sonata. ¿Sabes de quién?

—¿De quién?

—De Chaikovski.

—Ajá, bonita pieza. ¿Y cómo se llama?

—Sonata en do sostenido menor.

—¿Do sostenido menor? Qué gracioso. ¿Y por qué no so colgado mayor?

Nina, divertida, le echó los brazos al cuello.

—Mi señor está hoy con ganas de guasa. Eeeh... ya lo sé: lo de la mandolina también era una broma. ¡Qué malo! Burlarse así de su pequeña Nineczka. ¡Nineczka! ¿Sabes que nadie me llamaba así...? Ni-neczka... ¿Sabés? No es a lo mejor el nombre más bonito, pero es el que más me gusta. Dilo...

—Nineczka —dijo Dyzma y pensó: «¿Qué narices querrá de mi mandolina?»

—Así, es como más me gusta. Suena tan duro. Hay entonces una aspereza en tu voz, una fuerza, no: es como un mandato, no sé por qué me parece que así tiene que ser la voz de los marineros con la laringe saturada de sal y yodo.

—¿Yodo? ¿Es que los marineros se lo restriegan por la garganta con tanta frecuencia?

Nina se echó a reír.

—De verdad que hoy estás de un humor increíble. ¿Sabes? Tienes un verdadero talento para contar chistes. Los cuentas siempre tan serio que aumenta su comicidad. No tienes ni idea de lo feliz que estoy cuando puedo estar contigo. Me siento ahora tan liviana, tan libre, tan alegre, tan segura. Es la primera vez en muchos, muchos días que tu pequeña Nineczka va a tener dulces sueños, tranquila, sin que la molesten pensamientos tristes...

Nikodem hizo un guiño.

—Pero le va a molestar otra cosa.

Nina se ruborizó y se abrazó a él con más fuerza.

—No, no —se opuso sin mucha convicción—. Nineczka dormirá dulcemente en el piso de arriba y Nik dulcemente abajo.

—Ni hablar. Ahora ya ni hablar. Seguir hablando del tema es perder el tiempo.

—¡Niko...!

—¡Fertig...! Arreglado, decidido. No hay más que hablar. En cuanto el servicio se vaya, mi Nineczka se viene aquí abajo.

—No se viene —dijo Nina con guasa.

—Pues entonces subo yo.

—Y me encontraré la puerta cerrada con llave —dijo entre risas, rozando los labios de Nikodem con su mejilla.

—¿La puerta? ¡Menudo problema! La fuerzo en un periquete.

—¡Oh, mi fortachón querido! Dame el oído, te digo una cosa.

Acercó sus labios a la oreja de Nikodem y susurró:

—Nineczka irá al cuarto de su señor.

—Eso ya está mejor...

Eran las once pasadas cuando se separaron y Dyzma se fue al dormitorio de Kunicki.

De camino, encendió la luz en el despacho y abrió la caja fuerte. Montones de billetes se apilaban en los estantes. Cogió un fajo y lo balanceó en la mano, como queriendo pesarlo.

—Mío... Todo mío. La pasta, la caja, el palacio, las fábricas... Un montón de millones.

Al desvestirse, trató de imaginarse cómo utilizar un patrimonio tan gigantesco.

En primer lugar, decidió inspeccionar al día siguiente la finca y llamar a los capataces para una reunión. Estaba montando en su cabeza el discurso que les iba a dirigir cuando chirrió la puerta.

Era Nina.

A Nikodem no le fue dado dormir esa noche.

A las siete el servicio comenzaba la limpieza y Nina tuvo que ir arriba antes de que los lacayos llegaran del ala destinada al personal.

Dyzma encendió un cigarrillo y se ajustó la almohada.

«Si esto es así siempre —pensó— no voy a durar mucho».

Intentó dormir, pero no pudo.

—Hay que levantarse —gruñó y llamó por teléfono.

Ordenó preparar el baño y que le hicieran un revuelto de diez huevos con jamón.

—¡Y que esté bien grasosa!

Ya vestido, pasó al comedor y vio que la mesa no estaba puesta y el revuelto no estaba servido. Le cantó las cuarenta al zopenco del lacayo y, cuando este trató de explicarle que se enfriaría, rugió:

—¡Silencio, imbécil, no se enfriaría si la hubieras hecho a tiempo! Podías haberte dado cuenta de que estoy saliendo del baño. ¡Voy a enseñar yo orden a esta chusma! Sírveme el revuelto y da orden de que ensillen el caballo... ¡Para! No, que preparen el trineo.

—Como ordene, excelencia.

Después de desayunar se sentó en el pequeño y elegante trineo con enganche de dos caballos y riendas y ordenó que lo llevaran a la papelera. Al llegar a la oficina le sorprendió ver a dos empleados tomando té.

—¡¿Qué narices es esto?! —gritó— ¿Una fábrica o una tasca?

Los oficinistas se levantaron de inmediato.

—¡Vaya costumbres! ¡¿Es que os pagan por manducar aquí?! ¡Bedel! ¿Dónde está el bedel?

—Aquí estoy, señor presidente.

—¡Llévese ahora mismo esos vasos, joder! Y no los vuelva a poner nunca. Y ustedes, a zampar en casa. ¿Entendido?

Pasó por la oficina y abrió la puerta del despacho del director. Estaba vacío.

—¿Dónde está el director?

—El señor director viene a las nueve —aclaró con voz temblorosa uno de los oficinistas.

—¿Qué...? ¿A las nueve? ¡Parásitos, maldita sea!

Entró en la fábrica. Ahí ya se trabajaba a pleno rendimiento. Los obreros recibieron a Dyzma con la típica inclinación de cabeza, muestra de toda la desconfianza, altivez y temor que siente el obrero frente a su patrón.

Un joven ingeniero se acercó rápidamente a Dyzma y lo saludó respetuosamente.

—¿Cómo va? —preguntó Nikodem—. ¿Todo en orden?

—Todo en orden, señor presidente.

—Dígale a su director que empiece a venir a la fábrica a las siete. El superior debe dar ejemplo a sus subordinados.

Le dio la mano y salió.

El molino, los aserraderos, los establos, la destilería —todo eso lo tuvo ocupado hasta el mediodía. Recorrió Koborowo como una tempestad, sembrando el pánico.

Cuando volvía al palacio, vio a Nina en la ventana. Sonreía y le saludaba con los brazos alzados.

Estaba todavía en albornoz, pero bajó al vestíbulo.

—¿De dónde vuelve mi señor? —preguntó a media voz, pues un sirviente estaba poniendo la mesa en la sala contigua.

—He estado revisando la propiedad.

—¿Y qué tal?

—Demasiados haraganes. Ya me encargo yo de ponerlos a bregar.

—Querido, no quiero que de ocupes tú de la finca. Después de nuestra boda tienes que contratar a un administrador. Piénsalo: ¡cuánto tiempo lleva eso! Pasarías todo el día fuera de casa. No me quiero quedar sola. ¿Lo harás, Nik?

—Ya lo he hecho —rio.

—¿Cómo?

—Ya he contratado a un administrador.

—¿Sí? Maravilloso.

—Claro, si vamos a pasar en Varsovia varios meses, alguien tiene que quedarse a vigilar o nos desvalijan todo Koborowo.

—¿Y a quién ha contratado el señor?

—A cierto Krzepicki, creo que lo conoces, ¿no?

—¿Cómo? ¿Zyzio? ¿Zyzio Krzepicki, el asistente de la tía Przeleska?

—Ajá. El mismo.

—Un chico gracioso. En su momento me echaba los tejos. Pero no tenía la mejor reputación.

—A decir verdad, no he oído nada malo de él. Desde la fundación del banco es mi secretario.

—¿Y estás contento de él?

—¿Por qué no? ¿No quieres que se encargue él de la administración?

—¡Qué cosas tienes! Querido, no me interesan tanto esas cuestiones, no las conozco al detalle.

Comenzaron a llegar los capataces y un sirviente avisó a Dyzma.

Cuando Nikodem entró en la espaciosa oficina que había

justo a espaldas de su despacho, unos quince hombres que hablaban a media voz se levantaron para recibirle.

Les saludó asintiendo con la cabeza y se sentó al escritorio sin pedirles que se sentaran igualmente.

—Les he hecho venir —comenzó tamborileando con los dedos sobre el tapiz del escritorio— para comunicarles que la dueña de Koborowo, la señora Nina Kunicka, se divorcia de su marido y por eso le ha quitado la plenipotencia. Ahora su único plenipotenciario soy yo. Y yo les anuncio que no me voy a andar con chiquitas. Seguramente sabréis por los periódicos que el Banco de Cereales es una joyita, y eso es porque yo lo tengo todo agarrado por el pescuezo. Repito, no me ando con chiquitas.

Se excitaba con sus propias palabras y hablaba cada vez más alto:

—Seré breve: aquí el trabajo no es un cosa de poca monta. ¡Hay que currar, porque no pienso pagar a gandules! ¿Entendido? A los parásitos los echo a la calle. ¡Y si, Dios nos libre, pillo a alguien metido en trapicheos, si me entero de que alguno de vosotros anda por ahí con chanchullos...! ¡Bueno! ¡Lo meto en el trullo sin pestañear! ¡Aquí no hay bromas! ¿Entendido?

Golpeó la mesa con el puño.

Los asombrados capataces guardaron silencio.

—En breve llegará el señor Krzepicki, al que he contratado como administrador. Tenéis que escucharlo en todo. Pero hoy en día uno ni a su hermano le puede creer. Así que se me ha ocurrido lo siguiente: si alguno de ustedes se da cuenta de que se está cociendo un timo, me entendéis, si viene y me lo cuenta, se llevará al bolsillo cinco mil zlotys que le doy y un aumento. Yo no le hago daño a nadie, voy a ser como vuestro propio padre, pero no me voy a dejar engañar. Es todo. Podéis volver a vuestras ocupaciones.

Uno de los presentes, un hombre canoso y encorvado, director de la destilería, dio unos pasos adelante y dijo:

—Señor presidente…

—Sí, ¿qué más?

—De eso que usted ha dicho…

—¿Y usted ha entendido lo que he dicho?

—Sí, pero…

—¿Lo ha entendido todo?

—Todo, y precisamente…

—Pues entonces no hay de qué hablar. No les he llamado para estar de cháchara. Y al que no le guste, tiene el camino libre. ¡Aire! No tengo aquí a nadie agarrado por los faldones. ¡Pero piénsenselo bien! Hoy día no es fácil encontrar empleo. ¡Y vaya referencias que les puedo poner como esté de malas! ¡Y menudas las relaciones que tengo! ¡No le aconsejo a nadie en Polonia ser mi enemigo! ¡Hasta la vista!

Salió dando un portazo.

Durante un momento el silencio fue absoluto.

—Menuda historia —dijo uno de los presentes.

—¡Es indignante! —exclamó el director de la destilería—. ¡Quiere convertirnos en espías!

—¡Y vaya tono!

—Yo dimito.

—Si nos ha tratado como si fuéramos reclutas…

—¡Y vaya lengua! ¡Qué escándalo! ¡Nos hablaba con una jerga, como si le pareciera que no entendemos un lenguaje inteligente!

—¡Hablaba como si pretendiera ofendernos!

—Solo hay una salida: dimitir en gremio.

—¡Pero tiene que ser todos a una!

No todos eran del mismo parecer. Un joven agrónomo de poco más de treinta años, de apellido Taniewski, se opuso:

—Pues yo les digo de antemano: conmigo, señores, no contéis.

—Ni conmigo —añadió el veterinario.

Empezaron a caerle preguntas llenas de indignación.

Taniewski se encogió de hombros.

—¿Qué es lo que quieren? Lo que es la forma de la reunión, me parece cosa de poca monta. El presidente Dyzma es un personaje demasiado ilustre, el país le debe tanto y tiene tantas cuestiones estatales en la cabeza que si no se quiere poner versallesco con nosotros no hay por qué extrañarse. Además, esta no era una reunión social, y los asuntos...

—¡Los asuntos de espionaje! Debería darle vergüenza, señor Taniewski, le tenía por menos flexible en las cuestiones de ética —dijo indignado el contable general.

—Lo siento mucho, pero no le obliga a nadie a espiar.

—¿No? ¿Y qué son esas recompensas para los delatores?

—¿Quién le manda a usted ir a por la recompensa? —se irritó Taniewski—. Y, además, si yo veo que alguien roba, mi puñetera obligación es avisar al que le están robando. ¿No? ¿No es así? No veo nada malo en que el señor presidente quiera protegerse frente a cualquier abuso, y más aún porque no se está protegiendo a sí mismo, sino a la persona a la que representa. ¡Hace bien y ya está! Sólo un tonto se deja robar. ¿Qué pensáis, que si en el banco hiciera la vista gorda al latrocinio sería famoso en todo el mundo? ¿Habría podido sanear en varios meses la economía del país...? Y si exige un trabajo diligente y concienzudo, pues tiene razón, ¿o no? ¿Eh...?

Hizo una pausa esperando oposición. Pero todos guardaban silencio.

—¡La vida no es un juego! Y a nosotros, los polacos, se nos viene arriba rápido la ambición y ¡ándale! Y luego nos ponen de patitas en la calle y nos vamos con toda esa ambición a llamar a otra puerta, gimoteando por un empleo. Ya he visto demasiadas escenas de estas, a mí no me timan. Además, entre nosotros, no veo lugar para hacerse el ofendido. No hay de qué hablar: él es un estadista ilustre, un genio de la economía, y nosotros, discúlpenme, unos renacuajos, unos mocosos. El que esté en las nubes que «saque sus consecuencias», que yo no, me quedo, pero les digo que el presidente es un tío como Dios manda, que sabe lo que quiere y si no se anda con rodeos es porque puede y se acabó.

Se hizo el silencio.

—Sin duda, tiene usted razón —dijo una voz. Se le unió una segunda, y una tercera, y una décima...

—Pues claro que la tengo —añadió Taniewski, cogiendo su abrigo de piel del perchero.

El director de la destilería hizo un gesto de impotencia.

—Pues nada. Hagan, señores, lo que quieran, que yo renuncio.

Trataron todos de disuadirlo diciéndole que ya se arreglarán las cosas, que era difícil encontrar empleo, pero el viejo sólo asentía con la cabeza.

—No, caballeros. Sé que es difícil, pero no estoy acostumbrado a este sistema de trabajo. No es para mí. A lo mejor tenéis razón, pero ya soy demasiado viejo, tengo esquemas mentales de antes de la guerra. No puedo.

Se dispersaron lentamente. El último cerró la puerta. Los listones del piso sin pintar quedaron llenos de huellas húmedas, la nieve en el exterior estaba ese día muy pegajosa.

CAPÍTULO 17

Las dos habitaciones más bonitas de la casa de la señora Przeleska quedaron a disposición de su querida Ninusia. Parecían dos enormes parterres y cada tarde dos lacayos y una doncella tenían mucho trabajo trasladando las cestas y macetas al aparador para evitar que se ahogara la condesita (ese fue el título con el que ordenó llamarla la condesa Przeleska).

Todos los días a partir del mediodía comenzaba una peregrinación de señoras y caballeros de la jet-set deseosos de ver en vivo a la sensación de la temporada.

Eso duró una semana en pequeñas dosis y el culmen fue el gran baile que organizó la señora Przeleska para presentar con toda pompa a su querida sobrina.

Se dignaron venir al baile incluso los duques Roztocki, quienes declararon ante a una ruborizada señora Przeleska, cuando esta salió a recibirlos, que estaban encantados de visitar una casa que goza de las simpatías del presidente Dyzma.

En general, en estos círculos ya se hablaba casi sin tapujos del noviazgo de Nikodem, que sería anunciado oficialmente cuando Nina obtuviera la nulidad matrimonial.

Algo que tenía a todos intrigados y que quitaba el sueño a aquellas damas célebres por estar siempre informadas de todo al detalle, era la siguiente cuestión: ¿qué había pasado con ese Kunicki?

Lo único que se sabía era que se había marchado al extranjero y que accedió a la anulación del matrimonio. Pero ¿por qué? Bueno, ¿y por qué dejó a Nina todo su patrimonio...?

Solo varias personas sabían responder a esta cuestión, pero Krzepicki despejaba las preguntas con una sonrisa, la señora Przeleska no era mujer a la que se le pudiera sonsacar nada sin su voluntad, a Nina no era de buen tono preguntarle y, claro, al presidente Dyzma nadie se atrevería.

La señora Koniecpolska, que trató de hacerlo una vez apoyándose en la familiaridad que —a su juicio— tenía con Dyzma por haber sido los dos hasta hace poco correligionarios en la Orden de la Estrella de Tres Radios, se quejó después:

—¡Imagínense que me preguntó si no tenía mayores preocupaciones!

El baile resultó espléndido, aunque su protagonista no supo ocultar el bochorno que le causaban las circunstancias en que se encontraba y el hecho de volver a su antigua posición.

En Varsovia se vio rodeada de un ambiente de curiosa afabilidad y de un respeto que —como adivinó rápidamente— se debía a la gran popularidad de Nikodem.

Todo el que se acercaba a ella consideraba que era su santa obligación recitar al menos unas cuantas frases sobre Dyzma empleando únicamente halagos. Escuchaba estas declaraciones con inalterable deleite, pero también con cierto tono de extrañeza. Sabía desde hacía tiempo que Nikodem era un todo un personaje, un gran hombre de estado, lleno de sabiduría y virtudes. Pero allí, en Koborowo, le parecía algo más pequeño. Ahora que por todas partes oía únicamente palabras de respeto y admiración y que se había convencido de que lo había minusvalorado, empezó a sentirse algo intimidada frente a él.

El ritmo de vida de Nina, a pesar de su atractivo, o más bien gracias a su continuo atractivo, se volvió uniforme.

Por la mañana iba con su tía de paseo o de compras. Volvía

a la una y siempre se encontraba con alguien que había venido a verla, luego almorzaba en casa o con unos conocidos, a veces Nikodem la invitaba a un restaurante. A las siete él mismo aparecía y la llevaba al teatro o al cine. En el primer caso, Nikodem la traía de vuelta a casa y se despedían en el portal, mientras que en el segundo —ya que el cine termina mucho antes que el teatro— subía con ella y cenaban juntos.

Nikodem no dejaba de insistir en que se fuera con él, pero ella le iba dando largas.

Justamente acababan de salir de una farsa bastante cochina y Dyzma se propuso vencer su resistencia. Cuando el coche se detuvo delante de la casa de la señora Przeleska, despidió al chófer.

—Iré a pie. Está cerca —le dijo.

Cuando Nina iba a pulsar el timbre, detuvo su mano.

—No, Nineczka, ahora vamos a mi casa.

—Oh, no, yo me voy arriba.

—¡Tienes que venirte!

—¡Pero es imposible! ¡Qué va a pensar de mí la tía!

—Que piense lo que quiera. ¿Qué te importa?

—¡No, no! —se resistía Nina.

—Un ratito, media hora —pidió—. ¿Es que ya no me amas?

Se abrazó a él y susurró:

—Está bien, pero no ahora.

—Ahora.

—No. Mañana. Diremos que vamos al cine.

Frunció el ceño y quería insistir, pero Nina llamó y sonaron a del otro lado los pasos del portero.

Le dio un beso rápido en la boca y desapareció en el portal.

Hacía bastante frío y Nikodem le dio la vuelta al cuello de su abrigo de piel. Dio unos pasos hacia su casa, pero al momento se detuvo y se dirigió hacia la calle Krucza. En la avenida Jerozolimskie había aún mucho tráfico y Nowy Swiat estaba llena de gente.

Entró en un bar. Se tomó varios vasos de vodka y una gran porción de codillo con guisantes. Al otro lado de la barra había una gruesa moza con mono blanco.

«No está nada mal la tía» —pensó y de repente se le ocurrió que bastaba con ir a la calle y hacerle un gesto con el dedo a cualquiera que le gustara.

Pagó sin revisar la cuenta, contrariamente a su costumbre, y salió.

Efectivamente, había mucho donde escoger. Al cabo de unos minutos eligió a una. No quería ir con ella a casa, prefería pagar por un hotel. La llevó a un sucio cuchitril en la calle Chmielna.

Habían pasado las tres cuando empezó a vestirse, sacó veinte zlotys, los puso en la mesa y, murmurando «adiós», salió al oscuro pasillo. Una solitaria bombilla brillaba al fondo del corredor.

Una tipa rechoncha, la dueña del hotel, acompañaba justamente a una nueva pareja, al otro lado del pasillo se abrió una puerta —alguien estaba saliendo.

Nikodem se llevó por costumbre la mano a la pitillera y notó que no estaba. Se dio la vuelta rápidamente y, sin cerrar la puerta, entró en la habitación.

La chica estaba en cuclillas en la cama, peinándose su cabello revuelto con un peine desdentado.

—¡Dame la petaca, cerda!

—¿Cuál petaca?

—¿Cuál? ¡Te voy a enseñar yo cuál! ¡Devuélvemela ya porque la voy a encontrar de todos modos y a ti te parto los hocicos!

—¿A qué vienen esos berridos? ¡¿Quieres montar un espectáculo?! ¡¿No puedes cerrar la puerta?!

Echó un vistazo. Cierto, había alguien en el oscuro pasillo. Nikodem se dio la vuelta, la bombilla iluminó su rostro y entonces oyó un silencioso grito y después unos pasos rápidos.

Cerró la puerta, giró la llave y se la guardó en el bolsillo. Se acercó a la cama. La chica seguía peinando sus cabellos con flegma. Con un movimiento le quitó el peine y lo tiró al suelo.

—¡Eeeeeh...! ¡¿Te estás poniendo bravucón, pringao?! —dijo con voz casi de barítono.

—Devuélveme la petaca, ¡¿me oyes?!

—Yo no la he cogido —se encogió de hombros.

Tomó impulso y le dio un golpe tan fuerte en la cara que la chica se cayó y su cabeza chocó con la pared.

—¡Dámela, maldita! —volvió a tomar impulso.

Ella se cubrió el rostro con el codo. Nikodem agarró su bolso. Dentro había unas cuantas menudencias, un par de billetes arrugados y un pañuelo sucio.

La muchacha observaba en silencio.

—¡Uuuh... víbora!

De un tirón le quitó la almohada sobre la que estaba sentada y la arrojó al suelo. Junto con ella resonó también la pitillera. La cogió, la observó y se la guardó en el bolsillo.

—Ladrona —gruñó—, miserable.

—¡Tú mismo la has puesto ahí, pringao!

—¡Mientes! —vociferó Dyzma.

No respondió. Nikodem abrió la puerta y salió. Solo algunas farolas iluminaban la calle.

Ni rastro de una carroza. Hay que ir andando. El frío se hizo más intenso, la nieve crujía bajo los pies. Pocos peatones. Dyzma apretó el paso. Cuando llegó a la calle Marszalkowska miró tras de sí. Al otro lado, a varias casas de distancia, una chica iba también andando rápidamente.

«Igualita que la otra —pensó—. Que le tome el pelo a su padre».

Se puso a andar tan deprisa que la chica casi tenía que correr para seguirle el paso, pero se veía que no se daba por vencida pues, cuando Dyzma volvió la vista a la altura de la calle Nowogrodzka la vio de nuevo. Se detuvo y, ante su asombro, ella también se paró junto a un escaparate sin iluminación. Se trataba de una muchacha menuda, vestida con una indumentaria pobre y sombrero negro.

Escupió y siguió su camino. Giró en la calle Wspólna. Varios minutos más tarde estaba ya frente a su portal. El conserje le abrió y le hizo una profunda reverencia.

—¿A qué hora volvió el chófer? —preguntó Dyzma, al que le gustaba tener controlados a sus subordinados.

—Sí, excelencia, sobre las once.

—¿Y han arreglado el techo del garaje?

—¡Cómo no, excelencia!

Dyzma asintió con la cabeza y subió por las escaleras. Ni él, ni el conserje advirtieron la silueta de la chica que les miraba a través de las rejas del portón.

Su corazón latía con fuerza.

Alzó la vista hasta abarcar la fachada del edificio.

A la altura del primer piso vio un rótulo en negro:

BANCO NACIONAL DE CEREALES

¡Un banco...!

Y, de repente, todo le quedó claro. Meridianamente claro. Nikodem, su Nikodem, que la había abandonado aunque lo amaba tanto, aunque aún lo ama y no puede olvidarse de él, Nikodem se está preparando para un gran golpe. A lo mejor es un túnel, o quizá solo se trate de abrir la caja fuerte... En cualquier caso, está compinchado con el conserje. ¡Si acaba de ver cómo lo dejaba entrar y conversaba con él en voz baja...!

Banco Nacional de Cereales.

¿O a lo mejor se ha infiltrado como portero? Pero más bien no. ¿Por qué entraría entonces de noche?

Su corazón latía con fuerza.

Cruzó la calle y se quedó esperando.

¿A lo mejor suenan las alarmas, a lo mejor aparece la policía al otro lado de la calle? Oh, bien sabe lo que tenía que hacer entonces: llamar al timbre y avisar al conserje... Cierto, Nikodem le mintió, se olvidó de ella, no volvió, pero aún puede volver... Le va bien, lleva un abrigo de piel... Y ese día iba en un coche tan caro... Cuando vivía con ellos en la calle Lucka ni siquiera habría podido soñar que ese Dyzma fuera un tipo tan fetén, tan siniestro, tan de los nuestros...

El amanecer se abría ya paso por entre el grueso abrigo de las nubes y Marianka decidió irse. Hacía frío. Cuando llegó a la calle Lucka, el portón ya estaba abierto —veinte céntimos de ahorro.

A la mañana siguiente volvió a Wspólna. Pensaba intranquila que vería el banco rodeado de policía, que quizá estuviera detenido, o a lo mejor habría logrado huir.

Suspiró aliviada. La puerta giratoria no dejaba de dar vueltas. Los clientes entraban y salían, un sinfín de coches se detenía delante del edificio.

Entonces será un túnel o un agujero en el muro... Un golpe a largo plazo...

Por fin lo encontró. Oh, esta vez no se le escapará. Estaba segura de que a lo largo del día no iba a encontrarse con él por aquí, pero vendrá por la noche, se quedará a esperarlo y se verán cara a cara...

Y ahí se quedó.

Las diez, las once... Iba de aquí para allá con paso nervioso por la acera de enfrente. Caía una nieve suave y ligera, con grandes copos blancos que se volvían negros a la luz de las farolas.

Trataron de contratar sus servicios dos veces. Una de ellas el tipo era joven y tenía pinta de rico, pero le dijo que no con la cabeza.

Empezó a intranquilizarse: ¿y si hoy no viene...? ¡Pero seguirá esperando! Tiene que volver... Los hombres son siempre iguales, si no ven, no se acuerdan... El pelirrojo ese de Zosia, Wladek, volvió con ella...

Miraba con impaciencia hacia la calle Marszalkowska y hacia el lado contrario y fue el chasquido del portón al cerrarse lo que dirigió su atención hacia el edificio del banco.

Estaba saliendo Nikodem acompañado de una elegante señora.

Iban riéndose.

La chica se escondió tras un saliente del muro. Pasaron al lado de donde estaba la muchacha y, como la acera era estrecha, podía haberlos alcanzado con la mano cuando se cruzaron con ella. Llegó claramente a sus oídos la voz de Nikodem:

—Si quieres, querida Nineczka...

El resto no pudo escucharlo por culpa del claxon de un taxi que pasaba, pero vio que andaban cogidos de la mano.

—¡Así que esas tenemos...! —dijo para sus adentros.

Siguió tras ellos lentamente.

No le extrañó que hubiera una rival. No podía sospechar que no estuviera con otra, pero le asustó la belleza de esa señora.

«La ama... seguro que la ama... Pero ¿por qué —surgió un rayo de esperanza—, por qué entonces anoche en el hotel, con otra...?

Había ahí algún misterio. Si no fuera por eso, a lo mejor los alcanzaría ahora mismo y le espetaría a esa mujer que tiene un derecho de antigüedad sobre Nikodem, que lo ama...

«Volverá a mí, volverá... Le diré que me he quedado ya sin lágrimas, que todas las que son como yo tienen a un amigo y que yo no tengo, aunque lo intentaron chicos majísimos... Tiene que volver...»

Nikodem acompañó a Nina y volvió a casa. Estaba justamente pensando que Jurczak, a quien en Lysków tenían por buen conocedor de las mujeres, se equivocaba al decir que solo las morenas son apasionadas, cuando escuchó su nombre.

Se dio la vuelta. Delante de él estaba Marianka.

—Nikodem —susurró.

—Ah, eres tú —dijo sin ocultar su disgusto.

—¿Te acuerdas de mí...?

—¿Qué quieres?

Lo miró con los ojos abiertos de par en par. No sabía qué decir.

—Venga, ¿qué es lo que quieres? —preguntó con voz irritada.

—¿Así me recibes? ¿Qué te he hecho de malo, Nikodem? —dijo con reproche.

—¡Déjate ya de tonterías! Ni malo, ni bueno. ¿Qué quieres?

No dijo nada.

—¡Habla ya, joder!

La chica seguía callada.

Soltó un taco y quería irse, pero lo agarró por la manga.

—¡Suelta!

—No te suelto. Tienes que escucharme.

—Pues habla, joroba, ¿qué es lo que quieres?

—Ves, Nikodem, seguro que no sabes cuánto te he echado de menos, porque, sabes, no tengo ni amante, sigo esperándote. Te busqué, siempre pensé que volverías, que no te habías olvidado.

Se encogió de hombros.

—¿Y había algo que recordar o que olvidar?

—¡Pero dijiste que volverías!

—No me he casado contigo. Será porque uno no dice cosas...

—Ves... yo te amo.

Se echó a reír.

—¡Qué cosa tan extraordinaria! Todas las noches amas a alguien.

—¿Eso me echas en cara? ¿Qué? ¿Que soy «una de esas» por gusto? Me moriría de hambre. Tengo que hacerlo, aunque cada vez me dan ganas de vomitar.

—Vale, vale, pero déjate de trolas.

—Digo la verdad. No creo que nadie me envidie. Una vida de perros.

—Bueno, pero ¿eso qué me importa?

—¡Vuelve conmigo!

—No. De eso nada.

—Puedes vivir gratis con nosotros. Pagaré por ti.

Soltó una carcajada.

Ella lo miró intranquila.

—¿De qué te ríes?

—Me rio porque eres tonta. Quítatelo de la cabeza.

—¿Por qué no me quieres? ¿Ya no te gusto?

—Déjame en paz ya, Marianka, mientras estoy de buenas.

—Si entonces dijiste que volverías...

—¡Me importa un pito lo que dije! ¿Entiendes? Me voy a casar y quítate del coco la idea de que vaya a perder el tiempo pensando en una piltrafa como tú. Tengo ahora mujeres de otra categoría.

—¿Te casas con esa con la que ibas hace un rato?

—Con esa o con otra, no es asunto tuyo.

—Sé que es con esa —su voz denotaba odio.

—¿Y a ti qué te importa?

—¡Pues que te amo! —gritó.

—¡Silencio, no vocees! Quieres amarme, ámame, me importa un comino. Y ahora déjame en paz porque no tengo tiempo.

Volvió a agarrarlo por la manga.

—Espera aún un momento.

—Venga.

—Ven conmigo esta noche…

Se asió a la esperanza de que aún podría persuadirlo y separarlo de la otra.

Dyzma le dio un ligero empujón.

—Vete.

—¡Nikodem...!

Sus ojos estaban llenos de lágrimas.

—Y ahora me empezarás a berrear, te digo que no puedo. Hoy no puedo. Incluso si quisiera.

—¿Por qué?

—Tengo trabajo.

—¡Ajá...! Asintió con gesto serio.

Comprendía, por supuesto, que una tarea de la envergadura de desvalijar un banco no era asunto baladí y que, frente a eso, ella era insignificante.

—Pero después —dijo—, después…

—Puede que después. Hasta la vista.

Iba a irse, pero ella volvió a detenerle.

—Nikodem, ¿no me das un beso?

—¡Caray! Qué pesada estás.

Se inclinó hacia ella y le dio un beso en la mejilla. Pero Marianka no se conformó con eso y, abrazándose al cuello de Dyzma, juntó sus labios con los de él.

Los tenía densos, jugosos y fríos por la temperatura.

—Venga, ya basta —se la quitó de encima.

—¡Vuelve! Vuelve conmigo —susurró.

—Menuda plasta. Ya veré, a lo mejor más adelante. Adiós.

Asintió en silencio.

Permaneció parada un buen rato, siguiéndole con la mirada. Cuando desapareció en el cruce, se secó los ojos con un pañuelo y se fue en dirección contraria.

Nikodem estaba furioso. Esa Marianka, aparece de improviso... Se había olvidado de ella hace tiempo... ¡¿Y con qué derecho se aferra a él...?! Por supuesto, lo ama y en el fondo es una buena chica, pero eso todavía no es motivo para que anduviera detrás de él...

«Y además me puede poner en un aprieto. O le cuenta a Nina vete a saber qué cosas. ¡Joder!»

Decidió que, si le importunaba de nuevo, le metería tal bronca que ya no se volvería a atrever.

En el apartamento el aire seguía saturado de los perfumes de Nina. Se desvistió y ya iba a acostarse cuando se acordó de que al día siguiente Krzepicki se iba a Koborowo y de que tenía que prepararle unos papeles.

Llevaba media hora trabajando y estaba terminando cuando sonó el teléfono. Cogió el auricular.

Era Wareda. Estaba con toda la pandilla en una taberna y decidieron llamar a Nikodem.

—Desde que vino la señora Nina —se quejó el coronel— no se te ve el pelo. Tienes que venir.

Pero Dyzma se negó en redondo. Estaba cansado y somnoliento.

Y, en general, no le gustaban las tabernas. Beber de vez en cuando, por supuesto, pero estar sentado horas y horas y coger una cogorza —eso ya no. Si antes salía de parranda con Wareda, Ulanicki y otros lo hacía para establecer relaciones.

Ahora el sueño al que volvía una y otra vez era una vida tranquila y monótona en Koborowo.

La cuestión de la nulidad matrimonial de Nina avanzaba rápidamente. Lo que más lo facilitaba era el hecho de la falsificación del apellido por parte de su marido —el resto lo arreglaba el dinero, del que Dyzma no andaba escaso por entonces.

Los días pasaban uno tras otro sin traer acontecimientos de mayor importancia.

Pero Nikodem notaba a cada paso la ausencia de Krzepicki en su trabajo en el banco.

Aunque tenía ya cierta rutina y sabía qué hacer en ese o aquel caso, había asuntos que le superaban. Entonces la única salvación era un fuerte ataque de reumatismo.

Si, a pesar de su extremada precaución, cometió algunos errores, fueron atribuidos a la distracción del señor presidente a causa de su enamoramiento, tema de frecuente parloteo en el banco. La principal fuente de información en este aspecto era Ignacy, que todos los días llevaba cestas de flores a casa de la prometida del señor presidente.

Nina solía ir varias veces por semana al apartamento de Nikodem.

La señora Przeleska, que no lo sabía, expresaba públicamente y a viva voz su admiración por el gran cambio a mejor en la belleza y en el talante de su sobrina.

—Amar y ser amada —le decía—, esos son, querida mía, los mejores cosméticos para una mujer. ¡Si parece que estuvieras floreciendo!

Nina se reía luego contándoselo a Nikodem.

Apenas pensaba en su marido. Por lo demás, no le sobraba tiempo para ello. La vorágine de la vida social la absorbió por completo. Y disfrutaba más aún por el furor que causaba. Jóvenes y menos jóvenes la rodeaban con fervor, allá donde la invitaban se veía rodeada por un tropel de admiradores.

Entre ellos, había uno en el que Dyzma comenzó a fijarse con inquietud.

Esta inquietud se veía justificada no tanto por las virtudes de aquel, sino por el comportamiento de Nina. Era evidente que lo favorecía. Conversaba y bailaba con él más que con cualquier otro.

Era un hombre de casi cuarenta años, alto, delgado, con cabello de cáñamo dorado por el sol. Apareció de repente, a saber de dónde, parecía que de todo el mundo porque hablaba de Australia, Perú o Groenlandia con el mismo desparpajo que si lo hiciera de Konstancin o Milanówek. Se llamaba Hell, Oskar Hell. Decía que había nacido en Rusia y comenzó a llamar a Dyzma colega suyo desde que supo que había estado en Oxford. Él estudió en Cambridge. Hablaba en polaco igual de bien que en otros diez idiomas. Cuando le pedían que definiera su nacionalidad, hacía con las manos un divertido gesto de impotencia.

A Nina le causó buena impresión desde el principio, cosa que Nikodem advirtió sin esfuerzo, pues su prometida no trataba de ocultar su simpatía para con ese nómada.

Aún no podía calificarse la situación de peligrosa, pero la inquietud de Dyzma iba en aumento. Además, no tenía a mano a Krzepicki, que siempre encontraba una solución para todo. Le escribió sobre el tema, pero no le llegó respuesta.

Entre tanto, Oskar Hell se asentó en Varsovia. Entabló numerosas relaciones, estaba presente en cada baile, en cada «faiv» y en cada fiesta. Y como no llevaba ningún negocio y siempre tenía dinero, empezó a ser tomado por rico, e incluso por un buen partido. Lo trajo a Polonia el conde Pomialowski, que lo invitó a cazar jabalíes. Él mismo no sabía decir mucho sobre Hell, pues lo conoció a bordo de un barco italiano durante una excursión a las Canarias.

Nikodem encaminó todo su ingenio a separar a Nina de ese trotamundos, pero temía tocar el tema abiertamente, pues sabía que eso podría empeorar las cosas.

La situación podría haber seguido así Dios sabe por cuánto tiempo, si no fuera porque durante una conversación entre Hell y Nina apareció casualmente el nombre de Kasia Kunicka.

Resultó que Hell la conocía bien, que se veía con ella con frecuencia en Davos, Cannes y Ginebra, que incluso se cartean de vez en cuando, pues a ambos les interesaba la telepatía e intercambiaban noticias y observaciones sobre ese tema.

Nina se quedó electrizada por la noticia. No tenía idea de lo que pasaba con Kasia, a pesar de que le tenía mucho aprecio. Además, compartía con Kasia recuerdos demasiado efusivos como para reaccionar con indiferencia a esta sorpresa.

Naturalmente, se lo dijo a Nikodem a la primera ocasión:

—¡Imagínate que el señor Hell conoce bien a Kasia! ¡Se ha visto con ella en el extranjero e incluso se cartean! Pobre Kasia, tan sola... Me da mucha pena.

—Eeeh... a lo mejor nuestro señor Hell miente.

—¡Niko! ¿Cómo puedes decir eso? —dijo ofendida—. El señor Oskar es un verdadero caballero.

Ahí quedó todo sentenciado.

Dyzma decidió actuar. Inmediatamente. Decidió consultarlo con Wareda y quedó con él para cenar.

Después del primer vodka abordó la cuestión.

—Ves, Wacek... ¿Tú conoces a ese Hell?

—Lo conozco. Un tipo divertido.

—Divertido o no, ¡que lo zurzan! Pero ves, está metiendo los hocicos en mis negocios.

—¿En qué?

—Se está entrometiendo entre mí y mi prometida.

—Pues dale al granuja un bofetón y, si se pone gallito, un par de pistolas y se acabó.

—¿Un duelo? — Dyzma frunció el ceño.

—Pues claro. Te digo, Niko, que en estos casos lo mejor es plis-plas y dejarse de cháchara...

—Si es que, ves... No se trata de eso. Se trata de la moza. Y la moza se puede encaprichar más de él si le doy una sacudida o algo así.

—Y entonces, ¿qué piensas hacer?

Dyzma se rascó la barbilla.

—¿Y a lo mejor arrestarlo...? A saber quién es este pájaro, un trotamundos, un vagabundo…

—Hm… entre nosotros, no hay ningún motivo.

—¿Y si es un espía? —dijo Dyzma dubitativo.

—¿Y si no? ¿Por qué iba a ser un espía?

—Puede no serlo, pero puede serlo. Nadie lo conoce. ¿De dónde saca el dinero? ¿Eh? ¿De qué vive?

—Hm…

—Un vagabundo, ciudadano extranjero…

—Bueno, sí —reflexionó Wareda—, es posible. Podrían verificar sus documentos. Incluso hacerle una revisión en su hotel, pero si resulta que todo está en orden, será un fiasco. No es la manera…

Se bebió el vaso de vodka y, de repente, se dio una palmada en la frente.

—¡Esa es la manera! ¿Sabes? Sí que hay una manera…

—¿Sí?

—Lo que quieres no es detenerlo, sino… desacreditarlo.

—¿Cómo que desacreditarlo?

—Bueno, a los ojos de Nina.

—Ah, sí.

—Pues hay una manera. Lo arrestan, hacen la revisión, ponen una mención en los periódicos y luego al tipo le piden disculpas y lo sueltan.

—¿Y eso servirá?

—¿Cómo? ¿No lo pillas?

—No.

—Si es sencillo. ¿Qué piensas, que la señora Nina va a querer relacionarse con alguien sospechoso de espionaje?

Dyzma se puso a pensar y replicó tras una pausa:

—Más bien no.

—¿Y que a un tipo así lo sigan recibiendo en los salones de la alta sociedad...? No, hermano, después de un numerito así tendrá que hacer las maletas y marcharse…

—Hm… Pero puede explicar que se trató de una equivocación —observó Nikodem.

—Y nosotros —dijo Wareda— podemos dar a entender que lo han soltado porque fue demasiado astuto y pudo ocultar a tiempo las pruebas de su culpabilidad.

Dyzma dio la razón al coronel. El plan estaba listo y, sin demorar su ejecución, Wareda llamó al coronel Jarc, amigo suyo, jefe del segundo departamento del Estado Mayor.

Se reunieron los tres por la noche. A Jarc no le contaron todos los detalles porque Dyzma no quería que supiera de sus inquietudes prematrimoniales. De todos modos, estas a Jarc no le interesaban. Le bastaba completamente con saber que el presidente Dyzma sospechaba de aquel extranjero, el cual carecía del menor relieve en el país, que el presidente deseaba desacreditar a ese Hell y, bueno, que la cena era espléndida.

La cosa se llevaría a cabo a la mañana siguiente temprano.

Nikodem estaba excitado desde que llegó al banco. No veía la hora de leer los periódicos de la tarde y estuvo mandando al conserje a la calle a cada rato para saber si ya habían salido.

Finalmente le trajo tres periódicos.

Dyzma se puso a hojearlos febrilmente. En los dos primeros no había rastro de Hell, pero la portada del tercero había en negrita una pequeña mención bajo el título: *«Siguiendo la pista de una nueva red de espías». «Detención de un distinguido espía en un hotel de lujo».*

En el comunicado no aparecía —tal y como habían quedado— el nombre completo de Hell. Figuraba allí como *H.* Sin embargo, la información sobre él había sido redactada de tal manera que nadie que conociera a Hell podría tener la menor duda de que se trataba de él precisamente.

Dyzma se frotó las manos.

Recuperó la compostura, se puso a revisar papeles, mandó que le trajeran la correspondencia que había que firmar, charló en tono bromista con la secretaria, hizo una ronda por las oficinas del banco, respondiendo con una sonrisa a las reverencias, y pasó a leer las cartas. Entre otras, había una de Krzepicki, que decía:

Estimado señor presidente:

Primero me apresuro en comunicarle que, de momento, todo en orden. No me he encontrado ningún tipo de oposición ni de sabotaje. Poco a poco me voy situando en los negocios. Koborowo es un huevo de oro. Mis felicitaciones. En un mes conoceré de aquí hasta la última piedra. ¡Vaya miedo que le tienen aquí todos! Más aún que en el banco. He estado ya dos veces en Grodno en la Oficina de Hacienda. Rabinowicz ofrece 700 zlotys por cada ejemplar. Quiere llevarse 30 novillas, pero paga con pagarés de seis meses de la empresa «Natan Golder & Cia», endoso de la oficina bancaria de Kugel en Bialystok. Dígame, por favor, ¿debo aceptarlos? Kasperski me dice que son seguros.

A ese Hell, del que me escribe no lo conozco ni he oído nada sobre él. Si quiere mi consejo, no se preocupe por él. Pero la precaución nunca está de más. Así que me parece que lo mejor será decirle a la señora Nina que ese Hell tiene una enfermedad venérea incurable. Bastará para asustarla.

Estuve dos veces en el pabellón de George Ponimirski, que está enfermo grave. El médico dice que es una pulmonía. La fiebre es muy alta, delira, no me reconoció. Pienso que puede palmarla. Cuando se enteró de que a Kunicki se lo había llevado el diablo le dio un ataque de alegría y salió volando al parque sin abrigo. Por supuesto, se resfrió. Estuvo correteando por el parque gritando a viva voz. En el fondo, me da pena. Pobre chico.

Luego Krzepicki le daba cuenta de los ingresos y gastos, pidió a Nikodem que acelerara el asunto de las traviesas ferroviarias y anunció que en breve iría a Varsovia para uno o dos días.

Nikodem estaba contento. Dictó a la maquinista un telegrama en el que daba orden de aceptar los pagarés si Krzepicki se fiaba de ellos y llamó a la señora Przeleska para invitarse a comer en su casa.

Cuando llegó, aparte de los miembros de la casa, se encontró con la joven condesa Czarska y con dos jóvenes que conocía, pero de cuyo nombre no se acordaba.

Después de los saludos, preguntó:

—¿Saben ya ustedes de la detención?

—¿Qué detención?

—No, no sabemos nada.

—¿A quién han arrestado?

—¿Cómo? —Dyzma asintió con la cabeza— Hoy en día uno no puede estar seguro de nadie. Y parecía un tipo tan simpático.

—¿Pero quién? —la señora Przeleska no pudo contenerse.

—¿Quién? Pues el Oskar Hell ese.

—¿Quién? —preguntó Nina intranquila.

—Hell —replicó Nikodem observando la expresión de su rostro.

—¡Imposible! ¿El señor Oskar?

Nikodem se llevó la mano al bolsillo con gesto parsimonioso y le pasó el periódico a la señora Przeleska, señalando un fragmento subrayado con lápiz rojo.

Leyó en voz alta y concluyó con un suspiro.

—¡Menuda historia! ¡Dios mío!

Nina cogió el diario y leyó ella misma el comunicado. Estaba abatida.

—Es que hoy uno no le puede creer a nadie —dijo la señora Przeleska con aire sentencioso.

—Un asco —espetó Nina—. La gente es asquerosa, ¡todo es un lodazal!

—Bueno, no hay que exagerar —dijo brevemente Dyzma.

Se entabló una conversación sobre Hell, y casi todos comenzaron a acordarse de algún detalle de su comportamiento que desde hacía tiempo les resultaba sospechoso.

Nina no estaba escuchando. Pensaba en lo malo y falso que es el mundo, en lo inerme que se encontraba y en lo poco preparada que estaba para defenderse de los inesperados golpes que podían llegar de cualquier lado.

Observó a Dyzma. Su cabello de lana, su frente cuadrada, nariz corta, labios estrechos, una enorme y poderosa mandíbula inferior. El torso quizá demasiado alargado y las piernas separadas.

«Parecería que es un hombre normal —pensó— y, sin embargo, en esta aparente mediocridad resalta un poder como concentrado, oculto, como una fuerza adormecida, pero escondida a propósito... Nik... Mi Nik...»

Estaba como sorprendida de que ese hombre tan serio, con una media sonrisa de sabiduría en el rostro, que escuchaba en silencio el parloteo de esas personas, de que ese estadista, ese gran economista, ese hombre tan... ajeno, puede que no ajeno, pero como lejano a ella, ¡es su Nik! ¡Exacto! Su prometido, su marido en breve, él es quien desde ahora guiaría su destino, su vida, el que le garantizaría la seguridad, la protegería de todo mal... Oh, él puede hacerlo, como ningún otro. Es como una pirámide en el desierto que ningún huracán es capaz de mover... El señor Hell también era un hombre de verdad, pero...

Prefería no pensar más en él.

Sirvieron la mesa. La típica conversación sobre todo y sobre nada.

Cuando después de comer se quedaron solos un momento, le susurró a Dyzma:

—Te quiero, te quiero mucho.

Él tomó su mano y la besó.

—Nik... ¿Vamos hoy a tu casa?

—¿Quieres? —preguntó con tono travieso.

Se mordió los labios y, mirándole a los ojos con las pupilas ensanchadas, susurró:

—Mucho, mucho... mucho...

Estaba algo pálida, cosa que Dyzma ya conocía bien.

—Tres días —dijo— hace que no estamos solos...

—Bien —asintió y pensó: «Bueno, vamos a estar ocupados».

Al salir antes de las ocho, Nina anunció que iban a la ópera. Luego le explicó riéndose a Nikodem que había elegido la ópera porque hoy representaban «La africana», que termina pasada la medianoche.

—Qué astuta es tu Nineczka, ¿verdad?

—¡Jo, jo!

Esperó a que los pasos de Nina dejaran de oírse tras el portal, miró el reloj. Era la una. Se dirigió a su casa.

Estaba apenas a unos quince metros del edificio del banco cuando vio a Marianka. Estaba apoyada en una farola. Evidentemente le estaba esperando.

Se azoró. Quería pasar simulando que no la había visto, pero ella se puso en su camino.

—¿Qué? —gritó secamente.

—Nikodem...

—¡¿Qué?!

—Nikodem... No te enfades... Pero no puedo vivir sin ti...

—¡Fuera de aquí! ¡Me dan ganas de escupirte! ¡Y deja ya de seguirme, pedazo de carroña, o te reviento la boca!

Lo miró con ojos de espanto.

—Pero ¿por qué? ¿Por qué, Nikodem?

—Porque me tienes hasta las narices ya, joder.

—Pero yo te amo, y tú me prometiste...

—¡Me importa un pito lo que haya prometido, y tú igual! ¿Lo entiendes? Lo me quedaba... que una zorra cualquiera, una piltrafa, se enganche a mí y no deje de molestarme. ¡Qué bazofia!

—¡Nikodem...!

—¡¡¡Fuera, asquerosa!!!

Le dio tal empujón que perdió el equilibrio y cayó sobre un montón de nieve sucia.

No se levantó. Siguió con la vista a Nikodem mientras se alejaba.

—¡¿Esas tenemos...?!

Se cubrió el rostro con sus manos congeladas y se puso a llorar.

—Bazofia... zorra... piltrafa...

Se alzó de repente e hizo con el puño un gesto de amenaza en dirección al banco.

—¡Ahora te vas a enterar!

Se sacudió la nieve de la pelliza y rápidamente, lo más rápido que pudo, se dirigió hacia la calle Marszalkowska.

«¡Te vas a acordar de mí, te vas a acordar...! ¡Yo no te tendré, pero la otra tampoco! Te voy a preparar una buena».

El ansia de venganza, de una venganza inmediata, se apoderó de ella. Iba casi corriendo.

No vaciló cuando el policía que había a la entrada le preguntó qué quería.

—Quiero dar un chivatazo —dijo.

—¿Un chivatazo...? Bueno, ve al sargento de turno. Esa puerta.

Entró en una gran habitación dividida en dos por una barandilla y se acercó al escritorio

—¿Qué? —preguntó el sargento sin levantar la vista mientras seguía escribiendo.

Miró a su alrededor. Estaban solos.

—Quiero denunciar a un tipo.

—¿Sí? —preguntó parsimonioso.

—Ya en mayo se cargó a un judío. Le robó un montón de pasta. Él mismo me lo dijo pavoneándose y me enseñó el dinero. Y ahora se está preparando para asaltar un banco en la calle Wspólna.

El sargento dejó a un lado la pluma y alzó la vista.

—¿Un banco? ¿Quién es?

—Se llama Dyzma. Nikodem Dyzma.

—¿Y cómo lo sabes?

—Lo sé.

—¿Cómo te llamas?

—Marianka Barcik.

—¿Dirección?

—Lucka 36.

—¿Profesión?

—Chica de la calle —replicó tras vacilar un momento.

—¿Y por qué das el chivatazo?

—Es asunto mío.

El sargento anotó el nombre y la dirección.

—¿Y dices que se está preparando para atracar un banco en la calle Wspólna?

—Sí.

—¿Pero sabes que aquí no hay bromas? Si estás mintiendo vas al calabozo.

—Lo sé.

La observó. Estaba tranquila. Por su rostro ensañado dedujo que decía la verdad.

—¿Dónde está ahora ese Dyzma?

—En el banco.

—¿Qué?

—Yo misma lo he visto entrar. Está compinchado con el conserje.

El policía cogió el auricular del teléfono y dijo un número.

—¿Está el comisario...? Despiértelo, por favor. Un asunto importante. Aquí el sargento de turno Kasparski.

Tras una larga pausa el comisario respondió. El sargento le informó del chivatazo.

—No la deje salir —ordenó el comisario—, ahora mismo voy y la interrogo personalmente.

El sargento colgó e indicó a Marianka un banco junto a la pared.

—Espera.

—Bien.

Se sentó. ¡Oh, se va a acordar de ella!

Nikodem estaba acostado leyendo el periódico cuando llamó el teléfono.

Soltó un taco y decidió no levantarse. Pero el teléfono no dejaba de sonar.

—¡¿Qué cojones?!

Saltó de la cama sin ponerse las zapatillas, tropezó con una silla en el despacho a oscuras.

—¡Diga!

—¿Estoy hablando con el señor presidente Dyzma?

—Soy yo. ¿Quién es?

—Habla el comisario Jaskólski. Mis respetos, señor presidente.

—Buenas noches. ¿De qué se trata?

—Disculpe usted que llame tan tarde, pero es un asunto muy importante.

—¿Qué asunto?

—Ha venido a la comisaría una prostituta de apellido Barcik y declara que está usted haciendo un socavón bajo el Banco de Cereales.

—¿Qué...?

El comisario soltó una carcajada.

—No tiene pinta de loca, pero insiste tozudamente en eso que le he dicho. ¿La conoce usted?

—¡Qué diablos la voy a conocer!

—Claro, naturalmente. He mandado que la tengan retenida. Al principio pensaba que estaba borracha, pero no. No sabe que es usted presidente del Banco de Cereales. Y aunque se lo he dicho, no quiere retirar su declaración. Debe tenerle a usted alguna manía. ¿Es verdad que usted vivió hace tiempo en la calle Lucka?

—¡Dios me libre! En mi vida.

—Estaba seguro —replicó el comisario—. ¡Qué lagarta! Se va usted a reír, pero afirma que usted en mayo asesinó y desvalijó a un judío. ¡Incluso mencionó el hotel en el que usted le enseñó el dinero robado!

—¡Menuda cerda!

—Claro, es comprensible, señor presidente. Pero no sé qué hacer con ella.

—¡Echarla a la puñetera calle!

—Si es que ella está empeñada en mantener sus declaraciones y exige que hagamos protocolo. Desde el punto de vista formal, tendríamos que hacer un parte, en cualquier caso.

—Pero ¿para qué? —preguntó apresuradamente Dyzma—. No hace falta ningún protocolo.

—Entiendo, señor presidente, pero podríamos levantar acta y llevarla ante la justicia por acusaciones falsas.

—Eeeh, ¿para qué?

—La encerrarían por tres meses.

—No vale la pena. Mejor aconséjele usted que se olvide de todo, señor comisario.

—¡Bah! No querrá. Es una bestia obstinada.

—Bueno, eso depende del modo en que usted se lo aconseje.

—No le entiendo, señor presidente.

—Tenéis vuestros métodos en la policía...

—¡Ajá! —lo pilló el comisario—. Hecho, señor presidente. Mis mayores respetos. Otra vez disculpe las molestias.

—No hay de qué. Muchas gracias. Y yo me acordaré de usted cuando tenga ocasión, señor comisario.

El comisario se deshizo en agradecimientos y, mientras colgaba el auricular, apretó un timbre. Un policía apareció en la puerta.

—Traédmela.

—Pues, ya ves, toda tu declaración es falsa. Vas a ir al calabozo.

Esperaba su respuesta, pero la chica callaba.

—Pero me das pena. Eres joven y tonta, así que te lo vuelvo a aconsejar por las buenas: retira tu testimonio.

—No lo retiro —dijo obstinada—, que sea el calabozo.

El comisario se puso en pie de un salto y empezó a gritar mientras daba golpes con el puño en la mesa:

—¡Ah, lagarta! ¡Lo vas a retirar! ¡Te lo digo yo que sí! ¡Te vas a desdecir como dos y dos son cuatro!

Iba alterado de un lado a otro de la habitación. Finalmente se detuvo delante de Marianka.

—¿Qué? ¿Lo retiras?

—No —respondió escuetamente y se mordió los labios.

—Walasek —dijo al policía que estaba entrando—, llévatela a la sala del fondo y explícale que acusar falsamente a dignatarios estatales no sale a cuenta.

—A la orden, señor comisario.

Tomó a la chica por el codo y la sacó al pasillo.

Anduvo sin rumbo por mucho, mucho tiempo. El sol ya había salido, había cada vez más gente en la calle. Iba tambaleándose y tropezando a cada paso. Los peatones la observaban. Una anciana dijo con desprecio al cruzársela:

—¡Puaj, borracha desvergonzada!

Marianka no respondió nada.

CAPÍTULO 18

La suntuosa decoración del bufete del abogado era una mezcla de seriedad y elegancia, austeridad en las formas y buen gusto. En pocas palabras, tenía las mismas características que su propietario, un caballero ya canoso, con una barba no muy larga de corte cuadrado, una autoridad en el área de los divorcios, concejal, curador de la Asociación de Defensa de la Familia y chambelán de Su Santidad.

Dyzma, sentado frente al escritorio, lo observaba con respeto y escuchaba atentamente su voz silenciosa y tranquila, que marcaba las palabras serena y enfáticamente a la vez, con la fluidez de un río ancho y manso.

De la pared, sobre la cabeza del abogado, en un marco amplio y dorado, colgaba un retrato del Papa.

Sin interrumpir su monólogo, el abogado abrió el escritorio, sacó una carpeta y de ella un gran pergamino plegado en cuatro partes. Lo desdobló en el aire.

Del centro colgaban dos grandes sellos de cera que pendían de cintas blancas de seda. El abogado besó uno de ellos y con veneración le tendió el documento a Dyzma.

El documento había sido elaborado en latín, pero Nikodem conocía bien su contenido.

Era la anulación del matrimonio de Nina.

Ahora que lo tenía en la mano, le vino a la cabeza que le había resultado muy caro.

«A saber cuánto más me va a cobrar el abogado» —pensó.

Como en respuesta a su pregunta no enunciada, el abogado extrajo de la carpeta una pequeña hoja, hizo un cálculo con su lápiz dorado y dijo:

—...y mi honorario es de cuatro mil doscientos zlotys.

Dyzma dio un bote en su silla.

—¿Cuánto?

—Cuatro mil doscientos, señor presidente.

—¡Debe estar de broma! ¡Pensaba que serían mil, o dos mil a lo más...!

—Señor presidente, desde el principio tuve el honor de avisarle de que me encargaría de este asunto sólo a condición de que fueran aceptadas mis tasas ordinarias y todos los costos incidentales.

—¡Pero cuatro mil! ¡Todo junto cuesta casi sesenta mil!

—Tenga en cuenta el señor presidente que ningún otro abogado habría podido conseguir la anulación en estas condiciones. He tenido que hacer considerables gastos para elaborar testimonios adicionales...

—Pero esos testigos ya están muertos.

El abogado esbozó una pálida sonrisa.

—Efectivamente, y ¿cree el señor presidente que sonsacarles los testimonios desde la ultratumba iba a costar menos...?

Nikodem entendió.

—¿Quiere decir...? —preguntó.

—Quiere decir —replicó el abogado mientras se levantaba— que eso es lo que hay.

Nikodem se llevó la mano al bolsillo, sacó un fajo de billetes, descontó la cuota adeudada y se puso en pie.

Mientras acompañaba a Dyzma al vestíbulo, el abogado le explicó cómo resolver las gestiones pendientes, en concreto, cómo hacer las modificaciones pertinentes en el registro civil, etc.

Finalmente, se despidió de él con una seria y solemne inclinación de cabeza.

Desde allí, Nikodem fue a directamente a ver a Nina.

Estaba de un humor maravilloso. En las últimas jornadas todo le salía bien. Marianka había desaparecido totalmente del horizonte. Estuvo tres días atormentado, preguntándose si volvería a intentar acusarlo ante la policía o el fiscal. Por suerte, se había calmado.

Ahora tenía en su mano el documento que le permitía casarse con Nina y abandonar Varsovia.

Además, por la mañana le llegó un telegrama en el que Krzepicki anunciaba su venida.

Eso era para Dyzma de extraordinaria importancia, pues el miércoles tendría lugar el pleno del comité económico del Consejo de Ministros. Se trataba de una cuestión altamente inquietante. El ministro del tesoro iba a exigir la venta a la exportación de los cereales pignorados por el banco. Nikodem, por su parte, tendría que tomar la palabra a favor o en contra del proyecto, pero no sabía qué hacer. Por eso la llegada de Krzepicki le venía muy bien.

Últimamente se había atrevido en bastantes veces a hacer declaraciones sobre diversos temas sobre los que se discutía en la prensa. Entonces, escogía la opinión que le parecía más adecuada y la presentaba como suya propia. Pero en este caso todo era estrictamente confidencial.

El ambiente en casa de la señora Przeleska estaba alterado. La propia señora estaba ruborizada, mientras que el rostro de Nina estaba pálido.

—¿Qué ha pasado? —preguntó extrañado.

—Ah, señor presidente, señor presidente —exclamó nerviosa la señora Przeleska —¡imagínese que han soltado de la cárcel a ese señor Hell!

—Lo arrestaron por equivocación —añadió apresuradamente Nina— y ahora le piden disculpas. Es totalmente inocente.

Dyzma se irritó y frunció el ceño.

—¡Ah! —siguió la señora Przeleska mientras gesticulaba— ¡Creía que me iba a dar un infarto! ¡Imagínese que hace media hora llama Janek Karczewski, ya sabe, el tenista, diciendo que le había llamado Hell y le había aclarado la confusión y le pide que se lo comunique a las condesas Czarska, a nosotros y a todos! Y además le dijo a Janek que vendría en persona a explicarnos la situación. ¡¿Qué hacer?! ¡No tengo idea de lo que hacer! ¿Podemos recibir a ese caballero? ¡Si ha estado en la cárcel acusado de espionaje!

—Sí —intervino tímidamente Nina—, pero la acusación ha sido retirada.

—¡¿Qué hacer?! ¿Qué piensa usted, señor presidente? ¿Ha oído hablar de todo esto?

Nikodem puso un rostro serio.

—No solo he oído hablar de ello, sino que lo sé todo con exactitud. Resulta que Hell ha sido puesto en libertad solamente porque fue lo bastante astuto como para destruir a tiempo las principales pruebas de su culpabilidad.

—¡¿Qué me dice?!

—Lo que sé. Me lo ha dicho el jefe del departamento de contraespionaje del Estado Mayor. Hell es el jefe de una red de espías bolcheviques y han estado siguiéndolo durante mucho tiempo. Pero cuando hicieron la revisión, en vez de documentos incriminatorios encontraron un montón de cenizas. Entonces tuvieron que disculparse y soltarlo para guardar las apariencias, pero para atraparlo de verdad en el momento adecuado. El jefe del segundo departamento me llamó exprofeso a mí y a otras personalidades que conocen secretos de estado para que tengamos cuidado con este pájaro.

—Bueno, si es así, la cosa está meridianamente clara —decretó la señora Przeleska.

Nina permaneció en silencio.

Estaban sentados en un salón que daba al vestíbulo y la puerta estaba abierta, así que cuando sonó el timbre, la señora Przeleska se apresuró a entornarla, por si acaso.

Al cabo de unos minutos, entró un lacayo y anunció:

—El señor Oskar Hell.

Entonces, la señora Przeleska respondió con voz suficientemente alta para que pudiera ser escuchada claramente en el vestíbulo:

—Dígale a ese señor que no estamos en casa y que para ciertas personas no estaremos nunca.

Del vestíbulo llegó a sus oídos el chasquido de la puerta al cerrarse.

—Qué mala es la gente —suspiró Nina.

Nikodem se dio la vuelta y fingió estar observando los adornos del aparador. Vio en el cristal del aparador el perfil de su rostro sonriente y esbozó una sonrisa aún más amplia.

Krzepicki leyó atentamente las seis páginas mecanografiadas de la solicitud del ministro del tesoro, luego echó un vistazo a la lista de cotizaciones de las bolsas de cereales nacionales y extranjeras y se encogió de hombros.

—Hm... ¿Qué piensa usted entonces, señor presidente?

Nikodem arrugó el entrecejo.

—¿Yo...? ¿Qué es lo que pienso...? Pues pienso que no es el mejor negocio.

—¡Es que es el peor negocio! ¡Es un suicidio! ¿Cómo? ¡Ahora, en medio de la mejor coyuntura, vender cereales! ¡Ahora que se sabe de antemano que en cada transacción perdemos del treinta al cuarenta por ciento! ¡Si es una locura! Y, además, echar al mercado internacional tal cantidad de cereales hará que los precios bajen aún más, ¡así que en Polonia también bajarán! ¡Más aún! ¡Las obligaciones de cereales también darán un bajón espantoso!

Nikodem asintió.

—Justamente eso le dije ayer a Jaszunski. Le anuncié que me opondría con fiereza a la solicitud del ministro del tesoro.

—¡Claro, naturalmente! Tiene usted toda la razón.

—Pero quería escuchar también su opinión. Me alegro de que estemos de acuerdo. Bien, señor Krzepicki, llame a una mecanógrafa y díctele la respuesta a la solicitud. Les voy a dar yo «pal pelo».

Dos horas más tarde la respuesta estaba lista. La sesión del comité económico tendría lugar a las siete, así que les quedaba una hora.

La pasaron hablando sobre los asuntos de Koborowo y del matrimonio de Nikodem.

El mayor problema relacionado con esta última cuestión era qué hacer después de la boda con George Ponimirski. Sabía que Nina se empeñaría en trasladarlo del pabellón al palacio.

Se lo había mencionado más de una vez. Dyzma, en el fondo, no tenía nada en contra. George no estaba tan loco como para meterlo en un manicomio. Solo tenía miedo a que se fuera de la lengua con lo de Oxford. Por supuesto, no le manifestó a Krzepicki estos temores. Este era partidario de cumplir los deseos de Nina. Si luego George resultaba insoportable, podrían mandarlo a un sanatorio. Y así quedó la cosa.

Krzepicki llevó a Dyzma al edificio del Consejo de Ministros y luego se fue a casa de la señora Przeleska.

Nikodem, mientras, estaba sentado a tras la gran mesa, silencioso y con cara de obstinado, observando con el ceño fruncido al primer ministro, que presidía la reunión, al ministro del tesoro que estaba precisamente pronunciando su discurso y a los demás dignatarios. Junto la mesa de al lado había dos taquígrafas.

El ministro del tesoro justificó su solicitud con voz seca y quebrada. Aclaró que la única manera de cubrir el déficit presupuestario era vender los cereales empeñados. Entre tanto podía mejorar la coyuntura internacional y podríamos conseguir un préstamo del extranjero. Para terminar, añadió que era filólogo y que sabía de economía lo que había logrado aprender por su experiencia de varios años, que aceptó el puesto contra su propia voluntad, pero que no tenía por qué ser un ministro postizo y por eso, si su solicitud era desechada presentaría categóricamente su dimisión.

Por su parte, el primer ministro le aseguró que sus logros eran muy apreciados y que la solicitud debería ser aceptada.

La respuesta a esta declaración fue un asentimiento general.

Pero los ojos de todos estaban vueltos constantemente hacia Dyzma, que callaba obstinadamente. Se esperaba de él algo extraordinario y nadie se decepcionó. Cuando el primer ministro se dirigió a él con una sonrisa para pedirle su opinión, Nikodem se puso en pie.

—Señores, a mí no me gusta hablar. Seré breve. No se trata de nosotros, sino del bien del estado, así que no es hora de chuminadas ni de chorradas. Todo lo que se ha dicho aquí no vale un pepino. Yo me limitaré a leer mi declaración.

Desdobló la respuesta preparada por Krzepicki y la leyó.

Ya mientras la leía se notaba mucha conmoción entre los presentes, y cuando terminó el ministro del tesoro se levantó indignado, gesticulando entre protestas.

Se hizo un bullicio, el intercambio de opiniones era acalorado y acabó en una disputa que, poco a poco, gracias a la intervención del primer ministro, se convirtió en una discusión normal.

En un momento dado, el ministro Jaszunski pregunto irritado a Dyzma:

—¿Por qué, señor presidente, su postura hoy es tan intransigente, si cuando hablábamos anteayer me aseguró que en principio estaba de acuerdo con la solicitud?

Dyzma se puso colorado.

—¡Nunca he dicho eso!

—Sí, me dijo usted que a lo mejor era buena idea.

—¡Eso es mentira!

—¡Es usted quien miente! —gritó Jaszunski—. Quizá con otras palabras, pero más o menos quería decir que estaba de acuerdo con el proyecto.

—Pero, colega —dijo con tono viperino el ministro del tesoro—, ¿no entiende usted que el señor presidente Dyzma empleó ese ardid para sorprendernos con su oposición?

Nikodem se levantó.

—No hay más que hablar. Yo he dicho lo que tenía que decir. Ustedes hagan lo que quieran.

La solicitud del ministro del tesoro fue aceptada.

—A mí me importa un comino —dijo esa tarde Nikodem a Krzepicki, cuando volvían de casa de la señora Przeleska—. Iba a dimitir de todos modos.

—¡Pero es una pena lo del banco!

Dyzma se encogió de hombros.

—¡Fue idea suya! ¡Si es como su bebé!

—¡Que se vayan al infierno!

—¡Pues menudo bombazo mañana!

—¿Qué bombazo? —dijo Nikodem extrañado.

—Bueno, en la prensa. Si están haciendo una locura... Seguro que gran parte de la prensa se pondrá de su parte.

—¿Y a mí, qué?

—Por supuesto, es una ganancia platónica, pero ¿sabe? ¡Se me ocurre una idea!

—¿Sí?

—Es una ocasión excelente para usted. Puede presentar la dimisión mañana mismo.

—Eeh... no vale la pena, quería dimitir antes de la boda. ¿Para qué perder varios miles de zlotys?

—Tendría usted razón si no fuera porque no van a tener un sustituto de inmediato. Además, no querrán desprenderse de un hombre como usted así por las buenas. La cosa se alargará y los réditos morales para usted serán considerables.

—¿Qué réditos?

—Pues, es fácil. Presenta la dimisión sin explicar los motivos. Entonces quedará claro que, tras haber aceptado el gobierno una solicitud que lo que hace es despedazar el Banco de Cereales, usted no quiere cargar con la responsabilidad.

—Ajá —exclamó Dyzma al captar la idea.

—Ya ve usted, presidente, que tengo razón, y toda la opinión pública se pondrá de su lado.

Nikodem se echó a reír y la dio unas palmaditas en la espalda a Krzepicki.

—Es usted un tipo espabilado, señor Krzepicki.

—Para servirle, señor presidente.

CAPÍTULO 19

Las predicciones de Krzepicki se cumplieron hasta cierto punto. Al día siguiente aparecieron menciones en la mayor parte de los diarios, aunque bastante vagas y moderadas, y un comunicado oficial sobre la resolución del comité económico al que la prensa opositora dedicó mordaces comentarios.

Ese día, Nikodem visitó al primer ministro en compañía de Krzepicki, que acompañaba a su jefe para enfatizar la solemnidad del momento, y le presentó su solicitud de dimisión.

El primer ministro, sorprendido y bastante confuso, le pidió un buen rato a Dyzma que no agravara la situación y que retirara su petición. Pero Nikodem declaró categóricamente que su decisión era irrevocable. Se avino a seguir desempeñando sus funciones hasta que nombraran a un sustituto, pero aseguró con énfasis que no habría circunstancia ni persuasión de ningún tipo que pudieran hacerle revocar su decisión.

Al salir del palacio de Consejo de Ministros, Nikodem fue fotografiado por los reporteros de tres periódicos a los que Krzepicki había avisado de la dimisión.

Eso ocurrió poco antes de la una y ya a las dos acudió al banco el ministro Jaszunski. Estaba al borde de un ataque de nervios, las manos le temblaban como si fueran de gelatina. Repetía una y otra vez:

—¡Por el amor de Dios, no haga eso!

Trató de explicar, darle motivos, persuadirle, demostrarle que no era un acto patriótico, que la dimisión provocaría el pánico en los ámbitos económicos, que daría lugar a convulsiones de naturaleza política peligrosas para el país, que podría conducir a escisiones que harían tambalearse al gobierno. Apeló a Dyzma como a un amigo que no debería ponerle una zancadilla a él, Jaszunski, ni a los demás.

Dyzma aún no había podido responder cuando anunciaron al ministro del tesoro, inmediatamente después de este llegaron el diputado Lewandowski, el coronel Wareda, el viceministro Ulanicki, el señor Hirszman y el duque Roztocki. Al mismo tiempo sonó el teléfono: el presidente de la República convocaba a Dyzma en el Castillo Real a las cinco.

Pusieron a todo el mundo en acción para disuadir a Nikodem de dimitir. Estaban dispuestos a pagar el precio de anular la resolución del comité económico, pero Dyzma permaneció firme.

—Nunca cambio mis designios.

En la sala de espera se había reunido un grupo de periodistas. Salió un momento a hablar con ellos:

—¿Quieren saber lo que ocurre, señores? Pues sí, ha presentado mi dimisión.

—¿Por qué motivos, señor presidente?

—Por motivos personales. Es todo lo que puedo decirles.

—¿Se cierra a la posibilidad de cambiar de opinión?

—¡A cal y canto!

Saludó asintiendo con la cabeza y salió.

—Realmente es un hombre de hierro —dijo uno de los periodistas.

—¡Un político muyyyy inteligente! —añadió otro—. ¡Sabe bien lo que hace!

La prensa matutina estaba llena de títulos incendiarios. Los círculos políticos entraron en ebullición. Era de prever la dimisión del ministro del tesoro, quizá incluso la de todo el gabinete. Por supuesto, conforme había previsto Krzepicki, expusieron el asunto del comité político como causa directa de la renuncia del presidente Dyzma. No se sabe de dónde apareció una declaración suya que causó un impacto monumental. A excepción de los periódicos oficialistas, toda la prensa se puso del lado de Dyzma, sin ahorrar superlativos a la hora de calificar sus conocimientos, su inteligencia y las virtudes de su carácter. Recordaron su famosa frase del circo, publicaron su currículo y, bien, su fotografía con un comentario de este estilo:

El presidente Nikodem Dyzma, magnífico economista que ha salvado el país de la crisis económica, en compañía de su secretario personal, el señor Z. Krzepicki, abandona el palacio del Consejo de Ministros después de presentar su dimisión, símbolo de la protesta de este ilustre hombre de estado contra la suicida política del gabinete.

Incluso los diarios de la oposición que lo atacaban gustosamente hasta no hacía mucho, ahora ponían por las nubes sus excelencias, utilizando al presidente Dyzma para atacar al gobierno.

Nina hojeaba llena de rubor la pila de diarios que tenía ante sí. Apenas podía respirar por la conmoción. ¡Dios mío! ¡Si se trata de su Nikodem, qué grande es! Sentía cierta pena por ser tan incapaz de concebir su grandeza. Estaba orgullosa.

Ella le había pedido que dejara el banco. Quería tenerlo para ella sola. Pero ahora que comprendía la pérdida que suponía para el país, para su amada patria, se avergonzó de sus egoístas deseos y decidió pedir a su prometido que revocara su dimisión.

Salió al vestíbulo. Esperaba ver a Nikodem decaído por lo difícil de su decisión, preocupado por la suerte del país, desgarrado por la lucha entre el hombre particular, enamorado, y el hombre de estado que carga con el peso de la responsabilidad.

Por eso el rostro alegre de Dyzma la dejó desconcertada, hasta que se explicó a sí misma que Nikodem ocultaba su tristeza bajo una sonrisa para no preocuparla.

Lo recibió con ardientes besos y lo condujo a su habitación. Allí, sintiendo toda la grandeza de su sacrificio, le anunció que estaba dispuesta a renunciar a Koborowo y a vivir en Varsovia si el bien del país lo exige. Quizá dentro de un año encuentren a alguien capaz de sustituir a Nikodem en la presidencia del banco y entonces...

—No hay nada más que hablar —la interrumpió Nikodem—. He estado en el Castillo y la dimisión ha sido aceptada.

—¡Pero les harás felices si a pesar de eso te quedas!

—¡Eso ya se sabe!

—Y el país saldría ganando.

—Pues claro que saldría ganando.

—¿Entonces?

—No sabes de política, Nineczka. He hecho lo correcto. Y, en segundo lugar, te quiero demasiado y quiero estar contigo en Koborowo. ¿Te causa eso resquemor?

Nina le echó los brazos al cuello.

—Querido, querido, si eso...

Llamaron a la puerta.

Era la señora Przeleska. Comenzó una sarta de muestras de admiración y concluyó con un patético suspiro:

—¡No tienes idea, querida Ninusia, no te haces cargo de lo afortunada que eres de que un hombre así se haya cruzado en tu camino!

Comenzaron a discutir el tema de la boda.

Nina declaró que deseaba que su boda fuera modesta y tranquila en la pequeña parroquia de Koborowo, y que luego irían para toda la primavera a Argelia o Egipto.

La señora Przeleska aceptó la segunda parte del proyecto, pero se opuso a la primera.

—Pero, Ninusia, es un sinsentido esconderse. Es más que un sinsentido, ¡es una falta de tacto!

—Ya ves, tía, papaíto siempre decía que el setenta y cinco por ciento de las mujeres no tiene tacto alguno. Soy solo una mujer.

—Creo —insistió la señora Przeleska— que el señor presidente no estará para nada de acuerdo con tu idea. ¡¿Cómo puede ser?! Precisamente tu boda tiene que celebrarse en Varsovia, con pompa, con un buen séquito. Para que puedan estar presentes tus amigos y los amigos del señor presidente. ¡*Mon Dieu*! ¡La condesa Ponimirska se casa con un ilustre hombre de estado! ¡¿Qué es lo que hay que ocultar?! Me daría algo si decidierais otra cosa. ¡Bien, señor presidente, apelo a su decisión!

Nikodem sacó el labio inferior y alzó las cejas.

—Y, digo yo: ¿por qué no en Varsovia?

—Bravo, bravo —se alegró la señora Przeleska—. Sabias palabras. ¿Ves, Nina? Sabía que el señor presidente tomaría esa decisión. Después haremos una gran fiesta... Lo siento, Nina debes tener en cuenta que tu prometido no es un particular...

—Ahora sí —dijo Nina.

—Bueno, ahora, ahora. ¿Qué es ahora? ¡Todos en la ciudad dicen que antes de que nos demos cuenta ya lo han hecho ministro!

—Eeeh... dejémoslo —dijo Dyzma haciendo un gesto de desistimiento—, no hay que exagerar. Pero tiene usted razón en lo de la fiesta.

Nina accedió mansamente. Si era lo que deseaba Nik, tendrá algún motivo oculto que no quiere revelar y ella ya había renunciado hacía mucho tiempo a sus intentos de penetrar en esa alma cerrada, en la que era incapaz de profundizar, y con su instinto femenino sentía que esa alma era inquebrantable.

—Y con respecto al viaje —siguió Nikodem—, pienso que mejor dejarlo.

Nikodem frunció el ceño y se frotó las manos. Temía como diablo al agua bendita el solo pensar en un viaje al extranjero, pues su desconocimiento de idiomas saldría a la luz de inmediato. Los retazos de alemán que podría utilizar llegado el caso serían insuficientes.

—¿Piensa usted —preguntó con dulzura la señora Przeleska— que es poco patriótico en estos días llevarse el dinero al extranjero? ¡Pero es lo que hacen todos!

—¡Justamente! ¡Justamente hacen mal! Cada céntimo que llevan al extranjero es un robo al propio país —citó un eslogan que había leído no hacía mucho en una pancarta electoral—. Hacen mal.

—Bueno, pero usted, una persona a la que tanto debe nuestra patria...

—¡Con más motivo! Yo debo dar buen ejemplo a los demás. No, no iremos al extranjero. Podemos viajar por nuestro país.

—Tienes razón, Nik, he sido tonta al decir eso. Visitaremos Zakopane, Krynica, los Beskides...

Un sirviente apareció en el umbral de la puerta y se dirigió a Nina:

—Disculpe, condesita, una señora ha venido a verla.

—¿A mí? ¿Quién?

—No ha querido presentarse. Está en el salón.

—Perdonadme —dijo Nina—, voy a ver quién es.

Atravesó el comedor el tocador y abrió la puerta del salón.

Se le escapó un grito sin querer.

Ante ella se encontraba Kasia. Llevaba un corto abrigo de piel de color gris ceniza, un gorrito de piel y un cigarrillo en la boca, parecía un jovencito enjuto que por un momento se había puesto una falda.

—Buenos días, Nina —dijo con su voz de contralto que Nina conocía tan bien.

Se le fue toda la sangre a la cabeza. No sabía qué hacer. La inesperada visita de Kasia le produjo embarazo, además de alegría. Había dicho a otros y a sí misma que se olvidaría de aquello, pero ahora estaba convencida de que seguía acordándose. ¡Cómo iba a olvidarlo! La primera primavera, el primer descubrimiento inaudito del deleitoso secreto que la naturaleza había encerrado en ella…

—¿No me saludas? —Kasia dio unos pasos adelante y se puso justo enfrente de Nina—. ¿Te molesta que haya venido?

Nina volvió en sí

—Pero, no, Kasia, para nada… Me alegro mucho.

Kasia tomó su mano y estrechó a Nina contra su pecho, con delicadeza pero firmemente

—No, no puedo saludarte de un modo tan oficial.

Rodeó con su brazo el cuello de Nina y la besó en los labios.

Fue tan inesperado que Nina no tuvo tiempo de apartarse. Tardó un momento en desprenderse del abrazo y susurró con tono de reproche:

—¡Kasia...!

Kasia la miró a los ojos y replicó:

—Déjalo… Tienes los labios aún más frescos y jugosos que antes… ¿No me pides que me siente...?

—¡Pero, Kasia! —le acercó un sillón y ella ocupó otro.

Kasia sacó del bolsillo de su abrigo de piel una pitillera dorada, encendió un nuevo cigarrillo y observó en silencio a Nina.

—Fumas mucho —balbuceó Nina.

—¿No me preguntas de dónde he salido?

—¿Te dieron mi dirección en Koborowo?

—No, me escribió el señor Oskar Hell, al que has tenido ocasión de conocer.

—¡Ajá! Pobre hombre.

—¿Por qué pobre? Por lo que sé, es rico y está absolutamente satisfecho de sí mismo —respondió Kasia extrañada.

—No sé si te has enterado —dijo Nina—, pero lo arrestaron acusado de espionaje.

Kasia se encogió de hombros.

—Es posible. No me importa. Le estoy agradecida por el puñado de noticias sobre ti que me mandó... ¿Te divorcias de ese viejo rufián?

—¡Kasia! ¡¿Cómo puedes hablar así de tu propio padre?!

—Dejemos eso. ¿Entonces? ¿Te divorcias?

—Sí, aunque en realidad no. He conseguido la nulidad matrimonial.

—Has hecho bien. Me escribió Hell que mi honorable padre te ha dejado Koborowo. La verdad, no lo entiendo. ¿De dónde ha sacado ese animal un gesto tan noble? Pero da igual. He venido para llevarte conmigo. Tienes que venir. Te hará bien. Es primavera en Sicilia...

Nina profirió una vaga sonrisa.

—No, Kasia, no puedo...

—Aquí el cielo se cierne sobre nosotras amenazante, allí nos sonríe...

—Mi boda es dentro de un mes —dijo Nina en voz baja.

Kasia se puso en pie y machacó el cigarrillo en el cenicero.

—Ajá, así que es cierto.

Nina permaneció callada.

—¡Oh, miserables esclavas! ¡No sabéis vivir sin el yugo, sin estar atadas a la noria! ¿Te casas con ese Dyzma?

—Lo amo.

—¡Maldita sea!

Kasia estrujó sus guantes.

—¡Nina, Nina! —estalló de repente—. ¡No puedes hacer eso!

Nina, ¿no te das cuenta de lo que pasa conmigo? ¡¿Ya no guardas para mí ningún sentimiento?! ¡Piensa, reflexiona...!

—No me atosigues, Kasia, sabes cuánto te aprecio. Pero, te digo... creo que es mi obligación, quiero ser honrada... Le juré a él y a mí misma que nunca volvería contigo...

—¡Nina, te lo suplico, aplaza la boda, apiádate de mí...! Medio año, tres meses... A lo mejor recapacitas, ¡a lo mejor te convences de que no es digno de ti... ¡No te pido nada, solo que lo aplaces, solo un poco...!

Nina sonrió e hizo con la cabeza un gesto de negativa.

—Te equivocas, soy yo la que no es digna de él. Lo conoces poco, además estás en el extranjero y no eres consciente de lo que él significa para el país y para la sociedad, de cómo...

—Ah, ¿y qué me importará él? —la interrumpió Kasia—. ¡Eres tú quien me importa, tu felicidad y la mía! Nina, Nina, te lo suplico... Nina... Nina...

Cayó de rodillas, tomó las manos de Nina y las cubrió de besos.

—Una breve demora... Te lo suplico...

—¡Kasia, cálmate! ¿Qué haces, Kasia? ¡Domínate!

Se oyeron unos pasos en la habitación contigua. Kasia se levantó pesadamente del suelo. Tomó sus guantes con gesto perezoso.

—Me voy ya.

—Ve con Dios —dijo Nina— y no pienses mal de mí...

Kasia asintió en silencio. Siguió un momento más mirando a Nina y entonces se abrió la puerta y entró Nikodem. Se quedó mudo por el asombro, pero no tardó en recuperar el equilibrio. Se metió ambas manos en los bolsillos y preguntó con voz desabrida:

—¿Qué es lo que busca usted aquí?

Kasia le echó una mirada llena de odio.

Dyzma notó la palidez de Nina. Se figuró que había tenido lugar una riña y montó en cólera.

—Le he preguntado que qué quiere usted de mi prometida.

—¡Pero, Nik! —trató de aplacarlo Nina.

—¿Qué diablos la han traído aquí? No tengo intención de ver…

No terminó la frase porque Kasia soltó una punzante carcajada irónica y le dio la espalda.

Salió dando un portazo.

—¿Qué es lo que quería de ti? —preguntó Nikodem tras una pausa.

Nina se echó a llorar. No era posible entenderse con ella y Nikodem se puso a dar vueltas por el salón dándole patadas a los muebles.

Llegó la señora Przeleska, pero se echó atrás pensando que se trataba de una escena de celos o de una riña entre los novios.

Pasó un rato hasta que Nina se calmó, pero no quiso decir nada. Solo aseguró a Nikodem que podía estar seguro de su fidelidad y de que Kasia no volvería nunca.

«¿Qué tiene que ver la velocidad con el tocino? —se preguntaba Dyzma—. De verdad que estas mozas tienen un barullo gigantesco en la cabeza».

CAPÍTULO 20

La escena era conmovedora. Todo el personal del banco estaba reunido en la sala de sesiones, de la que habían sacado sillas y mesas.

A la cabeza estaba el director, justo detrás de él los dos subdirectores, luego los apoderados y al fondo los funcionarios y funcionarias. Algunos hablaban a media voz cuando las puertas se abrieron de par en par y entró el señor presidente.

Cien pares de ojos se clavaron en su rostro, tratando de adivinar los pensamientos del jefe, pero la pétrea máscara de sus facciones permanecía tan misteriosa e impenetrable como siempre.

Se puso ante ellos, carraspeó y empezó a hablar:

—Estimados. Os he invitado para despedirme de vosotros. A pesar de que quieren retenerme a toda costa en mi puesto, me voy. A lo mejor sabéis por qué, o a lo mejor no, pero da lo mismo. Me voy y quería agradecerles su laboriosidad y su celo, pues me han ayudado a mí, al artífice de este banco, a dirigirlo modélicamente. Espero que guarden buena memoria de mí porque he sido para vosotros un verdadero padre y, sin vanagloriarme, algunos de ustedes han aprendido mucho bajo mi tutela. No sé quién será mi sustituto, pero una cosa les voy a decir: que debéis respetarle tanto como a mí porque al superior siempre hay que respetarlo, aunque seguro que no será un gran hombre de estado y puede que eche a perder lo que yo he hecho, pero el jefe es el jefe. Sigan trabajando por el bien de la patria para que el estado saque provecho, ya que es el que les paga. Me da pena dejaros porque, aunque a lo mejor no he sido demasiado delicado con vosotros, pero así es mi carácter y puedo decir que os he tomado cariño.

Sacó un pañuelo y se sonó la nariz estrepitosamente.

Le siguió el director, que en un largo discurso expuso los grandes méritos del presidente Nikodem Dyzma, destacó sus maravillosas dotes organizativas y su afable trato con sus subordinados. Para terminar, expresó en su nombre y en el de todos los reunidos su pena por perder a tan sabio dirigente, tras lo cual entregó al presidente entre fragorosos vítores un precioso calendario de escritorio hecho de piel dorada.

La portada llevaba un panel de plata, con el retrato de Nikodem en su parte superior, el edificio del banco en la inferior y en medio el siguiente mensaje:

Al honorable señor Nikodem Dyzma, ilustre economista, creador, fundador, organizador y primer Presidente del Banco Nacional de Cereales

— sus agradecidos subalternos.

Las siguientes páginas estaban llenas de firmas de los empleados.

Durante la ceremonia, el secretario personal del señor presidente tomó nota del contenido de los discursos, ahora anotó rápidamente el texto de la dedicatoria y ordenó a uno de los funcionarios que hiciera las copias necesarias para enviarlas a la prensa.

Él también tenía prisa, pues tenían que ponerse el frac y llegar al banquete de despedida que había organizado el presidente del Consejo de Ministros en honor de Nikodem.

Entre tanto, Dyzma seguía despidiéndose de los funcionarios, estrechándoles la mano a todos.

Al llegar al palacio del Consejo de Ministros Nikodem se enteró de que le habían preparado una sorpresa: iban a condecorarlo antes del banquete.

Ya a la mesa hubo numerosos brindis, todos llenos de cordialidad, pues se trataba de diluir a los ojos de la opinión pública la mala imagen de la dimisión.

Cuando el banquete iba a terminar, Ulanicki se puso en pie y dio un discurso en tono divertido en el que anunció que el culpable de la ceremonia de ese día lo había autorizado a informar a los presentes de que en breve contraería matrimonio con la condesa Nina Ponimirska, a cuya ceremonia —y al consumo masivo de alcohol que acontecería tras esta— el novio tenía la satisfacción de invitar a todos los presentes.

El anuncio fue recibido con gritos entusiastas y jocosos augurios, pues la noticia no era una sorpresa para nadie.

Después del banquete tuvo lugar una recepción a la que acudieron varias decenas de personas más.

El tema universal de todas las conversaciones era la dimisión del presidente Dyzma y las consecuencias que podría conllevar. Lo que más les llamaba la atención era la inquietante caída de las obligaciones del Banco de Cereales en la bolsa. Los optimistas sostenían que era manifestación de los nervios tras la dimisión de Dyzma y que las obligaciones subirían de nuevo, mientras que los pesimistas temían que pudiera llegarse a un crac bursátil. Cuando preguntaron a Nikodem sobre esta cuestión, se encogió de hombros.

—El gobierno ha hecho lo que quería, ya veréis las consecuencias.

Por supuesto, esta declaración fue interpretada como la predicción de una crisis, y como los últimos meses habían traído un empeoramiento de la situación política y nuevos fracasos económicos, nadie le auguraba al gabinete una larga vida. En una situación así era lógico que los focos se dirigieran hacia un personaje como el presidente Dyzma, fabuloso organizador y hombre fuerte que se retiraba de la vida pública por tener un punto de vista diferente al de los gobernantes.

Cuando uno de los periodistas trató de sondear si en el caso de que cayera el gabinete trataría de hacerse con una cartera en el nuevo gobierno, Dyzma lo negó rotundamente:

—No, caballero, me voy al campo, a administrar mis tierras.

Por supuesto, la noticia corrió como la pólvora por todos los salones de la capital, pero nadie quería creer que fuera cierta.

CAPÍTULO 21

Veintidós carrozas, más de cien coches. La multitud abarrotaba la plazoleta de la iglesia y las calles contiguas, hubo que parar la circulación de los tranvías. Dos largos cordones policiales mantenían el orden. La alfombra roja bajaba por las escaleras del templo y llegaba hasta el asfalto. Los policías inspeccionaban las invitaciones delante de la entrada. A través de las puertas podía verse el interior de la iglesia, iluminada por miles de lámparas e inundada de flores.

Los automóviles y los carruajes se iban deteniendo junto a la moqueta roja e inmediatamente la multitud reconocía a los pasajeros y los nombres de estos recorrían la atiborrada plaza pasando de boca en boca.

—El duque Roztocki... El embajador de Italia... El ministro Jaszunski...

Señoras ataviadas con maravillosos vestidos, caballeros de brillante uniforme o de frac. Olor a perfumes, flores, gasolina.

La iglesia estaba llena hasta la bandera y seguían apareciendo coches.

Justamente entonces aparcó una magnífica limusina y de ella salió el presidente Nikodem Dyzma.

—El novio, mirad, mirad, el presidente Dyzma...

Lo conocían bien por sus numerosas fotografías en los diarios.

Alguien entre la multitud gritó:

—¡Viva el presidente Dyzma!

—¡Viva, viva! —replicó la muchedumbre.

Todos los sombreros ondearon por encima del mar de cabezas.

—¡Viva! ¡Viva!

Nikodem se detuvo en las escaleras y saludó a todos los asistentes con su sombrero de copa. En su rostro serio apareció una sonrisa bondadosa.

La multitud rugía de entusiasmo cuando llegó el carruaje de Nina. Casi estalló en lágrimas de la emoción al escuchar los vítores a su prometido.

—Ya ves —le dijo al oído la señora Przeleska— que los polacos saben valorar los méritos de un hombre de estado.

Nikodem les salió al encuentro y entre un griterío incesante introdujo a Nina en la iglesia. Resonó el órgano.

Hacía tiempo que no se veía una boda así.

Acabada la ceremonia, los novios fueron recibidos nuevamente con aplausos al salir de la iglesia, tras lo cual subieron al carruaje para dar el tradicional paseo por la Avenida Ujazdowskie.

Mientras tanto, una interminable caravana de coches llevó a los invitados al Hotel Europejski, donde había sido preparado un banquete para doscientas cuarenta personas.

También delante del hotel los aguardaba una multitud de curiosos.

E igualmente el presidente Dyzma fue recibido entre gritos:

—¡Viva el presidente Dyzma!

Nikodem estaba radiante y el rostro de Nina resplandecía sonriente.

Recibieron los parabienes de una inagotable procesión de

invitados. Durante la comida los brindis también parecían no tener fin. La lectura de las felicitaciones llegadas por telegrama duró una hora entera, así que el baile no pudo empezar antes de las once. El novio bailó hasta caer desfallecido, y lo hizo con tanto arte que los invitados, que desconocían su exitosa carrera en Lysków, intercambiaban opiniones de este estilo:

—¡¿Quién podría sospechar que el presidente Dyzma tuviera tanto sentido de lo cómico?!

O:

—Le han entrado ganas al novio de darle al baile.

—Bah, ¿y por qué no iba a disfrutar? Un primor de esposa y de Koborowo dicen que más de un prócer quisiera una fortuna así.

Amanecía cuando Krzepicki, que estaba a cargo de todo, dio la señal para terminar la fiesta. A las ocho y veinte salía el tren que llevaría a los novios a Koborowo.

La mayor parte de la comitiva les acompañó a la estación. El vagón salón, gentileza del ministro de comunicación, estaba literalmente abarrotado de flores. Tras los últimos parabienes y despedidas sonó el silbato de la locomotora y el tren se puso en marcha.

Nina y Nikodem, de pie al otro lado de la ventana abierta, se despedían haciendo reverencias. Un mar de pañuelos y sombreros ondeaban al aire desde la cada vez más lejana plataforma, hasta que el tren tomó velocidad y la estación desapareció entre la neblina gris de la ciudad.

Nina le echó los brazos al cuello de su marido.

—¡Dios! ¡Qué feliz soy! Nik, dime, ¿qué he hecho yo para merecer esta felicidad, para merecerte a ti?

—¿Que qué hm... has hecho para merecer...?

—Sí, Nik, ¿qué he hecho para que tú, tan grande, sabio, adorado, seas mi marido? ¿Qué he hecho...?

Dyzma se puso a pensar y se rascó la barbilla. Era absolutamente incapaz de encontrar una respuesta y eso lo irritaba.

—Eeeeh, déjate —gruñó—, ¡¿no tienes cosas más importantes de las que preocuparte...?!

Y se fundieron en un beso.

El camino de la estación al palacio estaba sembrado de cálamo, a los lados había dos hileras de ramas de abedul. El edificio de la estación estaba decorado con guirnaldas verdes; obreros y funcionarios de Koborowo, así como un gran número de curiosos de toda la comarca ocupaban la plataforma. Muchos de ellos pudieron escuchar por la radio el día anterior el «Veni Creator» recitado por reconocidos solistas, los cánticos del coro, los órganos y los vítores en honor al novio, así que la expectación era enorme.

Cuando el tren apareció a lo lejos, el murmullo de las conversaciones cesó como por encanto, la orquesta amateur entonó con bríos la marcha nupcial y el ambiente se volvió solemne.

En la parte delantera de la plataforma se situaron los principales capataces y la hijita del encargado del molino de vapor vestida blanco y con un ramillete de flores silvestres.

Por desgracia, debido a una distracción del maquinista, el vagón salón se detuvo bastante más allá de la mitad de la plataforma, entre el almacén de cereales y el quiosco, así que las élites lugareñas tuvieron que salir a galope tendido con la niñita para llegar a tiempo antes de que los novios se bajaran del tren. Justo a tiempo. La niñita entregó a Nina las flores. Tenía que recitar un poema, pero le entraron nervios y a pesar de que le iban soplando las estrofas era incapaz de abrir la boca. Nina besó a la pequeña mientras que Dyzma recibía los parabienes aún en la escalerilla del vagón.

Para terminar, le pareció apropiado decir unas palabras.

—Muchísimas gracias. Tanto yo como mi mujer haremos lo posible para ninguno de los que nos habéis ofrecido una recepción tan cordial lo lamentéis nunca. De momento, para honrar el día de nuestra boda, daré orden de pagar a todos mis empleados una gratificación. ¡Que me cueste los cuartos!

Un huracán de vítores fue la respuesta a sus palabras y la orquesta desentonó una fanfarria.

Los pasajeros de los vagones más próximos observaban la escena con curiosidad y algunos, a los que se les contagió el entusiasmo, gritaban también. Llamaba la atención sobre todo un judío enjuto que, sabe Dios por qué, chillaba a viva voz desde la ventana del vagón de tercera:

—¡*Evivan, evivan*!

Ya a las puertas del palacio, el intendente y la gobernanta, rodeados de todo el servicio, recibieron a los novios con pan y sal.

Nikodem puso en la bandeja dos billetes de quinientos y dijo:

—Para repartir.

Krzepicki ya había hecho en el palacio algunos cambios de importancia.

Arriba, convirtió el antiguo apartamento de Nina en habitaciones para invitados, mientras que el dormitorio de la señora fue trasladado a la habitación contigua al cuarto de Nikodem y a ambos lados dispuso dos baños. Toda el ala izquierda fue reorganizada para que la ocupara George. Krzepicki se instalaría en el pabellón del parque.

Tras el baile y el viaje los recién casados se sintieron cansados y se fueron a dormir relativamente temprano. Antes, esa misma tarde, quedaron en visitar a la mañana siguiente el pabellón para conversar con George y proponerle la mudanza al palacio.

Pero Dyzma siguió pensando largo rato sobre el tema antes de dormir y llegó a la conclusión de que podía ser inapropiado visitar a Ponimirski con Nina debido al impredecible carácter del conde.

«¿Y si se pone furioso y empieza a hablar?»

Por eso dio orden de que lo despertaran a las ocho.

No se equivocaba. Echó un vistazo al dormitorio de su esposa. Efectivamente, aún dormía. Por otro lado, ella nunca se levantaba temprano.

Nikodem se vistió apresuradamente, avisó al servicio de que desayunaría cuando la señora se levantara y se dirigió al parque.

Había preparado de antemano la conversación con George, pero conforme se acercaba al pabellón sintió que perdía la confianza en sí mismo. Ponimirski era el único hombre que le infundía temor. Era comprensible, teniendo en cuenta el anormal estado mental de George y sus repentinas calaveradas.

Dyzma se lo encontró aún en la cama. Estaba tomando una papilla, silbando una canción. El perrillo ratonero estaba sentado sobre la manta y de vez en cuando lamía algo de la papilla del plato de su señor.

El lacayo cerró la puerta tras Dyzma y fue entonces cuando Ponimirski advirtió su presencia.

—Buenos días —dijo Nikodem.

—¡Ah! —dijo el conde entre risas—. ¡Mi estimado compañero! Deje ahí, compañero, esta asquerosa papilla.

Nikodem ejecutó sumisamente la orden y se sentó en una silla junto a la cama. Ponimirski lo observaba con una sonrisa ponzoñosa. Sus enormes ojos, plantados en su rostro exangüe de niño enfermizo, su afilada nariz y el continuo movimiento de sus finos labios denotaban satisfacción.

—¿Qué tal está de salud? —comenzó Dyzma—. Al parecer ha estado muy enfermo.

—Gracias. No tiene que preocuparse por mi salud, compañero.

—No me preocupo como compañero —espetó Dyzma—, sino como cuñado.

—¿Queeeeé...?

—Como su cuñado —repitió Nikodem a propósito alzando la voz para darse ánimos.

—¡¿Qué quiere decir eso?! —gritó el conde.

—Eso quiere decir y dice que somos cuñados. Me he casado con su hermana.

Ponimirski se desembarazó de la manta con un movimiento, se puso en pie sobre la cama, vestido con un pijama de seda rosa, y se inclinó hacia Nikodem.

—¡Mientes! ¡Mientes como un bellaco, bribón!

Dyzma montó en cólera. A él, al gran presidente Dyzma, en cuyo honor vitorean las multitudes, al compadre de los representantes de las más altas esferas del país, ¿alguien se atreve a insultarle de esa manera...? Se puso en pie de un salto, agarró con todas sus fuerzas a George por la muñeca y lo echó a la cama.

Ponimirski siseó de dolor y se dejó caer. El perro ratonero se puso a ladrar furiosamente.

—Uuuuuh... maldito —gruñó Nikodem.

La enfermera y el lacayo aparecieron en la puerta.

—¿Se siente peor el conde? ¿Le hago falta? —preguntó.

—¡Fuera! ¡Váyanse al diablo! —rugió Dyzma y ambos desaparecieron en el acto.

Encendió un cigarrillo y se lo ofreció a Ponimirski. Este lo aceptó tras vacilar un momento.

—Ya ves, conde, conmigo no hay bromas. Le digo que me he casado con su hermana. Anteayer fue la boda. ¿Qué le parece?

—¡Es un escándalo!

—¿Por qué un escándalo?

—¿Cómo puede la condesa Ponimirska casarse con alguien del vulgo, con un patán, con un palurdo como usted? ¿Con un..., cómo... cómo se llamaba?

—Dyzma —respondió Nikodem.

—Gracioso el apellido —Ponimirski se encogió de hombros.

—¿Prefería usted que siguiera siendo la esposa de ese criminal de Kunik? ¿Qué?

—Eso ya no. En cualquier caso... Supongo que, aunque sea usted un personaje bien ruin, no serás un granuja mayor que Kunik. Eres demasiado tonto para eso, por lo demás...

—Señor conde —le interrumpió Dyzma con tono de amenaza—, ¡le aconsejo que mida sus palabras!

Ponimirski dejó de hablar.

—En vez de ofenderme, dele gracias a Dios.

—¡¿Cómo?!

—Sí, dele las gracias. Porque no me voy a ensañar con usted como su primer cuñado. Se mudará usted al palacio y dispondrá de absoluta libertad. Viviremos juntos los tres, haremos viajes, recibiremos huéspedes...

Ponimirski se sintió animado.

—¿Habla en serio?

—Totalmente en serio.

—¿Y me dejarán montar a caballo?

—Lo que quiera. Quedará usted en libertad. Incluso le daré dinero para gastos menudos. Sus deudas ya las he pagado. Pero tengo mis condiciones.

—¿Cuáles? —Ponimirski se inquietó.

—Sobre todo, cierre el pico. No se atreva a decir que lo que contó de mí de ese Oxford y de Curlandia no es verdad.

George se echó a reír.

—¿Es que la gente se ha creído algo tan absurdo?

—¿Y por qué no se lo iba a creer?

—Bueno, si basta con fijarse en usted.

Dyzma frunció el ceño.

—No es asunto suyo. En cualquier caso, ni una palabra. Y, en segundo lugar, a escondidas, para que nadie se entere, tienes que enseñarme algo de inglés.

—¿Yo? —dijo Ponimirski ofendido—. ¿Yo enseñarle a un paleto? ¡Menuda insolencia!

—¡Silencio, mono estúpido! —gritó Dyzma—. Elige. O haces lo que te digo o en un santiamén te facturo al manicomio de Tworki.

Ponimirski se mordió los labios y se echó a llorar.

—Brutus, Brutus —dijo entre gemidos, acariciando a su perrito—, ¿lo oyes? Quieren volver a encerrar a tu señor en una casa de locos... ¡Brutus...!

Las lágrimas recorrían su pálida y redonda carita en tal abundancia que Dyzma se quedó extrañado.

—¿Y qué? —preguntó—. ¿Qué prefieres?

—No me tutee —replicó altivamente Ponimirski y en el acto dejó de llorar.

—¿Y por qué no? Ya que ahora somos cuñados... Justamente deberíamos tutearnos. ¿Qué diría la gente? ¿Que unos viejos colegas y cuñados se hablen de usted...?

—Tiene gracia —sonrió maliciosamente Ponimirski—. Aun así, ¿no se da cuenta de la distancia que nos separa?

—¿Qué distancia es esa? A no ser que sea la de que yo soy normal y tú estás mal de la chaveta. En una palabra, elige. Repito: ¡acuérdate de que conmigo no hay bromas! ¡Y sé cómo darle a alguien en los hocicos para que se le salgan todos los dientes!

Le llevó el puño a la nariz pero, contrariamente a sus suposiciones, a Ponimirski le hizo gracia.

—¿De verdad? Curioso. He oído muchas veces que existen golpes de ese tipo, pero nunca lo he visto con mis propios ojos. ¿Sabe qué? Llamo a Antoni y usted me lo demuestra. ¿Vale?

Estaba ya cogiendo la campanilla, pero Dyzma lo detuvo:

—No te hagas el tonto. No le voy a dar en los hocicos a Antoni, sino a ti, como te pongas gallito. ¿Y qué? ¿De acuerdo?

Ponimirski hizo un gesto de desesperación con las manos y suspiró profundamente:

—¡Oh, que humillación, que ultraje! ¿Tengo que tutear a este patán, a este aldeano, y además enseñarle inglés a esta cabeza hueca? Menudo cráneo, si lo viera Cesare Lombroso...

Dyzma se levantó y miró al reloj.

—Bueno, ¡con Dios!

—¿Ya se va...? Quédese un rato más, me aburro aquí solo.

—No estarás solo. Hoy mismo te mando a Tworki.

Ponimirski saltó de la cama y se acercó a Nikodem todo tembloroso.

—¡No! ¡No! De acuerdo.

—¿Estás de acuerdo?

—Sí.

—¿Y no abrirás el pico?

—No.

—¿Me enseñarás?

—Sí.

—Pues estupendo, y ahora llámame por mi nombre.

—Si no me acuerdo de cómo es. Es un nombre estúpido.

—Nikodem.

—Vale, ya está... Nikodem.

—Entonces, ¿compadres?

—¿Cómo?

—Bueno, ¿estamos en paz?

—En paz.

—¡Dame esos cinco, George! Hasta luego.

Se dieron la mano y Dyzma se fue.

Ponimirski se sentó en la alfombra y estuvo un largo rato riéndose sin saber por qué.

Al fin, se puso a gritar:

—¡Antoni! ¡Antoni! ¡Antoni!

Cuando el sirviente entornó la puerta, Ponimirski se le echó encima, amenazándole con los puños.

—¿Por qué no me dijiste nada?

—¿Que no le dije qué, señor?

—¡Que mi hermana se casa! ¡Burro...! ¡Venga, empaca las cosas, rápido!

—Empacar... ¿Para qué, señor?

—Nos mudamos.

—¿Adónde?

—¡Al palacio!

CAPÍTULO 22

Dos días después de que volvieran los recién casados llegó a Koborowo Krzepicki, que estaba en Varsovia liquidando los negocios de su patrón.

Tuvo que ponerse a trabajar duro de inmediato, pues justamente iban a comenzar los suministros de traviesas ferroviarias, además de que las acostumbradas labores primaverales exigían una continua supervisión. Por eso no pudo dedicar demasiado tiempo a Nikodem y a su esposa, a quienes, por lo demás, eso no les preocupaba demasiado. Pasaban los días y semanas pasaban entretenidos en excursiones en barca, en coche, a caballo y jugando al billar.

Nina se sentía completamente feliz. Es verdad que, de vez en cuando, le surgían ciertas dudas, pero atribuía todos estos indicios que atestiguaban contra Nikodem a las excentricidades y prejuicios de su marido, que había que perdonar en un personaje tan ilustre y sobresaliente. Por lo demás, ¡tenía tantos motivos para estarle agradecida! Si durante el día le sobrevenían dudas y sospechas, llegaba la noche y lo borraba todo con sus sensaciones. Los sentidos de Nina, que durante tanto tiempo habían carecido de un desagüe natural para su exuberancia, resultaron ser un elemento decisivo.

Así pues, el matrimonio se sentía a gusto y se preveía duradero.

No tenían intención de empezar a recibir y hacer visitas a los palacios de la comarca antes de dos meses, también porque en verano esperaban a la señora Przeleska y a muchos invitados de Varsovia.

Nikodem dedicaba mucho tiempo al estudio. Se encerraba en la biblioteca con Ponimirski o leía él solo. Lo hacía con desgana, pero era lo bastante espabilado como para entender qué ventajas le daban los libros y los idiomas extranjeros.

A veces, por las noches, durante la cena, mencionaba de pasada alguna cosa que acababa de leer y citaba las opiniones de algún escritor y veía el efecto que eso provocaba. No solo Nina, sino también Krzepicki escuchaba con respeto sus sentencias. Al poco tiempo, se implantó un término para definir las horas que Nikodem pasaba en la biblioteca. Se decía que el señor heredero «se dedicaba a la ciencia».

Dyzma visitaba muy de cuando en cuando las granjas y las plantas industriales. Todo el trabajo estaba en manos de Krzepicki y el continuo aumento de los ingresos era prueba palpable de que al nuevo administrador le iba perfectamente.

George Ponimirski se acostumbró rápidamente a su nuevo papel y su comportamiento no le daba a Nikodem motivo alguno de queja. Cierto que ocurría a veces que soltaba alguna frase ambigua o una sonrisa sarcástica, pero se dominaba de inmediato al sentir la amenazadora mirada de su cuñado. Apenas hablaba con su hermana. Seguía guardándole rencor por el pasado y además tenía la manía de considerar a las mujeres como a seres carentes de capacidad de pensar y razonar.

En cualquier caso, aprovechaba al máximo una libertad que no había tenido desde hacía mucho tiempo, montaba a caballo e incluso conducía el coche. Dyzma se lo permitía, con la secreta esperanza de que algún día se partiera el pescuezo.

Pero George, aunque hacía multitud de trastadas y no dejaba de armar broncas y altercados, cuando se trataba de su propia piel sabía ser cauteloso. Su leve locura, inofensiva para el entorno, se convirtió en breve en el tema favorito de la comarca.

A Krzepicki lo trataba con altivez. Le daba dos dedos en vez de la mano y no solía responder a sus preguntas si no iban precedidas de un «por favor, señor conde». Krzepicki se lo tomaba a broma, sin hacer caso a los caprichos de George.

—Es un loco gracioso —decía—. Siempre me divierten sus travesuras. Esto en el campo es impagable. Ahora entiendo porque los reyes antiguos tenían bufones.

—Así se lo lleve el diablo —respondía Dyzma.

Entre tanto, de Varsovia llegaban cartas de sus viejos amigos y noticias nada confortantes.

La crisis económica iba en aumento de día en día, cosa que empezaba a notarse también en Koborowo.

La papelera y los aserraderos solo recibían encargos del gobierno. Las quiebras proliferaban y daban una y otra vez al traste con los negocios de Dyzma. Por suerte, la maña de Krzepicki y los suministros para el gobierno le seguían garantizando abultados ingresos. En cualquier caso, en comparación con los terratenientes de alrededor, podía considerarse un creso. A aquellos les iba cada vez peor. Hasta tal punto la situación era desastrosa que en las proximidades de Koborowo tuvieron que subastar treinta fincas.

Por otro lado, las noticias que llegaban de todo el país no eran mejores. Los agricultores dejaron de emplear abonos artificiales, reduciendo al mínimo sus gastos. Más aún, se extendía cada vez con amplio eco el rumor de que muchos estaban vendiendo los cereales pignorados, propiedad del Banco Nacional de Cereales. Por eso y por otras complicaciones de naturaleza económica, el valor de las obligaciones del banco comenzó a irse a pique. Entre los propietarios de esas obligaciones cundió el pánico. Con el comercio y la bolsa estancados, una potente crisis en la industria y la insolvencia de los contribuyentes, el peligro era inminente. Los diarios se llenaron de noticias sobre quiebras, cierres patronales, huelgas y suicidios en masa de gente que había perdido su fortuna o la posibilidad de ganarse el dinero.

El runrún de descontento iba en aumento en todo el país, haciéndole frente al gobierno. Sonaban cada vez con más fuerza las voces en busca de un hombre fuerte que asiera con mano segura el timón del estado y encontrara el remedio para paliar la crisis.

Mientras, se acercaba la cosecha y el país volvía a verse amenazado por la maldición de la abundancia.

Nikodem leía los diarios y agitaba la cabeza:

—¡Joder! ¿En qué acabará esto...?

CAPÍTULO 23

Hacía tiempo que la fiesta de la cosecha no se celebraba con tanta fastuosidad en Koborowo.

El nuevo heredero sabía gastarse el dinero y le gustaba divertirse. Acudió una multitud de invitados. La primera en llegar fue la señora Przeleska con una infinitud de baúles. Esa misma tarde hicieron acto de presencia el coronel Wareda y ambas condesas Czarska. Al día siguiente los dos coches de Koborowo y dos carruajes estuvieron yendo y viniendo sin parar.

Acudieron el voivoda Szejmont con su esposa y su hijo, el stárosta del condado Ciszko, la esposa del ministro Jaszunski, los barones Rehlf, el señor Uszycki con su hermana, el general Czakowicz, comandante del distrito, con dos ayudantes de campo, Ulanicki, Holszycki, la esposa del mayorazgo Korzecki y una docena de personas de los alrededores.

Un tropel de gente pululaba por el palacio, que se llenó de bullicio y vida.

Nina estaba feliz. Le gustaba tanto la vida social. Se pasó una semana organizando con Krzepicki un programa de entretenimientos, excursiones y juegos, se ocupó de inspeccionar las provisiones y las bodegas, la preparación de las habitaciones de invitados y un millón de cosas más para acoger dignamente a parientes, amigos y conocidos.

George estaba electrizado. Iba de acá para allá entre los invitados, entretenía a las damas, mostraba los establos a los caballeros y trató ocuparse de tareas de representación. Volvió a sentirse un gran señor y casi se le olvida que no era él el dueño de Koborowo. Los invitados, discretamente avisados por Krzepicki y por la señora Przeleska de su enfermedad mental, eran indulgentes con él y le daban la razón en todo.

Nikodem saludaba a todos cortésmente, pero con reserva, lo que consolidaba en torno a él un halo de respeto. A pesar de la presencia de tanta gente, no cambió su costumbre de encerrarse en la biblioteca, lo que le granjeó mayor reverencia aún por parte de los huéspedes.

Por las tardes, una orquesta traída de Varsovia tocaba en el parque y todos disfrutaban al aire libre, paseando o bailando sobre el césped iluminado con lámparas de colores. A veces iban al bosque a caballo o en carruaje. A Nina le encantaban esas excursiones a la luz de la luna.

El tenis hacía furor desde por la mañana. Ambas pistas estaban ocupadas hasta el mediodía, cuando servían el almuerzo. Por lo demás, cada uno hacía lo que le venía en gana durante todo el día. El grupo más serio se dedicaba a visitar las plantas industriales y los pabellones de la finca, los más jóvenes se dedicaban a montar a caballo, bañarse en el lago o a las regatas de lancha o de remo.

—Qué preciosidad —les decían todos a Nina y Nikodem—. Koborowo es una verdadera joya.

Y era verdad que todos estaban disfrutando. La sala de fumadores había sido ocupada por los jugadores de bridge, que apenas se levantaban de las mesas. En la sala de desayunos todo el día se servían tapas y bebidas alcohólicas.

El tercer día hubo un gran baile.

Fue maravilloso. De ciento cuarenta personas invitadas vinieron ciento sesenta y tres. El baile comenzó a las diez de la noche y fue clausurado con una pomposa mazurca a la una de la tarde.

Los huéspedes bebieron un mar de alcohol, por lo que el servicio tuvo que dedicar mucho tiempo a buscar «cadáveres» entre los arbustos y recovecos para llevarlos luego a las camas. Pero todos se fueron a dormir porque por la noche tenía lugar el festival de la cosecha.

Alrededor del césped frente al palacio fueron colocados unos toneles de alquitrán y largas mesas para los campesinos, mientras que el porche quedaba reservado para los invitados. El voivoda bromeaba diciendo que Dyzma tenía que bailar con la pionera de las campesinas, o sea, con la máquina agavilladora.

—Da que pensar —añadió— lo increíblemente rápido que la mecanización aniquila las tradiciones. Por ejemplo, la misma fiesta de la cosecha ha perdido ya su razón de ser.

—Qué triste —dijo Nina.

—Sí, estoy de acuerdo con usted, pero es cierto.

—¿Y en qué acabará todo esto? —suspiró el canoso señor Rojczynski, vecino de Koborowo—. Una verdadera locura: las máquinas no solo vulgarizan nuestra vida y la desproveen de belleza, sino que además desplazan al hombre.

—No sé quién desplaza a quién —dijo Dyzma ofendido—. Si ya ve usted que seguimos organizando la fiesta y la gente está feliz. Y si por ahí una poca de chusma se muere de hambre, que se vaya al infierno. Con las máquinas aumenta el bienestar y ya está.

Dio media vuelta y se fue a otro lado.

—Tiene razón, tiene razón —asintió el general.

—Pero, ejem..., no la manifiesta con una cortesía muy versallesca —observó con tono de extrañeza el viejo terrateniente.

El voivoda sonrió con indulgencia.

—Señor mío, créame: puede permitírselo. ¡El general vizconde Cambronne era versallesco...!

La orquesta empezó a tocar. Delante del palacio comenzaron a reunirse grupitos de agricultores.

Llegó por fin la procesión de los segadores, entonando un cántico bielorruso sin letra. En ese nostálgico a-a-a-a, con su tosca melodía, ingenua y de ásperos sonidos, más que la alegría de la cosecha realizada fluía como el canto salvaje de un campo de batalla. A Nina siempre le había intrigado esta inquietante melodía, que seguramente se llevaba transmitiendo desde hacía milenios. No sabía por qué, pero estaba segura de que el canto de los indios debía ser algo así.

Entre tanto, la comitiva seguía acercándose. A su cabeza iba una moza alta y robusta, de anchas caderas y pechos abundantes que parecía que iban a reventar su camisa bordada de lana cardada. Por debajo de la corta falda roja se veían unas pantorrillas gruesas pero bien formadas y unos pies descalzos, mientras que las demás chicas llevaban medias de seda y zapatitos lacados con tacón francés. La pionera debía ser bastante más pobre que sus compañeras. Llevaba en la mano una gran guirnalda de centeno.

El barón Rehlf, que estaba al lado de Ponimirski, lo tomó del brazo y dijo a media voz:

—¡Qué magnífico ejemplar! ¡Una verdadera Pomona! Una hembra pura sangre. ¡Ya me imagino qué músculos debe tener en el ombligo y en los muslos! No me imaginaba que iba a ver algo tan memorable aquí, en la franja oriental, donde los campesinos tienen tan mala presencia desde el punto de vista eugenésico. Y es que todas son bonitas. ¡Qué demonios, pura raza! ¡Inexplicable!

George se ajustó el monóculo en la órbita del ojo y miró a Rehlf con desdén.

—En absoluto, es totalmente explicable, barón. Los Ponimirski son señores de Koborowo desde hace quinientos años y, por lo que sé, ninguno de mis venerables antepasados ha sido enemigo de la concienciación del pueblo, al menos de la mitad más hermosa de este.

—Entiendo, entiendo —asintió el barón—, pero los plebeyos aún sostienen que nosotros, la aristocracia, nos ocupamos solo de mejorar las razas de caballos y de ganado. Basta con mirar a estos campesinos para darse cuenta de que en este campo también nos empleamos a fondo...

—Disculpe —le interrumpió Ponimirski—, ¿cómo que nosotros?

—Bueno, claro, la aristocracia.

—En este caso, no nos hemos entendido. Yo hablaba de la saga de los Ponimirski, de la vieja aristocracia.

Se guardó el monóculo en el bolsillo y le dio la espalda al barón, que se quedó rojo como un tomate.

Después de los cantos circunstanciales llegó el turno del baile y la bebida. Como la noche era inusualmente fresca y las señoras comenzaron a quejarse, los invitados se mudaron de la terraza al palacio. Quedó sólo Dyzma quien, más por gusto que por obligación, bailaba encantado con las mozas, sobre todo con la pionera. Sin prestar atención al rostro sombrío del novio de la muchacha, un empleado del aserradero bien ancho de hombros, en un momento dado tomó a la chica de la mano y se la llevó al parque. Esta no se resistió al señor heredero. El novio cogió una cogorza espantosa por ese motivo.

El barón Rehlf, mientras volvía de un paseo por el parque, donde había ido a desahogarse de su enfado con el idiota de Ponimirski, fue sin querer testigo de una escena que le inspiró la siguiente reflexión:

«Entonces, yo tenía razón y no solo la vieja aristocracia, sino también la nueva se preocupa por la mejora de la raza del campesinado».

El cielo comenzaba a teñirse de gris en el levante.

CAPÍTULO 24

La noticia llegó justo antes del almuerzo y todos estaban alterados. El gabinete había presentado su dimisión y esta había sido aceptada. Ulanicki recibió un telegrama de Varsovia que le conminaba a volver inmediatamente.

El cambio de gobierno afectaba directamente a la mayor parte de los invitados de Koborowo. Más de uno veía mermadas las posibilidades de mantenerse en su puesto. Por eso no se hablaba de otra cosa y Ulanicki iba por el vestíbulo de acá para allá soltando improperios.

La señora Jaszunska se marchó ya antes de la comida. El voivoda Szejmont telefoneó a su oficina y dio orden de que lo informaran detalladamente de la crisis en cuanto llegaran noticias de Varsovia.

Por la tarde llegaron los periódicos. Sus páginas estaban llenas de noticias y rumores políticos, un montón de horóscopos, previsiones y contradictorios análisis de la situación. Pero en algo todos los diarios estaban conformes: el gobierno ha caído por su incapacidad para solventar la crisis económica, por tanto el gabinete que lo sustituya ha de ser extraordinariamente fuerte y debe dirigirlo alguien que goce de una autoridad excepcional.

De entre los nombres de los supuestos candidatos a primer

ministro que barajaba la prensa destacaba el del general Troczynski, quien ya como gerente estatal de los Fondos de Salud y delegado en el Congreso Internacional de Arte y Cultura había adquirido cierta popularidad, que luego prolongó al publicar un panfleto titulado «Errores estratégicos de Napoleón I, Alejandro Macedonio y otros». Otra obra suya llamada «¡Fuera el comunismo!» y un cuadro al óleo adquirido por el Museo de la República y que representaba un autorretrato del general en el momento en que atravesaba a un jaguar con una lanza le habían granjeado ya antes la admiración de las masas.

En Koborowo esta candidatura fue tema de extenso debate y hay que reconocer que nadie le puso muchas objeciones. La única controversia tuvo lugar durante la cena, pues el barón tenía sus dudas acerca de los colores de fondo en el mencionado cuadro.

—Nik, dinos, ¿quién debería en tu opinión ser nombrado primer ministro?

—No sé yo...

—¿Alguna idea...?

—Ejem... si no fuera Troczynski, ¿quizá Jaszunski...?

El coronel Wareda, que estaba ya algo colocado, golpeó la mesa con su vaso.

—No, Nikodem, ¿sabes quién tendría que ser ahora primer ministro?

—¿Quién?

—Tú.

Se hizo el silencio. Todos los ojos se volvieron hacia Dyzma. Este frunció el ceño, convencido de que Wareda se estaba burlando de él y gruñó contrariado:

—Estás como una cuba. Wacek. Déjate ya.

Nina se levantó, dando así señal de que había que pasar al salón. El murmullo impidió que se escucharan las explicaciones del coronel.

—Propongo una vuelta por el lago —exclamó una de las señoras—. ¡La luna tiene un brillo tan encantador!

La comitiva se avino gustosa.

Efectivamente, el paseo fue de lo más agradable. El lago estaba inmóvil como una placa de ágata, sembrado de brillantes estrellas entre las cuales relumbraba la luna, que según los cálculos del voivoda Szejmont debía tener al menos quinientos quilates.

Las barcas se adentraron en el agua con un ligero chapoteo y los navegantes se pusieron a cantar.

—Qué pena —suspiró Nikodem— que no tenga a mano la mandolina.

—¿Toca usted la mandolina? —preguntó extrañada la señorita Czarska.

—Sí. Y lo que más me gusta es tocar en una noche de luna en una barca. Uno se siente inspirado. La noche, la luna, olor a horizonte...

Todos se echaron a reír y el stárosta Ciszko exclamó:

—Tiene guasa que el señor presidente se burle incluso de nuestros inocentes cantos.

—Pero, caballero —se encogió de hombros la señora Przeleska—, ¡cosas más importantes tiene en la cabeza el señor presidente!

—Si yo lo entiendo —se defendió el stárosta—, ya he leído que han decidido cerrar el Banco de Cereales. Un banco así... Debe causarle pena al autor ver el ocaso de su obra... ¿Verdad, señor presidente?

—¿O quizá no? —respondió Dyzma con una pregunta.

—Y pensar —siguió el stárosta— que en todas partes siempre lo más importante no es cómo se hacen las cosas, sino quién las hace. Mientras el señor presidente dirigía el banco todo iba bien.

—A lo mejor aún se arregla todo —dijo Dyzma.

—¡Pero ya ven! —el stárosta agitó la mano con desdén—.

Han bastado unos meses y ya ha quebrado. ¡El hombre, el hombre es factor esencial!

—Tiene toda la razón —aseveró la señora Przeleska con convicción.

—¡Hey, Nikodem! —gritó desde otra barca Ponimirski— ¿Y si cantamos una canción de remeros de las de Oxford? ¿Qué tal?

—Cantad, cantad —pidieron las señoras.

—Pero yo tengo mala voz —trató de defenderse Dyzma irritado.

—Tiene voz, tiene —gritó George, encantado con su chanza—. ¿Qué pasa? ¿Ya te has olvidado de los berridos que dábamos navegando por el Támesis? Lord Caeledin of Newdawn decía que cantabas como un...

No pudo terminar la frase.

Nikodem dio un fuerte golpe de remo y el agua salpicó abundantemente a Ponimirski y a sus compañeros de barca.

—Disculpen —se excusó Dyzma—, pero lo único que le ayuda es el agua fría.

Estaban ya cerca de la orilla. Unos minutos más tarde llegaron a la alameda. Delante del palacio había un automóvil desconocido cubierto de polvo. El chófer estaba ajetreado junto al capó levantado del coche.

—¿Quién ha venido? —preguntó Dyzma.

—El señor director Litwinek.

—¿Litwinek? —Nikodem alzó las cejas.

Dyzma se había cruzado con el doctor Litwinek durante las recepciones oficiales en el Castillo, pero no se conocían hasta el punto de que el director de la cancillería del presidente pudiera sentirse autorizado a visitar Koborowo sin invitación.

Llegó el resto de la compañía.

Krzepicki conversaba en el vestíbulo con un caballero moreno canoso. Ambos se levantaron al aparecer Dyzma y tuvieron lugar los saludos de rigor.

—¿Qué nos cuenta, señor director, de la crisis de gobierno? —soltó Nikodem como si tal cosa.

—Precisamente tengo el honor de venir por ese motivo —respondió el doctor Litwinek haciendo una inclinación de cabeza.

—¿Cómo que por ese motivo?

Todos aguardaban la respuesta en suspenso.

Litwinek metió la mano en la cartera y sacó un sobre, tras lo cual hizo una pequeña pausa y, en medio del silencio, dijo con voz solemne:

—Honorable señor Dyzma. He venido aquí por indicación del señor presidente de la República, para pedirle en su nombre que acepte la misión de crear un nuevo gobierno. He aquí la carta escrita del puño y letra del presidente.

Litwinek le tendió a Nikodem el sobre.

Nikodem, aún boquiabierto, se ruborizó.

—¿Que... que qué?

El doctor Litwinek, satisfecho de la impresión que había causado, esbozó una leve sonrisa.

—El presidente de la República tiene la esperanza de que usted, señor Dyzma, quiera formar un nuevo gabinete y ponerse al frente de este.

Dyzma tomó el sobre con gesto vacilante y con las manos temblorosas extrajo de este un folio. Se puso a leer, pero las letras se le entremezclaban.

Y así era, la misiva contenía efectivamente lo mismo que había dicho Litwinek. Dejó la carta a un lado lentamente. Su rostro daba muestras de preocupación.

—El señor presidente no duda —continuó Litwinek— que no rehusará usted, sobre todo ahora, en un momento de intensos conflictos políticos y dura crisis económica, en el que debemos evitar el naufragio del país. Se trata de una labor ardua y colosal. El señor presidente cree que precisamente usted, que goza no solo de su confianza sino de la de todo el pueblo, podrá hacer frente a esta tarea. El presidente está convencido de que su enorme autoridad, sus conocimientos y experiencia son garante de que conseguirá usted formar un gobierno de mano firme y de que hará usted de Polonia un país más próspero. La nación está a la espera de un hombre fuerte. Permítame, señor primer ministro, que también yo exponga a título personal mi opinión de que sólo usted será capaz de lograr todo eso.

Hizo una inclinación de cabeza y terminó su discurso. El efecto fue sensacional.

Era la primera vez que Litwinek desempeñaba tan honrosa misión y quería causar una fuerte impresión. No se sintió defraudado.

Todos los rostros expresaban una gran emoción. He aquí que, en su presencia, el timón del navío estatal pasaba a manos de ese hombre, ¡de ese gran hombre!

Nina, pálida como una sábana, incrustó sus dedos en el brazo de la silla. Wareda tenía una cara como si fuera a echarse a llorar. Krzepicki alzó la cabeza, mirando orgullosamente a los presentes. A sus espaldas, George Ponimirski observaba la escena con sus enormes ojos abiertos de par en par.

Nadie se atrevió a sentarse.

El primero en reaccionar fue el voivoda Szejmont. Se acercó a Nikodem y, haciendo una profunda inclinación de cabeza, le estrechó la mano.

—Señor primer ministro, reciba mis mejores deseos. No digo la enhorabuena, pues en este histórico momento la enhorabuena hay que dárnosla a nosotros, a los ciudadanos y siervos del estado.

Los demás invitados siguieron el ejemplo del voivoda. Nikodem les tendía la mano en silencio, su rostro estaba apesadumbrado.

Era plenamente consciente de las dimensiones del honor

que recaía sobre él. Él, Nikodem Dyzma, funcionario de tres al cuarto proveniente de Lysków, podía ahora regir el sino de un gran estado, viajar en su propio tren, estar en la boca de todo el país... ¡Bah! En la de todo el mundo.

Pero... pero, a decir verdad... ¿de qué le iba a servir eso?

Otra vez la nerviosa vida de Varsovia, llena de trampas, otra vez tendría que estar en guardia antes de soltar palabra...

Pero el poder, ¡un gran poder sobre más de treinta millones de ciudadanos! ¡Hay miles de personas que darían su vida por disfrutar durante un día de ese poder y de ese título, del título de presidente del Consejo de Ministros...! El gabinete del primer ministro Dyzma... El gobierno de Nikodem Dyzma... El ejército presenta armas, los buques de guerra dan salvas en su honor... Cualquier cosa que diga la publicarán periódicos de todo el mundo... Poder, fama...

—Aguardo su amable respuesta, señor primer ministro —dijo Litwinek.

Nikodem volvió en sí y echó una mirada alrededor. Los ojos de todos estaban clavados en él.

Carraspeó y se levantó del sillón.

—Deme media hora para reflexionar, por favor —contestó con voz hueca—. Señor Krzepicki, acompáñeme.

Se dirigió a su despacho, Krzepicki entró detrás de él y cerró la puerta.

—Estoy pensando qué hacer —dijo Dyzma.

—¿Cómo? ¿Se lo está pensando, señor presidente? ¡Si está claro! ¡Tanto honor, tanto poder!

—Ya, por supuesto, pero, por otra parte, ve usted, es un puesto de mucha responsabilidad. No es un banco cualquiera, es todo el país.

—¿Y qué?

—Pues que puedo no ser capaz de cargar con eso.

—Será usted capaz.

Nikodem dio un chasquido con los labios en señal de duda.

—¿Ahora? Con tanta crisis, cada vez peor…

—Ya encontrará algún remedio, eso no me preocupa. Si de algo no anda usted escaso, es de ideas. Imagínese: asume usted el gobierno, la población contenta, mejoran de golpe los ánimos de la sociedad, hace usted un par de movimientos vistosos… ¡Y como vuelva además la buena coyuntura...!

—¿Y si no vuelve...? Pues nada, hombre, hago el ridículo y se acabó.

—Menudo problema… Se le echa entonces toda la culpa a la mala coyuntura y a la crisis mundial. Será porque pocos gobiernos han caído.

Alguien llamó a la puerta. Era Nina.

—¿No molesto? —preguntó tímidamente.

—¡No, para nada, entra!

—Señora —dijo Krzepicki retorciendo las manos en gesto de desesperación—, ¡imagínese usted que el señor presidente sigue vacilando!

—Ves, Nineczka, no es tan sencillo. Y, en segundo lugar, estoy muy a gusto en Koborowo.

Nina sonrió radiante.

—¡Querido! ¡Qué bueno eres conmigo! Pero, Nik, no soy tan egoísta como para retenerte aquí con perjuicio de la patria. Haz lo que te parezca mejor pero, en mi opinión, deberías salvar el país.

—¿Eso crees?

—Tú sabes mejor cuál es tu obligación. No me acuses de esnob, Dios me libre. Te aseguro que prefiero estar aquí contigo a llevar el título de esposa del primer ministro. Pero saber que por amor a mí el estado puede verse desprovisto de tu mano firme me llena de desasosiego…

—Hm —Dyzma se quedó pensativo.

—Señor presidente —retomó la palabra Krzepicki al ver que

su patrón era proclive a aceptar la propuesta—, señor presidente, ya sé qué hacer. Al poco de asumir usted el cargo vamos a Londres.

—¿Para qué? —preguntó Dyzma contrariado.

—¿Para qué? Para conseguir un préstamo en el extranjero. A otro no se lo darían, pero a usted, con las relaciones que tiene allí... Seguro que bastantes de sus compañeros de Oxford desempeñan ahora cargos importantes en la vida pública de Inglaterra. ¿Y si lograra usted el préstamo...?

Krzepicki no se daba cuenta de que él mismo acababa de matar sus sueños.

Nikodem frunció el ceño y le hizo un gesto con la mano para que dejara de hablar.

«Claro —pensó —me había olvidado de eso por completo... Como primer ministro tendría que recibir a embajadores... Quizá incluso sería necesario viajar a Ginebra... Claro que podría llevarme a un traductor, pero todos se darían cuenta de que, aparte de polaco, no sé decir ni mu en otros idiomas... Y el rollo ese del puñetero Oxford... Pero, además, ¿para qué me hace falta todo esto...?»

Se levantó de la silla. Nina y Krzepicki lo observaban con nerviosismo.

—He decidido —dijo confiriendo a su voz un tono de tajante firmeza— no aceptar el cargo.

—Señor presidente, pero si...

—¡No hay más que hablar! No lo acepto y ya está. ¡Fertig!

Krzepicki se dejó caer en la silla, Nina se quedó petrificada.

Nikodem se arregló el peinado, alzó la cabeza y abrió la puerta.

En el vestíbulo se hizo inmediatamente el silencio y todo el mundo se alzó al instante.

Dyzma, sin cerrar la puerta tras de sí, dio tres pasos dirigiéndose hacia el doctor Litwinek. Miró a su alrededor y dijo en voz baja:

—Señor Litwinek, dígale al señor presidente de la República que me honra mucho su confianza, pero no acepto el cargo.

—¡Señor presidente...! —estalló el voivoda Szejmont, pero se calló inmediatamente.

—Pero ¡¿por qué?! ¿Por qué? —exclamó histéricamente la señora Przeleska.

Dyzma arrugó el entrecejo.

—Tengo mis motivos —replicó con voz sorda

—¿Es su decisión inapelable, señor presidente? —preguntó Litwinek.

—Todas mis decisiones son inapelables.

—¿Tendría usted la bondad de redactar la correspondiente respuesta al jefe de estado?

—Puedo redactarla.

Nikodem asintió y desapareció en su despacho.

Cuando la puerta se cerró tras él, el vestíbulo se llenó de bullicio.

—¡¿Por qué?! No lo entiendo, ¿por qué?

—¡Es horrible! ¡El país está en una situación desesperada, literalmente desesperada! ¡De verdad que no veo a nadie que pueda reemplazar al presidente Dyzma!

Wareda asintió con la cabeza.

—Está ofendido, por supuesto que está ofendido porque han echado a perder el Banco de Cereales oponiéndose a sus indicaciones.

De repente, en medio de un fugaz silencio, pudieron escuchar a Dyzma, que alzaba la voz al otro lado de la puerta de su despacho:

—¡Escriba usted, joder, lo que le digo! ¡Basta!

Se oyó el atenuado golpeteo de la máquina de escribir.

—Me parece —dijo la señora Przeleska— que la decisión del

señor presidente se ha visto influenciada principalmente por sus sentimientos, por su amor a mi sobrina. Si se han casado hace apenas unos meses... El oficio de primer ministro ocupa más horas de las que tiene el día y el presidente Dyzma tiene una naturaleza profundamente sentimental, aunque sabe ocultarlo. Las mujeres sabemos de esas cosas.

—¡Oh, sí! —confirmó la condesa Czarska.

Rehlf se encogió de hombros.

—En mi opinión, tanto ustedes, señoras, como el coronel, están equivocados, y mucho. Por lo que he podido observar en el modo de obrar del presidente Dyzma, y por lo que lo conozco personalmente, es un hombre incapaz de dejarse dominar por fines personales.

—¡Es un estadista de tomo y lomo! —exclamó el voivoda Szejmont—. Si no ha aceptado el cargo, debe tener algún motivo de naturaleza política más profundo.

—¡Pero el país está al borde del precipicio!

—Es lo que nos parece —sonrió el voivoda—, es lo que nos parece. Pero, en el fondo, las cosas no van tan mal. Estoy seguro de que el señor presidente, que entiende de asuntos económicos más que nosotros, no ve que el peligro sea tan grande como para tener que acudir personalmente en nuestro auxilio.

—¡Si ya nos salvó una vez! ¡Y con qué eficacia...!

—Cincinato —dijo sentenciosamente el voivoda— se deja apartar del arado sólo en el caso de un peligro extremo.

—¡Sí, sí! —exclamó enardecida una de las señoras—. ¡Y entonces tomará el timón en sus manos y salvará nuestra patria!

—Un hombre extraordinario —dijo el doctor Litwinek con voz trémula.

—Un gran hombre —admitió el voivoda.

De repente, se oyó una larga y chirriante carcajada proveniente de la esquina del vestíbulo.

Ponimirski había estado sentado tranquilo hasta el momento

y, como nadie le prestaba atención, su rostro lleno de ironía había pasado desapercibido. George estuvo escuchando a los presentes hasta que finalmente no aguantó más. Reía a todo pulmón, tambaleándose sobre la silla.

—¿De qué se ríe usted? —preguntó el voivoda con tono de ofendido.

George se alzó, dejó de reírse en el acto y trató varias veces de ponerse el monóculo, pero las manos le temblaban tanto que no lo lograba. Estaba nervioso e irritado hasta el límite de sus fuerzas.

—¿De qué? ¡No «de qué», estimados invitados, sino «de quién»! ¡De vosotros me río, de vosotros! ¡De toda la sociedad, de todos mis queridos compatriotas!

—¡Pero...!

—¡Silencio! —bramó Ponimirski y su pálida carita de niño enfermizo se volvió roja de rabia—. ¡Silencio, sapristi! ¡De vosotros me río! ¡De vosotros! La élite, ja, ja, ja... Pues yo os declaro que vuestro estadista, vuestro Cincinato, vuestro gran hombre, vuestro Nikodem Dyzma, es un vulgar farsante que os tiene embaucados, es un astuto bribón, un falsario, ¡y al mismo tiempo un auténtico cretino! Un idiota que no solo no tiene la menor idea de economía, es que no sabe ni de ortografía. ¡Un patán sin rastro de educación, sin la más mínima instrucción! ¡Fijaos en sus morros de gañán y en sus primitivos modales! ¡Un total zoquete, un cero a la izquierda! ¡Palabra de honor que no solo no ha pisado Oxford en su vida, es que no sabe ningún idioma! ¡Un tipejo turbio con una moral de rufián! ¡Sapristi! ¿Es que no lo veis? Perdón, ¡no os tiene embaucados! ¡Sois vosotros lo que habéis puesto a ese zopenco sobre el pedestal! ¡Vosotros! ¡Gente desprovista de todo criterio juicioso! ¡De vosotros me río, imbéciles! ¡De vosotros! ¡Chusma...!

Por fin logró ponerse el monóculo. Echó a su alrededor una mirada despectiva y salió dando un portazo.

Los ojos del doctor Litwinek, presos de horror y asombro fueron paseándose por el rostro de los presentes: en todos vio una sonrisa forzada, llena de compasión.

—¿Qué quiere decir esto? —preguntó—. ¿Quién es ese caballero?

La señora Przeleska respondió:

—Mis disculpas, señor director, es mi sobrino, el cuñado del señor presidente. Normalmente suele estar tranquilo... Está fuera de sus cabales.

—Está loco —aclaró el voivoda.

—Pobre chico —suspiró la señorita Czarska.

—Ajá —sonrió el doctor Litwinek —sí, claro, está loco.